Wolfgang Habel wurde am 30.März 1951 in Seligenthal, Thüringen, geboren. Nach Verlassen der DDR Ende der 50er Jahre und Übersiedlung nach NRW, studierte er nach Abschluss des Gymnasiums Chemie an der Universität Dortmund mit anschließender Promotion. Anfang der 70er Jahre war er bei R.W. Oberhausen Fußballprofi in der Bundesliga. 2016 beendete er seinen Hochschuldienst an der Universität Duisburg-Essen.

AF176922

Urworte, orphisch

ΔΑΙΜΩΝ, Dämon

Wie an dem Tag, der dich der Welt verliehen,
Die Sonne stand zum Gruße der Planeten,
Bist alsobald und fort und fort gediehen
Nach dem Gesetz, wonach du angetreten.
So mußt du sein, dir kannst du nicht entfliehen,
So sagten schon Sibyllen, so Propheten;
Und keine Zeit und keine Macht zerstückelt
Geprägte Form, die lebend sich entwickelt.

Johann Wolfgang von Goethe

Wolfgang Habel

Auf der Straße ins Ungewisse

1. Teil

Die Flucht

© 2018 Wolfgang Habel
Umschlag, Illustration:
Lektorat, Korrektorat:
Weitere Mitwirkende: Erhard Habel

Verlag: tredition GmbH, Hamburg

ISBN:
Paperback: 978-3-7469-0145-9
Hardcover: 978-3-7469-0146-6
e-Book: 978-3-7469-0147-3

Printed in Germany

Inhalt

Vorab

Nicht eine Flaschenpost, kein Zufallsfund vergilbter Blätter in einer vergessenen Speicherecke oder ein seltsames Testament mit der Bitte ein deponiertes Skript zu veröffentlichen, nein, erzählte Geschichten meines Vaters sind der Antrieb und Anlass des vorliegenden Buches, besser gesagt der beiden Bücher.

Seine Erzählungen haben mich schon in frühester Jugend gebannt und gefesselt, sowohl durch die Kunst seines Erzählens, als auch durch den spannenden und durchaus optimistisch unernsten Inhalt. Unernst trifft eher zu als komisch, denn komisch war das Erlebte im tieferen Sinne bei weitem nicht. Geschildert werden seine Erlebnisse der letzten Monate des zweiten Weltkrieges und des folgenden halben Jahres im weiteren Umfeld seiner Geburtsstadt Ostrau. Erlebnisse, die immer wieder gehört, sich zu einem Ganzen zusammenfügten und einen chronologischen Sinn und nicht nur chronologischen Sinn bekamen. Hilfreiche Aufzeichnungen erlaubten es ein Gesamtbild zu entwerfen und den Versuch zu wagen, einen Charakter im Umgang mit dem unvermeidlichen Ungewissen in menschlichen Grenzsituationen deutlich werden zu lassen. Dies war ich meinem Vater und seinem nicht so häufig Erlebten schuldig.

Prolog

Mit voller Wucht ließ ich den Gewehrkolben auf den Stein hinuntersausen. Den Gewehrlauf mit beiden Händen ergreifend, die Arme hoch über dem Kopf gestreckt, den Oberkörper weit nach hinten gebeugt, so hatte ich mit allen mir zu Verfügung stehenden Kräften zugeschlagen. Nun musste der Kolben in tausend Stücke zerbersten und das Gewehr für immer und ewig unbrauchbar machen. Er musste, aber er tat es nicht. Mit lautem Krachen traf das Holz den Stein, rutschte ab und setzte seinen Weg unbeirrt und mit der gleichen Geschwindigkeit fort. Sehr zu meinem Verdruss, denn es riss mir die Füße vom Stein, und ich klatschte der Länge nach in das eiskalte Wasser, das ich mir zur Gewehrvernichtung ausgesucht hatte.

Während ich völlig überrascht über diese Heimtücke im schadenfroh plätschernden Wasser des munteren Bächleins liegen blieb, warf ich einen Hilfe suchenden Blick zum jenseitigen Ufer. Dort musste mein edler Freund Mikosch weilen, der jetzt sicherlich, durch mein trauriges Missgeschick aufgeschreckt, herbeieilen würde, um mir aus dem nassen Element zu helfen.

Aber nichts dergleichen geschah. Ich sah mit meinen vom Wasser getrübten Augen nur verschwommen eine menschliche Gestalt am Ufer herumturnen, und hin und wieder drang durch das Rauschen des Baches seine Stimme in meine wassergefüllten Ohren.

„Du willst nicht", hörte ich ihn keuchen, „du willst nicht, aber verlass dich drauf, du wirst noch wollen!" Als ob er den Baum fällen wollte, so schmetterte er den Kolben seines Schießprügels an den Stamm. „So, du willst immer noch nicht! Aber jetzt kriege ich dich klein, pass nur auf!" Er nahm erneut Anlauf, um seinen Vorsatz endgültig wahr zu machen. Meine unsanfte Wasserlandung hatte er in seinem Eifer überhaupt nicht zur Kenntnis genommen,

Als ich mich reichlich abgekühlt und vor Kälte klappernd hoch rappelte und aus dem Wasser watete, erwischte es auch ihn. Mit lautem Wehgeschrei ließ er das Gewehr auf seinen Fuß fallen.

„Meine Hand, mein Händchen!" schrie er aus Leibeskräften und begann, am Ufer herumzuhüpfen und mit den Händen zu schlenkern. „Meine Händchen, aua, aua ! Herr Doktor, die Schmerzen!"

Triefend vor Nässe stand ich, als er sich umdrehte, hinter ihm. Ohne meinen bedauerlichen Zustand zur Kenntnis zu nehmen, hielt er mir seine Hand unter die Nase.

„Guck doch mal da, sie ist schon ganz rot. Die kann ich bestimmt nie wieder zu etwas gebrauchen" Und nach einer kurzen Pause, in der er mich mit einem seiner melancholischen Blicke gemustert hatte, fuhr er fort: „Du bist ja so nass! - Da sie schwillt schon an, fühl mal!"

Langsam riss der Geduldsfaden. Und als er mir zum zweiten Mal sein Händchen vor die Nase hielt, wurde ich wütend. „Einen großen Schmarren werde ich fühlen!" brüllte ich los, „Da stößt sich der Kerl ein kleines bisschen an seiner Dreckpfote und erhebt ein Geschrei, als ob der ganze Kopf ab wäre. Sieh mich doch mal an! Klatschenass bin ich, bis auf die Knochen durchweicht, und das bei dieser Kälte! Was mach' ich jetzt nur?"

Das mit der Kälte war bestimmt nicht übertrieben, denn der April hatte es wieder einmal in sich. Hatte gestern noch die Sonne geschienen, so wehte heute ein eisiger Wind aus dem Osten und beutelte an meiner durchnässten Uniform. Er schien auch an meiner Haut nicht Halt zu machen, sondern drang mir durch Mark und Bein. Ich schlotterte vor Kälte. Mit klappernden Zähnen begann ich den Hang zum Bach hinauf- und hinunterzulaufen, wobei ich meine Arme wie Windmühlenflügel kreisen ließ.

Mikosch verfolgte meine verzweifelten Bemühungen, dem Erfrierungstod zu entrinnen, mit anklagenden, vorwurfsvollen Blicken. Als ich an ihm vorbeilief, bemerkte er, dass ihm inzwischen auch die rechte große Zehe sehr weh täte und er nicht mehr wüsste, welche Schmerzen die größeren seien.

Ich nahm sein Gewinsel überhaupt nicht zur Kenntnis. Nachdem ich so an die zehnmal den Hang hinauf- und hinuntergehastet war, wurde mir allmählich ein wenig wärmer. Keuchend trat ich an meinen Freund heran.

„Hör mal, Mikosch, ich glaube, du hast wohl nicht alle Tässchen im Schränkchen, so ein Lamento anzustimmen! Hast du denn ganz vergessen, aus welchem Grund wir uns hier versammelt haben?"

„Ach ja, du hast ja recht. Aber mir war dieser Gedanke für einen Moment entschlüpft, total entfleucht, weißt du." Mikosch erhob sich stöhnend. Er hatte soeben seine große Zehe betastet und anscheinend beruhigt festgestellt, dass dieselbe noch in voller Größe und am vorgesehenen Platz vorhanden war. Mikosch erhob sich also, klimperte mehrere Male mit seinen Augendeckeln und erklärte feierlich: „Hiermit erkläre ich den...den..., äh..., den..., wie heißt das doch gleich?"

„Den Krieg", soufflierte ich.

„Ach ja, richtig, Krieg hieß das. Also, hiermit erkläre ich den Krieg für beendet."

„Auch ich erkläre den Krieg mit allem Drum und Dran für beendet", wiederholte ich.

Und zur Bekräftigung versetzte Mikosch seinem Gewehr noch einen kräftigen Tritt, zu seinem Leidwesen mit der lädierten Zehe, was einen erneuten Tanz auslöste.

„Mann, Mikosch, ich weiß zwar, wie schwer dir das fällt, aber sei doch ausnahmsweise ein einziges Mal vernünftig! Wenn die uns hier erwischen, sind wir geliefert. Meine Flinte im Wasser, deine total verbogen. Also verduften wir von hier, und das so schnell wie möglich!"

„Du hast recht, edler Freund. Schreiten wir also gleich zu Punkt drei unseres Planes und verduften wir."

Mikosch

An dieser Stelle muss ich ein wenig zurückgreifen, um unsere Lage verständlich zu machen.

Es begann eigentlich bereits im Dezember 1944. Damals lag ich in einem Lazarett in Wlaschim, einem kleinen Städtchen ungefähr 60 Kilometer südlich von Prag. "Lag" ist eigentlich nicht der richtige Ausdruck, "lief herum" klingt da schon besser. Diesen Aufenthalt hatte ich einer Erfrierung beider Füße zu verdanken, die ich mir auf der sonnigen Krim zugezogen hatte. Der Heilungsprozess hatte sich glücklicherweise über ein ganzes Jahr erstreckt. Nunmehr erwartete ich lediglich ein Paar orthopädische Schuhe, und ich durfte geheilt und frisch gestärkt wieder auf das Schlachtfeld ziehen.

In der Zwischenzeit war ich dank meiner kümmerlichen Kenntnisse in Stenographie und Schreibmaschine als Schreiber beim Stationsarzt gelandet und versuchte, ihn durch heftiges Humpeln davon zu überzeugen, dass mit mir auf dem Schlachtfeld so viel wie gar nichts anzufangen war. Leider hielt ihn mein derart zur Schau getragener körperlicher Defekt nicht im Geringsten davon ab, sich nach einem neuen Schreiberling umzusehen. Und wenn ich manchmal das Hinken vergaß, dann erinnerte er mich daran.

Aus besagten Gründen war meine Laune nicht die beste, als ich eines Tages zwischen den Krankenbaracken durchmarschierte, um einen Stapel Krankenpapiere auf die Schreibstube zu bringen. Es war bitterkalt, und auf den verschneiten Wegen war kein Mensch zu sehen. Frierend klappte ich den Mantelkragen hoch, als plötzlich eine hoch gewachsene, klapperdürre Gestalt um die Ecke bog.

Es war, das konnte ich schon von weitem erkennen, ebenfalls ein Schreibstubenbulle, denn auch er schleppte einen Stoß Krankenpapiere mit sich herum. Was mir aber noch mehr auffiel, war sein Gang. Er hinkte nämlich fürchterlich. Dagegen war das Watscheln einer altersschwachen Ente der reinste Parademarsch. Das lag an seinem rechten Fuß, der fast haltlos herumbaumelte, wäre er nicht von seinem Besitzer mit einem Schnürsenkel am Schienbein angebunden worden.

Während ich bewundernd diese geniale Konstruktion betrachtete, humpelte der Dürre immer näher heran. Plötzlich blieb er stehen, stieß einen unartikulierten Schrei aus, warf die Krankenpapiere achtlos in den Schnee und fiel mir um den Hals. Dabei brüllte er noch einmal los, viel lauter und in unmittelbarer Nähe meiner Ohrmuschel.

War ich zuerst bei der unerwarteten Umarmung wie erstarrt stehen geblieben, so hatte ich nun das Gefühl, mir würde das Trommelfell ins Gehirn geblasen. Entsetzt riss ich mich los und sprang einen Meter zurück, um das Gesicht des Schreiers näher in Augenschein zu nehmen. Ein einziger Blick genügte und meine Krankenpapiere landeten ebenfalls im Schnee.

„Der zwölfköpfige Tatzelwurm soll mich mit Haut und Knochen zum Frühstück verspeisen, wenn du nicht mein Freund Hardi bist, den ich in den Armen halte!"

„Ich bin es, Mikosch, Freund und Zwetschkenröster, ich bin es", rief ich, über alle Maßen erfreut.

Wir hieben uns auf die Schultern, dass der Schnee nur so stäubte und führten wahre Freudentänze auf, wobei vom Hinken keine Rede mehr war. Schließlich warfen wir uns in den Schnee und wälzten uns darin herum. Dabei stimmten wir zu zweit ein derartiges Freudengebrüll an, dass einige Fenster der umstehenden Baracken aufgingen, hinter denen erstaunte Gesichter auftauchten.

Schon einmal hatten wir uns im Schnee getroffen. Im Jahre 1942 war es, als wir gemeinsam einige Wintertage in der Wochenendhütte meiner Eltern verbrachten. Damals fuhren wir auf Skiern aufeinander zu, wobei "fahren" nicht ganz der richtige Ausdruck ist. Als blutige Anfänger des Skisports purzelten wir eher aufeinander zu und bargen gerührt unser Antlitz in den Schnee, als wir zusammenprallten.

Drei Jahre lang hatten wir nichts mehr voneinander gehört, und nun wälzten wir uns wieder einmal im Schnee herum.

Gemeinsam hatten wir die Schulbänke des ehrwürdigen Gymnasiums in Ostrau mit unvergänglichen Schnitzereien, versehen, hatten gemeinsam so manches Pensum nicht gelernt und waren gemeinsam bei so manchem Streich nicht erwischt worden.

Mikosch hieß eigentlich Theo, aber dieser Name war weder bekannt, noch passte er zu ihm. Alle, sogar die Lehrer, nannten ihn Mikosch. Früher dachte ich, er hieße so, weil er dauernd Witze vom Grafen Mikosch erzählte. Er versicherte mir aber, dass er die Witze nur deshalb zum Besten gäbe, weil ihn alle Mikosch nannten. So blieb die Entstehung seines Spitznamens auf ewige Zeiten unergründet.

Mikosch war im gleichen Alter wie ich, also bei unserer schicksalhaften Begegnung 20 Jahre alt. Er war mindestens 1,90 Meter groß und überaus schlank, so dass er eher das Attribut dürr verdiente. Sein Gang wirkte schlaksig, kein Wunder, mussten doch seine unglaublich dünnen, behaarten Beine ein paar überdurchschnittlich große Füße tragen, die er beim Gehen schlurfend nach innen setzte.

In seinem schmalen Gesicht fielen vor allem die leicht hervortretenden, braunen Augen auf, die meist ein wenig melancholisch in die Welt blickten. Bei jeder Erregung, gleichgültig, ob sie von erfreulicher oder unerfreulicher Natur war, pflegte Mikosch seine Augenlider mehrmals herauf- und herunterzuklappen. Dabei zog er seine Augenbrauen so hoch, dass sie fast unter den struppigen Haarbüscheln verschwanden, die ihm trotz eifrigen Kämmens und Bürstens widerspenstig auf die Stirn herunterhingen. Seine Nase hatte in der Mitte eine leichte Ausbuchtung, die Nasenspitze zeigte ein wenig nach links. Bei einem Schulsportfest hatte ihm ein leichtsinniger und äußerst unvorsichtiger Sportskamerad beim Kugelstoßen die Kugel genau an die Nase geworfen. Da Nasen im Allgemeinen eine derartige Behandlung nicht gewöhnt sind, nahm auch Mikoschs Riechorgan diesen Stoß übel. Das Nasenbein ging entzwei, die Nasenspitze neigte sich nach links und verharrte nunmehr in dieser Lage. Mikoschs besonderer Stolz waren seine makellosen Zähne, auf deren Pflege er sein ganzes Augenmerk richtete, während er beim Waschen die Zeit wieder einsparte, die er beim Zähneputzen überzogen hatte. Sein Kinn war spitz und genau in der Mitte mit einem kecken Grübchen versehen, auf das er sich allerhand einbildete. Der lange Hals trug in der Mitte einen unübersehbaren Adamsapfel, der ständig in lebhafter Bewegung war und oft wie ein Frosch auf- und ab hüpfte. Mikoschs Kopf war mit borstigen Haaren überwuchert, die sich trotz Haaröl und Pomade nicht zu einer ansehnlichen Frisur bannen ließen. Für lange Jahre hatte der Krieg uns verschlungen, aber wie es der Zufall wollte, er spuckte uns wieder aus, und das noch auf denselben Fleck.

Wir sollten uns später noch zweimal und ebenso unverhofft wieder sehen, aber das ist eine andere Geschichte, und der möchte ich nicht vorgreifen.

Mikosch hatte einen Sehnendurchschuss am rechten Fuß aufzuweisen.

Dieser Körperteil hing daher haltlos herunter, wenn Mikoschs Erfindergabe nicht gewesen wäre. Er hatte vorerst diesen Schaden mit Hilfe eines Schnürsenkels soweit repariert, dass er jetzt so halbwegs gehen konnte.

„Ich hinke überhaupt nicht mehr", behauptete er stolz. Ich dachte an die altersschwache Ente und pflichtete ihm bei. Im Stillen tat es mir unendlich leid, dass der arme Kerl so hinken musste. Unser unerwartetes Wiedersehen wurde natürlich am Abend gebührend gefeiert.

Als ich am nächsten Morgen die Schreibstube betrat, in der mein Freund seine Arbeitszeit zu verschlafen pflegte, saß er zu meiner grenzenlosen Überraschung an der Schreibmaschine und hämmerte wie wild auf die Tasten ein. „Ja, Mikosch, Menschenskind, ich traue meinen Pupillen nicht, du arbeitest ja!" rief ich erstaunt aus.

Diesmal aber tat ich ihm wirklich unrecht, denn er schrieb gerade einen Brief an seine Mutter, in dem er ihr sein Wiedersehen mit mir schilderte.

„Liebe Mama, " schrieb er, „heute will ich Dir von einer Begegnung berichten, die ich gestern hatte. Also setz Dich lieber erst mal hin, ehe Du weiter liest! Stell Dir vor, ich gehe da so ahnungslos fürbass, da sehe ich plötzlich auch so einen Schreibtischhocker auf mich zukommen. Das jedenfalls musste ich annehmen, denn er schleppte einen ganzen Stoß Krankenpapiere mit sich herum. Was mir an dem Kerl besonders auffiel: Er hinkte. Ich kann Dir sagen, so etwas von einer Hinkerei habe ich in meinem ganzen Erdendasein noch nicht gesehen! Er humpelte, als wäre sein linkes Bein um mindestens 10 Zentimeter kürzer, und setzte seine Füße auf, als hätte er Knick-, Spreiz- und Senkfuß auf einmal. Als dann dieser hatscherte Plattfußindianer näher kam und ich sein vom vielen Humpeln schmerzverzerrtes Antlitz näher betrachtete, fiel es mir wie Schuppen von den Augen. Weißt Du, wer da auf mich zu hatschte? Jetzt halte Dich fest: Niemand anders als Hardi, dieser alte Gauner! Natürlich erkannte ich ihn zuerst. Dann fielen wir uns in die Arme. Dabei schrie mir Hardi dauernd "Ach du Scheiße, der Mikosch" so laut in meinen Gehörgang, dass ich dachte, mein armes Trommelfell würde auf der Stelle seinen Dienst aufgeben."

Soweit Mikoschs Schreiben, aus dem klar ersichtlich ist, dass mein Freund gerne zu maßlosen Übertreibungen und

Verdrehungen der Tatsachen neigte. Aber ich will ihm verzeihen, denn er hinkt so fürchterlich, mein bedauernswerter Freund, als ob sein rechtes Bein um mindestens 15 Zentimeter langer wäre.

Nach diesem historischen Zusammentreffen waren die grauen Wolken, die drohend über unseren Häuptern schwebten, mit einem Schlag hinweggefegt. Ein strahlendblauer Himmel lachte auf uns herab, und alles erglänzte in hellem Licht.

Verständlicherweise galt es nun, unser Beisammensein so lange wie nur möglich in die Länge zu ziehen. Aus diesem Grunde arbeiteten wir einen so genannten Lazarett-Aufenthalts-Verlängerungsplan aus, um zumindest über die kalten Wintermonate von herumschwirrenden Granatsplittern oder Gewehrkugeln verschont zu bleiben.

Mikosch bereitete dieses Problem keinerlei Schwierigkeiten, ihm stand nach seinem Nervendurchschuss noch eine Operation bevor. Da er allerdings Nerven wie Stahlseile besaß, blieb es mir unverständlich, wie eine harmlose Gewehrkugel bei ihm gleich einen ganzen Nervenstrang durchzutrennen vermochte. Gleichzeitig konnte ich mir gut vorstellen, wie schwierig es sein würde, dieses durchtrennte Stahlseil wieder zu einem Ganzen zusammenzufügen. Mikosch war also fein heraus.

Mir hingegen bereitete mein Zustand ernste Sorgen. Wie bereits berichtet, fehlte mir etwas. Es ist zwar nicht viel und daher fast unnötig, ich möchte sagen, beinahe peinlich, von dieser Lappalie überhaupt zu sprechen. Nach der Erfrierung, die ich mir auf der Krim geholt hatte, war alles soweit gut verheilt. Lediglich die linke große Zehe hatte die Strapazen des russischen Winters nicht wohlbehalten überstanden. Sie verweigerte ihren Dienst, wurde schwarz und starb ab. Sie wäre einfach abgefallen, wenn sie nicht noch am Knochen gehangen hätte. Es gelang mir, dieses abtrünnige Körperteil abzu-

16

brechen. Ich schickte ihn, schön in Watte gewickelt, meiner Mutter nach Hause. Als die Arme las, um was es sich bei dem merkwürdigen Gebilde handelte, das sie neugierig zwischen den Fingern herumdrehte, wäre sie vor Schreck beinahe in Ohnmacht gefallen.

Nach dem Eintreffen der orthopädischen Schuhe, die ich unverständlicherweise erhalten sollte, würde meine Galgenfrist ablaufen. Aus besagten Gründen sah ich der Enduntersuchung mit absoluter Hoffnungslosigkeit entgegen.

„Na, dann wollen wir uns ihre Füße noch einmal ansehen", sagte der Stabsarzt lässig und sah mich mit seinen wasserblauen Augen spöttisch an. Er betrachtete es als reine Formsache, den Zehenstummel noch einmal zu betasten. Doch dann pfiff er erstaunt durch die Zähne. „Der Knochen stößt ja bald durch", murmelte er, „da muss noch etwas gemacht werden, hm, eine kleine Nachoperation." Er musterte mich prüfend.

Ich machte ein völlig gleichgültiges Gesicht, obwohl ich ihm vor Freude am liebsten um den Hals gefallen wäre.

„Merken Sie das in ihren Papieren vor", ordnete er an. Und nach einer kurzen Pause, in der er in meinem Antlitz vergeblich eine Regung der Freude suchte, fügte er hinzu: „Und ich dachte, Sie machen mir mit Ihrer Hinkerei etwas vor."

Es lag mir fern, ihm auch nur im Geringsten zu widersprechen. Hätte er aber meinen Freudentanz miterlebt, den ich aufführte, als er das Untersuchungszimmer verlassen hatte, ich glaube nicht, dass er dann noch eine Nachoperation für notwendig gehalten hätte.

Somit hatten Mikosch und ich ausreichende Gründe, unserer Freude freien Lauf zu lassen. Und wo konnten wir das besser als in der Pawlowitzer Knödelfabrik. Sie war wohl der markanteste Punkt des Wlaschimer Lazaretts. Diese Gaststätte war im wahrsten Sinne des Wortes ein Industrieunternehmen, pflegten doch alle Patienten des Lazaretts, sobald sie nur irgendwie kreuchen und fleuchen konnten, nach dem kärglichen Abendbrot in die Knödelfabrik zu pilgern, um dort die noch verbliebenen Magenhohlräume mit den Produkten der Fabrik zu füllen. Hinzu gab es noch Kraut, Blutwurst und, wenn der Fall eintrat, dass die Knödeln nicht langten, konnte man immer noch in ausreichenden Mengen Bratkartoffeln mit Dünnbier bestellen.

So saßen wir an diesem Abend äußerst unbeschwert an unserem Stammtisch und bestellten eine Portion nach der anderen. Maltschi, die Serviererin, schüttelte ungläubig mit dem Kopf, als wir die vierte Portion Knedliki kommen ließen. Natürlich sprachen wir auch fleißig dem Dünnbier zu, wobei die Betonung ausschließlich auf dem Wort "dünn" liegen muss.

„Mikosch", sagte ich, nachdem ich mir den 14. Kloß einverleibt und damit den bestehenden amtlichen Hausrekord eingestellt hatte, „Mikosch", sagte ich also, „es ist an der Zeit, dass wir uns über unsere weiteren Pläne den Kopf zerbrechen."

„Das wollte ich auch gerade sagen." Mikosch schluckte schnaufend und mit hervorquellenden Augen ebenfalls den 14. Kloß hinunter. „Wenn ich jetzt nichts nach trinke, ersticke ich", japste er nach Luft. „Maltschi, schnell, bring noch zwei Dünne!"

Und Maltschi enteilte, denn für uns tat sie alles. Schließlich bedienten wir uns perfekt ihrer Muttersprache, und das war ein Vorteil, der mit nichts wettzumachen war.

„Also, hör mal zu", fuhr ich fort und stocherte mit der Gabel im 15. Knödel herum, „wenn wir aus dem Lazarett entlassen werden, ich rechne so ... März bis April, gibt es zwei Möglichkeiten: Entweder der Krieg ist aus; dann ist alles klar. Oder der Krieg ist immer noch nicht aus; dann ist gar nichts klar. In diesem Fall schlage ich vor, dass wir unseren bevorstehenden Genesungsurlaub in Ostrau so lange hinausziehen, bis der ganze Käse überstanden ist."

„Verstanden und einverstanden", sagte Mikosch, „ aber da du gerade Käse sagtest, ich will mir noch schnell ein paar Olmützer Quargeln holen. Gehst du mit?"

Ich griff mir an den Kopf und stöhnte. „Mensch, ich rede da von hochwichtigen Dingen, und du fängst mit deinen stinkigen Quargeln an! Aber gut, holen wir welche."

Neben der Knödelfabrik stand noch ein kleines Kolonialwarengeschäft, in dem es die besagten Twaruschki in Stangenform gab. Hier war Mikosch Stammkunde. Er brauchte nur zu erscheinen, und schon legte ihm die Verkäuferin auf sein „Wie immer" vier Päckchen Quargeln auf den Ladentisch.

Ich muss dazu etwas bemerken. Ich habe nie in meinem Leben einen Menschen so viele Quargeln verzehren sehen wie Mikosch. Er kaufte sie weich, sehr weich. Sie waren ihm aber noch lange nicht weich genug. Aus diesem Grunde pflegte er den gekauften Handkäse in seinem Spind bis zur völligen Weichwerdung zu stapeln. Das allerdings hatte zu häufigen und äußerst heftigen Konflikten geführt. Es begann damit, dass der Stabsarzt während seiner Visite allen Stubeninsassen dringend nahe legte, sich gründlicher die Füße zu waschen.

In den folgenden Tagen ging es auf Mikoschs Stube so zu: Jeder, der das Zimmer betrat, rümpfte die Nase und sagte: „Mann, das stinkt aber hier so merkwürdig" oder: „Wer hat denn hier einen toten Vogel in der Tasche?" oder: „Da muss doch irgendwo eine uralte Leiche liegen!"

Merkwürdigerweise war noch niemand in der Stube auf den nahe liegenden Gedanken gekommen, der wahren Ursache des Gestankes auf den Leib zu rücken. Bis der Arzt zum zweiten Mal, aber diesmal mit strengstem Nachdruck, eine sofortige, allgemeine und gründliche Fußwaschung anordnete. Da erst ging die umfassende Sucherei los. Alle suchten.

Nur einer suchte nicht! Und während dieser eine ahnungslos auf der Schreibstube saß und Krankenpapiere reichlich mit Tippfehlern versah, erfüllte sich sein Schicksal.

Jupp, natürlich ein waschechter Kölner und Mikoschs Bettnachbar, war mit geblähten Nüstern an Mikoschs Spind herangetreten und hatte festgestellt, dass in der Nähe dieses Möbelstücks die Geruchsintensität um ein Erkleckliches zunahm. Kurz entschlossen und auf das Schlimmste vorbereitet, hatte er Mikoschs Spind aufgerissen, um sogleich entsetzt zurückzuweichen. Ihm strömte nämlich der Atem raubende Mief eines umfangreichen Stapels völlig erweichter Stangenquargel entgegen. „Wat dat denn?" stieß Jupp mit weit aufgerissenem Mund hervor, „wat dat denn?" Mehr brachte er nicht heraus.

Die anderen Stubeninsassen eilten auf seinen Hilferuf herbei und umstanden tief ergriffen den offenen Schrank. „Da wird doch der Hund in der Pfanne verrückt", fand einer seine Sprache wieder. „Und ich Dussel habe mir gestern Abend tatsächlich noch meine Füße gewaschen!"

Die empörten Zimmerinsassen beschlossen einstimmig die sofortige und radikale Vernichtung sämtlicher Quargelpakete. Sie wurden in dickes Zeitungspapier eingewickelt, Jupp ergriff das Paket, eilte zur Latrine und warf Mikoschs Lieblinge mitleidslos in den gähnenden Abgrund. „Da wären sie sowieso hingekommen", brummte er grinsend, als er von unten den dumpfen Aufprall vernahm.

Als Mikosch nach Feierabend sein Zimmer betrat, fielen ihm sogleich die feierliche Stille und die grinsenden Gesichter seiner Stubengenossen auf. Nachdem er gegessen hatte, wobei ihm alle unentwegt zusahen, schlenderte er wie gewöhnlich an seinen Spind, um als Nachtisch schnell und heimlich das unterste Paket seiner Leibspeise zu verzehren. Wie zu einer Salzsäule erstarrt, stand er dann vor seinem Schrank und blickte mit weit aufgerissenen Augen auf die gähnende Leere. Seine Augendeckel und sein Adamsapfel bewegten sich mit unglaublicher Geschwindigkeit im gleichen Takt auf und ab. „Wo sind", stotterte er, „wo sind denn meine Quargeln geblieben, he?"

„Da, wo sie sowieso hinkommen", vernahm er hinter sich Jupps schadenfrohe Stimme.

„Ach, ihr Banausen, ihr hinterlistigen Tröpfe, das sollt ihr mir büßen!" Wütend hieb Mikosch seine Zähne in einen unschuldigen Apfel, der von der Säuberungsaktion verschont worden war. Am gleichen Abend noch stiefelte er nach Pawlowitz, um sich Nachschub zu holen. Aber was half's! Wann immer er vor seinen Spind trat, immer grinste ihm makellose Leere entgegen.

Aber Mikosch war ein findiger Kopf. Er beschloss, seine Vorräte anderweitig unterzubringen. Mit kundigem Blick entdeckte er einen Raum, in dem die Putzfrau ihre Säuberungsgeräte aufbewahrte. Hier stand ein schmaler Schrank, dessen Fächer bis auf einige Schürzen von einladender Leere waren. Wie der Kuckuck seine Eier, so legte Mikosch jetzt seine Pakete im fremden Spind ab. Bis er auch hier mit Entsetzen feststellen musste, dass seine Lieblinge wiederum spurlos verschwanden.

Der Tat dringend verdächtig erwies sich diesmal natürlich die Putzfrau, an die sich mein Freund heranpirschte, um Näheres zu erfahren. Und was er erfuhr, war niederschmetternd genug. „No, was glauben Sie, wer ich bin. Stecken mir Ihre Stinkatores in meinen Schrank. Die ganzen Schürzen haben gestunken! Das ist ein Schkandal, wissen Sie! Ich bin auch nur ein Mensch."

„Und .... wohin ...?" hauchte Mikosch und in seiner Stimme glomm nur noch ein winziges Fünkchen Hoffnung.

„No, wohin schon. In den Dreckeimer hab' ich das Zeug geschmissen."

Das Fünkchen erlosch.

Soweit war Mikoschs Quargelgeschichte gediehen, als er wieder einige Pakete erstand.

Ich stieß ihn beunruhigt an. „Mikosch, du kaufst ja schon wieder so einen Haufen von diesen Dingern! Wo willst du sie denn jetzt verstauen?"

Mikosch strahlte. „Mikoschek hat jetzt einen wunderbaren Plan. Einen wahrhaft genialen Plan. Der wird gelingen!"

„Da bin ich aber gespannt wie ein Regenschirm, wohin du deine Eier diesmal legen willst."

Er grinste verschmitzt. „Ich lege sie in deinen Spind", jauchzte er, „ist das nicht eine grandiose Idee?"

Auch ich lachte, bis mir einfiel, dass er ja von meinem Spind gesprochen hatte. „Sagtest du in meinem Spind?" vergewisserte ich mich daher noch einmal.

„Gewiss, ich erwähnte deinen Spind."

„Das kommt überhaupt nicht in Frage", wehrte ich mich entschieden, „glaubst du vielleicht, wir wollen den ganzen Tag in diesem Gestank herumlaufen?"

„Ja", entgegnete Mikosch schlicht, „das glaube ich."

„Wie kannst du denn so einen Blödsinn glauben?"

„Hör mal, Hardi, das ist doch ganz einfach! Bei euch in der Bude stinkt es doch sowieso. Da fällt mein bisschen Käse gar nicht auf!"

Womit mein Freund gar nicht so Unrecht hatte. Wer schon einmal eine Stube betrat, in der 15 Patienten mit Erfrierungen liegen, der muss meinem Freund unumschränkt Recht geben. Oft haben wir erlebt, dass ahnungslose Besucher bereits nach wenigen Minuten Aufenthalt totenbleich das Zimmer fluchtartig verließen. Für die wären Mikoschs Quargeldüfte die reinste Erholung gewesen. Ich gab nach. „Gut, ich bin einverstanden. Stopfe von mir aus meinen ganzen Spind voll!"

„Wusst' ich's doch! Du bist ein wahrer Freund, mein Freund!" rief Mikosch enthusiastisch. Und ehe ich zurückweichen konnte, hatte er mich umarmt und mir einen schmatzenden Kuss auf die Wange gedrückt. Da er aber soeben eine ganze Stange Quargeln vorgekostet hatte, blieben auch einige Krümel an meiner Wange hängen, was ich mit Missmut zur Kenntnis nahm.

Somit waren wir an diesem Abend nicht mehr dazu gekommen, unseren zweiten Plan näher zu besprechen. Der Lazarett-Aufenthalts-Verlängerungsplan war zu unserer vollsten Zufriedenheit gediehen. Nunmehr galt es, einen zweiten Plan auszuarbeiten, der in seiner Wichtigkeit dem ersten in nichts nachstand. Wir nannten ihn Kriegsüberlebensplan, kurz KÜP, hatten aber bis dahin nicht die geringste Ahnung, wie wir diesen Plan realisieren wollten. Zeit zum Überlegen hatten wir genug, denn einige Monate Lazarettaufenthalt waren uns sicher. In wenigen Wochen war Weihnachten, dann kam das neue Jahr; wer wollte denn in dieser Zeit noch weiter in die Zukunft denken.

Gemächlich trotteten wir heimwärts, und Mikosch vergaß natürlich nicht, erst einmal meinen Spind aufzusuchen, um hier seine Pakete abzuladen.

Somit hatte das Quargeldrama ein für alle befriedigendes Ende gefunden. Übrigens, in unserer Stube merkte kein Mensch etwas, im Gegenteil, unser Stabsarzt stellte bei seiner nächsten Visite fest, die Luft im Raum sei zwar nicht besser, der Gestank dafür aber etwas würziger geworden.

Die Dienstreise

Ich überspringe nun einige Monate. Wir wurden beide noch einmal operiert. Wenige Tage nach meiner Operation konnte ich wieder aufstehen und, wenn ich zwei Krücken unter die Achseln klemmte, fast normal gehen. Bei Mikosch sah die Sache anders aus, denn er hüpfte trotz seiner Krücken auf einem Bein herum wie ein Känguru mit Hühneraugen. Als ich ihm das unverblümt sagte, war er zutiefst beleidigt, dann aber bemerkte er mit einem Seitenblick auf meine Krücken in hämischem Tonfall, ich sollte mich einmal im Spiegel betrachten, wenn ich angetaumelt käme wie ein Storch auf Stelzen.

Mich konnte er damit nicht ärgern. Ich kannte meinen Freund sehr gut. Wenn er einmal wirklich die Wahrheit sagte, pflegte er dabei derart maßlos zu übertreiben, dass alles schon nicht mehr wahr war.

Zu unserem Leidwesen machte bei beiden der Heilungsprozess unglaubliche Fortschritte, so dass im Frühjahr eigentlich nur ein Grund den Stabsarzt daran hinderte, die Ostfront um zwei Helden reicher zu machen: Er hatte für uns noch keinen Ersatz gefunden. Und ehe er die Krankengeschichten selbst schrieb, diktierte er uns jede Woche erneut in unsere Papiere, dass die Wunden noch nicht völlig ausgeheilt seien. Bei mir kam zum Glück noch hinzu, dass eine Sendung orthopädischer Schuhe spurlos verloren ging, unter denen sich auch die für mich bestimmten befanden. Nebenbei gesagt, habe ich die Schuhe bis heute nicht erhalten.

Aber es gibt ja so vieles im Leben, worauf man vergeblich wartet.

Dann kam etwas auf uns zu, das unsere ganzen Pläne über den Haufen warf und uns völlig neue, ungeahnte Möglichkeiten eröffnete.

Mikosch war es, der eines Tages in meine Schreibstube gefegt kam, in der ich mich tagsüber aufzuhalten pflegte. Mit einem Gesicht, als hätte er soeben höchstpersönlich den Krieg gewonnen, setzte er sich nach alter Gewohnheit auf die Bank, legte seine Füße auf den Tisch und begann mörderisch zu pfeifen, wobei er mit den Schuhen auf der Tischplatte so heftig den Takt stampfte, dass meine Schreibmaschine im gleichen Rhythmus zu hüpfen begann.

Ich hielt mit dem Schreiben inne und rückte etwas zur Seite, denn einige Dreckklumpen hatten sich bereits von Mikoschs Schuhsohlen gelöst und sich auf der Tischplatte und den Krankenpapieren breitgemacht. „Mikosch, du bist ein altes Ferkel", konstatierte ich und schnippte den Dreck mit spitzen Fingern vom Tisch.

Mein Freund unterbrach sein schrilles Gepfeife. „Was ist denn schon Dreck", bemerkte er lässig, „Dreck ist lediglich Materie am ungewohnten Platz, mehr nicht." Dann knallte er sich plötzlich auf seine Schenkel, sprang auf und begann wie ein Veitstänzer im Zimmer herum zu springen.

Ich folgte dem Tänzer mit besorgten Blicken.

Dann begann er auch noch zu singen, laut und krumm, wobei es ihn keinesfalls störte, dass ich meine Zeigefinger tief in die Ohren stopfte.

Dennoch konnte ich seine Worte verstehen. Und was ich da hörte, veranlasste mich, trotz des graulichen Gesanges die Finger schleunigst aus meinen Gehörgängen herauszuziehen und Mikosch entgeistert anzustarren. „Was hast du da soeben gebrüllt, brüll das doch noch einmal!"

„Ich habe gesungen, dass wir morgen nach Ostrau fahren, wir beiden zwei zusammen! - Jetzt guckst du endlich einmal etwas intelligenter drein als sonst, besonders, wenn du deinen Mund noch weiter aufmachst", fügte er noch hinzu und setzte sein unverschämtes Grinsen auf.

Langsam reichte es mir. Ich begann, mit den Fäusten auf dem Tisch herumzuhämmern und schrie: „Ich - will - endlich - wissen, was - los - ist!"

Mikosch setzte sich ausnahmsweise normal hin. „In Baracke III liegt ein Beinamputierter. Du kennst ihn! Es ist dieser kleine Dicke, weißt du, der Oskar, der glaubt, dass er so gut jodeln kann. Er ist auch aus Ostrau und soll jetzt auf seinen Wunsch in ein Ostrauer Lazarett verlegt werden. Und da wir beide ja gebürtige Ostrauer sind, sollen wir als Begleitpersonen mit. Ein Tag Hinfahrt, ein Tag Rückfahrt, dazwischen ein Tag Aufenthalt. Kapiert?"

Und ob ich kapiert hatte! Diese überraschende Nachricht riss mich vom Stuhl. Das war endlich einmal ein Sonnenstrahl in der grauen Einöde unseres Lazarettdaseins! Nun hüpften wir zu zweit in der Stube herum, und es störte uns wenig, dass mehrere Patienten eingetreten waren, die unserem Treiben stumm und höchst verwundert zusahen.

Wie gut, dass der Mensch nicht in die Zukunft sehen kann! Denn hätten wir geahnt, was uns beiden alles bevorstand, wir hätten uns schleunigst in die Betten gelegt und uns die nächsten 24 Stunden nicht vom Fleck gerührt. So aber ist dem Menschen diese Sehergabe leider nur in den seltensten Fällen gegeben. Und da weder Mikosch noch ich mit dieser beneidenswerten Fähigkeit behaftet waren, ahnten wir nichts Böses und genossen die Stunden ungetrübter Vorfreude.

Es kam auch damals schon vor, dass Formalitäten schneller als erwartet erledigt wurden. In unserem Fall traf dies glücklicherweise zu, oder auch unglücklicherweise, wie man später sehen wird.

Mit sämtlichen Papieren ausgerüstet, standen wir bereits am nächsten Morgen an der Bushaltestelle. Zwischen uns stand Oskar, der Jodler, von allen Ossi genannt. Da wir sein Gepäck tragen mussten, war ich nur mit dem Notwendigsten

ausgerüstet. Ich hatte lediglich einen Brotbeutel umge-
schnallt.

Mikosch dagegen schleppte eine gewaltige Pappschachtel
mit sich herum, über deren Inhalt er sich in geheimnisvolles
Schweigen hüllte.

In der Nacht hatte es ein wenig gefroren, und es war auch
jetzt noch reichlich kalt. Nur zaghaft drang das Dämmerlicht
des werdenden Tages durch die nasskalten Nebelschwaden.

Ossi hatte sich auf seine Krücken gestützt und bibberte still
vor sich hin.

Uns beide dagegen kümmerte die Kälte wenig. Wir hatten
genug damit zu tun, uns an den Gedanken zu gewöhnen,
dass wir tatsächlich nach Ostrau fuhren. Immer wieder betrachteten wir unseren Dienstreiseausweis. Da stand es
schwarz auf weiß: Dienstreise für den Gefreiten Erhard Habel, geboren am 22., Mai 1924, und den Gefreiten Theodor
Anders, geboren am 6. März 1924. Von Wlaschim nach
Ostrau und zurück. Grund: Begleitung des Beinamputierten.
Oskar Benda, Unteroffizier.

Erst als wir im Bus saßen, tauten wir im wahrsten Sinne
des Wortes allmählich auf. Jetzt erst wurde die Reise zur
Gewissheit. Was uns wie ein Traum erschienen war, begann
sich zu erfüllen.

Mikosch war der erste, bei dem die Freude durchbrach. Mit
einer Lautstärke, die die wenigen, milde dahindösenden
Fahrgäste zusammenfahren ließ, begann er zu singen. Nur,
um ihn nicht zu kränken, will ich die Urlaute, die aus seinem
Munde quollen, noch mit Singen bezeichnen. Anhand des
Textes stellte ich fest, dass er das schöne Volkslied "Muss i'
denn, muss i' denn, zum Städtele hinaus" angestimmt hatte.
Ich schloss mich seinem Grölen an, und da ich über eine sehr
angenehme Stimme verfüge, gelang es mir, etwas mehr Me-
lodie in unseren Gesang zu bringen. Und die Hauptperson,

der Ossi aus Ostrau, brachte an allen passenden und unpassenden Stellen seine Jodler an.

Als wir ungefähr 15 Minuten die anderen Fahrgäste mit unserem Gesang erfreut hatten, blieb der Bus plötzlich mitten auf der Straße stehen. Der Busfahrer stand auf und blickte wutentbrannt zu uns herüber. „Svatà Maria", schrie er, was so viel wie heilige Maria bedeutet, riss seine Fahrermütze vom Kopf und schmetterte sie auf den Boden. „Aufhörän da hintän, sonst ich kann nicht fahrän. Ich auch hab' Nerven, kruzifixalleluja!"

Wir schwiegen ergriffen und zutiefst beleidigt.

Die Weiblein aber, die zum Markt nach Stiepenau fuhren, atmeten erleichtert auf. Ein Mütterlein bekreuzigte sich sogar und murmelte dankbar ihr "chvàla bohu (Gott sei Dank)", wobei sie nicht ahnen konnte, dass wir ihren Stoßseufzer sehr gut verstanden.

Wir unterbrachen also unseren Gesang, und die Fahrt konnte weitergehen.

Der Busfahrer hob seine Dienstmütze vom Boden auf, klopfte den Dreck an seiner Hose ab, warf uns noch einen langen, bitterbösen Blick zu, stülpte sich die Kopfbedeckung auf sein Haupt und ergriff wieder das Steuer. Der Bus setzte sich in Bewegung.

Mikosch sah mich vorwurfsvoll an. „Daran bist du schuld, nur du mit deinem entsetzlichen Gegröle!" murrte er. "Das war ja nicht zum Anhören, was du da an Gesang verzapft hast."

Für einen Moment verschlug es mir die Sprache, dann aber platzte mir der Kragen. „Das musst gerade du sagen! Dabei quakst du herum, als ob du statt der Stimmbänder rostige Sägeblätter eingebaut hättest! Du kannst ja fast noch schlechter singen als gehen!"

Jetzt kam Mikosch auf Touren. „Das muss ausgerechnet so ein krummes Hinkebein behaupten. Wo zwei Töne von dir genügen, um einen ausgewachsenen Elefanten umzuwerfen!"

„Hört doch auf mit eurer Streiterei!" warf Ossi schlichtend ein, „ihr habt doch beide so schön gesungen, no, schöner geht's gar nicht mehr."

Mikosch zeigte auf mich, ich zeigte auf Mikosch, und dann fragten wir beide wie aus einem Mund: „Er auch?"

„Ich hab' doch gesagt, ihr singt beide schön. Außerdem sind wir schon da!"

Das hatten wir im Eifer des Gefechts gar nicht gemerkt. Ich riss mein dürftiges Gepäck und die Koffer unseres Schützlings aus dem Gepäcknetz, Mikosch ergriff sein gewaltiges Bündel, dann stützten wir Oskar gemeinsam von beiden Seiten und verließen den Bus, nicht ohne dem Fahrer ein freundliches Lebewohl zuzurufen.

Der Zug stand schon da und wartete auf uns. Platz war in allen Waggons reichlich vorhanden. Im Nu hatten wir das Gepäck im Abteil verstaut, Ossi in die Ecke gesetzt und die Bank gegenüber für unsere Zwecke reserviert. Es konnte also losgehen.

Nun darf sich der Leser eine Zugreise in diesen Zeiten nicht so vorstellen wie eine Fahrt heute.

Heute hast du deine Platzkarte telefonisch vorbestellt. Ehe der Zug kommt, nimmst du im Wartesaal Platz und verzehrst dein Abendbrot. Etwas Leichtes für die Fahrt, ein Steak vielleicht oder ein Jägerschnitzel mit Champignons, dazu ein großes Helles. Pünktlich auf die Sekunde kommt dein Zug an. Der Gepäckträger hat dein Gepäck schon zu deinem Abteil gebracht. Du nimmst auf der weich gepolsterten Bank Platz, lehnst dich bequem zurück und zündest dir genüsslich eine Zigarette an. Wohlige Wärme umgibt dich. Das sanfte Rattern der Räder schläfert dich langsam ein. Du klappst ein Zwischenteil hoch, lehnst dich auf die weiche Rückenlehne zurück und streckst die Beine aus. So schläfst du tief und ungestört, bis die ersten Sonnenstrahlen durch das Abteilfenster dringen und dich verwegen an der Nase kitzeln. Du stehst auf, reckst und streckst dich, gähnst ein paar Mal herzhaft, dann öffnest du das Fenster, beugst dich weit hinaus und lässt dir den frischen Morgenwind um die Ohren wehen. Dann erinnert dich der Hunger daran, dass im Speisewagen ein eifriger Kellner es gar nicht erwarten kann, dir den Morgenkaffee mit frischen Brötchen, Wurst, Käse und Marmelade zu servieren. Du wirfst einen gelangweilten Blick in die Zeitung. Dann blickst du auf deine stoßfeste goldene Automatik-Armbanduhr. Noch 18 Minuten, dann musst du aussteigen. Also noch genügend Zeit, um eine nikotinarme Filterzigarette zu rauchen. Pünktlich auf die Minute hast du dein Reiseziel erreicht. Ein Taxi wartet schon, um dich weiterzubefördern.

Ja, und damals? Damals sah alles ganz anders aus. Du kommst pünktlich auf den Bahnhof, aber von deinem Zug ist keine Spur zu sehen. Eine plärrende Stimme aus dem Lautsprecher verkündet irgendetwas völlig Unverständliches. Du stehst auf dem Bahnsteig, wartest und frierst. Aber dein Zug kommt nicht. Schließlich fragst du voller Ungeduld einen vorbeieilenden Schaffner. Er bleibt gar nicht stehen. „Haben Sie denn nicht gehört?" sagt er im Vorbeigehen, „ihr Zug hat doch zwei Stunden Verspätung!"

Also bleibt dir nichts anderes übrig, als in den Wartesaal zu gehen. Doch der ist voll besetzt. Überall sitzen oder liegen müde Gestalten herum. Weit nach vorne gebeugt, versuchen sie zu schlafen. Zwischen den Stühlen liegen in wirrem Durcheinander Gepäckstücke herum, Kisten, Schachteln, Säcke, Bündel und verbeulte Pappkoffer. Auch diese sind besetzt. Bleiche Frauen mit abgezehrten Gesichtern, plärrende Kinder, müde Soldaten, sie alle warten. Worauf? Das wissen manche gar nicht mehr. Vielleicht auf den nächsten Zug, der gar nicht kommt?

Du wuchtest dein Gepäck hoch und steigst mühsam und vorsichtig über die schlummernden Gestalten, trittst trotz aller Vorsicht mal da einem auf den Fuß, mal da einem auf die Hand, stößt unsanft an ein Tischkante und stolperst über irgendwelche Gepäckstücke. Endlich hast du ein Eckchen gefunden, wo du dein Gepäck abstellen und dich ein wenig niederlassen kannst. Es ist etwas wärmer hier, die vielen Menschenleiber haben dazu beigetragen. Die Luft ist stickig, der Tabaksqualm beißt in die Augen, es riecht nach Leder und Schweiß. Du kannst nichts zu essen oder zu trinken holen oder gar bestellen. Du hockst nur da, starrst trübe vor dich hin und wartest. Du willst rauchen, aber deine Finger sind zu klamm, um die groben Tabakkrümel in das zerknitterte Zigarettenpapier zu wickeln. Endlich, nach drei qualvollen Stunden, kommt der Zug. Man sieht ihn schon von weitem, denn eine Wolke glühender Funken stiebt aus dem Schornstein der Lok.

Nehmen wir an, du hast das Glück, auf der harten Bank Platz zu finden. Du sitzt da und frierst, denn die Abteile sind aus Gründen der Sparsamkeit nicht beheizt. Die eisige Kälte dringt dir durch Mark und Bein. Du schlägst den Kragen hoch, vergräbst deine Hände tief in den Manteltaschen und versuchst zu schlafen. Die Scheiben des Abteilfensters sind fest zugefroren, nur in der Mitte hat jemand ein kleines Loch frei gehaucht, durch das du draußen die glühenden Funken vorbeihuschen siehst.

Dann bleibt der Zug plötzlich stehen. Draußen herrscht pechschwarze Nacht. Im Abteil verbreitet eine trübe, abgedunkelte Funzel gerade so viel Licht, dass man verschwommene Umrisse erkennen kann. Der Zug steht und steht. Kein Mensch weiß, warum. Endlich, nach stundenlangem Warten, fährt der Zug ruckartig wieder an. Die Reise geht weiter. Du ziehst den Mantel aus, legst dich auf die Bank, deckst dich zu und versuchst zu schlafen. Aber der Mantel ist zu kurz, und die Kälte wird immer unerträglicher. Also stehst du fluchend auf, gehst im Abteil hin und her, kreist mit den Armen, um dich wieder etwas aufzuwärmen. Vergeblich. Die Kälte hat sich in dir festgesetzt und lässt sich durch nichts vertreiben.

Wenn es dann heller wird, wage ja nicht, das Fenster zu öffnen, um einen Blick nach draußen zu werfen, denn du kannst gewiss sein, dass dir dann einer der vielen Funken tief ins Auge dringt.

Müde, verschlafen, halb ausgehungert und durchfroren, erreichst du endlich dein Reiseziel mit vielen Stunden Verspätung. Taxen gibt es nicht, und die letzte Straßenbahn ist längst abgefahren. Müde, wie du bist, schleppst du dich mit deinem Gepäck durch die dunklen, menschenleeren Straßen und kommst halbtot dort an, wohin dich deine Reise führte.

In dieser Beziehung hatten wir allerdings etwas mehr Glück. Unser Zug fuhr pünktlich ab, so dass wir in Prag sogar den Anschlusszug erreichten.

„Wenn alles klappt, sind wir gegen 17 Uhr zu Hause", sagte ich aufatmend, nachdem wir ein völlig leeres Abteil in Beschlag genommen hatten. Wir konnten uns in aller Ruhe ausbreiten, denn umzusteigen brauchten wir bis Ostrau nicht mehr. So konnten wir es uns bequem machen, soweit man von bequem überhaupt reden konnte. Es war unangenehm kalt und zog aus allen Ecken.

„Junge, Junge, da werden wir was zusammenfrieren, ehe wir in Ostrau sind", klapperte Oskar und steckte sich seine Pfeife an, um sich wenigstens innerlich aufzuwärmen. Ein Sonnenstrahl verirrte sich durch das Abteilfenster und ließ ein Tröpfchen an Ossis Nase wie einen Diamanten aufblitzen.

Nun aber kam Mikoschs große Stunde. Er erhob sich und zerrte vom Gepäcknetz sein riesiges Bündel herunter. „Nun sollt ihr mal sehen, was euer Mikoschek für ein schlaues Kerlchen ist", übertrieb er wieder einmal.

Was soll ich viel erzählen! Mikoschs Bündel entblätterte sich zu drei Decken, jede mit der dicken Schrift "Reservelazarett Wlaschim" versehen.

„Mein lieber Mikoschek, ich bewundere dich", rief ich entzückt aus, „ich nehme alles zurück, was ich je Böses über dich gesagt habe. Du bist ja ein wahres Genie!"

Ossi blies eine dicke Rauchwolke in die kalte Abteilluft. „Ja, das ist er, ein wahrer Genius der Menschheit!" bekräftigte er meine Worte.

Mikoschs Brust schwoll zusehends. „Es ist aber auch allerhöchste Zeit, dass ihr geistigen Kleingärtner das erkennt!" Dabei warf er jedem von uns lässig eine Decke zu.

Wir wickelten uns ein, so gut es ging, und warteten ungeduldig auf die Abfahrt des Zuges.

Aber dieser rührte sich nicht vom Fleck. Außer uns dreien rührte sich überhaupt nichts. Es verging eine geschlagene Stunde, und unser Zug stand immer noch.

Allmählich verlor ich die Geduld. Wütend schlug ich die wärmende Decke zurück und sprang auf. „Ich geh' mal fragen, was eigentlich los ist."

„Vielleicht ist die Lok eingefroren", rief mir Mikosch nach.

Steifbeinig humpelte ich den Gang entlang und kletterte aus dem Wagen. Der Bahnsteig war wie leergefegt. Die paar Eisenbahnwagen standen da wie bestellt und nicht abgeholt. Von einer Lok war weder vorne noch hinten etwas zu sehen. Neben dem geschlossenen Zeitungsstand entdeckte ich eine Tür mit der Aufschrift "Stationsvorsteher". Ohne zu klopfen, trat ich ein.

In der Mitte des Raumes stand ein riesiger Kanonenofen, der eine angenehme Wärme verbreitete. An diesem vorsintflutlichen Ungetüm saß der Stationsvorsteher und wärmte sich die Hände.

„Sagen Sie mal, wann fährt denn der Zug nach Ostrau endlich ab?" fragte ich.

„Das kann ich nicht sagen", entgegnete der Beamte, ohne sich umzudrehen.

„Vielleicht in einer Stunde, vielleicht in zwei Stunden, vielleicht in drei Stunden..."

„Vielleicht in vier oder fünf Stunden", unterbrach ich ihn ungeduldig.

„Auch möglich", sagte er ungerührt. „Gestern ist der Zug erst nachmittags abgefahren. Wegen der Fliegerangriffe, verstehen Sie! Da müssen's halt warten."

Das waren ja schöne Aussichten! Das meinte Mikosch auch, als ich ihm diese betrübliche Mitteilung machte.

Was blieb uns also weiter übrig, als uns mit Engelsgeduld zu wappnen. Wir wickelten uns noch fester in die Decken ein, starrten trübsinnig vor uns hin, und je länger wir warteten, umso länger wurden auch unsere Gesichter.

Die düstere Prophezeiung des Vorstehers ging in der Tat in Erfüllung, denn erst am frühen Nachmittag setzte sich der Zug in Bewegung.

Wir waren durch das endlose Warten so zermürbt, dass unsere Freude nur noch gedämpft zum Ausdruck kam. Dafür aber ging die Reise von nun an verhältnismäßig zügig weiter.

Als es dunkel wurde, waren wir von Ostrau gar nicht mehr weit entfernt. Es wurde auch wieder zusehends kälter. Das brachte Mikosch auf die Schnapsidee, auf dem Boden zwischen den Bänken ein kleines Feuerchen anzufachen. Er zerriss seine Schachtel in kleine Stückchen, stapelte diese kunstgerecht auf dem Fußboden und zündete sie an. Das Feuer brannte wunderbar und verbreitete neben beißendem Qualm auch ein bisschen Wärme.

Als die Flamme kleiner wurde, sprangen wir auf und liefen durch sämtliche Abteile. Wir sammelten Papier und alles halbwegs Brennbare und schleppten es in unser Abteil. Mikosch brachte sogar einige Holzbrettchen, die er angeblich auf dem Fußboden gefunden hatte. Unser Lagerfeuer flammte heller auf und begann einladend zu prasseln.

Mikosch zog als erster seine Schuhe aus, um seine kalten Füße über das Feuer zu halten. Ich tat es ihm nach, ebenso Oskar, der ja nur einen Fuß zu wärmen hatte.

Es wurde richtig urgemütlich. Mikosch schlug gerade vor, jeder solle ein paar Witze erzählen, als der Schaffner unsere Idylle störte. Kaum hatte er unser Abteil betreten, da trampelte er auch schon so lange wie ein Wahnsinniger auf dem harmlosen Feuerchen herum, bis nicht das kleinste Fünkchen mehr zu sehen war. Dabei schimpfte er ununterbrochen wie ein Rohrspatz und drohte mit den fürchterlichsten Strafen. Sabotage, Kriegsgericht, Konzentrationslager, Todesstrafe, das war nach seiner Ansicht das mindeste, was wir verdienten.

Wir lagen stumm auf unseren Bänken, sahen und hörten ihm interessiert zu und ließen ihn reden.

„Wie sprechen Sie mit uns Schwerverletzten", unterbrach ich schließlich den Fluss seiner Rede. Ich schlug die Decke zurück, so dass der Schein seiner Lampe auf mein Goldenes Verwundetenabzeichen fiel.

Viermal war ich in der Tat verwundet worden, aber meist so leicht, dass es kaum der Rede wert war. Aber dem Sanitäter genügten ein paar Blutstropfen, um eine Verwundung sorgfältig ins Soldbuch einzutragen. Da ich, wie bereits berichtet, durch die Erfrierung auch noch eine Zehe eingebüßt hatte, wurde dieser unersetzliche Verlust ebenfalls als Verwundung gezählt. Und bei fünf Verwundungen gab es eben das Goldene Verwundetenabzeichen, das bei näherer Betrachtung immer mehr Wirkung erzielte als zum Beispiel das Eiserne Kreuz I. Klasse.

Diese Erfahrung machte ich auch hier. Der Schaffner beugte sich vor und kniff die Augen zusammen. "No ja, das hab' ich nicht gewusst", murmelte er.

Oskar machte seinen amputierten Oberschenkel frei und ließ den Stumpf von der Lampe bescheinen.

„Ich hab' halt meine Vorschriften", entschuldigte sich der Schaffner, „aber Feuermachen im Zug ist verboten Da kann ja der ganze Zug abbrennen, ihr versteht. Ich bring euch eine Kerze, oder besser zwei. Da könnt's ihr euch ein bissel Licht machen."

Der Gute enteilte und brachte uns die Kerzen. Wir stellten sie auf den Boden und bildeten uns ein, dass ihre kümmerlichen Flämmchen unser Abteil erwärmten.

„Ich würde ja gern einmal nachsehen, wo wir eigentlich sind", unterbrach Mikosch das Schweigen, „aber wenn du den Kopf aus dem Fenster steckst, hast du ja gleich ein halbes Brikett im Augen sitzen. Ich schätze, falls jetzt nichts mehr schief geht: In einer Stunde sind wir in den Armen unserer Lieben!"

„Falls nichts schief geht", hatte er gesagt.

Aber es ging schief. Schiefer konnte es gar nicht mehr gehen. Es begann damit, dass der Zug mit schrillem Kreischen und einem unerwarteten Ruck mitten auf der Strecke stehen blieb.

Wir hatten alle drei gerade ein wenig vor uns hingedöst und fuhren hoch. Es gelang mir, das Fenster so weit herunterzuziehen, dass ich den Kopf hinaus stecken konnte. Das erste, was ich zu hören bekam, war das entfernte Heulen von Sirenen. Dann sah ich in Fahrtrichtung auf dem Himmel die übliche Christbaumbeleuchtung. Ich schob das Fenster wütend hoch und ließ mich entmutigt auf die Bank fallen. „Da haben wir den Salat! Fliegeralarm über Ostrau!"

Mikosch stieß einen ellenlangen Fluch aus, woran wir leicht erkennen konnten, dass auch er nicht gerade erbaut war.

Oskar sagte gar nichts. Ihm war's ja schließlich egal, ob er einen Tag früher oder später im Lazarett ankam.

Unsere Rückfahrt dagegen lag fest und ließ sich beim besten Willen nicht aufschieben.

Draußen wurde es allmählich lauter. Die Flak ballerte aus Leibeskräften, und das dumpfe Donnern detonierender Bomben erklang so nahe, dass der ganze Wagen zu vibrieren begann.

„Na, prost Mahlzeit, da sind wir ja wieder einmal in eine schöne Scheiße hineingeschlittert", schimpfte ich.

„Lass sein! Auch dieser Kelch wird an uns vorübergehen", wollte Mikosch trösten. Aber er hatte heute kein Glück mit seinen Prophezeiungen.

Ganz im Gegenteil! Es kamen noch ein paar Kelche auf uns zumarschiert. In Form von Offizieren, die sämtliche Abteiltüren aufrissen und hinein schrien: „Fliegeralarm ! Alles raus und volle Deckung!"

Was blieb uns übrig. Mit vereinten Kräften stemmten wir Ossi hoch und schleppten ihn aus dem Abteil ins Freie.

Draußen herrschte schon große Aufregung. Türen knallten auf und zu, eilige Schritte knirschten über den Schotter des Bahndammes, dunkle Gestalten rutschten schimpfend die steile Böschung hinunter und verschwanden in der Dunkelheit.

Unseren Schützling von beiden Seiten stützend, tasteten wir uns vorsichtig die Böschung hinunter und langten wohlbehalten unten an. Ich breitete eine Decke aus, wir legten uns darauf und deckten uns mit den beiden anderen zu.

Es war erbärmlich kalt. Hinzu kam noch, dass es zu schneien begann und eine Mischung aus Schnee und Regen auf uns herabrieselte. Der Wind ließ natürlich auch nicht lange auf sich warten und blies uns die unangenehme Nässe unter die Decken. So war es nicht verwunderlich, dass unsere Stimmung den absoluten Nullpunkt erreichte. Wir überboten uns in den saftigsten Flüchen, wobei Mikosch derart phantasievolle Wortschöpfungen hervorbrachte, dass ich trotz der widrigen Umstände laut zu lachen begann. Mikosch schloss sich an, auch Oskar ließ einige grunzende Laute vernehmen. Er steckte ganz unter seiner Decke, und einige Qualmwolken, die an der Seite hervordrangen, verrieten, dass er sich seine Pfeife angesteckt hatte.

Da ein Ende des Alarms noch nicht zu erwarten war, blieben Mikosch und ich ebenfalls unter unserer Decke stecken, zündeten uns zwecks Erwärmung der Innereien eine Zigarette an und hüllten uns in unserem winzigen Zelt in so undurchdringliche Rauchwolken, dass man die Luft in kleine Würfel schneiden konnte.

Das Dröhnen aus dem Osten kam zwar verdächtig nahe, der Boden erzitterte mehrmals unter dem entfernten Aufschlag einiger Bomben, sonst aber geschah nichts. Unser Zug blieb unversehrt.

Endlich verkündeten die Sirenen das Ende des Bombenalarms. Wir steckten unsere Köpfe unter der Decke hervor, um in tiefen Zügen die frische Nachtluft einzuatmen.

Über unserer Heimatstadt flammte an einigen Stellen ein tiefroter Schein. Hoffentlich war der Angriff nicht zu schlimm gewesen, hoffentlich war das Chaos nicht zu groß!

Meine armen Eltern! Ob sie ihren Plan doch schon verwirklicht und Ostrau verlassen hatten? In Römerstadt, einem kleinen Ort im Sudetenland, war mein Vater geboren. Hier besaßen wir ein kleines Häuschen, in dem sie, falls die Bombenangriffe zunahmen, Schutz und Zuflucht suchen wollten.

Inzwischen hatten wir uns mühsam wieder aufgerappelt. Rufe ertönten, eine dunkle Gestalt neben uns, die die Böschung fast erklommen hatte, rutschte aus und schlitterte auf dem Hosenboden, in allen Tonarten fluchend, den Hang wieder hinunter. Uns gelang es, ohne Rutschpartie die Böschung zu erklimmen und ins Abteil zurückzuklettern.

Mikosch ließ sich mit einem Stoßseufzer auf die Bank fallen.

„Gott sei Dank! jetzt haben wir's überstanden, wir haben es endlich geschafft. Jetzt kann nichts mehr dazwischenkommen!"

Ich klopfte dreimal auf die Bank. „Mikoschek, beschrei so etwas nicht! Ich will es erst glauben, wenn wir endgültig da sind."

Erschöpft wickelte ich mir die nasse Decke um und legte mich auf die Bank. Der Zug ruckte wieder einmal an, und es schien, als ob die Fahrt nun munter weitergehen sollte.

„Freunde, in zehn Minuten sind wir auf dem Bahnhof in Oderfurt", rief Mikosch enthusiastisch und schleuderte seine nasse Decke achtlos auf den Fußboden. „Es kann nichts mehr schief gehen, versteht ihr, nichts!"

Das hatte er schon einmal behauptet, dieser unverbesserliche Optimist. Aber vielleicht behielt er Recht, wenigstens dieses eine Mal; es wäre zu schön, um wahr zu sein.

Leider aber irrte er sich wiederum gewaltig. Es kam nämlich der so berühmte Strich durch die Rechnung. Ein ganz dicker Strich sogar!

Es begann damit, dass der Zug wieder einmal hielt. Draußen war es stockdunkel, so dass wir gerade noch die Umrisse von Häusern erkennen konnten. Wir mussten also den äußeren Stadtbezirk von Ostrau erreicht haben. Wieder ertönte das Scharren eiliger Schritte, dann schrillten Kommandos durch die. Nacht. „Alle raus und vor dem Zug antreten!"

Das Durcheinander ging wieder los. Abteiltüren wurden aufgerissen, und erneut entquollen den Waggons müde Gestalten mit mürrischen, verschlafenen Gesichtern, irrten suchend umher, um endlich schimpfend und fluchend vor dem Zug Aufstellung zu nehmen. Keiner wusste, was eigentlich los war; eines jedoch schien festzustehen: Unser Zug würde sich keinen Meter mehr von seinem Platz fortbewegen.

Mikosch rannte im Abteil herum und klatschte sich mit der Hand auf die Stirne. „Jetzt wird mich gleich der Schlag treffen", schrie er wild und versetzte der harmlosen Decke einen Fußtritt.

„Ich bleib hier drinnen sitzen und basta! Keine zehn Paar Pferde kriegen mich hier hinaus!"

Es genügte aber dann ein Posten der Bahnhofswache, und widerspruchslos verließen wir drei unser Abteil.

„Was ist denn jetzt wieder los?" wollte ich wissen.

„Eine Bombe hat den Bahndamm aufgerissen und die Schienen zerstört. Feierabend. Endstation."

„Und was geschieht jetzt?"

"Das werdet ihr schon hören", erteilte der Mann uns seine nichts sagende Auskunft, ehe er weitereilte.

Da standen wir nun, dachten mit Wehmut an das warme Bett: im Lazarett in Wlaschim und ahnten noch immer nicht, was uns wirklich noch blühen sollte.

„Los, Leute, Gepäck aufnehmen und mitkommen", befahl dann ein jüngerer Leutnant, der plötzlich aus dem Dunkel auftauchte und mit seiner abgedunkelten Taschenlampe winkte.

Wir nahmen Oskar in die Mitte und setzten uns unwillig in Bewegung. Dicht an den Geleisen stand eine Baracke. Wir mussten eintreten und auf dem breiten Mittelgang Aufstellung nehmen.

Vorne stand, die Hände in die Hüften gestemmt, der Kerl von der Bahnhofswache. „Hört mal alle her!" schrie er.

Aber der Lärm wehrte an. Immer noch drängten sich Leute von draußen hinzu und schoben alle, die schon auf dem Gang standen, vor sich her. Aber auch sie wurden weitergedrückt von dem nicht enden wollenden Strom derer, die noch eintreten wollten.

Wir waren inzwischen fast durch den ganzen Gang geschoben worden und standen so eingekeilt in der Menge, dass ein Umfallen einfach unmöglich war.

„Wenn das so weitergeht, sind wir auf der anderen Seite gleich wieder draußen", rief ich Mikosch ins Ohr.

Er nickte. „Das wäre vielleicht ganz gut. Im Übrigen ist mir das egal. Mir ist überhaupt alles egal!"

Allmählich wurde es ruhiger. Das Gedränge und Geschiebe hörte auf, die Eingangstür wurde geschlossen, und alles blickte mit gemischten Gefühlen und voll böser Erwartung auf den Kerl von der Bahnhofswache.

Dieser erhob auch sogleich seine Stimme: „Hört mal alle her! Die Schienen sind zerstört, der Zug kommt nicht weiter. Ihr werdet daher alle auf LKWs gesetzt und weitertransportiert. Die Wagen werden in jedem Moment eintreffen."

„Wohin soll denn die Reise gehen?" fragte ein Stabsgefreiter misstrauisch. Er schien schon düster zu ahnen, woher der Wind wehte.

„Laut Befehl des Stadtkommandanten kommt ihr alle vor Ostrau in den Einsatz. Der Russe ist durchgebrochen. Die Stadt aber muss gehalten werden."

Es brach ein unglaublicher Tumult aus. Alles schrie durcheinander, jeder protestierte auf seine Weise und schaffte dem angestauten Ärger Luft.

Wir schrien natürlich auch mit, schüttelten drohend die Fäuste, schimpften, brüllten und fluchten, was das Zeug hielt. Ich ergriff unsere Dienstreisepapiere und zwängte mich bis zum Leutnant vor.

„Hier sind unsere Dienstausweise. Wir begleiten einen Schwerverwundeten ins Lazarett!"

Er blickte mich mitleidig an. Dann versuchte er, das wütende Protestgeschrei zu übertönen. „Ruhe!" schrie er, „Ruhe, zum Donnerwetter! Sämtliche Dienstreiseausweise, Urlaubsscheine usw. verlieren ab sofort ihre Gültigkeit. Ihr seid alle dem Befehl des Stadtkommandanten unterstellt. Verwundete werden von hier sofort ins Lazarett gebracht." Dann wandte er sich an mich: „Ist jetzt alles klar? Bringt euren Schwerverwundeten vor die Baracke, der Krankenwagen steht schon vor der Tür."

Da hatten wir unseren Salat! Wären wir nur eine Stunde früher hier vorbeigefahren, dann wäre nichts passiert. So aber war nichts mehr zu ändern. Wir fügten uns in das Unvermeidliche, lieferten kleinlaut unseren Schützling mitsamt seinen Papieren am Krankenwagen ab und bestiegen schweigend einen der bereitstehenden LKWs.

Alles lief schnell und ohne Formalitäten ab. Kaum war ein Lastwagen besetzt, rumpelte er auch schon los. Stundenlang schaukelte unser Fahrzeug in der Dunkelheit herum, und weder Mikosch noch ich konnten erkennen, wo wir eigentlich herumkutschierten. Wir saßen apathisch auf unseren Bänken und starrten in die Dunkelheit. Mir war auch schon alles egal. Wieder dachte ich an mein schönes Bett im Lazarett, an unsere gemütliche, warme Krankenstube und an die Knödelfabrik in Pawlowitz. Das hatten wir nun von unserer Dienstreise, nichts als Scherereien, Ärger und Unannehmlichkeiten.

Vor einer Wirtschaft blieb unser Auto endlich stehen. Sie lag an einem Wald und kam mir sehr bekannt vor. Während wir auf die Straße sprangen, kam mir die Erleuchtung. „Du, Mikosch, weißt du wo wir hier sind?" stieß ich ihn an.

„Nee, keine blasse Ahnung!"

„Wir sind auf der Landecke!"

„Von mir aus auf der Landecke. Aber mir ist das wurscht, wo wir sind, völlig wurscht egal", ließ mein Freund wütend vernehmen, „der arme Mikoschek ist todmüde und möchte schlafen! Sonst hat er keinen Wunsch."

Dieser fromme Wunsch sollte in der Tat in Erfüllung gehen. Wir wurden in einer der Wirtsstuben untergebracht. Es war zwar nicht sonderlich gemütlich hier, aber unsere Bescheidenheit in dieser Beziehung kannte keine Grenzen. Ein Fenster war zertrümmert, der Fußboden war übersät mit Glasscherben, Papier, leeren Konservendosen, Patronenhülsen, Munitionskästen und zerfetzten Uniformteilen. Auf einem Tisch lagen ein paar zerrissene Stiefel, alle total verdreckt und mit schief gelaufenen Absätzen. Auf einem Haufen total verdreckter Fußlappen starrten uns einige Gasmasken mit ihren kreisrunden, leeren Augenhöhlen teilnahmslos an.

Das alles störte uns wenig. Mikosch fegte mit den Ärmeln zwei Tische leer, wir schoben sie zusammen und legten uns einträchtig darauf. Trotz der harten Unterlage und der kalten Zugluft schliefen wir schnell ein.

Der Funktrupp

Der folgende Morgen brachte uns jedem ein Gewehr, ein paar Patronen, einige Handgranaten und zum Glück auch ein Frühstück. Dann tauchte ein Hauptmann auf und ließ uns vor der Wirtschaft antreten. Bei ihm versuchten wir noch einmal unser Glück. Ich meldete ihm, dass wir Lazarettangehörige seien und unsere Verwundungen noch lange nicht ausgeheilt wären. Natürlich vergaß ich nicht, auf mein goldenes Verwundetenabzeichen hinzuweisen.

Leider zog das alles nicht. Einmal besaß er ebenfalls das Verwundetenabzeichen in Gold, zum anderen fehlte ihm der linke Arm. Da konnte ich mit meiner verlorenen Zehe keinen großen Staat machen. Zerknirscht stellte ich mich neben Mikosch wieder in die Reihe.

Mein Freund stand mit einer Duldermiene da, als ob er zur Schlachtbank geführt werden sollte. Und wenn man es genauer betrachtete, so war es auch nichts anderes.

„Ich bin Hauptmann Kleinschmidt und habe mit Ihnen die Aufgabe, den Iwan hier abzufangen. Gräben sind schon ausgehoben, es gilt nur noch, sie zu besetzen!"

Er sprach noch längere Zeit, vergaß die Wunderwaffe nicht und ließ auch den sicheren Endsieg nicht unerwähnt.

Wir standen da, hörten ihm kaum zu und glaubten ihm ohnehin kein einziges Wort.

Erst am Schluss seiner Rede fragte er noch etwas, was mich aufhorchen ließ: „Sind Funker dabei?"

Ich versetzte Mikosch einen Stoß. Hier bot sich uns vielleicht wieder eine Gelegenheit, unser ohnehin so hartes Los ein wenig zu erleichtern. „Los, komm schon!" flüsterte ich ihm zu und ergriff ihn am Ellenbogen. „Komm, wir treten jetzt vor!"

Mikosch schreckte auf. Er hatte natürlich keine Ahnung, um was es sich handelte. „Wozu das denn?" stieß er noch hervor, aber da hatte ich ihn schon nach vorne bugsiert.

Neben uns tauchte noch ein Obergefreiter in einer zerknitterten Uniform auf, der ebenfalls vorgab, Funker zu sein.

Der Hauptmann musterte uns prüfend. „Noch jemand?" fragte er.

Es meldete sich niemand mehr. Darauf wandte sich der neue Kompaniechef wieder an uns: „Wenn Sie sich ein wenig anstrengen, werden Sie es auch zu dritt schaffen. Melden Sie sich jetzt bei Feldwebel Heinz im ersten Stock!"

Alles andere als begeistert, sagten wir unser "Jawohl" und hinkten davon. Erst fiel es mir gar nicht auf, dann aber wurde es mir richtig bewusst: Unser zerknitterter Obergefreiter hinkte ebenfalls. Zwar nicht so schlimm wie Mikosch, aber doch recht auffällig.

Somit war die deutsche Armee um drei hinkende Funker reicher geworden.

Auf der Treppe blieben wir stehen und wandten uns an den dritten Mann: „Sag mal, ist das mit der Funkerei schwer zu kapieren?"

„Das müsst ihr doch als Funker selbst wissen, ob das schwer ist!"

„Wir haben doch keinen Schimmer von einer Ahnung von eurem Titatiti, Mann!" klärte Mikosch ihn auf.

„Na, ihr seid mir vielleicht ein paar Knalltüten! Ihr seid also gar keine Funker sondern Flunker!" Er stemmte die Hände in die Hüften und pfiff durch die Zähne. „Was wird denn jetzt, wenn wir eine Leitung legen müssen?"

„Was soll da schon werden! Die legen wir eben. So schwer wird das schon nicht sein", sagte ich.

„Ja freilich, die legen wir eben", pflichtete Mikosch bei, „du musst uns eben sagen, wie."

Der echte Funker grinste. „Da habt ihr zwei wohl gedacht, ihr könnt als Funker eine ruhige Kugel schieben.- Na ja, mir kann's egal sein!" Er setzte sich in Bewegung und humpelte die Treppe hoch, und wir humpelten hinterher.

Feldwebel Heinz nahm die Meldung des Obergefreiten Geißler entgegen. Der Funker rasselte dann auch seine Division, ihren Standort, seine Kompanie usw. herunter, dass uns beiden die Knie weich wurden.

„Und Sie?" wurde ich gefragt.

„D-d-dasselbe", kam mir die Eingebung, „nur 3. Kompanie."

„Ich auch", atmete Mikosch erleichtert auf, „in derselben Kompanie."

Feldwebel Heinz warf noch einen kurzen Blick in seine Akten, dann sagte er: „Sie haben den Befehl, eine Leitung vom Bataillonsstand bis vor an die Front zu legen. Die Leitung muss noch heute stehen, verstanden?"

Es blieb uns nichts anderes übrig, als verstanden zu haben.

Der Feldwebel erhob sich. „Alles andere sage ich Ihnen unterwegs."

Auf dem Weg hörten wir den Rest. Und das gab uns auch den Rest. Er führte uns in einen Bunker, indem ein unübersehbarer Haufen von Geräten gestapelt war. Da standen Kästen mit Kurbeln an der Seite, einige Rollen mit Kabeln, Kisten mit Werkzeugen und sonstiger Krimskrams, von dessen Bedeutung und Funktionsweise wir nicht die geringste Ahnung hatten.

Feldwebel Heinz führte uns bis an den Waldrand, streckte den Arm aus und wies uns die Richtung: „Dort an den drei Tannen befindet sich der Kompaniebunker. Von dort soll die Leitung bis zum Stab gelegt werden. Den Stab finden Sie drüben auf dem Hang, ungefähr 200 Meter unter dem Triangel. Verstanden?"

Schon wieder diese aufdringliche Frage! Natürlich hatten Mikosch und ich rein gar nichts verstanden.

Nur unser echter Funker knallte seine Hacken zusammen und rief: „Jawohl, verstanden, Herr Feldwebel!" Während er vorschriftsmäßig unsere Aufgabe wiederholte, warf er uns beiden bedeutsame Blicke zu. „Bis heute Abend ist alles klar, Herr Feldwebel!"

„Na schön, dann mal los!" sagte dieser noch, tippte mit den Fingern lässig an seine Mütze und ging.

Wir zwei aber standen da wie begossene Pudel. Mikosch schleuderte mir einen furchtbaren Blick in die Augen.

„Welches besoffene und von allen guten Geistern verlassene Schaf hat dich auf die Schnapsidee gebracht, uns hier freiwillig zu melden? Siehst du den Hang da drüben? Eine Leitung bis dorthin, stell dir das doch mal vor!"

Ich kniff die Augen zusammen und blickte folgsam hinüber. Und je länger ich guckte, umso weiter schien der Hag mit dem Triangel von uns wegzurücken. Das bewog mich auch, Mikoschs Vorwürfe still und widerspruchslos über mich ergehen zu lassen.

„Also los, Herrschaften, fangen wir an!" Geißler war voller Tatendrang. Er konnte es anscheinend nicht erwarten, uns mit der Strippe über die Hänge zu hetzen. Er führte uns zum Bunker zurück und zeigte fast auf alles, was sich vor uns auf der Erde empor türmte. „Das da muss alles mit."

Während wir begannen, die Sachen auf unsere schwachen Schultern zu laden, hielt uns dieser zerknitterte Kerl einen ellenlangen Vortrag, wie man so eine Leitung legt.

Während er mit auf dem Rücken verschränkten Armen redete, bezogen die inzwischen eingetroffenen Infanteristen ihre Schützengräben. Sonst hatten sie nichts zu tun. Also aalten sie sich in der Sonne und sahen mit ungeteiltem Interesse und größter Anteilnahme zu, wie wir vergeblich versuchten, alles auf einmal aufzuladen.

Die Sonne schien heute ganz schön warm, und wir schwitzten schon jetzt, obwohl wir noch keinen Schritt getan hatten. Dann aber ging es erst so richtig los. Mikosch hatte so eine Trommel am Rücken hängen. Während er den Hang hinunterhinkte, rollte sich das Kabel ab. Es musste dann nur noch möglichst hoch auf Baumästen angebracht werden. Und das war meine Aufgabe.

Ich glaube, so viele Sünden hatte ich gar nicht auf mein Haupt geladen, wie ich jetzt abbüßen musste. Beladen mit Kisten, ellenlangen Stangen, schweren Spulen und sonstigem Gerät, ging es bergauf und bergab, über kleine Bäche, durch eng verfilztes Gestrüpp, über Gräben und tückisch davon rollende Steine.

Als wir endlich im Tal anlangten, lag das schwierigste Stück erst vor uns. Inzwischen waren auch die mitgenommenen Spulen leer. Also ging es den Berg wieder hinauf und mit den vollen Spulen wieder hinunter. Erst dann konnte unser Leidensweg nach oben beginnen.

Gegen Abend hatten wir es geschafft, und der zerknitterte Obergefreite stellte die Verbindung her.

Wir zwei aber krochen auf allen Vieren in einen Bunker, legten uns in eine Ecke und blieben bewegungslos liegen. Wir waren beide zu müde, um zu schimpfen, sogar das Essen schmeckte uns nicht. Dafür schliefen wir sofort ein und hätten bestimmt den nächsten Tag verschlafen, wäre nicht wieder dieser Geißler erschienen, um uns aus dem verdienten Schlaf zu reißen.

Diesmal hatten wir eine Leitung bis zur Artillerie zu legen. Es war schon ein erschütterndes Drama. Ich glaube, mir taten damals mehr Knochen weh, als ich überhaupt mit mir herumtrug. Meinem Freund erging es nicht viel anders. Hinzu kam noch, dass er mir bei jeder passenden und unpassenden Gelegenheit einen seiner abgrundtief vorwurfsvollen Blicke zuwarf, als wollte er sagen: „Siehst du, das ist dein Werk! Das hast einzig und allein du uns eingebrockt!"

Nur dieser zerknüllte Obergefreite war stets frisch und munter. Er nutzte seine Vormachtstellung und sein Wissen um unser Geheimnis weidlich aus und stellte uns zwar seine Kenntnisse, nicht aber seine Arbeitskraft zur Verfügung.

Dann kam endlich ein Tag, an dem wir Ruhe hatten. Geißler hatte Telefondienst, Mikosch und ich saßen auf einem Baumstamm am Waldrand und blickten schwermütig hinunter ins Tal. Ganz in der Ferne sah man die Dächer unserer Heimatstadt. Wie ein eckiger Zeigefinger ragte der Turm des Rathauses aus dem Häusermeer empor. An einigen Stellen stiegen dunkle Rauchwolken zum Himmel und zerstörten das sonst so friedliche Bild.

Mikosch stocherte mit einem Stock im Baumstamm herum und versicherte zum wiederholten Male, wie voll er seine Nase habe. Ich bestätigte ihm, dass sich auch meine Nase im gleichen Zustand befände und es daher wirklich allerhöchste Eisenbahn sei, den Krieg zu beenden. Mikosch stimmte freudig zu, und wir fassten folgenden Beschluss: Sobald die Russen in unserer Heimatstadt einmarschierten, sollte auch für uns der Krieg beendet sein. Ich wollte mich nach Römerstadt durchschlagen, wo ich meine Eltern vermutete, Mikosch hingegen zog es nach Sternberg, wo eine seiner ungezählten Tanten wohnte.

Eine Straßenkarte besaßen wir nicht, wir wussten aber, dass wir uns immer nur westwärts halten mussten. Bis Freudenthal, soweit reichten unsere geographischen Kenntnisse auch noch, konnten wir zusammenbleiben, dann mussten sich unsere Wege trennen.

Damals ahnten wir nicht, wie schnell uns des Geschickes Mächte zwingen würden, unseren vagen Plan in die unerbittliche Wirklichkeit umzusetzen.

Am folgenden Morgen mussten wir uns bei Feldwebel Heinz melden.

„Die Leitung muss wieder abgebaut werden", verkündete er und sog an seiner Zigarette.

„Jawohl, die Leitung muss wieder abgebaut werden!" Geißler knallte seine Hacken zusammen und sah uns schadenfroh an.

Ich sah endlose Kabelstränge vor mir, in Äste und Blätter verknotet und verwickelt, sah mich mit Trommeln, Stangen und Kisten über Steine und Gräben stolpern, und bereits der Gedanke an das bevorstehende Martyrium ließ meine Knie weich werden wie Butter im Hochsommer.

Ich räusperte mich. „Hmm, warum soll denn die Leitung abgebaut werden?"

Heinz sah mich erstaunt an. „Seit heute Nacht stehen die Russen östlich von Ostrau. Aus diesem Grunde wird die Hauptkampflinie verlegt."

Ich glaubte, ich hörte nicht recht. Die Russen vor Ostrau! Da waren auf dieser Seite kilometerlange Gräben ausgehoben, zentnerweise Strippen gelegt und alle naselang Kanonen aufgestellt worden, damit der Iwan fröhlich von der anderen Seite in der Stadt einmarschierte. Und damit wir, nicht zu vergessen, die endlosen Strippen wieder einwickeln durften.

Dann aber fiel mir unser Plan wieder ein. Es war an der Zeit, diesen zu verwirklichen, morgen konnte es vielleicht schon zu spät sein. Ich blickte Mikosch bedeutungsvoll an. „Alles klar", sagte ich.

„Alles klar", rief Mikosch so laut und so fröhlich, dass Geißler ihn erstaunt anstarrte. Einen derart freudigen Arbeitswillen hatte er gerade von uns nicht erwartet.

„Bis Mittag aber muss die alte Leitung noch stehen", sagte Heinz noch und verzog keine Miene.

Wir durften gehen. Draußen blieb Geißler stehen. „Wir ruhen uns bis Mittag aus, dann erledigen wir das Bisschen."

Dabei grinste er vergnügt und genoss die Vorfreude, uns bald wieder durch das Gelände taumeln zu sehen.

„Dir wird dein blödes Grinsen schon noch vergehen", dachte ich.

Mein Freund schien von ähnlichen Gedanken erfüllt zu sein, denn ich sah ihm deutlich an, welche Mühe es ihm bereitete, sein hämisches Lachen zu verbeißen. „Du hast Recht! Ein wenig Ruhe wird uns bestimmt gut tun vor dem anstrengenden Nachmittag", sagte er scheinheilig. „Wir legen uns noch ein bisschen auf's Ohr."

Die Flucht

Wir zogen uns auf unseren Stammplatz hinter dem gefällten Baum zurück. Dort taten wir so, als ob wir uns hinlegten. Hinter dem Stamm aber führte ein schmaler Pfad nach unten ins Tal. Auf diesem Pfad krochen wir in tief geduckter Haltung talwärts. Als wir die schützenden Büsche erreicht hatten, richteten wir uns auf und marschierten zügig weiter. Da wir sehr in Eile waren, hinkten wir beide nicht mehr.

Unten im Tal angekommen, beschlossen wir, erst unsere Gewehre unschädlich zu machen. Schließlich wollten wir ab jetzt nur noch als friedliche Menschen unsere Welt begehen, also mussten diese den Tod bringenden Waffen vernichtet werden.

Was danach geschah, habe ich schon eingangs der Geschichte berichtet. Ich sagte also mit entschlossener Stimme zu meinem Freund Mikosch: „Schreiten wir also gleich zu Punkt drei unseres Planes und verduften wir!"

Punkt drei unseres Planes war ein äußerst schwieriger Punkt. Er bedeutete, koste es, was es wolle, Zivilkleidung zu beschaffen. Auf keinen Fall durften wir uns länger in dieser Gegend herumtreiben. Zwar würde unser Verschwinden erst am frühen Nachmittag bemerkt werden, dennoch brannte uns der Boden unter den Füßen. Entlang des Baches, der sich durch das Tal schlängelte, führte die Straße in West-Ost-Richtung.

Unser erstes Ziel war Troppau, das ungefähr 40 Kilometer entfernt sein musste. Da wir keine Lust hatten, uns schnappen zu lassen, planten wir eine Vielzahl von Umwegen ein. Es standen uns daher recht anstrengende Tage bevor, ehe wir unser Ziel erreichen würden.

Vorerst galt es, die Straße soweit wie möglich zu meiden. Der Rückmarsch war nämlich in vollem Gange. Durch die

Hecken sahen wir die endlose Schlange von Fahrzeugen, die sich auf der Straße in Richtung Westen bewegten. Pferdefuhrwerke, Trecks, Militärfahrzeuge aller Art, LKWs, alles bewegte sich nur in der einen Richtung: nach Westen.

Wir holten uns noch einmal nasse Füße, als wir uns gezwungen sahen, durch den Bach zu waten. Jenseits des Baches schlängelte sich ein schmaler Fußpfad entlang uralter Weiden, die am Ufer des Wässerchens wuchsen.

Mikosch trottete vor mir her, und ich konnte deutlich hören, wie das Wasser in seinen Stiefeln gluckste.

„Wir müssen sehen, dass wir von hinten irgendwie in ein Haus kommen, und das so schnell wie möglich", keuchte ich, denn ich war an das schnelle Gehen gar nicht mehr gewöhnt.

„Beim zwölfköpfigen Tatzelwurm, das müssen wir", bestätigte Mikosch. Er blieb stehen, zog schweigend seine Stiefel aus und goss ihren Inhalt auf den Weg.

Mit aller erdenklichen Vorsicht folgten wir dem Pfad und erreichten von hinten mehrere Häuser, deren Gärten bis an den Bach reichten. Wir trabten immer noch, aber der lange Lazarettaufenthalt und die Strapazen der letzten Tage forderten ihren Tribut.

Mikosch begann auch nach Luft zu schnappen. „Lange halte ich dieses blöde Gerenne nicht mehr aus, ich tret' mir ja bald auf die Zunge", keuchte er.

„Denkst du, mir geht's anders?" keuchte ich zurück.

Wie auf ein Kommando verringerten wir unsere Geschwindigkeit und gingen im Schritt hintereinander her.

Unser Pfad beschrieb plötzlich einen scharfen Knick, und unvermittelt standen wir vor einem schmalen Holzsteg, der über den Bach führte.

„Das ist der Wink mit dem Brückenpfahl", sagte ich und folgte Mikosch, der mit ellenlangen Schritten den Steg überquerte.

Am jenseitigen Ufer folgten wir dem schmalen Weg, der zwischen den Gartenzäunen entlang lief. Hier herrschte eine wundervolle Stille. An den Ästen der Obstbäume sprossen zaghaft die ersten Knospen, und nur ein leichter Wind strich verstohlen durch die Wipfel der Bäume.

Wir blieben stehen und horchten. Aber außer dem leisen Rauschen des Windes, dem Summen einiger Insekten und unserem keuchenden Atmen war nichts zu hören. Oder doch? Was war das? Irgendetwas hatte ich gehört. Da, wieder!

Mikosch stieß mich an. „Sind das Schüsse?" fragte er, und wie immer, wenn er aufgeregt war, quollen seine Augäpfel weit hervor, und sein Adamsapfel geriet in lebhafte Bewegung.

Wie er so dastand, sprungbereit, die Arme weit nach hinten gestreckt, den Kopf weit vorgebeugt, die Augen angstvoll aufgerissen - also ich konnte mich nicht länger beherrschen und fing schallend an zu lachen. „Bei dir in der Hose schießt es vielleicht, mein lieber Mikoschek, aber was wir da vernehmen, sind Laute, die entstehen, wenn ein Teppichklopfer auf den Teppich knallt."

Mikosch ließ erleichtert seine Augendeckel wie Jalousien herauf- und herunterklappen, dann begann er breit zu grinsen. "Du chast rjächt, brjuderchän! Ich sein ein bleder Chund!"

Wir schlichen den Zaun entlang und erblickten bald den Teppich, über dem sich im Takte der kräftigen Schläge dichte Staubwolken erhoben. Über dem Teppich tauchte nach jedem Schlag eine Hand mit dem Pracker auf. Mehr konnten wir von der Teppich klopfenden Gestalt nicht erspähen.

Ich schluckte den Kloß in meinem Hals hinunter und fasste mir ein Herz: „Hallo, liebe Frau!" rief ich, oder besser gesagt, wollte ich rufen. Aber meine Stimme klang heiser und war so leise, dass mich kein Mensch gehört haben konnte.

Mikosch boxte mich aufmunternd in die Seite und näherte seine Lippen meinem Ohr. „Dein jämmerliches Gekrächze kann doch kein Mensch verstehen", wisperte er aus solcher Nähe in meinen Gehörgang, dass meine Ohrmuschel ganz nass wurde.

Ich holte tief Luft, und beim zweiten Male klappte es umso besser. Diesmal ließ ich meine Stimmbänder so gewaltig ertönen, dass die erhobene Hand mitten im Schwung den Teppichklopfer fallen ließ. Seitlich des Teppichs tauchte ein Kopf auf. Ich sah nur ein rot gepunktetes Kopftuch, ein rundes, gutmütiges Gesicht und blaue, weit aufgerissene Augen, die uns ängstlich und erschreckt zugleich anblickten.

„Was wollt ihr denn da?" fragte der Kopf, während alles andere hinter dem Teppich verborgen blieb.

Ja, was wollten wir denn? Meine Gedanken jagten im Kopf herum wie ein verirrter Mückenschwarm. Ich stand völlig verdattert da, und mir fiel einfach nicht ein, was ich jetzt sagen wollte.

Mikosch rettete die Situation auf seine Weise: „Könnten wir vielleicht ein Gläschen Wasser haben, uns dürstet", sagte er und trat dicht an den Zaun heran.

Etwas Blöderes war dem Kerl wohl nicht eingefallen! Gerade hatte sich die Sonne wieder hinter einer schwarzen Wolke verzogen, und der nächste Schnee- und Hagelschauer war in Kürze zu erwarten. Ich war immer noch nass vom Scheitel bis zur Sohle und bibberte vor Kälte, und er quatschte da etwas von Durst und Wasser. Gerade er! Wo er in seinem ganzen Leben noch keinen Schluck Wasser hinuntergebracht hatte.

„Mikosch, du Riesenross", knirschte ich zwischen den Zähnen, „einen größeren Mist konntest du wohl nicht verzapfen!"

Aber sein Gerede bewirkte doch, dass die Frau hinter dem Teppich hervortrat und auf uns zukam. Sie musste so um die

40 Jahre alt sein, schätzte ich. Natürlich konnte ich mich auch täuschen, vielleicht war sie auch ein paar Jahre jünger. Sie war von kleiner Gestalt, schwarz gekleidet und ein wenig mollig. Ohne zu zögern, trat sie von der anderen Seite an den Zaun, die eine Hand mit dem Pracker, die andere mit einer Bürste bewaffnet. Aus ihren Augen war die Angst längst geschwunden und einer unverhohlenen Neugierde gewichen. Als sie lächelte, vertieften sich die unzähligen kleinen Fältchen um ihre Augen. Und ihr Lächeln war so gewinnend und herzlich, dass mein Misstrauen und meine Vorsicht dahin schmolzen wie ein Schneeflöckchen in der hohlen Hand.

Dann sah sie mich genauer an und befühlte mit der Hand den nassen Ärmel meiner Uniformjacke. Sogar ein Funken Besorgnis schwang in ihrer Stimme, als sie ausrief: „Wie siehst du denn aus! Du bist ja durch und durch nass! Und das bei dem Wetter!"

Sie sagte du zu mir, und das kam mir so selbstverständlich vor; anders hatte ich es gar nicht erwartet.

Mikosch kam mir mit der Antwort zuvor. „Er stürzte rücklings in die Fluten jenes Gewässers, das hinter ihrem Garten vorbeiplätschert."

Mein Freund bediente sich oft und gerne einer so geschwollenen Ausdrucksweise. Dabei ließ er seine Augendeckel ein paar Mal auf- und niederklappen. „Aber auch meine Füße sind voller Feuchtigkeit", fügte er noch hinzu.

Die Frau schien nur kurz zu zögern, dann sagte sie: „Kommt schnell herein! Ihr müsst vor allem erst einmal ins Warme. Das Tor..."

Sie sprach nicht weiter, denn wir hatten uns längst über den Zaun geschwungen und schritten neben ihr dem Häuschen zu.

„Na, dann kommt mit hinein!" sagte sie, legte Klopfer und Bürste auf eine Bank und trat voran ins Haus.

Wenige Minuten später hingen unsere Sachen, auf Stuhllehnen verteilt, rund um den Herd. Wir saßen, mit den Pyjamahosen ihrer Söhne notdürftig bekleidet, am Tisch. Vor uns dampften zwei Schüsseln, bis an den oberen Rand gefüllt mit einer kräftigen Suppe, in der auch beachtlich viele Wurststückchen schwammen. Wir ließen uns natürlich beide nicht lange nötigen - schließlich wussten wir, was sich gehörte - und langten eifrig zu.

Mikosch hieb sich förmlich einen Löffel nach dem anderen ins Gesicht und sagte ausnahmsweise gar nichts. Ich war jetzt sein einziger und schärfster Konkurrent und Rivale, und er war nur darauf bedacht, zumindest so schnell zu löffeln wie ich.

Es war daher kein Wunder, dass der Inhalt des gewaltigen Topfes in
kürzester Frist regelmäßig auf unsere beiden Mägen verteilt war.

Unsere Tante Molli, ich will sie so nennen, hatte während unseres Mahles stumm auf der Ofenbank gesessen und unserem Wettlöffeln erheitert zugesehen.

Als Mikosch den letzten Löffel leer geschlürft hatte, trat ich ihm vorsorglich ans Schienbein, denn ich wusste aus alter Erfahrung, dass er nach jedem Essen unverschämt laut zu rülpsen pflegte, anscheinend, weil er beweisen wollte, dass ihm die vornehmen Tischsitten der Ritterzeit durchaus geläufig waren. Diese Töne wollte ich der hilfsbereiten Frau ersparen. Ich muss es meinem Freund hoch anrechnen, dass er seinen Löffel nach dem Mahl artig auf den Teller legte und keinen seiner Urlaute vernehmen ließ.

Als unsere Gastgeberin nach dem Essen das Geschirr spülen wollte, stürzten wir uns förmlich auf diese Arbeit.

„Das machen wir schon", beeilte sich Mikosch zu sagen, „wir zwei haben früher viele Tage gemeinsam in den Bergen verbracht. Da haben wir uns immer selbst gekocht und alles blitzblank gespült. Wir sind also ausgesprochene Fachleute, ich möchte beinahe sagen, Experten auf diesem Gebiet!"

Tante Molli lachte. „Na ja, wenn ihr unbedingt wollt und so gute Hausfrauen seid, dann will ich euch nicht im Wege stehen."

Dieser Mikosch! Natürlich hatten wir gemeinsam viele Tage in den Beskiden auf der Wochenendhütte meiner Eltern verbracht. Aber der Bursche hatte beim Kochen nur zugesehen, beim Essen nur herumgemeckert, und gespült hatte er nie. Diese offensichtliche Faulheit forderte damals meinen berechtigten Protest heraus. Ich spülte auch nicht mehr. Als alle Teller mit Essresten behaftet waren, teilten wir sie in süße und salzige Teller und verwendeten sie abwechselnd, je nachdem, ob es eine Süßspeise oder eine Nichtsüßspeise gab.

Und jetzt hatte er sich die Schürze der Hausherrin umgebunden, als fürchtete er in der Tat, eine wildfremde Pyjamahose zu bekleckern. Er spülte das Geschirr mit einer Besessenheit und Inbrunst, als ob er sein ganzes Leben auf diese Stunde gewartet hätte.

Ich stand mit dem Geschirrtuch in der Hand neben ihm und sah schweigend zu, wie er sich beim Spülen förmlich zerriss. Am liebsten hätte ich ihm kräftig ins Hinterteil getreten, ich begnügte mich aber damit, das Geschirrtuch in Bewegung zu setzen und Mikoschs Werk zum guten Ende zu führen. Niemand sah mir an, welch eine Überwindung es mich kostete, das Geschirr abzutrocknen, da ich beim Anfassen des Geschirrtuches immer eine Gänsehaut bekam. Nur Mikosch wusste das. Deshalb hatte er sich auch so schnell an das Spülbecken gedrängt, dieser hinterlistige Kerl. Anscheinend hatte er ganz vergessen, dass ich nur einen Finger in das warme Spülwasser zu tauchen brauchte, um am ganzen Körper eine Gänsehaut zu bekommen.

Nach dieser Schwerstarbeit saßen wir wieder um den Tisch herum.

Wir erfuhren, dass der Mann unserer gütigen Gastgeberin in Kiew gefallen war. Ihre beiden Söhne befanden sich beide im Einsatz, einer in Finnland, der andere irgendwo im Osten. Eine Nachricht hatte sie schon monatelang nicht erhalten.

„Mein Jüngerer, der Jürgen, wird in eurem Älter sein. Er wird morgen 21 Jahre alt."

Wir nickten zustimmend. Er war unser Jahrgang.

Sie schwieg ergriffen und nestelte ihr Taschentuch hervor. „Wenn doch dieser schreckliche Krieg endlich vorüber wäre", sagte sie. Tränen erstickten ihre Stimme.

Wir schwiegen. Ich überlegte krampfhaft, wie ich jetzt auf das für uns so wichtige Thema überleiten könnte.

Da begann Mikosch: „Für uns …"

„Ich weiß schon, was du mir sagen willst", unterbrach ihn Tante Molli. "Ich weiß auch, was ihr wollt. Ich habe es vom ersten Augenblick gewusst, als ich euch am Zaun stehen sah. Und ich werde alles tun, um euch zu helfen. Vielleicht kommt einer meiner Söhne einmal in eine schwierige Lage, dann wird sich hoffentlich auch jemand finden, der ihm hilft."

Sie fuhr fort: „Was ihr erst einmal braucht, sind Zivilsachen. Die könnt ihr von mir bekommen. Ich habe genug da von meinen Söhnen und von meinem Mann."

Ihre Wangen waren vor Eifer ganz rot geworden. Sie eilte hinaus, um das Benötigte zu holen.

Ich sah Mikosch an. „Mann, was haben wir für ein Glück! Besser konnten wir's gar nicht kriegen."

Mikosch nickte. „Du sagst es! Wir haben wirklich ein gewaltiges Schwein gehabt." Dann blickte er zur Tür und sperrte seine Augen gewaltig auf.

Unsere neue Tante war erschienen. Sie schleppte einen ganzen Berg von Hosen, Jacken, Hemden Pullovern und sonstigen Kleidungsstücken herbei und breitete alles auf dem Tisch aus.

„So, da werden wir schon etwas für euch zwei finden", sagte sie.

„Übrigens habt ihr großes Glück gehabt", fuhr sie fort, „dass ihr nicht ins Nachbarhaus geraten seid. Dort wohnen nämlich ganz versessene Nazis, die hätten euch auf der Stelle angezeigt. Deshalb darf euch keiner bei mir sehen, sonst seid ihr verloren! Und ich auch."

„Selbstverständlich lassen wir uns nicht sehen. Wir werden auch niemals verraten, woher wir die Sachen haben. Die haben wir eben irgendwo geklaut. In der Nacht. - Außerdem lassen wir uns nicht schnappen", fügte ich noch im Brustton der Überzeugung hinzu.

Dann begann unsere Einkleidung. Ich fand für mich eine grau gescheckte Hose und ein verwaschenes, blaues Baumwollhemd. Dazu passten ausgezeichnet ein dunkelblauer Rollkragenpullover und eine schlichte graue Jacke. Schließlich bekam ich noch einen gut erhaltenen Gummiregenmantel. Meine Stiefel behielt ich an; ich ließ nur zur Tarnung die Hosen darüber hängen.

Tante Molli stülpte mir noch eine verwegene Schildmütze auf den Kopf, dann trat sie ein paar Schritte zurück, um mich von weitem in Augenschein zu nehmen. Sie schlug die Hände über dem Kopf zusammen. „Nein, so was, das passt dir ja wie angegossen!"

Ich schielte in den Spiegel und betrachtete mit Wohlgefallen den dürren, grau gekleideten Zivilisten, der mich unter seiner flachen Schildmütze breit angrinste.

Dann erst fand ich Zeit, meinen Freund Mikosch näher zu besehen. Er drehte sich stolz wie ein Pfau vor dem Spiegelschrank. Natürlich hatte er sich ein kariertes Hemd ausgesucht, auch die braune Jacke besaß deutliche, dunkle Karos. Dazu trug er, wie konnte es auch anders sein, eine dezent karierte, weite Pumphose. Zwischen den spitzen Schuhen und dem unteren Saum seiner Hose guckten die in schwarze Strümpfe gehüllten, dürren Beinchen hervor. Sein edles Haupt krönte ein fleckiger, breitkrempiger Schlapphut. Soeben hüllte er sich noch in einen dunkelgrünen Lodenmantel und sah mich Beifall heischend an.

Natürlich versagte ich ihm meine ungeteilte Bewunderung nicht, auch unser Schutzengel betrachtete ihn zufrieden und sparte nicht mit Lob. „So gefallt ihr mir schon besser! Eure Uniformen müsst ihr mitnehmen und irgendwo im Wald vergraben."

Sie reichte uns noch ein mächtiges Paket. „Hier hab' ich euch noch eine Kleinigkeit für den Weg zurechtgemacht."

Nun hielt ich es für angebracht, eine Danktirade vom Stapel zu lassen: „Wie sollen wir Ihnen danken! Das können wir doch überhaupt nicht …"

Sie schnitt meine wohlgesetzte Rede mitten im Wort ab. „Da gibt's gar nichts zu danken. Übersteht nur alles heil und betet mit mir, dass auch meine Söhne bald und gesund wiederkommen!"

Dann aber drängte sie uns zum Aufbruch. „So, jetzt wird's höchste Zeit. Bis zum Abend müsst ihr schon recht weit von hier weg sein!"

Sie umarmte uns, und wieder füllten sich ihre Äugen mit Tränen.

„Nach dem Krieg kommen wir Sie besuchen, ganz bestimmt, das machen wir", sagte ich gerührt.

„Na klar, das machen wir! Wir kommen nach dem Krieg. Dann wird ein deftiges Wiedersehen gefeiert! Mit Ihren Söhnen saufen wir uns einen an, dass die Bude wackelt!"

Mikosch entwickelte manchmal ein Gemüt, das einer ausgewachsenen Klapperschlange zur Ehre gereicht hätte.

Unterwegs

Wir brachen auf. Wie die Diebe schlichen wir durch den Garten, sprangen über den Zaun und liefen geduckt zum Steg.

Ich warf noch einen Blick zurück. Unsere Wohltäterin stand in der Haustür und winkte verstohlen. Hin und wieder führte sie ihr Taschentuch an die Augen.

Inzwischen hatten wir den Bach überquert und blieben stehen, um uns kurz zu orientieren. Vor uns lag eine Wiese, die allmählich anstieg. Es folgten einige Hecken, ein paar Felder und schließlich ganz oben der Wald. Ihn galt es, so schnell wie möglich zu erreichen.

Hätte die Vogelscheuche, die einsam auf dem Acker stand, sehen können, ihr hätte sich ein seltenes Bild geboten. Da kamen zwei dürre, reichlich verdächtige Gestalten über das Feld gelaufen. Die eine in riesigen, spitzen Schuhen mit dünnen Stelzenbeinen und flatterndem Lodenmantel, mit der einen Hand einen mächtigen Schlapphut, mit der anderen ein umfangreiches Paket festhaltend. Die zweite in einem äußerst schäbigen, grauen Anzug, einem vom Winde aufgeblähten, schwarzen Gummimantel, einer braunen, tief auf der Stirn sitzenden Schlägermütze, ebenfalls an jeder Hand ein Paket hinter sich herschleppend.

Aber Vogelscheuchen können zum Glück nicht sehen und haben auch kein Innenleben. Sie sind seelenlose Gebilde ohne Herz und Hirn, ohne Fleisch und Blut, ohne Haut und Knochen, mit einer starren, hölzernen Wirbelsäule und unbeweglichen, steifen Armen. So flatterte die Vogelscheuche mit ihren zerfetzten Ärmeln, als die beiden so verwandten Gestalten an ihr vorbeiliefen. Es war aber nur der Wind, der an ihr zerrte. Und als plötzlich ein heftiger Windstoß sie erzittern ließ, da drehte sie sich sogar, und es schien, als ob sie den beiden verdächtigen Gestalten nachblickte, die wie zwei aufgescheuchte Hasen den Hang in Richtung Wald hinaufliefen, kleiner und kleiner wurden, bis sie hinter den Hecken verschwanden.

Als wir endlich den Waldrand erreicht hatten, waren wir wieder gehörig aus der Puste. Mikosch warf sich der Länge nach ins Moos, ich ließ mich neben ihm auf den Boden fallen. Wir schnappten beide nach Luft, denn unser wilder Lauf den Berg hinauf hatte unsere ganzen Kräfte gekostet.

„Huch", keuchte ich, „ich laufe bald auf dem Zahnfleisch!"

Mikosch setzte sich auf. „Weißt du, was das Schlimmste ist, Hardi? Beim Rennen hat mir die Suppe so im Bauch herum gesplunkert, dass ich dachte, mir spritzt sie aus allen Löchern. Hör mal, wie das in meiner Wampe gluckert!"

Während er begann, seinen Bauch auf und ab zu bewegen, musste ich mein Ohr auf seinen Leib legen und horchen.

„Hörst du was?" fragte er und wackelte derart stark, dass jede indische Bauchtänzerin vor Neid erblasst wäre.

Natürlich hörte ich etwas. In seinem Magen schien ein mittelgroßer Springbrunnen zu plätschern. Als ich bestätigte, dass das Splunkern sehr deutlich zu hören war, freute er sich wie ein Schneekönig und bot mir eine Zigarette an.

Inzwischen waren wir wieder etwas zu Atem gekommen und öffneten erst einmal unser Verpflegungspaket. Die gute Frau hatte uns mit allem Erdenklichen versorgt. Brot, einige Fleischbüchsen, ein Gefäß mit Schmalz, ein paar gekochte Eier, ein Würfel Kunsthonig, Zigaretten, Zigarren, ein Päckchen Tabak - wir konnten wirklich sehr zufrieden sein. Für ein paar Tage war unser leibliches Wohl gesichert.

„Ab jetzt wollen wir uns von der Straße möglichst weit fernhalten", begann ich unseren Kriegsrat. „Wir marschieren also immer parallel zur Straße in Richtung Westen. Mal sehen, wie weit wir heute noch kommen."

Mikosch sah auf seine Uhr. „Es ist erst drei, also können wir noch mindestens fünf Stunden marschieren." Er zog ein wehmütiges Gesicht. „Drei Stunden genügen vielleicht auch. So eilig haben wir's ja wieder nicht."

Wir suchten zuerst eine Vertiefung, in der wir unsere ausgedienten Uniformen liebevoll ausbreiteten. Wir bedeckten sie feierlich und so sorgfältig mit Steinen, dass man kein Zipfelchen mehr sehen konnte.

Als dieses anstrengende Werk beendet war, erinnerte sich Mikosch, dass er in sämtlichen Taschen seiner Uniform irgendwelche wichtigen Utensilien vergessen hatte.

Ich wurde ernstlich wütend. „Konntest du Kamel nicht früher daran denken? Jetzt kannst du den ganzen Klumpatsch wieder ausbuddeln! Du bist doch eine selten dämliche Ausgabe!"

Ich setzte mich auf einen Stein und sah zu, wie mein Freund die sorgsam aufgeschichteten Steine grollend wieder beiseite räumte. Da fiel mir ein, dass in meiner Jacke noch mein Kamm, mein Soldbuch, mein Zigarettenetui und einige Fotos steckten. In meiner Hose waren neben dem Taschentuch mein Portemonnaie, mein Feuerzeug und ein praktisches Taschenmesser stecken geblieben.

Ich stand auf und half meinem Freund schweigend, die aufgeschichteten Steine wieder beiseite zu legen.

Mikosch blickte mich von der Seite an. „Haben der Herr vielleicht irrtümlicherweise auch etwas in seinen Sachen steckengelassen?" fragte er und verzog sein Gesicht zu einem unverschämten, höhnischen Grinsen.

Ich winkte ab. „Ach, nicht der Rede wert! Nur ein paar belanglose Kleinigkeiten. Aber da du ohnehin an die Sachen musst .....!"

Mikoschs Grinsen verstärkte sich. „Du bist wirklich ein edler Freund! So selbstlos und hilfsbereit! Von ganzem Herzen danke ich dir!" Als wir mit vereinten Kräften sämtliche Steine beseitigt hatten, holten wir die vergessenen Sachen aus unseren Taschen.

Sogleich begann Mikosch, meine belanglosen Kleinigkeiten zu zählen. Er lachte sich halbtot. „Sogar sein Soldbuch hat er steckengelassen! Beim zwölfköpfigen Watzelturm, so etwas Belangloses!"

Ich zog es vor, mich in Schweigen zu hüllen, steckte meine Utensilien ein und begann, unsere Uniformen zum zweiten Mal mit Steinen zu bedecken.

Mikosch warf auch einige Steinchen darauf, und im Nu hatten wir unsere Ehrenkleider, diesmal hoffentlich für immer, beerdigt.

„Was machen wir mit unseren Soldbüchern?" fiel mir ein.

„Und unseren Erkennungsmarken?" ergänzte Mikosch.

„Ich würde sagen, wir behalten die Dinger. Schließlich werden wir uns nach dem Krieg ausweisen müssen, meinst du nicht?"

Mikosch tat so, als ob er nachdachte. Er hob die Augenbrauen hoch, ließ seine Augäpfel weit hervorquellen und seine Augendeckel mehrmals nach unten sausen. Während er seinen ausgestreckten Zeigefinger auf seinen krummen Nasenrücken legte, sagte er feierlich: „Ich pflichte dir vorbehaltlos bei, mein Freund."

Wir brachen auf. Noch ahnten wir nicht im Geringsten, was uns in den nächsten Tagen alles bevorstand. Sonst hätten wir unsere Uniformen bestimmt zum zweiten Mal ausgegraben und wären reuevoll zurückgekehrt. So aber ist dem Sterblichen der Blick in die Zukunft ein für alle Mal verwehrt.

Wir suchten uns voll guter Dinge jeder einen Wanderstock. Mikosch, der stets ein paar Schnüre mit sich herumtrug, band seinen Reiseproviant an seinen Knüppel und legte diesen auf die Schulter.

Ich folgte seinem Beispiel und wir marschierten los. Am liebsten hätten wir ein fröhliches Wanderlied angestimmt, unterließen es aber aus verständlichen Gründen der Vorsicht.

Wir kamen gut voran. Als es dunkel wurde, hatten wir schon eine beachtliche Strecke zwischen uns und dem Obergefreiten Geißler gebracht.

An und für sich hatte ich geplant, die ganze Nacht durchzumarschieren, aber wir verspürten beide so wenig Lust dazu, dass wir beschlossen, hier im Wald zu übernachten.

Es wurde bald so dunkel, dass wir kaum die Hand vor den Augen sehen konnten. Wir tasteten uns den Weg entlang, stolperten über Steine und Wurzeln und stießen mit den Köpfen an heimtückisch herabhängende Zweige.

Endlich trat der Mond hinter den Wolken hervor. Er hatte zwar schon ganz schön abgenommen, dennoch ermöglichte uns sein blasser Schein eine verborgene Schlafstelle zu suchen. Wir schlugen uns seitlich in die Büsche und krochen auf allen Vieren in einen Jungwald. Der Boden war feucht, die spitzen Nadeln der Fichten stachen uns ins Gesicht, und von den Zweigen tropfte der Abendtau.

Sehr zu unserem Verdruss war der Mond wieder hinter einer dicken Wolkendecke verschwunden. Mit ausgestreckten Armen tasteten wir uns fluchend durch die Schonung.

Dann hatte der stille Erdtrabant ein zweites Mal Erbarmen mit uns zwei krabbelnden Erdenwürmern. Er tauchte für längere Zeit auf und sah neugierig zu, wie wir zwei unser Lager bereiteten. Mit einem wahren Feuereifer begannen wir, Reisig zusammen zu tragen. Erst türmten wir eine dicke Schicht als Unterlage auf das Moos, dann stapelten wir noch zwei große Haufen zum Zudecken daneben. Hatten wir anfangs noch gefroren, so wurde uns bei der emsigen Arbeit so warm, dass wir unsere Mäntel und Jacken auszogen.

Nachdem wir unser Nachtlager sorgfältig vorbereitet hatten, setzten wir uns auf das Reisig, öffneten eine Fleischbüchse, schnitten uns ein paar Brote, schälten mehrere Eier und veranstalteten ein ausgedehntes Mahl. Danach steckten wir uns jeder eine dicke Zigarre an und legten uns bequem auf das Reisig.

Lange aber schmeckte uns die Zigarre nicht, denn die abendliche Kühle kam von allen Seiten auf uns zu gekrochen. Wir begannen, uns mit den Jacken und Mänteln zuzudecken, rückten noch näher zusammen, schichteten ganze Berge von Reisig über uns auf und versuchten einzuschlafen.

Aber die Kälte ließ sich nicht aufhalten. Sie durchdrang mühelos unsere ohnehin feuchte Kleidung, sickerte durch unsere Haut und das Fleisch bis an die Knochen und machte auch da nicht Halt.

So tief wir uns auch im Reisig verkrochen, die Köpfe in Jacken und Mäntel wickelten, es war vergebliche Liebesmüh.

So verbrachten wir den größten Teil der Nacht damit uns an unsere Jugendstreiche zu erinnern.

„Mikosch, weißt du noch, wie wir die Schnur über den Bürgersteig gespannt haben?"

„Na klar! Ich sehe jetzt noch, wie die Alte dabei ihre Hutfeder verlor! - Und die Sache mit den leeren Koffern!"

„Und der Haufen in der Straßenbahn!"

So ging das hin und her, und jedem von uns fiel immer wieder etwas Neues ein. Schließlich waren wir in unserer Jugend nicht gerade faul gewesen. Wenigstens in dieser Beziehung nicht. Wir vergaßen die Kälte und die Feuchtigkeit, und gegen Morgen gelang es uns, ihnen zum Trotz, tief und fest einzuschlafen.

Als ich wach wurde, stand die Sonne schon ziemlich hoch. Mein Chronometer zeigte an, dass es bereits 11 Uhr war.

Mikosch schlief noch. Er lag auf der Seite, die Hände vor der Brust gefaltet, die Knie angezogen, und schnarchte leise und zufrieden vor sich hin. Er sah so friedlich und unschuldig aus, dass jeder bei seinem Anblick die Überzeugung gewinnen musste: dieses Menschlein kann kein Wässerchen trüben.

Ich sprang auf, schüttelte das Reisig ab und befreite auch Mikosch von den lästigen Ästen. Dann schüttelte ich ihn so kräftig an den Schultern dass er erschrocken aufsprang.

„Du willst mir wohl den Kopf abreißen", murrte er griesgrämig, „mich brauchst du nicht zu wecken, ich habe ohnehin kein Auge zugemacht. Die ganze Nacht nicht!"

Ich nickte überzeugt. „Das hab' ich gesehen, wie du dich die ganze Nacht schlaflos hin- und her gewälzt hast. Und vor lauter Schlaflosigkeit hast du geschnarcht wie ein Lampenputzer."

Nachdem wir unsere kostbaren Essvorräte um ein Beträchtliches vermindert hatten, krochen wir durch das Unterholz wieder auf den Weg zurück. Wir folgten dem schmalen Waldpfad, der sich immer tiefer im Dickicht verlor. Schließlich gabelte sich der Weg und brachte uns in arge Verlegenheit.

So entspann sich folgender Dialog:

„In welcher Richtung gehen wir eigentlich?" fragte ich meinen Freund.

Mikosch schüttelte über meinen Unverstand sein schlapphutbedecktes Haupt. „Nun, nach Westen natürlich."

„Woher weißt du das?"

„Das weiß ich nicht, das denk' ich mir so."

„Das sieht dir ähnlich! Du denkst dir das so! Wo man doch an den Bäumen die Himmelsrichtung leicht erkennen kann. Auf der einen Seite sind sie mit Moos bewachsen. Im Westen, glaube ich, ja, im Westen."

Mikosch schüttelte den Kopf. „Da irrst du aber. Ich glaube im Osten."

Als wir uns die Bäume näher betrachteten, fanden wir überhaupt kein Moos, was uns sehr beruhigte. Schließlich hätte uns das Moos auch nicht weitergebracht.

Da fiel mir noch etwas ein: „Man kann auch mit einer Uhr die Himmelsrichtung bestimmen!"

„Freilich kann man das."

„Wie war das wieder? Ach ja, man richtet den Stundenzeiger in Richtung Sonne, dann kriegt man die Richtung heraus."

Mikosch nickte eifrig. „Weiß ich, weiß ich! Dann zeigt der Minutenzeiger nach Süden."

„Was redest du da wieder für einen Quatsch! Dann könntest du dich in einer Stunde im Kreis herumdrehen, und überall wäre Süden."

„Ach ja, stimmt. So schnell wechselt das nicht."

Ich überlegte. „Da war irgendetwas mit der Hälfte. - Ich glaube, man muss den Winkel zwischen dem Stundenzeiger und der Zwölf halbieren. Das ist dann die Südrichtung." Ich freute mich. „Ja, ich glaube, so ist es."

Mikosch machte alles wieder zunichte. „Glauben heißt nichts wissen. Er zeigt in Nordrichtung, glaube ich."

Da wir uns logischerweise über sämtliche Himmelsrichtungen uneinig waren, standen wir ratlos vor der vertrackten Weggabel und warfen uns Sätze zu, die deutlich aussagten, was wir von den geistigen Qualitäten des anderen hielten.

Und gerade in diesem Augenblick kam Mikosch der erleuchtende Gedanke. Er klatschte sich an die Stirn und rief: „Mittags steht die Sonne im Süden, Mensch! Und es ist genau 12 Uhr. Also muss sie jetzt, wenn sie nicht irgendwo aufgehalten wurde, genau im Süden stehen!"

Ich war sprachlos. Welch ein abgrundtiefer Geist tat sich da plötzlich vor mir auf! „Wie Recht du hast! Aber die Sonne scheint leider nicht, wie du siehst."

Mikosch warf einen suchenden Blick zum Himmel, der sich mit einer dicken Wolkenschicht verhangen hatte. „So ein Pech. Aber ich habe einen Vorschlag: Sobald die nächste Ortschaft kommt, pilgern wir hin und erkundigen uns." Er warf sich in die Brust. „Na, was sagst du jetzt?"

„Ich bin platt. Aber auch ein blindes Huhn legt einmal ein Ei", sagte ich und klopfte meinem Freund anerkennend auf die Schulter.

Er wusste, wie ich das meinte. „Ich habe wenigstens schon ein Ei gelegt. Es gibt aber blinde Hühner, die nicht einmal das können."

Wir beschlossen, dem Weg zu folgen, der halblinks abbog. Er führte uns bergauf und bergab, beschrieb steile Kurven und Kehren und wechselte so oft seine Richtung, dass wir bald nicht die geringste Ahnung hatten, wo wir uns befanden. Von einer Ortschaft sahen wir auch nichts, im Gegenteil! Der Weg stieg und stieg, bis wir schließlich den Kamm des Berges erreicht hatten.

Von hier oben blieb uns ein Blick ins Tal vergönnt. In der Ferne leuchteten ein paar Dächer einer Ortschaft, aber das Dorf war so weit entfernt, dass ein Marsch bis dahin sich nicht lohnte. Wir hielten Ausschau nach der Straße, konnten aber nichts von ihr entdecken.

„Hoffentlich laufen wir den Russen nicht in die Arme", unterbrach ich das ungewohnte Schweigen.

„Glaube ich nicht. Oder hörst du irgendwo ein Geböller?"

Ich lauschte angestrengt. Aber es war nichts zu hören außer dem gewichtigen Rauschen der Baumwipfel und dem Zwitschern einiger Vögel.

Gegen Abend hatten wir mehrere solcher Berge hinter uns. Dann endlich führte uns unser Weg in engen Serpentinen den Berg hinab. Wir folgten ihm und schritten vorsichtig talwärts. Langsam begann sich der Wald zu lichten, und unversehens standen wir auf freiem Feld. Von hier aus senkte sich der Hang allmählich ins Tal, nur dürftig mit einigen Brombeersträuchern und Haselnussbüschen bewachsen. Von oben sahen wir, wie sich unser Pfad an einigen Bauernhäusern vorbeischlängelte, die auf dem Hang standen. Er führte in das enge Tal hinunter, in dem eine kleinere Ortschaft mit ein paar Häuschen und einer unscheinbaren Kirche, gerade noch

Platz gefunden hatte. Wir blieben zögernd am Waldrand stehen und betrachteten das friedliche Bild.

Dicht neben uns sprudelte unter einem Stein eine muntere Quelle hervor. Das kristallklare Wasser floss über einen ausgehöhlten Baumstamm in einen Holztrog, plätscherte von hier in eine Rinne, die bis zum nächsten Bauerngehöft führte. Dieses bestand aus einem Wohngebäude, den Stall und einer Scheune und war ungefähr 100 Meter von unserem Standort entfernt.

Mikosch plumpste ins Gras. „Lass uns zuerst einmal etwas essen, dann beraten wir, was zu tun ist."

Gegen ein bekömmliches Mahl hatte ich selbstverständlich nichts einzuwenden. Mit spielender Leichtigkeit verdrückten wir den letzten Rest unserer Vorräte, steckten uns unsere letzten Zigarren an und beschlossen, der Scheune des nahe gelegenen Bauernhauses einen Besuch abzustatten, um endlich wieder richtig auszuschlafen. „Denn", so verkündete Mikosch, „der Morgen ist klüger als der Abend."

Mir blieb nichts anderes übrig. Ich musste zugeben, dass Mikosch heute einen Tag voller überraschender Lichtblitze hatte. Mein ungeteiltes Lob nahm er mit geschwellter Brust entgegen.

„Verliere die Hoffnung nicht, mein Freund", tröstete er mich, „auch dir wird eines fernen Tages ein Lichtblitz zuteilwerden."

Als es genügend dunkel war, schlichen wir uns zum Bauernhaus. Es gelang uns ohne große Mühe, von hinten in die Scheune einzudringen. Über die wacklige Holzleiter krochen wir auf den Heuboden hinauf und vergruben uns in der hintersten Ecke so tief im Heu, dass von uns kein Zipfelchen zu sehen war.

Die letzte, strapaziöse Nacht und der lange Marsch am heutigen Tag forderten ihren Tribut. Wir hatten uns kaum im

Heu verkrochen, da schliefen wir auch schon den Schlaf der gerechtesten aller Gerechten.

Kleopatra

Als ich plötzlich hoch schreckte, drang bereits blasses Tageslicht durch die Fugen der Scheunenwand. Was mich da so mit einem Schlag aus den süßen Träumen gerissen hatte, war ein wüster Lärm, der von der Tenne zu uns heraufdrang. Das war ein Gackern, Krähen und Schnattern, dazu schrie jemand in den höchsten Fisteltönen "Püttüttpüttpüttpüht! Pilapilapilapila!"

So leise wie möglich befreite ich mich von dem Haufen Heu, der mich bedeckte, robbte langsam nach vorn und lugte vorsichtig über die Kante. Wie vermutet, sah ich auf dem festgestampften Lehmboden der Tenne eine Unzahl von Hühnern, Gänsen, Enten und Puten auf der Jagd nach Futter wie wild hin und her rennen.

Ein schlampig gekleidetes, dickes Bauernweib warf aus einer verbeulten Schüssel die Futterbrocken und Körner unter das Federvieh. Anscheinend hatte sich immer noch nicht alles Getier versammelt, denn sie stieß immer wieder ihr markerschütterndes „Püttpüttpüttpüttpüttpüüüüht" aus.

Ein junger Hund undefinierbarer Rasse umrundete bellend die gackernde Hühnermeute und versuchte, einen einher stolzierenden Hahn ins Bein zu beißen. Aber ein kräftiger Schnabelhieb belehrte den Übermütigen eines Besseren, und er stob jaulend davon.

Ein ungewöhnlich großer Kater, kohlschwarz und mit grünlich leuchtenden Augen, strich mit hochgerecktem Schwanz um die nackten, dicken Beine der Bäuerin.

Ich hatte genug gesehen und trat den Rückzug an. Besondere Vorsicht brauchte ich bei dem Lärm nicht walten zu lassen.

Von meinem Freund war nichts zu sehen. So begann ich an der Stelle, an der ich ihn vermutete, das Heu beiseite zu schieben. In kürzester Zeit hatte ich den schlummernden Mikosch freigelegt und betrachtete den Schlafenden. War er nicht zu beneiden? Der ganze Höllenlärm da unten störte ihn nicht, er hörte weder das Gekreische der Bäuerin, noch das Gegacker und Gejaule. Wie immer lag er zusammenge-krümmt da, die Hände vor der Brust gefaltet, im Antlitz süßes-ter Frieden.

Ich rüttelte an ihm herum. „Mikoschek", zischte ich ihm ins Ohr, „erhebe dich!"

Mikosch begann sich zu recken und zu strecken, dass sei-ne Gelenke nur so knackten. Dann setzte er sich mit ge-schlossenen Augen hoch und riss seinen Mund sperrangel-weit auf.

Um Gottes Willen! Daran hatte ich gar nicht gedacht! Wenn Mikosch gähnte, dann pflegte er sein Gähnen mit ei-nem wahren Urschrei zu begleiten, bei dem selbst Tarzan erbleicht wäre.

Im allerletzten Moment gelang es mir, ihm mit der Hand den Mund zuzuhalten und sein urweltliches Brüllen im Keim zu ersticken.

Er klappte seine Augendeckel hoch und rollte seine vor-wurfsvoll anklagenden Augäpfel in meine Richtung.

„Sei still", wisperte ich, ehe er irgendetwas sagte, „unten ist jemand!"

Er begriff. „Welcher Hund wagt es, unseren heiligen Schlummer zu stören?" fragte er und holte einige Heubündel hinter seinem karierten Hemd hervor.

Ich erklärte ihm die Situation.

Inzwischen war es unten ruhig geworden. Das gellende Pättpüht war verstummt, die Hühner hatten sich auf den Mist begeben, auch das übrige Getier sah keinen Anlass mehr, auf dem kahlen Lehmboden der Tenne vergeblich nach Fut-ter zu suchen.

„Ich schlage vor, wir verduften von hier so schnell wie möglich, solange die Luft noch rein ist", flüsterte ich und wate-

74

te durch das Heu zur Leiter. Mikosch stülpte seine abenteuerliche Kopfbedeckung tief über sein Haupt und folgte mir. Er warf einen kurzen Blick nach unten und begann als erster den Abstieg. Als sein Kopf unter dem Balken verschwunden war, betrat ich die gebrechliche Leiter. Ich hatte noch nicht den Boden erreicht, als uns plötzlich und unerwartet die mir wohlbekannte Zeterstimme ins Genick knallte. „Wo kommt ihr denn her, ihr zwei Haderlumpen", gellte es hinter uns.

Ich ließ vor Schreck ein paar Sprossen aus und landete recht unsanft neben Mikosch auf der Tenne.

Wir drehten uns um. Da stand das dicke Frauenzimmer, breitbeinig, die wulstigen Arme in die Hüften gestemmt, das pausbäckige Gesicht vom Zorn gerötet. Die roten Haare hingen ihr in wilden Strähnen tief ins Gesicht. Ihre nackten Füße steckten in klobigen, ihr viel zu großen Männerschuhen. Der schwarze Rock war mit unzähligen Flecken übersät, die ehemals weiße Bluse hatte sich der Farbe ihres Halses angepasst und bedeckte nur notdürftig die Speckfalten ihres Trommelbauches.

„Ich habe gefragt, wo ihr herkommt, ihr zwei Zigeuner! Oder versteht ihr kein Tschechisch?"

Zum Glück verstanden wir sie ausgezeichnet. Als gebürtige Ostrauer waren wir ja unter Tschechen aufgewachsen und beherrschten daher diese Sprache so gut wie die eigene.

„No, wir haben hier ein wenig geschlummert, schöne Frau", sagte Mikosch und zog mit vollendeter Grandezza den Hut.

„Das wird ja immer schöner! Jetzt ist man nicht einmal in seinem eigenen Haus des Lebens sicher!" zeterte sie.

Wir schwiegen, obwohl wir ihr leicht das Gegenteil beweisen konnten.

„Schaut, dass ihr verschwindet, aber schnell, sonst hol` ich den Gendarmen, ihr Vagabunden!"

Ich machte eine beruhigende Geste. Der Gendarm hätte uns gerade noch gefehlt. „Ja, ja, wir gehen ja schon."

Mikosch konnte es nicht lassen. „Ach, mein schönes Kind", säuselte er, „uns hungert sehr. Habt ihr vielleicht ein Schlückchen Milch und ein paar Eierchen für zwei heimatlose Weltenbummler?"

Das gab ihr den Rest. Sie verlieh ihrer Stimme noch mehr Nachdruck und schrie: „Ich bin nicht euer schönes Kind! Wenn ihr jetzt nicht verschwindet, hol' ich den Hund. Der wird euch schon zeigen, wo die Eier sind!"

Fluchtartig verließen wir die ungastliche Scheune und versuchten, möglichst schnell über den Hof zu kommen. Das allerdings war gar nicht so einfach, denn auf dem schlammigen Boden tummelte sich eine derartige Vielzahl verschiedenartigen Getiers, dass wir uns förmlich einen Weg bahnen mussten. Ein überdimensionaler Misthaufen, auf dem mehrere Hähne gleichzeitig unerbittliche Kämpfe austrugen, dass die Federn nur so flogen, verbreitete einen furchtbaren Gestank. Vom Haufen floss eine braune Brühe quer über den Hof und vermischte sich mit dem unergründlichen Schlamm, der den Hof bedeckte. Mitten im Pfuhl saß ein unglaublich fettes Schwein und verschluckte soeben ganz nebenbei ein Küken, das sich zu nahe herangewagt hatte. Mehrere Ferkel spielten Fangen und rannten quiekend hin und her, mitten zwischen das Federvieh, das aufgeregt gackernd und schnatternd davon stob. Ein paar grauschwarze Schafe schauten blöde zu uns herüber, ein Gänserich plusterte sich auf und nahm Angriffsstellung ein. Die Glucke zählte zum dritten Mal ihre Küken und blickte sich ratlos um, weil immer noch eines fehlte.

Wir hüpften auf den Zehenspitzen durch diesen Morast. Im Bauernhaus öffnete sich oben eines der kleinen Fensterchen und ein dürres Bäuerlein guckte heraus. Hustend und mit heiserer Stimme krächzte es: „Was ist denn los, Evuschka?"

„Ach, weiter nichts! Zwei Spitzbuben waren in der Scheune, Wollten auch noch Eier und Milch haben diese Strolche, diese Nichtsnutze!"

„Ein paar Eier hättest du ihnen doch geben können, wenn sie Hunger haben."

Das hätte der gute Mann nicht sagen sollen. „Das musst gerade du sagen, du alter Faulpelz!" schrie Evuschka. „Wälzt sich im Bett herum und tut, als ob er krank wäre, dieser dürre Ziegenbock, dieser…"

Und sie schimpfte und zeterte weiter, als wir längst um die Ecke des Hauses gebogen waren und das halbverfallene Tor erreichten. Hier hing ein zottiges Ungetüm an der Kette. Das heisere Bellen ließ den Schluss zu, dass es sich bei diesem schwarzen Lebewesen um einen Hund handeln musste. Er kläffte wie besessen und zerrte so wütend an der Kette, dass man ernstlich um seine Gesundheit fürchten musste.

In blindem Vertrauen auf die Haltbarkeit der Kette liefen wir dicht an dem geifernden Zerberus vorbei. Dann waren wir endlich draußen und atmeten tief und erleichtert auf.

„Das war vielleicht eine Bissgurn (zänkische Frau), o jegerl", konstatierte Mikosch, „die hat ja einen ganzen Bart hinter den Zähnen."

„Und hast du ihren Mann gesehen?" fragte ich. „Der kann einem leidtun. Die frisst ihm bestimmt alles weg. Und so was heißt auch noch Evuschka!"

„Hardi, du musst bedenken, wie lange das mit dem Paradies schon her ist. Inzwischen ist die Eva eben älter geworden."

Während dieses Gesprächs waren wir entlang des bäuerlichen Anwesens dem Feldweg talwärts gefolgt. An einer Hecke blieben wir stehen, um unsere weiteren Schritte zu beraten.

„Am besten ist, wir gehen ein Stückchen ins Dorf hinunter und versuchen herauszufinden, wo wir hier eigentlich gelandet sind und wie weit es noch bis Freudenthal ist", schlug ich vor.

Freudenthal im Gesenke, östlich des Altvatergebirges gelegen, war unser erstes Ziel. Hier mussten sich auch unsere Wege trennen. Mikosch wollte sich mehr südlich halten, während mein Weg nach Römerstadt in westlicher Richtung führte. So ganz genau wussten wir das natürlich nicht, schließlich besaßen wir keine Karte. Wir vertrauten daher vor allem auf unser Glück und der Devise: Es wird schon irgendwie klappen.

Neben der Hecke, an der unsere Beratung stattfand, war eine Ziege angepflockt. Während wir unsere Pläne wälzten sah sie uns mit ihren rechteckigen Pupillen zustimmend an und sagte deutlich Mä-ä -ä - ä – ä."

Wir bedankten uns, Mjkosch griff den Faden wieder auf und fuhr fort: „Und sehen gleich zu, ob wir nicht etwas zum Verspeisen auftreiben. So ohne Frühstück fühle ich mich gar nicht wohl."

Wieder mischte sich die Ziege in unser Gespräch ein   :
„Mä - ä - ä-" sagte sie diesmal zur Abwechslung.

Wir erhoben uns und brachen auf, nicht ohne vorher der Ziege noch einmal freundlich zuzuwinken.

Mikosch bog als erster um die Hecke. Er war aber kaum hinter dem Busch verschwunden, da tauchte er wieder auf und ließ sich auf's Gras fallen.

„Mich trifft der Schlag", sagte er und ließ seine Augendeckel viermal herunterklappen, was bei ihm ein Zeichen größter Erregung war. „D - d -a unten, d -d -d - a stehen zwei Feldgendarmen!"

Ich ließ mich auch fallen und kroch an den Busch heran. Vorsichtig spähte ich zwischen den Blättern nach unten. In der Tat. Da standen sie! Die Gewehre umgehängt, den Blick zum Tal gerichtet.

Was sollten wir jetzt nur tun? Zurück in den Wald und weiter planlos umherirren? Dabei drohte uns die Gefahr, dass die beiden uns sichteten.

Oder sollten wir warten, bis sie ihren Standort wechselten?

Wir beschlossen abzuwarten. Als ich nach einiger Wartezeit den Kopf wieder zwischen die Büsche steckte, um nachzusehen, ob die Kerle endlich verschwunden waren, fuhr mir der Schreck in die Glieder. „Mikosch, halt dich fest", alarmierte ich meinen Freund, „sie kommen auf uns zu!"

„Oh jegerl", sagte Mikosch nur und wurde noch etwas bleicher. So wenig hatte er schon lange nicht gesagt.

Jetzt aufzustehen und auf den Wald zuzulaufen, wäre glatter Selbstmord gewesen. Liegenbleiben, das ging bestimmt nicht gut. Sich im Busch verkriechen, hatte keinen Sinn, denn als Versteck war die Hecke absolut ungeeignet. Und den beiden Grünen entgegengehen? Da konnten wir gleich unser Testament machen.

Die Sekunden verstrichen. Fieberhaft suchten wir nach einer Lösung, nach einer rettenden Idee. Aber es schien keinen Ausweg mehr für uns zu geben.

Mikosch begann wieder mit seinen Augendeckeln zu klappern, und sein Adamsapfel hüpfte wie ein Jo-Jo auf und ab.

Mir schossen die verwegensten Gedanken durch den Kopf, aber es war nichts Gescheites dabei.

Nur die Ziege ließ sich nicht aus der Ruhe bringen. Sie stand breitbeinig da, starrte uns tiefgründig an und sagte feierlich: „Mä - ä - ä ä - ä – äh."

Wie gut, dass sie gemeckert hatte. Ich bin überzeugt, hätte sie das geahnt, sie wäre mucksmäuschenstill gewesen.

So aber hatte sie mich noch einmal eindringlich an ihre Existenz erinnert. In meinem geplagten Hirn formte sich eine Idee, nahm in rasender Eile feste Formen an. Da sprang ich auch schon auf, ergriff die Kette und löste sie vom Pflock.

Mikosch sperrte die Augen auf, stierte mich an und schien an meinem Verstand zu zweifeln.

„Los, Mikosch, komm schon! Wir nehmen die Ziege mit!"

„Die Ziege mit", wiederholte er und folgte mir, „die Ziege...?"

Zu dritt bogen wir um die Hecke. Die beiden Gendarmen waren inzwischen kaum mehr als 30 Meter von uns entfernt.

Wir gingen aufeinander zu. Ich hielt die Kette krampfhaft fest, aber das brauchte ich eigentlich gar nicht. Die Ziege schien uns ihr vollstes Vertrauen entgegenzubringen, denn sie folgte uns willig und ohne Zögern. Vielleicht hatte sie es satt, dauernd im Kreis um den Pflock zu laufen, oder die dicke Evuschka fiel ihr derart auf die Nerven, dass sie es vorzog, lieber mit uns ein kleines Abenteuer zu erleben. Ich weiß es nicht; ich hatte damals auch keine Zeit, darüber nachzudenken, was in so einer zarten Ziegenseele vor sich geht.

Immer näher kamen wir aufeinander zu. Jetzt trennten uns nur noch wenige Meter - jetzt waren wir fast auf gleicher Höhe. Mikosch ritt wieder einmal der Teufel. Er zog seinen Hut. „Dobřý den (Guten Tag)", grüßte er unterwürfig.

Mir blieb auch nichts anderes übrig, als ein annähernd freundliches „Dobřý den" hervorzustoßen.

Die beiden Uniformierten würdigten uns keines Blickes und schritten an uns vorbei, als ob wir Luft wären. Auch als unsere Ziege ihr "Mä - - ä - äh" ausstieß, drehten sie sich nicht um.

Wir gingen weiter und bemühten uns, unseren Weg ganz langsam und unverdächtig fortzusetzen.

„Gleich werden sie stehen bleiben und uns zurückrufen. Gleich werden sie unsere Ausweise sehen wollen", dachte ich.

Aber wir gingen und gingen und nichts geschah.

Als wir die ersten Häuser des Dorfes erreicht hatten, drehten wir uns zum ersten Male um. Von den beiden Feldgendarmen war nichts mehr zu sehen. Sie hatten inzwischen wohl den Wald erreicht und sahen sich dort nach irgendwelchen verdächtigen Elementen um.

Uns fielen ganze Felsbrocken von der Seele.

„Mann, Hardi'!" rief Mikosch enthusiastisch aus, „ich muss dir meine allergrößte Bewunderung aussprechen! Die Idee mit der Ziege war so grandios, dass sie eigentlich von mir stammen müsste!"

„Bei der Idee wollen wir auch bleiben! Wir nehmen die Ziege einfach mit auf unsere Reise."

Wir blieben stehen und blickten unsere edle Retterin dankbar an. Und wie immer, wenn sie sich betrachtet fühlte, stieß sie ihr wohlwollendes Meckern aus.

Mikosch begann zu lachen. „Kannst du dir das Gesicht von der dicken Evuschka vorstellen, wenn sie merkt, dass die Ziege weg ist? Da wird ihr dürrer Ziegenbock ein paar Wochen noch weniger zu lachen haben. - Übrigens, wir müssen unserer Ziege einen würdigen Namen geben. Sie gehört ja jetzt zu uns."

Wir beratschlagten hin und her, fanden Namen und verwarfen sie wieder und stritten uns herum, als ob wir keine anderen Sorgen hätten. Bis Mikosch endlich den passendsten Namen fand. „Sieh mal", sagte er, „welch einen geheimnisvollen Blick sie hat, so rätselhaft und abgrundtief wie die Sphinx. Ich schlage daher vor wir nennen sie Kleopatra."

Gegen diesen Namen hatte ich nichts einzuwenden.

Mikosch stellte sich vor die Ziege, legte ihr feierlich die Hand zwischen die Hörner und sagte: „Ich taufe dich hiermit auf den Namen Kleopatra."

"Mä - ä - äh", meinte diese, und der schöne Name schien ihr völlig gleichgültig zu sein.

Bis zur Straße war es nicht weit. Unterwegs erfuhren wir, dass wir zu unserem Glück nicht einen Deut von unserer geplanten Route abgewichen waren. Troppau hatten wir schon hinter uns gelassen. Die Straße, die sich durch das Tal schlängelte, führte in der Tat nach Freudenthal. Ein unglaublicher Zufall, wenn man bedenkt, über welche pfadfindeschen Fähigkeiten wir verfügten. Bis Freudenthal mussten wir noch ungefähr 40 Kilometer hinter uns bringen, eine Strecke, über die wir uns lieber keine unnötigen Gedanken machten.

Fröhlich schritten wir talwärts und zogen Kleopatra hinter uns her, die noch kein Heimweh zu verspüren schien.

Von oben konnten wir die Hauptstraße deutlich sehen, das heißt, eigentlich nicht die Straße, sondern die Vielzahl von Fahrzeugen, die sich in nicht enden wollendem Strom in Richtung Westen bewegten.

An der Straße angekommen, betrachteten wir eine Zeitlang mit größtem Missfallen den chaotischen Verkehr, der hier herrschte. Ohne Unterbrechung drängten sich auf der linken Straßenseite Lastwagen, Militärfahrzeuge aller nur erdenklichen Waffengattungen und mit Offizieren besetzte Personenautos, während die rechte Straßenhälfte den langsamen Pferdewagen vorbehalten blieb.

Es gelang uns erst nach geduldigem Warten, endlich die Straße zu überqueren und zwischen zwei Pferdefuhrwerken eine freie: Stelle zu ergattern. Hier brauchten wir nicht zu fürchten, von den vorbeirasenden Kraftfahrzeugen überrollt zu werden. Das eingeschlagene Tempo konnten wir spielend halten, es lief also alles zu unserer größten Zufriedenheit.

Vor uns auf dem Trosswagen hockte ein Landser, ein Obergefreiter. Er saß mit dem Rücken zur Fahrtrichtung hinten auf dem Wagen und ließ seine Beine herunterbaumeln. Da er ohnehin nichts weiter zu tun hatte, nutzte er die sich ihm bietende Gelegenheit, uns drei einer eingehenden Betrachtung zu unterziehen. Erst blickte er mich an und begann zu grinsen. Dann wandte er sich Mikosch zu und grinste noch mehr. Schließlich besah er sich unsere Ziege und begann zu lachen.

Ich ärgerte mich. Da saß der Kerl schön bequem auf dem Wagen, hatte bestimmt ein ausgezeichnetes Frühstück hinter sich, hockte mit vollgeschlagener Wampe vor unserer Nase und nahm sich heraus, uns frech anzuglotzen und sich über uns lustig zu machen.

Als er glaubte, ausreichend lange gelacht zu haben, richtete er seine listigen, vom vielen Lachen feuchten Augen auf mich und fragte: „Du sprechen deutsch?"

Ich nickte. „Ich deutsch alles versteh", radebrechte ich. Mit einer einladenden Geste bedeutete er uns, neben ihm Platz zu nehmen, was wir uns nicht zweimal sagen ließen.

Kleopatra, deren Kette ich fest in der Hand behielt, trottete brav hinter dem Wagen her.

„Und dein Kumpan?" fragte er und zeigte auf Mikosch, „er auch deutsch verstehen?"

„Er nix verstehn. Er sein taubstumm und staubdumm."

Mikosch erstarrte und ließ mindestens fünfmal seine Liddeckel herunterklappen. Dann schluckte er ein paar Mal krampfhaft, wobei sein Adamsapfel in heftige Bewegung geriet, aber er schwieg. Er schwieg auch, als der Landser ihm auf den Oberschenkel klopfte und, zu mir gewandt, sagte: „Er schaut auch wirklich ein bisschen blöd drein, der arme Kerl."

Mikosch saß da, als hätte er ein Dutzend Frösche verschluckt, aber er hatte keine andere Wahl, als taubstumm zu bleiben.

Der Obergefreite sah sich meinen wütenden Freund noch einmal an und begann erneut zu wiehern.

Ich konnte mich auch nicht länger beherrschen und fing so an zu lachen, dass ich beinahe vom Wagen gefallen wäre.

In der Brust meines Freundes kämpften zwei Seelen, das war deutlich zu sehen. Die eine hätte uns beide am liebsten vom Wagen gefegt, die andere riet ihm, gute Miene zum bösen Spiel zu machen. Aber das Gute in ihm siegte, und Mikosch, die taube Nuss, fing ebenfalls an zu grinsen.

Wir kamen schnell ins Gespräch, wobei sich der Obergefreite als ein überaus lustiger Bursche erwies. Er hieß Neumann, betonte aber gleich, dass er den Kohleneimer nicht erfunden hätte. Neumann war, wie man in der Landsersprache so schön sagte, ein Küchenbulle, sah aber so ausgehungert und abgemagert aus, dass der Verdacht nahe lag, er würde seinen eigenen Kochkünsten wenig Vertrauen entgegenbringen.

Als er merkte, dass wir Hunger verspürten, ließ er es sich nicht nehmen, uns mit Barrasbrot und ein paar Fleischbüchsen zu versorgen. Wir sahen keine Veranlassung, ihm unser Reiseziel zu verschweigen.

„So, so, nach Freudenthal wollt ihr. Da haben wir noch ein ziemliches Stück gemeinsam. Aber wartet mal, ich geb` euch noch etwas Marschverpflegung mit!" Wieder kroch er in den Wagen, brachte Brot, sogar Plätzchen, Kekse, Lebkuchen und Zigaretten holte er herbei. „Ich stecke euch alles in einen Sack, aber haltet ja die Schnauze, verstanden!"

Dann musste ich ihm erzählen, wo wir herkamen und was wir in Freudenthal wollten. Ich band dem guten Mann einen fürchterlichen Bären auf.

„Ich gewohnt bei Omama. Maminka tot, Haus alles kaputt. Hier Bedřich Smřkowsky ist sich Stiefkind von meine Tante Lena seliges. Wir jetzt wollen zu Tante Božena nach Freudenthal."

Er glaubte mir alles. Dann wollte er auch meinen Namen wissen, und da mir im Moment kein besserer einfiel, nannte ich mich František Střepelek, gesprochen Strschepelek.

Neumann lachte wieder. „Diese tschechischen Namen, da kann man sich ja die Zunge dabei verrenken! Smerkulski Bedrschich! Franzischek Sterschlepelek - Da gibt's doch bei euch einen Satz, den kann man nur unter Lebensgefahr aussprechen und schon gar nicht, wenn man ein falsches Gebiss hat. Ich hab's gelernt...

Moment mal, wie war das gleich ...‚stlerz sprt skerzrk....‚ oder so ähnlich. Sag du's doch mal, los!"

Ich hatte keine Ahnung, was er meinte. „Was soll denn das bedeuten?"

„Warte mal! Soweit ich mich erinnere, heißt das: 'Steck die Hand in den Mund' oder so."

Jetzt fiel mir der Zungenbrecher ein: „Ach so, du meinst: 'Steck den Finger in den Hals'! Das heißt: Strč prst skrz krk."

Neumann kam aus dem Lachen nicht mehr heraus. Er legte sich auf den Rücken, riss den Mund auf und ließ unglaublich hohe, wiehernde Töne vernehmen. Dabei klopfte er sich vor Vergnügen auf seine Oberschenkel. „Ja, ja, so heißt das! Srtsch rpst zrk zrk. - Ihr habt überhaupt eine lustige Sprache! Ich weiß das. Habe hier so allerhand gelernt." Er zwinkerte mir mit seinen listigen .Äugelein zu. „Der Schornsteinfeger heißt bei euch kominarsch und der Arzt heißt lekarsch! Hahahahihi." Wieder lag Neumann der Länge nach auf dem Wagen und kicherte, dass sein Adamsapfel zu entgleisen drohte.

Gar so Unrecht hatte er gar nicht. Besonders das r mit dem Häkchen, eine Lautkombination von r und ach, bereitet bei seiner Aussprache jedem Ausländer größte Schwierigkeiten, da diese beiden Laute gleichzeitig gesprochen werden und nicht einer hinter dem anderen. Auch gab es Silben ohne Vokal, wie zum Beispiel prst - der Finger oder krk - der Hals, Worte, die für Anderssprachige echte Zungenbrecher darstellten.

Das mag einer der Gründe sein, dass sich die tschechische Umgangssprache einer erfrischenden Kürze erfreut und mit wenigen Worten oft viel aussagt.

.Mir fällt hierzu eine Geschichte aus dem Ersten Weltkrieg ein, als in den Armeen der Österreich-Ungarischen Monarchie auch viele Tschechen kämpften oder, besser gesagt, kämpfen mussten.

Da stand ein österreichischer Hauptmann vor einer Kompanie Tschechen und hielt seine flammende Rede:

„Dunkle, drohende Wolken sind auf dem Horizont aufgezogen, von Ferne ertönt schon dumpfes Grollen und verkündet tödliche Gefahr. Und bald wird das Gewitter über uns stehen, mit ungeheurer, elementarer Gewalt losbrechen und uns zu verschlingen suchen. Aber uns werden Donner, Blitz und der Hagel der Geschosse nichts ausmachen! Wir werden alle zusammenstehen wie ein Mann! Wir werden kämpfen, siegen oder fallen!"

Dann trat der Dolmetscher vor und hatte das Wort. Er übersetzte in lakonischer Kürze: „Bude pršet!" – „Es wird regnen!"

Am frühen Nachmittag war es mit unserer bequemen Reise vorbei. Die Trosswagen bogen nach rechts in eine kleine Ortschaft ab. Es blieb uns also weiter nichts anderes übrig, als Kleopatra an die Kette zu nehmen und unseren Weg auf Schusters Rappen fortzusetzen.

„Komm gut zu Tante Boschena", rief Neumann und winkte uns zu.

„Und sltsch prsch schrk frz!" Von weitem noch drang sein wieherndes Lachen zu uns herüber. „Kominarsch, lekarsch!" hörten wir ihn rufen, ehe der Wagen hinter einer Böschung verschwand.

„Der war wirklich in Ordnung, gelt, Mikoschek", wandte ich mich an meinen Wegbegleiter.

Dieser jedoch warf mir einen vernichtenden Blick zu. Also wenn Blicke töten könnten, stocksteif hätte ich damals auf der Straße gelegen. „Du Schuft schuftiger, du Knilch elender! Erzählst, ich sei stumm. Du bist wohl total übergeschnappt, mir so etwas anzutun! Fünf Stunden, geschlagene fünf Stunden, sitzt man herum und darf kein einziges Wort sprechen. Stell dir das doch mal vor! Das war zu viel für mich, damit du's weißt! Wir sind geschiedene Leute!"

Er beschleunigte seine Schritte, was ihm gar nicht so leicht fiel, denn seine spitzen Lackschuhe drückten ihn fürchterlich. Außerdem waren die Sohlen bald durchgelaufen. Ja damals, als wir zusammen in Italien waren, ging er einfach zum Schuster, hielt ihm seine Schuhe hin und sagte: „O Sohle mio!" Hier aber war keine Hilfe zu erwarten.

Mich plagten die Gewissensbisse. „Mein lieber Mikoschek, das habe ich wirklich nicht bedacht. Ich wollte dich bestimmt nicht zum ewigen Schweigen verurteilen, wo ich doch weiß, was das für eine Strafe für dich ist. Also gib dir einen Ruck und verzeih deinem reuigen Freund!"

Mikosch blieb stehen. „Nun gut, ich will dir verzeihen.- Aber sag mal, wie lange wollen wir noch auf dieser staubigen Straße herumlatschen? Erstens bin ich müde, zweitens verspüre ich kolossalen Hunger und Durst, drittens drücken mich diese miserabligen Schuhe. Ich schlage vor, wir suchen uns einen netten Seitenweg, hauen uns ins Gras, essen was und ruhen uns aus."

Eigentlich wollte ich einwenden, dass wir erst knappe vier Minuten marschiert waren; dann aber dachte ich an Kleopatra, die Sanfte, die bestimmt müde sein würde.

„Na gut, machen wir's so. Schließlich haben wir ja Zeit."

Wir fanden bald einen geeigneten Feldweg, erkundeten einen wunderschöne von dichten Hecken umgebene Wiese, die uns als Lagerplatz geeignet erschien. Das Wasser des vorbei fließenden Bächleins schien uns klar genug, so dass wir uns der Länge nach ins Gras legten und die Köpfe ins Wasser tauchten. Unsere Ziege stellte sich daneben, und so stillten wir zu dritt unseren Durst.

Anschließend banden wir unser Tarnobjekt an einen Baum. Kleopatra meckerte ein paar Mal ärgerlich, offensichtlich empfand sie das Anbinden als einen unerlaubten Eingriff in ihre persönliche Freiheit, dann aber beruhigte sie sich schnell und begann, Gras zu fressen.

Wir holten unsere Vorräte heraus und beschäftigten für längere Zeit unsere Kaumuskeln. Da die Sonne schien und es heute angenehm warm war, ließen wir uns nach dem Essen einfach nach hinten fallen. Während Kleopatra ihr versäumtes Vormittagspensum im Grasrupfen nachzuholen versuchte, verschliefen wir den ganzen Nachmittag in ungetrübter Harmonie.

Lida

Wir wurden erst wieder wach, als die abendliche Feuchtigkeit und Kühle durch unsere Kleidung zu dringen begann.

Kleopatra fraß noch immer, was uns auf die Idee brachte, es ihr gleichzutun. Dann aber erfasste mich beim Anblick der Ziege ein heftiger Schrecken. „Mikosch, sieh dir mal Kleopatras Euter an! Es ist voller Milch."

Mikosch kaute an einem riesigen Bissen. „Na und?"

„Du bist gut! Sie muss doch gemolken werden! Wenn sie nicht gemolken wird, geht sie ein, das weiß doch jedes Baby!"

Ich hatte zwar nur wenig Hoffnung, aber vielleicht hatte mein Freund zufällig oder aus Versehen, möglicherweise .... Jedenfalls fragte ich ihn hoffnungsvoll: „Kannst du melken?"

Er machte alle meine zaghaften Hoffnungen mit einem Schlag zunichte. Er konnte nicht.

So saßen wir uns gegenüber und sahen uns ratlos an. Mikosch war, wie immer, ein noch größerer Optimist als ich. „Das kann doch bestimmt nicht so schwer sein, ein bisschen an den Zitzen zu ziehen!"

Na eben! So schwer konnte das wirklich nicht sein. Das Problem war nur: wir besaßen kein Gefäß zum Auffangen der Milch. Und da war guter Rat teuer.

Schließlich warf Mikosch sich in die Brust. „Kleinigkeit", rief er, „pass mal auf! Ich lege mich unter die Ziege, möglichst präzise unter das Euter. Dann mach' ich den Mund weit auf und du brauchst beim Melken die Zitzen nur so halten, dass mir die Milch in den Mund spritzt!"

Das Problem schien gelöst. Gesagt, getan. Mikosch legte sich unter die Ziege, die ihn etwas befremdet musterte. Er sperrte seinen Mund so weit auf, dass ich sein Gaumensegel flattern sah. Dann gab er mir durch ein Handzeichen zu verstehen, dass er bereit war, die gemolkene Milch aufzufangen.

In Anbetracht der Größe seines Mundes schien mir meine Aufgabe durchaus lösbar zu sein. Ich kniete mich hin, ergriff mit jeder Hand eine Zitze und fing an zu ziehen. Es kam nichts. Nur Kleopatra machte eine halbe Drehung, so dass mein Freund gezwungen war, einen Positionswechsel vorzunehmen. Ich zupfte noch einmal. Diesmal hatte ich Erfolg, und ein kräftiger, weißer Strahl schoss genau in Mikoschs Nasenloch.

Mein Freund begann mit den Beinen zu strampeln und unartikulierte Laute auszustoßen.

Der nächste Schuss ging ganz daneben, dann aber traf der Milchstrahl aus der einen Zitze sein Auge, der andere verlor sich unter seinem Kinn.

Mikosch klappte seinen Mund mit einem hörbaren Knall zu, wischte sich die Milch aus dem Auge und kroch mühsam unter der geduldigen Ziege hervor.

„Mensch, Hardi, was machst du denn für eine Scheiße! Du stellst dich an wie der erste Mensch! Brrr, die Milch läuft mir den ganzen Bauch herunter."

Ich lag im Gras und lachte, dass mir die Tränen kamen. Mikosch stieß mich an. „Komm, lach nicht so blöd! Ich zeig dir jetzt, wie so was gemacht wird."

Es blieb mir nichts anderes übrig. Ich legte mich unter die Ziege und sperrte den Mund auf.

„Ojojoj, hast du aber eine große Schnauze!" ließ Mikosch verlauten.

Ich wollte ihm eine gehörige Antwort geben, da kam auch schon der erste Strahl und traf genau ins Schwarze. Ich kam weder zum Schlucken noch zum Husten, da hatte mir Mikosch schon den zweiten Strahl verpasst. Dabei steckte er mir den halben Titten in den Mund. Was half's, dass ich mich mit Händen und Füßen wehrte, schluckte und spuckte, während Mikosch mit rücksichtsloser Brutalität seine Melkarbeit fortsetzte.

„Jetzt steckt mir der Kerl auch noch den halben dreckigen Euter in den Mund", schrie ich und versuchte, unter der Ziege hervor zu kriechen.

Kleopatra schien diese stümperhafte Melkerei auch nicht zu gefallen, denn sie begann, sich im Kreise zu drehen. Sie stieg mehrmals über mich hinweg, trat mir einmal auf die Hand, dann zur Abwechslung aufs Knie.

Mikosch aber ließ ihre Zitzen nicht los. „Halt doch still, du Biest! Du dumme Ziege von einer Ziege!" schrie er und drehte sich auch mit im Kreise. Dabei trat er mir auf die andere Hand.

Meine Geduld war erschöpft. „Aufhören!" brüllte ich und spuckte Milch, „lass mich raus!"

Plötzlich hielten wir beide inne, auch Kleopatra blieb bewegungslos auf meiner linken Hand stehen. Irgendwer lachte. Es war ein glockenhelles, herzliches Lachen.

Wir drehten uns um. Da stand jemand und sah uns zu. Ein Mädchen stand da, groß, schlank, mit braunem Haar und anmutigem Gesichtchen. „Ich habe noch nie in meinem Leben zwei Menschen gesehen, die mit einer Ziege einen solchen Unsinn machen!" Und wieder perlte ihr Lachen. „Was macht ihr zwei da eigentlich?"

Wir saßen verdattert da. Dumme Frage! Was sollten wir schon machen.

Diesmal fand ich ausnahmsweise die ersten Worte: „Das ist doch sonnenklar! Wir melken unsere Ziege."

„Ach so! Und ich dachte, du wolltest ihr das Euter abbeißen!"

Sie blieb neben uns stehen. Wir banden ihr dasselbe Märchen auf, das wir auch Neumann erzählt hatten. Dann dauerte es auch nicht lange, bis sie uns zum Essen einlud.

Sie bewohnte mit ihrer kränklichen Mutter ein kleines Bauernhaus ganz in der Nähe. Ihr Vater war tot, ihr älterer Bruder musste in Nürnberg arbeiten.

Zum Abendessen gab es herrlich duftende Kartoffelpuffer, eine Speise, die wir lange genug vermisst hatten.

Kleopatra stand gemolken im Stall. Ihre Milch aber hatten wir beide verschmäht.

Lida, so hieß das Mädchen, hatte uns unser Zimmer bereits gezeigt, in dem wir die kommende Nacht verbringen durften. Auf den beiden Holzbetten türmten sich die Federbetten und Kissen beinahe bis an die Decke und sahen so einladend aus, dass wir, erschöpft von den Strapazen der letzten Tage, am liebsten gleich in die Federn gekrochen wären.

Aber der Duft der Kartoffelpuffer war stärker. Nachdem wir sämtliche Rekorde im Verzehren dieser schmackhaften Produkte gebrochen hatten, spielten wir "Mensch ärgere dich nicht".

Mikosch hatte sich seiner spitzen Schuhe mitsamt den löchrigen Strümpfen entledigt und kühlte seine Blasen in einer Schüssel mit kaltem Wasser. Er verlor ein Spiel nach dem anderen. „Ich armer Mikoschek", jammerte er, „seht doch, wie mich armen Blasenleidenden das Pech verfolgt! Da, wieder haben sie mich rausgeschmissen, mitleidlos und ohne Erbarmen!"

Er hatte wirklich Pech, der arme Mikoschek. Kaum hatte er eine Figur auf das Brett gestellt, da fegte sie auch schon einer von uns hinaus.

Wir spielten bis spät in die Nacht hinein. Ich rückte immer näher an Lida heran, bis sich unsere Arme berührten. Ich spürte ihren Gegendruck und sah, wie sie errötete. Unsere Blicke trafen sich immer öfter, wir würfelten, ohne hinzusehen, wir vergaßen, unsere Figuren zu rücken und übersahen, wenn eine hinausgeworfen werden musste.

Mikosch fiel vor Staunen aus allen Wolken. „Aber Hardi, wieso bist du auf einmal so edel? Du konntest mich doch gerade hinausschmeißen!"

Dann starrte er Lida entgeistert an. „Du hast doch eben eine Fünf gewürfelt und ziehst nur um ein Feld!" rief er aus, „ihr spielt vielleicht einen Mist zusammen! Keine Kondition, was?"

Kein Wunder, dass Mikosch nunmehr ein Spiel nach dem anderen gewann.

Gleich begann er zu strunzen: „Ja, nun könnt ihr sehen, wer der wahre Meister ist. Erst den Gegner in Sicherheit wiegen, dann aber eiskalt zuschlagen und siegen!"

Wir hörten ihm gar nicht zu. Und gerade als mich Mikosch darauf aufmerksam gemacht hatte, dass ich eine Sechs gewürfelt hätte und daher bekanntlich noch einmal würfeln dürfe, flüsterte mir Lida plötzlich ins Ohr: „Sag Mikosch, dass er in meinem Zimmer schlafen soll!"

Bisher war mir nur warm gewesen, nun aber überlief es mich siedend heiß.

Ich blickte Lida an. Sie blickte krampfhaft auf das Spielfeld, spielte mit dem Würfel und errötete wieder.

Mikosch brachte uns auf den Erdboden zurück. „Ja, zum Donnerwetter, wollt ihr zwei denn nicht würfeln? Sitzen da wie zwei Ölgötzen und haben beide noch kein Pferdchen im Stall, während ich, euer Meister, nur noch eine winzige Eins brauche, um den vierten Sieg hintereinander zu erringen."

Ich hatte verständlicherweise keine Lust mehr. „Wir geben uns geschlagen", sagte ich. Dann fügte ich so ganz nebenbei hinzu: „Übrigens schläfst du in Lidas Zimmer."

Mikosch klappte seine Augendeckel mehrmals nach unten. „Aha", begriff er, „ist mir auch recht. Da werde ich keuscher Jüngling in einem jungfräulichen Bett schlafen. Das passt zusammen!"

Lida sagte nicht viel. „Wer weiß, was morgen kommt", flüsterte sie, „vielleicht sind morgen die Russen schon da oder übermorgen."

Ich nickte beistimmend, obgleich mich in diesem Moment herzlich wenig interessierte, was mich am nächsten Tag erwartete „Heute ist heute", sagte ich, „und heute sind wir beisammen, alles andere ist unwichtig."

Dann waren wir allein. Nichts galt mehr, nichts zählte mehr, nur unsere Zweisamkeit. Der Krieg, unsere Flucht, die Angst und die Ungewissheit, existierte das alles noch? Vielleicht, aber nicht jetzt, nicht für uns. Wir waren allein auf der ganzen Welt, nur sie und ich. Die Zeit stand still, für eine unendlich lange, viel zu kurze Nacht.

Als ich am nächsten Morgen erwachte, war das Bett neben mir leer. Von draußen drang das aufgeregte Gackern der Hühner und das ungeduldige Brüllen der Kühe ins Zimmer. Die Sonne lugte neugierig durch die Scheiben der kleinen Fenster und malte leuchtende Vierecke auf die Betten. Ich blieb bewegungslos liegen und blickte auf die weißgetünchte Decke. Es schien mir, als ob ich schon viele Jahre in diesem Hause wohnte; alles war mir so vertraut, so nahe, dass ich mir gar nicht vorstellen konnte, es heute wieder verlassen zu müssen.

Ich rührte mich nicht und genoss diesen Augenblick. Oder sollte ich nicht mehr weitergehen, hier in diesem Hause bleiben? Hier warten, bis alles vorüber war? Für kurze Zeit spielte ich mit diesem Gedanken, dann verwarf ich ihn wieder. Es blieb dabei: Erst wollte ich mich zu meinen Eltern durchschlagen und bei ihnen das Ende des Krieges abwarten. Dann würde ich wieder hierher zurückkommen, lange konnte das alles bestimmt nicht mehr dauern.

Neben meinem Bett stand auf einem Stuhl mein Frühstück bereit: Milch, ein Laib Brot, Butter und Käse, ein Stück Speck und zwei Eier. Ich blickte auf die Uhr. Es war elf. Egal, wir hatten Zeit genug. Nach dem Frühstück beschloss ich, nach Mikosch zu sehen und kroch aus den Federn. Barfuß schlich ich leise in das gegenüberliegende Zimmer. Mein Freund schlief natürlich noch. Heute lag er im Bett wie eine Schere, Arme und Beine ganz entgegen seiner sonstigen Schlafge-

wohnheit weit von sich gestreckt. Seinem sperrangelweit ge-
öffneten Mund entquollen undefinierbare, gurgelnde Geräusche. Während ich vergeblich nach einem Gegenstand suchte, den ich ihm in das Gehege seiner Zähne schieben konnte,
wurde er leider wach. Diesmal hinderte ich ihn nicht daran,
seinen Tarzanschrei auszustoßen. So entlockte er seinen
Stimmbändern derart grässliche Urlaute, dass Lida ganz entsetzt ins Zimmer gelaufen kam.

„Jezismaria, was ist denn geschehen?" fragte sie atemlos
und hielt sich vor Aufregung am Türpfosten fest.

Ich ging auf sie zu und nahm sie in die Arme. „Gar nichts
ist geschehen. Unser Mikoschek hat nur ein wenig gegähnt."

Lida lachte erleichtert. „Und ich habe gedacht, hier wird
mindestens einer umgebracht."

Dann sah sie mich mit ihren dunklen Augen fragend an.
„Bleibt ihr noch einen Tag hier oder wollt ihr heute schon weiter?"

Mikosch biss, ehe er antwortete, in sein Butterbrot, schob
ein großes Stück Käse nach und sagte, kauend, mit vollem
Munde: „Natürlich gehen wir! Nach dem Frühstück hauen wir
ab."

Damit bewies er wieder, dass er das Gemüt eines ausgedienten Ziegelsteins besaß und mit einem Taktgefühl behaftet
war, das einem ausgewachsenen See-Elefanten zur Ehre
gereicht hätte.

Lidas Augen wurden um eine Schattierung dunkler. Sie
warf mir einen forschenden und zugleich fragenden Blick zu,
als hoffte sie, ich würde meinem Freund widersprechen.

„Wir müssen weiter, so gerne wir auch bleiben möchten",
warf ich besänftigend ein, „es ist ja ohnehin nur für ein paar
Tage, dann ist der Krieg aus."

Mikosch hatte inzwischen das letzte Krümelchen verzehrt.
Er legte sich in sein Bett zurück, verschränkte die Hände auf

dem vollen Bauch und sagte: „Heute also erfolgt unsere letzte gemeinsame Etappe."

„Was habt ihr denn vor?" wollte sie wissen.

Ich erklärte ihr das Nötigste: „Wir gehen von hier aus gemeinsam bis Freudenthal. Dort müssen sich unsere Wege leider trennen. Mikosch will nach Sternberg zu seiner Tante und ich nach Römerstadt, wo vielleicht meine Eltern sind."

„Aber bis zum Mittagessen werdet ihr doch noch bleiben!"

Mikosch fiel mir ins Wort: „Aber selbstverständlich bleiben wir noch, holdes Kind!" Dann begann er, seine ramponierten spitzen Lackschuhe zu suchen. „Wo sind denn meine schicken Wanderschühlein geblieben? Ja, wo sind sie denn?" Er kroch auf allen Vieren um die Betten herum, steckte seinen Kopf unter das Bett, wobei es ihn wenig störte, dass seine zum Glück von Natur aus grauen Unterhosen eine Unzahl von Löchern aufwiesen.

Lida unterbrach seine Sucherei: „Deine Schuhe liegen unten auf dem Mist", lachte sie.

Mikosch setzte sich entgeistert auf und ließ seinen Adamsapfel tanzen. „M - m -meine supereleganten Lackwanderschuhe auf dem Mist? Meine besten Sonntagsschuhe! Und wie soll der arme Mikoschek jetzt seine weite Reise fortsetzen? Etwa barfuß? Mit diesen dicken Blasen?" Er streckte anklagend seine riesigen Füße empor, auf denen neben roten Hautabschürfungen eine große Zahl zum Teil recht ansehnlicher Blasen ein beredtes Zeugnis davon ablegten, dass die Schühlein im Kampf gegen Mikoschs dickes Fell den Sieg davon getragen hatten.

„Ich schenk' dir ein Paar Stiefel von meinem Vater. Die werden dir bestimmt gut passen. Warte, ich hol' sie dir!"

Lida brachte meinem Freund ein Paar sehr gut erhaltene Stiefel.

Sie passten ihm trotz der Blasen so gut, dass Mikosch das Mädchen überschwänglich in die Arme nahm. „Nach dem Krieg komme ich wieder her", sagte er, „und dann heiraten wir, Liduschka. Du wirst mit mir einen guten Mann bekommen, den besten, den du dir überhaupt vorstellen kannst!"

Mikosch neigte schon immer zu maßlosen Übertreibungen, diesmal aber übertraf er sich selbst.

Zum Glück hatte Lida diesen durchtriebenen Halunken schon längst durchschaut. „Das kann ich mir wirklich sehr gut vorstellen", sagte sie und zwinkerte mir über seine Schultern hinweg schelmisch zu, „ich werde auf dich warten, mein lieber Mikosch, so lange warten, bis du mich holen kommst."

Mikosch schwieg verdutzt. Dann drehte er sich zu mir herum und starrte mich mit tellergroßen Augen Hilfe suchend an. Da ich keine Miene verzog, räusperte er sich und versuchte vergeblich, sich von Lida zu lösen. „Ehem, .. na ja, ..eigentlich dachte ich...."

„Ich werde zur Hochzeit natürlich auch da sein, das bin ich dir als meinem Freund ja schuldig. Nicht nur als Trauzeuge. Auch als Taufpate, denn das wird ganz viele kleine Kinderchen geben, wie ich dich kenne!"

„Ja freilich! Eine ganze Orgelpfeife kleiner Mikoscheks", rief Lida und klammerte sich immer noch an meinem Freund fest.

Allmählich begann es bei ihm zu dämmern. „Beim zwölfschwänzigen Wutzeldarm, ich glaube wohl, ihr zwei wollt mich armen Kriegsveteranen verkakeiern ...Aber ich hab's doch gleich gemerkt!"

Es gefiel uns ausgezeichnet auf diesem kleinen Bauernhof. Vielleicht hätten wir gut daran getan, hier zu bleiben und unsere Strapazen reiche Reise abzubrechen. Wir zwei aber wollten weiter, einem ungewissen, unsicheren und unbekannten Ziel entgegen, und nichts konnte uns davon abhalten.

Wir erfuhren, dass wir bis Freudenthal noch über 30 Kilometer zurückzulegen hatten, eine Strecke, die wir auf keinen

Fall noch am gleichen Tage schaffen konnten oder wollten. Mit Rücksicht auf Kleopatra natürlich! Also mussten wir noch eine Nacht irgendwo in einem Heuschober oder in einer Scheune verbringen. Gerne hätten wir Lida unsere Ziege hier gelassen, wir brauchten sie aber noch für unsere Tarnung. Ich wollte ihr erklären, warum wir Kleopatra nicht hier ließen, sie aber winkte entschieden ab.

„Natürlich nehmt ihr eure Ziege mit! Die Hauptsache ist doch, ihr kommt wohlbehalten an und wir sehen uns bald wieder."

Das versprachen wir hoch und heilig und erklärten, dass uns nach dem Krieg nichts davon abhalten könnte, auf dem schnellsten Wege hierher zu eilen.

Nach dem Mittagessen rüsteten wir zum Aufbruch. Lida schleppte Reiseproviant herbei, der für eine halbe Kompanie gereicht hätte. Sie brachte uns auch zwei verschlissene Rucksäcke, in denen wir den größten Teil der Vorräte ver-stauen konnten. Den Rest klemmten wir unter den Arm.

Lida ging in den Stall, um die Ziege zu holen. Liebe Lida, eine ganze Ziegenherde hätten wir dir dagelassen! Du hast uns so geholfen, und wir hinterlassen dir nichts außer einem Paar zerrissener, spitzer Lackschuhe.

Als wir gingen, stand sie am Gartentor.

„Am ersten Tag nach dem Krieg bin ich hier!" versprach ich.

Lidas Augen wurden wieder dunkel. „Ich werde dich erwar-ten", sagte sie.

„Und vielen Dank auch von mir und meinem Vaterland für alles", rief Mikosch und marschierte mit seinen Siebenmei-lenstiefeln los.

Ich folgte ihm und drehte mich erst um, als wir die Straße fast erreicht hatten.

Oben stand sie noch, ein kleiner, lichter Fleck auf dem grauen Weg. Und mir schien, als ob sie uns immer noch nachwinkte.

Mikosch riss mich aus meinen Träumen: „Los, aufi geht's", stieß er mich an.

Ich gab mir einen Ruck und wandte mich der Straße zu, die meckernde Kleopatra hinter mir herziehend.

Im "Fidelen Ochsen"

Die Straße bot denselben Anblick wie am vergangenen Tag. Aus der schier endlosen Schlange von Wagen, Pferdefuhrwerken, kleinen, mittleren und großen Lastwagen, Limousinen und Motorrädern drang der Lärm quietschender Reifen, knarrender Wagenräder, das ungeduldige Wiehern der Pferde, das wütende Schimpfen der Männer, - ein ununterbrochenes, nicht enden wollendes Getöse. Eine dichte Staubwolke begleitete den Zug und umhüllte ihn mit einem grauen Schleier, der sich nur senkte, wenn die Bewegung dieses Lindwurmes aus irgendeinem Grunde stockte. Dann ließ sich der Staub auf die Menschen und Pferde, auf Wagen, Kisten und Säcke und auf die Planen der Lastwagen langsam nieder. Nirgends machte er Halt. Er fand seinen Weg durch das kleinste Loch, durch den schmalsten Ritz, und bedeckte alles mit seinem langweiligen, eintönigen Grau.

Wir suchten uns auf der Straße wieder einen Platz zwischen zwei Wagen, nahmen die Ziege in die Mitte und schwammen mit im grauen Strom, der sich träge nach Westen bewegte. Diesmal lud uns niemand ein, auf dem Wagen Platz zu nehmen. Da wir so kurz vor dem Ziel auch kein Risiko mehr eingehen wollten, schleppten wir die schweren Rucksäcke mit Geduld und Ausdauer, ertrugen den Schweiß, der uns in Bächen vom Gesicht und am Körper herunterlief, und marschierten Stunde um Stunde hinter dem Wagen her. Unsere geduldige Begleiterin, die sanfte Kleopatra, schien eine geborene Wanderziege zu sein. Sie fühlte sich sichtlich wohl, trottete vergnügt hinter uns her und warf uns hin und wieder einen ihrer abgrundtiefen, rechteckigen Blicke zu, als wollte sie sagen: „Ihr zwei habt mich geklaut, also lauft auch schön mit.".

Fast sechs Stunden gingen wir ohne Rast hinter dem geschlossenen Planwagen her, eine langweilige, ermüdende

Plackerei. Zweimal tauchten Feldgendarmen auf, drei von ihnen gingen sogar eine Zeitlang neben uns her. Aber sie nahmen keine Notiz von uns, und auch wir taten so, als ob wir sie gar nicht gesehen hätten.

Mikosch grinste. Er sah aus wie ein Bergmann nach der Schicht. „Mit der Ziege in der Hand, kommt man durch das ganze Land", deklamierte er.

Als der zähflüssige Strom des Zuges wieder einmal aus irgendeinem unbekannten Grund erstarrte, wandte mir Mikosch sein dreckverkrustetes Gesicht zu. „Ich bin äußerst verdrossen! Mein Mund ist ausgetrocknet wie die Wüste Sahara persönlich, mein Magen ist zusammengeschrumpelt wie eine ausgedörrte Backpflaume und meine Haxen sind platt getreten wie zwei Pfannkuchen."

Ich nickte. „Plattfüße hast du ja schon immer gehabt!"

„Das musst du gerade sagen! Guck lieber einmal in den Spiegel Ich hab' dich zwar schon oft dreckig gesehen, aber heute schlägst du alle Rekorde!"

Das war wieder einmal typisch Mikosch! Dabei war das einzige, was in seinem Gesicht als sauber bezeichnet werden konnte sein linker Augapfel. Ich sage ausdrücklich der linke, da er gerade jammernd damit beschäftigt war, einige Staubkörnchen aus seinem rechten Auge zu fischen. Was sollte ich mich daher mit ihm streiten. Es führte doch zu nichts. Außerdem war mein Mund auch so ausgetrocknet wie die Wüste Sahara, mein Magen ebenfalls zusammengeschrumpelt wie eine Backpflaume, und meine Füße brannten wie Feuer.

Als der Zug sich endlich wieder in Bewegung setzte, hielten wir daher fleißig Ausschau nach einem Seitenweg, dem wir sogleich zu folgen gedachten. Während bisher alle naselang Seitenwege aufgetaucht waren, schlängelte sich die Straße nunmehr durch ein enges Tal, das auf beiden Seiten von dichten Tannenwäldern umsäumt wurde. Mikosch hielt nach links Ausschau, ich nach rechts. Aber sosehr wir auch die Hälse reckten, außer den Bäumen und den steil aufsteigenden, bemoosten Hängen war auf beiden Seiten der Straße nichts zu sehen.

Mikosch begann wieder einmal erbärmlich zu fluchen. „So ein Bockmist mistiger! Wenn nicht bald ein Weg kommt, krieche ich in den Wald und hau mich irgendwo hin!"

„Nein, nein, nur das nicht! Nur nicht wieder in einen Wald!" Ich dachte an unsere Übernachtung vor ein paar Tagen; das hatte mir vollauf gereicht!

Es verging noch eine trostlose halbe Stunde, bis das Tal sich endlich weitete und den Blick auf ein kleines Dörfchen freigab, dessen rote Dächer malerisch zwischen den Wipfeln der Bäume hervorlugten.

„Endlich, endlich", frohlockte mein Freund, „ich wollte dich gerade bitten, mich ein Stückchen huckepack zu nehmen."

„Nein, so was! Und ich wollte dir gerade vorschlagen, mir auf den Buckel zu steigen, weil du so einen halbkrepierten Eindruck machst!"

Dank solcher aufmunternder Gespräche fiel es uns leichter, die letzten Meter bis zu einem Feldweg zu gehen, der schräg durch die Felder auf die begehrte Ortschaft zuführte. Ohne Zögern bogen wir ab und marschierten, die Ziege im Schlepp, dem Dorf entgegen, das nur auf uns zu warten schien.

Mit einem Schlag war die Müdigkeit verflogen, der Ärger verraucht, und die ganze Welt schien uns wieder erträglicher zu sein.

Dank unserer sanften Begleiterin waren wir sehr selbstsicher geworden. Wir verließen uns ganz auf sie und den Schutz, den sie uns gewährte. Deshalb schritten wir auch jetzt schnurstracks auf das Dorf zu und dachten gar nicht daran, irgendwelche Schleichwege zu benutzen.

Nach wenigen Minuten erreichten wir den mit runden Steinen gepflasterten, holprigen Dorfplatz. In seiner Mitte stand die Kirche, rings um den Platz lagen verstreut die Schule, die Apotheke und ein Wirtshaus. Ein großes Schild mit der viel versprechenden Aufschrift "Zum Fidelen Ochsen" erinnerte uns daran, dass wir unter den erwähnten vier Gebäuden am ehesten im Wirtshaus die Erlösung von allen Nöten und Leiden finden müssten.

Buchstäblich mit unseren letzten Kräften lenkten wir unsere Schritte auf den Eingang der Kneipe zu und erklommen die Stufen zum Eingang, über dem eine lange, verrostete Eisenstange angebracht war. Bestimmt hatte sie früher stolz den grinsenden Ochsenkopf getragen, der aus unerfindlichen Gründen entfernt worden war.

Kurz vor unserem Ziel erhielten wir einen mächtigen Dämpfer, denn an der Glastür hing, zwar ein wenig schief und verwittert, das wenig verheißungsvolle Schild "Geschlossen".

Wir versuchten es trotzdem und klopften vernehmlich an die Tür. Vergeblich. Drinnen rührte sich nichts. Nur vor uns auf dem Platz tauchten drei Daumen lutschende Knaben auf, starrten uns neugierig an und rührten sich nicht vom Fleck.

„He, ihr drei Knirpse, ist die Wirtschaft immer zu?"

Die Drei rührten sich nicht, ließen ihre Daumen im Mund stecken und sagten keinen Ton.

Mikosch ging die Treppen hinunter auf die Bürschchen zu. Er hatte kaum zwei Schritte zurückgelegt, da machten die drei Daumenlutscher kehrt und rannten mit einer Geschwindigkeit davon, als ob der Beelzebub persönlich hinter ihnen her war.

Wir donnerten noch einmal vernehmlich an die Tür. Ohne Erfolg. „Scheint niemand im Haus zu sein. Gerade heute, wo wir nach so langer Zeit wieder einmal ins Wirtshaus wollen, hat der Kerl zu!" ärgerte ich mich.

Mikosch bekam wieder einen seiner Anfälle. Er trommelte auf der Glastür herum, dass die Scheiben klirrten und schimpfte wie ein Besenbinder. „So eine Scheiße! Macht mir nichts dir nichts seinen Saftladen zu, dieser Depp! Derweil hätte er mit uns ganz schönes Geld verdient!"

Mein Freund übertrieb wieder einmal maßlos, denn unsere Geldbörsen waren bestimmt das leichteste Gepäck, das wir mit uns herumtrugen.

Nachdem wir noch eine Zeitlang vergeblich geklopft und noch vergeblicher geschimpft und gewettert hatten, beschlossen wir, es über die Hintertür zu versuchen. Wir gingen um das Wirtshaus herum, folgten dem halbzerfallenen, lang gestreckten Gebäude einer ehemaligen Kegelbahn und umrundeten die Überreste einer bis auf die Grundmauern abgebrannten Scheune. Da auch der Zaun vom Feuer nicht verschont worden war, betraten wir ohne Schwierigkeiten den Hof, der einen verwahrlosten, verlassenen Eindruck machte.

Das Haus schien in der Tat unbewohnt zu sein, denn unserem verzweifelten Klopfen an der Hintertür war ebenfalls kein Erfolg beschieden. Die schmutziggrauen Vorhänge der staubbedeckten Fenster waren dicht zugezogen und gestatteten keinen neugierigen Blick in das Innere des Hauses.

Zum Glück stand mitten auf dem Hof eine vorsintflutliche Pumpe mit einem weit ausladenden, verrosteten Schwenkarm. Wir beschlossen, erst einmal für unser leibliches Wohl zu sorgen, uns abzukühlen und unseren Durst zu löschen.

Mikosch hielt als erster seinen Kopf unter das dicke Rohr, während ich begann, den Pumpenschwengel auf und ab zu bewegen. Aber außer einem Ohren zerreißenden, schrillen Kreischen gab der Apparat nichts her.

Mikosch stand immer noch breitbeinig da, beugte sich weit vor und hielt seinen Kopf in Erwartung eines erfrischenden Wasserstrahls unter das nach unten gebogene Rohr. „Pump doch mal ein bisschen schneller und fester, du lahme Ente! Wie lange soll ich noch so dastehen!"

Ich verdoppelte meine Anstrengungen, die Pumpe ihr durchdringendes Gekreische, bis meine Bemühungen endlich vom Erfolg gekrönt wurden.

Er kam dennoch etwas unerwartet und plötzlich, dafür aber umso wirkungsvoller. Ein wahrer Wasserschwall ergoss sich klatschend auf Mikoschs verstaubtes Haupt. Ich sah es, ließ den Pumpenschwengel fahren und schüttelte mich vor Lachen.

Der Wasserschwall, der den Kopf meines Freundes getroffen hatte, war rot, genauer gesagt, rostrot. Der Erfolg war, dass das dichte, borstige Haar Mikoschs dieselbe Farbe angenommen hatte.

Er richtete sich auf und starrte mich erbost an. „Warum lachst du so blöd! Pump lieber weiter, du siehst doch, dass ich nicht fertig bin!"

Das sah ich! Von den rostroten Haaren floss das Wasser in breiten Bächen an seinem Gesicht hinunter und hinterließ unübersehbare, helle, wenn auch leicht rötliche Spuren, um schließlich hinter dem Hemdkragen zu verschwinden.

Langsam beruhigte ich mich. „Mit Bart sähst du aus wie Barbarossa persönlich."

„Ich möchte bloß wissen, was es da zu kichern gibt. Da kann man wieder einmal sehen, was du doch für ein kindischer Kerl bist. Wegen so einem bisschen Rost. Also los, pump lieber weiter!"

Ich und kindisch! Was hätte er denn an meiner Stelle getrieben? Er hätte sich vor Lachen auf dem Hof herumgewälzt und wäre mindestens zehn Minuten nicht ansprechbar gewesen. Schließlich habe ich in meinem ganzen Leben keinen kindischeren Kerl gesehen als meinen Freund. Aber was wollte ich mich mit ihm wieder streiten! Ich ergriff erneut den Schwengel und pumpte weiter.

Allmählich wurde das Wasser klarer, schließlich hatte es jegliche Färbung verloren.

Während ich fleißig pumpte, genoss ich den seltenen Anblick eines sich waschenden Mikosch. Zum Trinken aber schien er sich trotz seines Durstes immer noch nicht entschlossen zu haben, so groß war seine Abneigung gegen Wasser.

„Es ist herrlich", gurgelte er unter dem erfrischenden Strahl hervor, „komm, jetzt bist du dran!"

Wir tauschten die Plätze. Mein Freund strahlte vor Sauberkeit, es war beinahe ein Vergnügen, ihn anzusehen. Er begann, vom kühlen Nass erfrischt, wie ein Besessener zu pumpen, während ich meinen Kopf unter das Wasser hielt. Nachdem auch bei mir der Staub abgespült und mein Durst gelöscht war, machten wir uns an die Vorräte, die Lida uns mitgegeben hatte.

Während wir aßen, sahen wir unserer sanften Kleopatra zu, die ebenfalls ihren Durst löschte. Plötzlich ertönte hinter uns eine raue Stimme: „Wie habt's ihr denn das Kunststück fertig gebracht?"

Wir drehten uns um. An die Überreste eines alten Leiterwagens gelehnt, dem drei Räder fehlten, stand ein Mann, die Hände tief in den ausgebeulten Hosentaschen vergraben, die mächtigen Schultern hochgezogen, so etwa um die vierzig Jahre alt. Sein Kopf war mit grau gesprenkelten Stoppelhaaren bedeckt, die sich in zwei breiten Bahnen über die Schläfen und entlang der überdurchschnittlich großen Ohren in ein wahres Gestrüpp ausweiteten, das den kräftigen Hals und das vorspringende Kinn bedeckte. Auch seine breiten, fleischigen Lippen wurden von dem dichten Geflecht von Silberfäden durchwuchert. Unter der vorgewölbten, niedrigen Stirne und den kerzengeraden, schwarzen Augenbrauen blickten uns seine hellblauen Äugelein tieftraurig an. Unter der klobigen, mit leichtem Rotviolett angehauchten, porigen Nase wuchsen aus den Nasenlöchern ein paar dichte Haarbüschel. Im Mund versteckten sich schamhaft ein paar kräftige, gelbe Zähne, zwischen denen breite Lücken klafften. Das kragenlose Hemd war vorne offen und zeigte die behaarte Brust. Am

Hemd fehlten sämtliche Knöpfe, und nur ein kleiner Zipfel steckte in der Hose, der graue Rest hing herunter und flatterte traurig im Winde. Die ausgebeulte Hose war mehrfach unordentlich und sachunkundig geflickt und unten ausgefranst. Seine nackten Füße steckten in fleckigen, mit grünem Moos bedeckten Holzpantoffeln Wie er so mit hängenden Schultern und vorgebeugtem Oberkörper dastand, den tief betrübten Blick auf uns gerichtet, bot er einen Anblick abgrundtiefer Traurigkeit.

Während wir den Mann betrachteten, schluckten wir erst unsere Bissen hinunter, ehe ich ihm erklärte: „No, wir haben den Schwengel hier so lange bewegt, bis Wasser kam."

Der Mann schüttelte ungläubig seinen großen Kopf. „Das ist ja ein wahres Wunder! Der Brunnen wird schon jahrelang nicht benutzt, weil kein Wasser rauskommt... Ich hab, drinnen im Bett gelegen und hab' ein bissel gepennt, da hab' ich das Gequietsche gehört. Ich hab' gedacht, es sind die Katzen.... Ihr müsst nämlich wissen, ich bin hier der Wirt."

„Sie sind der Wirt?" riefen wir wie aus einem Munde und starrten ihn erstaunt an.

„Wenn du der Wirt bist, dann möchte ich erst deine Wirtschaft sehen, das wird eine Wirtschaft sein", dachte ich, „und ein sehr fideler Ochse bist du auch nicht."

Mikosch schien ähnliche Gedanken zu hegen, wie ich dem Ausdruck seines Gesichts entnehmen konnte.

„Ja freilich bin ich der Wirt! Aber die Wirtschaft ist geschlossen. Ich hab' viel Pech gehabt, müsst ihr wissen. Erst ist mir meine Frau durchgebrannt, mit meinem besten Stammkunden. Dann ist mir, weiß der Teufel warum, meine schöne Scheune abgebrannt. Einen Tag später ist meine Mutter gestorben. Und mein Sohn ist in Nürnberg im Arbeitslager. Ich bin halt jetzt ganz allein, da hab' ich die Wirtschaft zugemacht. Bei mir gibt's nichts mehr. Höchstens Biergläser!" Er verzog sein Antlitz zu einem traurigen Lächeln und strich sich mit der Hand über seinen grauen Bart. „Habt's ihr vorhin geklopft?" fragte er und fuhr fort, ohne eine Antwort abzuwarten. „Ich hab's schon gehört, aber ihr müsst wissen, wenn man so im Bett liegt und pennt, da steht man nicht gerne auf."

Wir nickten zustimmend.

„Und ihr, wo kommt's ihr denn her? ....Braucht's mir gar nichts zu sagen. Ich weiß es eh. Verkleidet seid's. Und die Ziege da ist nur Tarnung."

Wir sahen uns an und fanden keine Worte.

Er aber klopfte sich auf den Bauch und lachte rau. „Dem Ignaz macht ihr zwei nichts vor." Er beugte sich uns entgegen und flüsterte heiser: „Aber meine Unterstützung habt's ihr, braucht's bloß zu sagen, was ihr braucht... Erst hol' ich euch ein paar Biergläser fürs Wasser. Bier und Limonade hab' ich nicht, müsst ihr wissen."

Er schlurfte in das Haus und kehrte mit zwei Gläsern wieder, die bei großzügigster Betrachtung halbwegs sauber waren. „Ihr wollt's heute bestimmt hier übernachten." Nachdenklich kraulte er sich am Hinterkopf. „Im Haus und in der Wirtschaft geht das nicht, da ist nicht aufgeräumt. Ihr versteht. In der Kegelbahn ist das Dach der Länge nach eingekracht, da regnet's überall rein. Am besten, ihr geht in den Saal. Freilich, in den Saal. Da sind zwar ein paar Scheiben zerschmissen, aber auf der Bühne sind keine Fenster, da geht's.... Stroh hab' ich keins, aber ein paar Matratzen sind noch da. Von meiner seligen Mutter, müsst's ihr wissen...."

Der Mann redete ohne Unterlass. Wir brauchten gar nichts zu sagen. Wir kamen nicht einmal dazu, denn der fidele Wirt ließ uns einfach nicht zu Worte kommen, auch dann nicht, wenn er uns eine Frage gestellt hatte.

„Ich führ' euch jetzt in den Saal. Aber passt's auf, stolpert's nicht!"

Wir stiegen vorsichtig über herumliegende Bretter, umgeworfene Holzeimer, leere Blechbüchsen und morastige

Pfützen.

Ignaz wies auf eine leer stehende Hundehütte. „Mein Hund Hasso ist mir auch krepiert. Da muss einer Gift gestreut haben, weil auch ein paar Hühner verreckt sind mitsamt dem Hahn."

Wir folgten ihm in den Saal, der sich unmittelbar an das Wirtshausgebäude anlehnte.

In dem Raum herrschte ebenfalls große Unordnung. Umgeworfene, meist beschädigte oder zerbrochene Tische und Stühle oder nur einzelne Teile dieser gastlichen Möbelstücke lagen in heillosem Durcheinander überall herum. Auf dem Holzboden lagen Flaschen, Biergläser oder deren zerbrochene Reste. Die großen Glasfenster zu beiden Seiten des Saales waren fast alle zertrümmert, und der Wind pfiff gehörig durch den Saal und rüttelte an den zerschlissenen Vorhängen.

Im Hintergrund befand sich die Bühne. Ein mit bunten Blumenornamenten verzierter Vorhang wies mehrere Löcher auf und war nicht ganz zugezogen, so dass er in der Mitte einen Blick auf die Bühne freigab.

Der Wirt ging vor uns her und bahnte sich rücksichtslos eine Gasse durch die Hindernisse, die sich ihm in den Weg stellten, indem er Tische und Stühle oder deren Teile mit kräftigen Fußtritten beiseite fegte.

Fünf knarrende Holztreppen führten hinauf auf die Bretter, die die Welt bedeuten.

Unser Gastgeber blieb stehen. Von den Anstrengungen der Hindernisbeseitigung war ihm nichts anzusehen. „Hier könnt's ihr ruhig schlafen. Da kommt keiner nicht her, da findet euch keiner. Hier könnt's ihr auch ruhig eure Meldungen funken. Macht's euch bequem. Ich hol' inzwischen die Matratzen Dann melk' ich eure Ziege, die hat's nötig, und bring sie in die Kegelbahn. Vorn ist noch ein Stück dicht."

Er ging. Kurze Zeit später brachte er die versprochenen Matratzen und zwei Decken. „Jetzt könnt ihr`s euch gemütlich einrichten. No, dann wünsch' ich den Genossen eine angenehme Nacht... Ach so, dass ich's nicht vergess`, ihr könnt's euch Licht machen. Aber zieht's erst den Vorhang richtig zu. Aber das wisst's ihr ja selbst!"

Der um unser Wohlergehen so besorgte Gastgeber drehte an einem vorsintflutlichen Lichtschalter. An der Decke leuchtete eine verstaubte Glühbirne auf und verbreitete annehmbares Licht.

Ignaz hob entschuldigend und resignierend zugleich seine breiten Schultern hoch. „Die anderen Lampen sind alle kaputt, müsst's ihr wissen. Es ist alles kaputt, was kann man da machen... No, ich geh' jetzt. Also schlaft's gut! Morgen früh seh' ich dann nach euch."

Wir bedankten uns und blickten ihm nach, wie er sich wie ein Panzer einen Weg durch die Trümmer bahnte.

„Ich glaube, Mikosch, der Genosse Wirt hält uns zwei für russische Spione oder Agenten."

„Na klar. Der denkt doch, wir wollen hier Nachrichten funken. Von mir aus. Soll er das doch glauben. Uns kann's nur recht sein. Da sind wir wenigstens halbwegs sicher."

Wir breiteten die Matratzen auf der Bühne aus. Ich entdeckte im Hintergrund der Bühne eine große Holzkiste, die mit allerlei Lumpen, Kleidern, Jacken, Hüten, Kostümen und sonstigen Requisiten vollgestopft war. Trotz des penetranten Geruchs nach Mottenkugeln wühlten wir in der Kiste herum und suchten uns einige Kleidungsstücke heraus, die wir als Kopfkissen benutzen wollten. Wie der Wirt uns geheißen hatte, machten wir es uns so bequem wie möglich, löschten das Licht, streckten uns auf den Matratzen aus und waren im Nu eingeschlafen.

An Morgen erwachte ich wie immer als erster. Diesmal war Mikosch schuld, denn er stieß ein derart Furcht erregendes

Schnarchen aus, das man um seine Gesundheit fürchten musste.

Es schien schon hell zu sein, denn durch den zerschlissenen Bühnenvorhang drang das Tageslicht in unser komfortables Schlafgemach.

Mein Freund vollzog im Schlafe die Stellung, die er bereits im Embryonalzustand eingenommen hatte: die Händchen vor der Brust gefaltet, die Beine fest an den Körper angezogen. Er wandte mir sein friedvolles Antlitz zu. Der Mund war halb geöffnet, und zwischen den vorgestülpten Lippen drangen rasselnde und röchelnde Geräusche an die Außenwelt.

Ich lag neben der Matratze. Wo sollte ich auch sonst Platz finden, wenn mein Freund sich derart unverfroren breitgemacht hatte, wieder ein Beweis seiner rücksichtslosen, egoistischen Gesinnung. Mir hatte er lediglich gestattet, das müde Haupt auf die Matratze zu legen. Dafür war ich im Besitz beider Decken, so dass er völlig unbedeckt der frischen Morgenluft ausgesetzt war.

Ächzend erhob ich mich und betastete meinen schmerzenden Rücken.

Dann sah ich mich ein wenig um. Rechts an der Wand hingen die Stricke, mit deren Hilfe der Vorhang auf- oder zugezogen werden konnte. Ich erwischte das richtige Seil und als ich zog, glitt der Vorhand spielend leicht auf. Die Treppen missachtend, sprang ich vom Podest hinunter, begab mich auf der Bahn, die der Wirt hinterlassen hatte, ein paar Meter in Richtung Saalmitte und drehte mich um. Wie angewurzelt blieb ich stehen und genoss den einmaligen, unvergesslichen Anblick, der sich mir bot.

Das Bühnenbild stellte einen dichten Wald dar. Rechts stand das Försterhaus, von dessen winzigen Fenstern bunte Papierblumen herabhingen. Die knallgrünen Fensterläden und die gleichfarbige Tür waren mit roten Herzen bemalt.

111

Über dem Eingang prangte ein prächtiges, echtes Hirsch-
geweih und ließ keinen Zweifel offen, dass es sich hier um
ein Försterhaus handelte. Rechts neben der Tür stand eine
weiß gestrichene Bank, davor ein hölzerner Tisch. Zu beiden
Seiten der Bühne ragten noch ein paar einzelne Papptannen
mit kerzengeraden, abgezirkelten Ästen zum makellos blauen
Himmel. Mitten auf der Bühne stand der Brunnen. Aus dem
Rohr floss munter plätschernd das kühle Nass, ein blauer
Strahl aus Pappe. Und vor dem Brunnen lag, malerisch hin-
gestreckt auf weiß geblümten Matratzen, mein Freund Mikosch und schnarchte immer noch. Um sein Lager herum lagen
verstreut die bunten Stofflumpen, die wir uns als Kopfkissen
ausgesucht hatten.

Die Vorstellung konnte beginnen.

Ich begann zu applaudieren. „Bravo", rief ich, „bravissimo!"

Mikoschs Schnarchen verstummte abrupt. Er streckte seine Beine aus, drehte sich auf die andere Seite, zog seine
Stelzen wieder an und faltete die Hände.

„Anfangen", schrie ich, „ hallo, Mikoschek, anfangen!"

Mikosch regte sich erneut. Er setzte sich ruckartig auf, öffnete und schloss ein paar Mal die Augen und blickte sich erstaunt um.

„Los, fang endlich an!" Wie lange soll das noch dauern!"

Der frisch gebackene Schauspieler erhob sich, riss den
Mund auf und gähnte. Dabei ließ er natürlich wieder sein Ur-
gebrüll vernehmen und reckte sich, dass die Gelenke vernehmlich knackten. „Von mir aus kann die Vorstellung beginnen, damit mir ein wenig warm wird." Er drohte zu mir herüber. „Du Egoist hast wieder beide Decken gehabt, und ich
armer Mikoschek musste gottjämmerlich frieren... Und jetzt?
Was spielen wir eigentlich?"

„Ich schlage vor, wir spielen den 'Förster aus dem Silberwald'.

Du, Mikosch, bist der Oberförster .... Na, sagen wir ... der Oberförster Blasius Tannenpichler. Ich bin... Genoveva, die Braut deines lieben Sohnes Korbinian. Der ist natürlich auch Förster."

Ich sprang wieder auf die Bühne und ergriff einen auf dem Fußboden liegenden roten Frauenrock mit weißen Tupfen, in den ich hineinkroch. Unter den verstreuten Kleidungsstücken fand ich noch eine halbwegs weiße Bluse und ein grünes Kopftuch.

Mikosch hatte inzwischen seinen Kopf in die Requisitenkiste gesteckt und wühlte darin herum. Endlich tauchte er auf. An seinem Kinn prangte ein schneeweißer, zerfranster Rauschebart aus Watte, seinen Kopf zierte ein grüner Hut mit einer wippenden Feder und einer steifen, nach oben gebogenen Krempe.

Die Premiere konnte beginnen.

Der Oberförster sitzt auf der Bank und schmaucht sein Pfeifchen. Es handelt sich zwar um eine selbst gedrehte Zigarette, aber Mikosch legt allergrößten Wert darauf, dass es sich hier um eine lange, weit herunterhängende Pfeife handelt.

Mein Auftritt als Genoveva erfordert natürlich höchste künstlerische Reife, da ich mit Hilfe meiner Kopfstimme auch noch die zarte Sprache eines liebenden, keuschen Mädchens darstellen muss.

Genoveva: (tritt hinter den Bäumen hervor) Guten Morgen, lieber Blasius!

Oberförster: Guten Morgen, meine liebe Genoveva! Das freut mich aber, dass du mich alten Oberförster auch einmal besuchen kommst! Komm, hock dich her, hock dich her zu mir, mein liebes Kind!

Genoveva setzt sich neben den schmauchenden Förster.

Genoveva: Oh, vielen Dank! (Sie hält die Hand lauschend ans Ohr) Hörst du, lieber Blasius, wie die lieben

Vögelein munter zwitschern?

Oberförster: Ja, ich hör' sie. sie piepsen schon den ganzen Morgen.

Genoveva: Wo ist denn dein lieber Sohn Korbinian, Blasius?

Oberförster: Der ist in der Gewitterklamm.

Genoveva: Jessas, in der Gewitterklamm! Was tut er denn dort suchen, mein Korberl?

Oberförster: Er sucht den bösen Wilderer, hinter dem ich schon seit 40 Jahren her bin. Ich hab' ihn nie derwischt, aber Körberl, mein Sohn, der wird ihn derwischen, so wahr ich Tannenpichler heiße!

Der Oberförster drischt dabei mit seiner Faust so wuchtig auf den Tisch, dass dieser zusammenbricht.

„Pass mal auf, Mikosch", warf ich ein, „jetzt kommt der 2. Akt. Der muss in der Gewitterklamm handeln. Du spielst den Wilderer, ich den Sohn des Oberförsters, Korbinian. Wir machen das so: Du hast gerade einen Hirsch erlegt und beugst dich ahnungslos über deine Beute."

„Warte mal! Als Wilderer brauche ich doch unbedingt ein Gewehr." Er kramte erneut in der Kiste und zauberte zwei Spazierstöcke hervor, die uns als Schießprügel dienen sollten.

Nun konnte der nicht minder spannende 2. Akt folgen. Der junge Förster Korbinian Tannenpichler schleicht sich hinter den Bäumen heran. Mit blitzenden Augen sieht er den Wildschützen, der sich über den toten Hirsch beugt.

Korbinian: (leise, den Zuschauern zugewandt) Da bist du ja, Wilderer. Hab' ich dich endlich!

Er tritt hervor und richtet seinen Spazierstock auf den Waldfrevler.

Korbinian: (mit erhobener Stimme) Hab' ich dich endlich Bursche!

Wilderer: Sakrakruzitürken, der Förster!

Korbinian: Bleib stehen, wo du stehst, sonst lass ich meine

Büchse knallen!

Wilderer: Hahaha, ich fürcht' mich genauso wenig vor dir wie vor deinem Vater.

Er bleibt aber unentschlossen stehen.

Korbinian: Aber ich hab' dich erwischt, Wilderer!

Der Wilderer springt plötzlich hinter einen Baum und lässt ein grässliches Lachen ertönen.

Wilderer: Hahahaha, hohohoho! Mich derwischst du nie, merk dir das!

Der Förster erhebt sein Gewehr und schießt.

Der Wilderer hüpft hinter den Tannen hin und her.

Wilderer: Hahaha, daneben! Elender Sonntagsjäger, du schiaßt ja wie eine blinde Kuh am Karfreitag!

Der Wilderer schießt zurück

Nun lacht der Förster.

Korbinian: Hihihihi ! Und so was will Wilderer sein. Der Hirsch ist dir wohl In die Gewehrkugel gesprungen, du Eierkopf, du damischer! Du schiaßt ja wie ein g'scherter Hammel zu Weihnachten!

Wilderer: Ich brenn' dir gleich eins auf deinen Pelz, dass dir Hören und Sehen vergeht, du grüner Schurke!

Korbinian: Ergib dich freiwillig, sonst hat dein letztes Stündlein geschlagen

Es erfolgte keine Antwort.

Korbinian: Tritt vor und ergib dich!

Wieder keine Antwort.

„He, Mikosch, wo steckst du denn eigentlich?" rief ich ungeduldig.

„Hier, hinter den Kulissen", ertönte die dumpfe Antwort.

„Was machst du denn da hinten? Du kannst doch nicht so einfach verschwinden."

„Warum kann ich das denn nicht? Der Wilderer ist eben wieder entkommen!"

„So ein Quatsch! Diesmal muss der Förster ihn doch erwischen! Das muss so sein, sonst ist das Stück doch geschmissen!"

„Na gut, meinetwegen, wenn's unbedingt sein muss. Aber nimm gefälligst zur Kenntnis, dass ich entkommen wäre!"

Mikosch tauchte wieder hinter den Kulissen auf und stellte sich hinter die Tanne. „Dann lass' ich mich eben erschießen", brummte er beleidigt.

Die Vorstellung ging weiter. Von beiden Seiten wurde heftig geschossen.

Plötzlich wirft der Wilderer seine Arme hoch und stolpert auf die Bühne, wo er sich der Länge nach auf die Matratzen fallen lässt.

Korbinian: Ha, hab' ich dich endlich getroffen, du Schlitzohr du vermaledeites!

Wilderer: Aua, aua, mein Herz! Ich bin getroffen!

Der Förster tritt vorsichtig hinzu.

Korbinian: Da liegt er nun, der hinterhältige Heckenschütze.

Er bückt sich und reißt dem Wilderer den Schal vom Gesicht. Dann tritt er betroffen zurück und ruft laut aus:

Korbinian: Jessasmarandjosef! Der Lechnersepp vom Einödhof. Der Vater von meiner Genoveva.

Wilderer: Gelt, da staunst.

Korbinian: Ich bin platt. Du ein Wilderer! Da legst dich nieder und stehst nimmer auf.

Wilderer: Hast schon recht, Förster,. ..ich.... steh' nimmer auf. Wasser!

Der Förster hält seinen Hut (er hat denselben wie sein Vater) unter den Pappwasserstrahl und reicht ihn dem Wilderer.

Korbinian: Da, trink!

Der Wilderer trinkt. Dann sinkt er erschöpft zurück.

Wilderer: Ich sterb' jetzt.. Grüß mir . . mei .. ne liebe...Ge . no...v...fflfff.

Der Wilderer lässt den Kopf zur Seite fallen, bläst die Luft aus wie ein Blasebalg und stirbt.

Mikosch erhob sich. „Na, was sagst du zu dieser ausgereiften Leistung? Das war eine Sterbeszene, was? Wie ich so mitten im Namen meiner Tochter den letzten Atemzug getan habe!"

Ich nickte. Was sollte ich mich mitten in der Vorstellung mit ihm streiten. Viel Talent besaß er eben nicht, sollte ich ihm deshalb Vorwürfe machen? Bei mir war das anders. Ich hatte das Talent schon mit in die Wiege bekommen.

3. Akt. Genoveva sitzt vor dem Försterhaus auf der Bank und singt grauenhaft. Der Förster Korbinian tritt hinter den Bäumen hervor und geht auf das Försterhaus zu.

Korbinian: Genoveverl, meine Geliebte, da bin ich wieder!

Genoveva läuft dem Geliebten entgegen und fällt ihm so stürmisch in die Arme, dass er beinahe in die Kulissen geflogen wäre. Dann küsst sie dem sich heftig Sträubenden die Wange.

Genoveva: Da bist du ja, mein liebes Körberle, ich war sooo besorgt um dich.

Korbinian: Ich hab' den Wilderer derwischt. Er ist tot.

Genoveva: Da bin ich aber froh, dass er tot ist! Dieser Wüterich!

Korbinian: Aber.., es ... ist, war, .. dein Vaaaterr!

Genoveva: Da bin ich aber überrascht! Grad mein Vater.

Mikosch hatte wieder etwas zu meckern. „Da bin ich aber überrascht", äffte er meine Worte nach, „da bin ich aber überrascht. So kannst du das doch nicht sagen. So ein Quatsch! Du musst ganz entsetzt sein, dir die Haare raufen, weinen, schreien und kreischen. Versuch's doch wenigstens, wenn du auch kein Fünkchen Talent mit dir herumträgst!"

Das war wieder einmal typisch Mikosch. Weil er eine ausgesprochene schauspielerische Niete war, konnte er natürlich nicht sehen, mit welcher Brillanz ich meine Rolle darstellte. Aber gut, ich tat ihm den Gefallen.

Es ging also nochmals von vorne los.

Korbinian: Aber ... es ... ist ... dein Vaaaterrrrr !!

Genoveva: Ujujujujujuj, ujegerl, ujujujuj! Mein geliebter Vater! Mein Herz, mein armes Herz zerbricht.

Korbinian: Aber mein liebes Ganoverl, jetzt…

Diesmal musste ich eingreifen. „Ganoverl ! Das kannst du doch nicht sagen! Ganoverl ist ein kleiner Ganove. Ich aber bin die keusche Genoveva, ein zart besaitetes Mädchen."

Mikosch grinste. „War nur ein kleiner Scherz von mir. Aber bitte, wenn es dich so stört, bleib ich bei Genoveva."

Nach diesem Disput konnte nunmehr das Drama seinem happy end entgegengehen.

Korbinian: Aber mein liebes, geliabtes Genoveverl, du hast doch mich! Lass deinen toten Vater ruhn!

Genoveva: Ach ja, eben, ich hab' ja dich.... Ujujujuj, mein armer Vater ein Wilderer, wer hätte das gedacht. Deshalb gab`s jede Woche Rehbraten oder gespickten Hirschrücken. Das hat mich eh gewundert.

Korbinian: Das bekommst du bei mir auch, geliebtes Weib!

Genoveva: Dann ist ja alles gut.

Die beiden fallen einander in die Arme. Der Vorhang fällt. Wir traten vor und verbeugten uns vor dem begeisterten Publikum. Mikosch war ganz stolz auf seine Schauspielkunst.

„Nun, was sagst du? Wie habe ich den Wilderer gespielt? War das nicht echt?"

Ich wollte ihn nicht kränken. „Hab' ich denn nicht auch großartig gespielt?"

Mikosch stülpte seine Unterlippe vor und sah mich zweifelnd an.

„Na ja, als Förster gingst du ja gerade noch. Aber als Genoveva! Mit der Eunuchenstimme hättest du keine Maus hinter dem Ofen hervorgekitzelt!"

„Soso! Und du? Verschwindet der Kerl plötzlich hinter den Kulissen und will abhauen! Was hätte ich denn dann machen sollen? Etwa Schwammerln suchen? Oder vor's Publikum treten und sagen: 'Meine Damen und Herren, die Vorstellung ist aus, der Wilderer hat sich hinter den Kulissen verkrochen!' Am besten, wir spielen alles noch einmal durch. Diesmal wird es bestimmt besser klappen, dann werden wir ja sehen, wer.."

Ich wurde unterbrochen, denn in diesem Moment schwang die Saaltür mit lautem Kreischen auf, und im Saal erschien die mächtige Gestalt unseres gastfreundlichen Wirts. In den Händen hielt er zwei Bierkrügel, bis an den Rand gefüllt mit Milch. Über die breite Bahn, die er sich am Vortage geschaffen hatte, kam er, mit seinen bemoosten Holzschuhen klappernd, auf uns zu.

Ich trat schnell hinter die Kulissen und entledigte mich des, einem sowjetischen Spion unwürdigen, getupften Kleides. Mikosch legte sein Hutmonstrum beiseite.

Ignaz kletterte schwerfällig auf die Bühne und reichte uns die gefüllten Gläser. „Hier bring' ich euch Milch von eurer Ziege. Sonst kann ich euch nix anbieten. Ich hab' ja viel Wurst gehabt, müsst's ihr wissen, aber in meiner Speisekammer hat jemand eingebrochen und alle meine schönen Würste geklaut. Nicht ein Zipfelchen hat er mir hängen lassen."

Der arme Ignaz. Bei ihm kam das Unglück wirklich nicht allein.

Wir nahmen die Milch dankend, wenn auch mit gemischten Gefühlen, an.

„Zu essen haben wir genug", wehrte ich ab, „das reicht uns noch für die paar Tage."

Der Wirt zwinkerte wissend. „Kann ich mir denken, dass euch die Rote Armee nicht im Stich lässt... Aber wenn der Krieg vorbei ist, dann sprecht ein gutes Wort für mich. Dass ich euch bei mir versteckt hab', ihr versteht?"

Wir verstanden und versprachen ihm, ein gutes Wort für ihn einzulegen. Schließlich konnten wir ihm nicht eingestehen, was für kapitale Läuse er sich da in seinen Pelz gesetzt hatte.

Da wir nicht wissen konnten, was uns der heutige Tag wieder für Überraschungen präsentieren werde, frühstückten wir sicherheitshalber ausgiebig. Dann bedankten wir uns herzlich bei unserem freundlichen Wirt, nahmen Kleopatra wieder an die Leine und verließen mit ein wenig schlechtem Gewissen diese gastliche Stätte.

Als wir auf dem Weg zur Straße friedlich nebeneinander her trotteten, musste ich noch einmal an unsere Vorstellung denken. Was hatte doch mein Freund Mikosch für eine miserable schauspielerische Leistung geboten und einen Wilderer auf die Bühne gezaubert, bei dem einem das kalte Grausen kommen musste. Sein Glück, dass keine Zuschauer anwesend waren, denn die hätten ihrer berechtigten Empörung Luft gemacht und den Wilderer derart mit zermantschten Birnen, pomadenweichen Paradeisern und verfaulten Apfelgripschen eingedeckt, dass er sich nach Einsammeln der Wurfgeschosse eine eigene Obst- und Gemüsehandlung hätte einrichten können. Auch als Oberförster hatte er einen so gewaltigen Blödsinn verzapft, dass...

„Hähähää", unterbrach Mikosch meinen Gedankenflug, „hähähää, hihihi!"

„Was ist der Anlass deines so plötzlichen Frohsinns?" fragte ich besorgt meinen Freund, der sich erst allmählich beruhigte.

„Weißt du, Hardi, ich musste gerade an unsere Erstaufführung denken", begann Mikosch, nachdem er sich ausreichend mit Luft versorgt hatte, was du da als Ganoverl, Verzeihung, als Genoveverl für einen Käse verzapft hast, das war wirklich zum Gotts Erbarmen! Erst dachte ich, du würdest dich an meinem schauspielerischen Können ein wenig aufrichten, aber nichts dergleichen geschah. Jetzt stell dir vor, der Zuschauerraum wäre gerammelt voll gewesen! Die Leute hätten dich mit einer solchen Menge fauler Eier bepflastert, dass du dagestanden hättest wie ein wandelndes Riesenspiegelei!"

Was soll man zu einem derart indiskutablen künstlerischen Unverstand noch sagen, frage ich!

Die Eulenburg

Nach Freudenthal am Schwarzbach waren nur noch wenige Kilometer zurückzulegen, so dass wir bereits am späten Vormittag diesen hübsch gelegenen Ort erreichten. Wir marschierten am ehemaligen Deutschordens-schloss vorbei und gelangten an die Stelle, an der sich die Straße gabelte.

Ich wollte meine Reise in westlicher Richtung fortsetzen und hatte noch knappe 20 Kilometer zurückzulegen. Mikosch musste die südliche Richtung einschlagen, wobei ihn unge-fähr 30 lange Kilometer erwarteten.

Wir bogen in einen Seitenweg ab, der von der Hauptstraße wegführte, und setzten uns neben einer Dornenhecke ins Gras. Hier herrschte friedliche Stille, der Lärm der Straße war nur noch als leichtes Summen zu vernehmen.

„Ich hoffe, du kommst gut nach Sternberg", sagte ich.

„Und du gut nach Römerstadt", wünschte mir Mikosch.

Dann ging der Streit wegen der Ziege los.

„Ich denke nicht daran, mit der lästigen Ziege loszuziehen und dich ohne das Vieh marschieren zu lassen!" rief ich aus.

„Und ich denke nicht daran, mir Kleopatra aufzuhalsen und dich ohne das Biest gehen zu lassen", ereiferte sich mein Freund.

Das Gestreite ging hin und her, und jeder war bemüht, den anderen an Edelmut und Opferbereitschaft zu übertreffen.

Kleopatra persönlich mischte sich nicht ein, sondern rupfte seelenruhig Gras, während wir uns gegenseitig zu beweisen suchten, dass der andere die Ziege viel nötiger brauchte.

Mikosch löste das Problem schließlich auf seine Weise.

Nicht weit von unserem Platz entfernt stand auf der Straße ein kleiner, höchstens acht Jahre alter Junge. Sein Kopf war kahl geschoren, seine großen Kinderauen waren neugierig auf uns gerichtet. Er trug ein ärmliches Hemd undefinierbarer

Farbe und eine knielange Hose, die ihm viel zu groß war. Das Bürschchen war barfuß und so mager, dass man befürchten musste, er könnte jeden Moment unter der Last seines Körperchens zusammenbrechen.

Der Junge ergriff mit der großen Zehe ein Steinchen und schleuderte es in unserer Richtung. Dann hüpfte er auf einem Bein hinterher. Auf diese Weise kam er immer näher an uns heran. Man konnte ihm aber deutlich ansehen, dass er jederzeit bereit war, sofort und auf dem schnellsten Wege das Weite zu suchen.

„He, du da, komm doch mal her!" winkte Mikosch ihn herbei.

Der Angerufene erstarrte mitten in seinen Bewegungen. Er kreuzte die dünnen Säbelbeinchen und stocherte mit seinem Zeigefinger in der Nase herum.

„Komm ruhig näher, Burschi, wir tun dir nichts", sprach ihm Mikosch beruhigend zu.

Der Kleine näherte sich zögernd ein paar Schritte und setzte sein Nasentraining noch intensiver fort.

„Willst du eine Ziege?"

Der Kleine zog den Finger mit hörbarem Knall aus der Nase, starrte uns andächtig an und trippelte noch zwei Schritte näher an uns heran. „Hä?" fragte er.

„Ich habe dich gefragt, oh du eine Ziege willst?"

Er nickte und kniff die schmalen Lippen zusammen, immer noch bereit, bei Gefahr nach einer schnellen Kehrtwendung Reißaus zu nehmen. Er gab sich einen Ruck und tat die letzten zwei Schrittchen. Nun stand er direkt vor uns, starrte erst Mikosch an, dann mich und schließlich Kleopatra.

„Na, dann los, nimm sie dir!" Mikosch winkte ihm aufmunternd zu. Er hielt ihm verlockend die Kette hin, an der unsere Sanfte hing.

Der Kleine ergriff die Leine, blieb aber unbeweglich stehen. Er schien zu erwarten, dass wir mit einem Male anfingen zu lachen, ihm die Kette aus der Hand rissen und ihn zum Teufel jagten.

Aber es geschah nichts dergleichen. So begann das Kerlchen langsam und vorsichtig den Rückzug, ohne auch nur einen Blick von uns zu wenden. Die Kette mit beiden Händchen krampfhaft festhaltend, zog er Kleopatra hinter sich her. Als er glaubte, außer Reichweite zu sein, drehte er sich blitzschnell um und begann zu rennen, was nur seine dürren Beinchen hergaben. Und Kleopatra, das undankbare Vieh, galoppierte hinter ihm her, ohne uns auch nur einen Abschiedsblick zuzuwerfen.

An der nächsten Häuserecke blieb der so wortkarge Knabe noch einmal stehen, blickte zurück und winkte. Dann verschwand er mitsamt unserer sanften Beschützerin auf Nimmerwiedersehen hinter einem kleinen Bauernhäuschen.

Ich seufzte. „Da gehen sie hin, die beiden. Damit wird Kleopatras Odyssee hoffentlich zu Ende sein."

Wir malten uns aus, wie der Junge daheim ankommt, und die Mutter ärgerlich sagt: „Wo hast du dich wieder so lange herumgetrieben, Karlchen? Du solltest doch um 12 zu Hause sein."

„Mamaaa, ich hab' was geschenkt bekommen."

„Was denn?" fragt die Mutter achtlos, denn sie ist gerade dabei, die Suppe abzuschmecken.

„Eine Ziege", sagt das Karlchen.

„So, so, eine Ziege", nickt die Mutter und findet, dass die Suppe ein wenig zu scharf ist....Ziege??? Mach keine dummen Witze!"

„Ich mach' keine Witze, Mama. Draußen steht sie ja, ich hab sie an den Baum gebunden."

Die Mama eilt hinaus und starrt das Tier sprachlos an. „Woher...wer hat...?"

Zwei Männer, Mama, haben sie mir geschenkt. Klopetra heißt sie, haben sie gesagt. Sie sitzen da vorne im Gras.

Vielleicht ist das der Nikolaus und der Knecht Ruprecht?"

„Aber der kommt doch im Dezember!"

„Oder war das der Osterhase?"

Wir saßen im Gras und spielten die Geschichte in allen Variationen durch. Wir ließen auch den Vater kommen, die Geschwister des Jungen, seinen Großvater, stellten uns ihre Überraschung und ihre Reaktionen vor. Schließlich bauschten wir die Geschichte mit der Ziege derart auf, dass wir uns vorkamen wie zwei Märchenprinzen, die einer armen Familie durch ihre Großzügigkeit und ihren Edelmut zu allergrößtem Reichtum verholfen hatten.

Während dieser Gespräche verging die Zeit wie im Fluge, und wir vergaßen ganz, dass wir eigentlich nicht zu unserem Vergnügen hier beisammen saßen. Wir fassten den Entschluss, noch einmal gemeinsam und ausgiebig zu speisen, ehe wir uns trennten und jeder allein weiterstiefelte.

Dann war es soweit. Unwiderruflich standen wir an der Kreuzung. Die Stunde der Trennung war gekommen.

„Mach`s gut, Mikosch, Freund und Zwetschgenröster", sagte ich mit leicht belegter Stimme, „und nach dem Krieg rufst du mich mal an, du weißt ja unsere Nummer!"

„Und du mach's besser, Hardi", sagte Mikosch gerührt. „Und bleib wachsam, altes Holzauge!"

Wir zogen los, ich geradeaus, Mikosch nach links. Eine Zeitlang konnten wir uns noch sehen und uns noch zuwinken. Dann verschwand seine dürre Gestalt hinter einer lang gestreckten Hecke.

Nun war jeder von uns allein und nur auf sich selbst angewiesen. Ein schönes Gefühl war das nicht, muss ich gestehen.

Sicherheitshalber verließ ich die Straße und suchte einen einsamen Waldweg, der parallel zur Straße verlief. Das Marschieren so ganz allein war äußerst eintönig und langweilig. Aber was half's! Es galt nur noch eine Nacht irgendwo zu schlafen, dann musste ich morgen Vormittag in Römerstadt sein.

Eine bequeme Wanderung war das nicht. Der Weg war steinig, es ging bergauf und bergab, und von der Straße war bald nichts mehr zu sehen.

Da ich Zeit hatte, legte ich öfters eine Pause ein. Ich erinnere mich noch, dass ich gegen Abend ein einsames Bauernhaus erreichte, in dem außer mir noch einige sehr verdächtige Gestalten die Nacht verbringen durften. Keiner sprach mit dem anderen, man tat geheimnisvoll, obgleich jeder ganz genau wusste, mit wem er es zu tun hatte.

Auch der Bauer wusste es, und ich muss ihm noch heute hoch anrechnen, dass er den Mut aufbrachte, uns zu beherbergen.

Ich erinnere mich auch noch gut, dass wir gegen Morgen von der aufgeregten Bäuerin geweckt wurden. Sie rüttelte uns wach und flüsterte: „Los, raus, schnell! Es kommt eine Kontrolle. Los, lauft schnell hinten raus!"

Im Nu war der Raum leer. Ich hatte mein Bündel trotz des entstehenden Durcheinanders noch glücklich erwischt und lief quer über die Felder auf den nahen Wald zu.

Es war neblig, nasskalt und fast noch dunkel. Ein dichter Nieselregen hüllte alles mit seiner durchdringenden Nässe ein und riss mich schnell aus meiner Schlaftrunkenheit. Dicht neben mir hörte ich das Geräusch eiliger Schritte, das sich aber bald wieder in der Dunkelheit verlor.

Dann war ich wieder allein. Ich schlug den Mantelkragen hoch, zog die Mütze tief ins Gesicht und vergrub die Hände in den Hosentaschen. Sehen konnte ich nichts, also stapfte ich aufs Geratewohl durch die grauen Nebelschwaden, wobei ich mir den Weg förmlich ertasten musste. Die Bäume wurden als dunkle Schatten erst sichtbar, wenn ich mit dem Kopf fast gegen sie anrannte. Der kalte Wind trieb mir die Nässe direkt ins Gesicht, und auch der hochgestellte Kragen bewahrte mich nicht davor, dass mir das Regenwasser hinter den Kragen sickerte.

Der Weg, den ich mir ausgesucht hatte, begann allmählich wieder anzusteigen und wurde steiniger. Spitze, glitschige Steine lagen gerade dort, wo ich hintrat. Und wenn kein tückischer Stein im Wege lag, so breitete sich an seiner Stelle ein morastiges Wasserloch aus, in dem man bis an die Knöchel versank.

Unausgeschlafen und wütend stolperte ich über Stock und Stein, platschte in schlammige Wasserpfützen oder rutschte über den aufgeweichten, lehmigen Boden, fiel oft der Länge nach hin und rappelte mich fluchend wieder hoch.

Es musste die ganze Nacht gegossen haben, vielleicht hatte auch ein Gewitter getobt, ich vermochte es nicht zu sagen, da mich solche Kleinigkeiten nicht aus dem Schlaf reißen konnten.

Allmählich wurde es heller, der wallende Nebel lichtete sich, der Regen ließ ein wenig nach. Seit meinem überhasteten Aufbruch war meiner Schätzung nach eine Stunde vergangen. Nicht nur die Furcht, ergriffen zu werden, sondern auch die Kälte hatten mich gezwungen, sehr schnell zu gehen. Mir war wärmer geworden. Da auch von Verfolgern weder etwas zu sehen noch zu hören war, hielt ich es für angebracht, endlich eine Pause einzulegen. Ich setzte mich auf einen umgelegten Baumstamm, drehte mir mit nassen, vor Kälte steifen Fingern mühsam eine zigarettenähnliche Wurst und steckte sie an.

Da saß ich nun und war ziemlich ratlos. Ich hatte nicht die geringste Ahnung, wo ich mich befand, machte mir aber hierüber keine großen Sorgen. Was sollte noch viel passieren. Römerstadt würde ich auf jeden Fall heute erreichen, denn wenn ich mich weiterhin westwärts hielt, konnte ich mein Ziel einfach nicht verfehlen.

Die Sonne kam für kurze Zeit hinter den Wolken hervor und da sie um diese Zeit ungefähr im Osten stehen musste und ich sie links vom Weg zwischen den Bäumen aufleuchten sah, stellte ich fest, dass der Weg genau nach Süden führte. Ich musste also, wollte ich mein Ziel erreichen, möglichst bald nach rechts abbiegen.

Vorerst blieb ich sitzen und rauchte meine Zigarette. Den nassen Regenmantel hatte ich ausgezogen und auf den Baumstamm gelegt.

„Und was machst du, wenn deine Eltern nicht in Römerstadt sind?" fragte ich in Ermangelung eines anderen Gesprächspartners mich selbst. Beantworten konnte ich mir allerdings diese schwierige Frage nicht, denn ich hatte keine Ahnung, was ich dann tun sollte. „Sie werden schon da sein! Und wenn nicht, na ja, dann wird sich schon was finden", sagte ich laut. Allein fühlte ich mich eben nicht besonders wohl, mein Freund Mikosch fehlte mir sehr. Nach einer kurzen Pause brach ich wieder auf. Bereits nach knappen fünf Minuten erreichte ich eine Kreuzung und entdeckte eine verwitterte Holztafel mit der kaum leserlichen Aufschrift "Zur Eulenburg". Die Anzahl der Stunden, die man sich bewegen musste, um die Eulenburg zu erreichen, war zwar angegeben, leider aber nicht zu entziffern. Es handelte sich aber um eine einstellige Zahl, das konnte ich zu meiner Beruhigung erkennen.

Irgendwann hatte ich schon von dieser mittelalterlichen Burg gehört. Auf jeden Fall war sie nicht weit von Römerstadt entfernt, das wusste ich. Also musste die Richtung stimmen.

Ich bog nach rechts ab und marschierte fröhlich pfeifend den Berg wieder hinunter, den ich soeben mühsam erstiegen hatte.

Wie weit Mikosch inzwischen gekommen war? Ob er für die Nacht eine Schlafstelle gefunden hatte? Ich drückte ihm beide Daumen.

Unterwegs bemerkte ich, dass ich noch gar nicht gefrühstückt hatte. Aus meinem Rucksack holte ich die letzten, von Lida so liebevoll gekochten Eier hervor. Im Vorbeigehen warf ich ein Ei nach dem anderen an den nächstgelegenen Baum und fing es schälgerecht wieder auf. Da ich insgesamt fünf Bäume als Schalenzertrümmerer benutzte, mussten es auch fünf Eier gewesen sein, die ich mir als verspätetes Frühstück genehmigte. Danach trat eine gewisse Sättigung ein, so dass ich mich auch kräftig genug fühlte, meinen Weg ohne weitere Pause fortzusetzen.

Nach einer knappen Stunde hatte ich die Straße erreicht, die nach Römerstadt führen musste. Zu meinem nicht geringen Entsetzen erfuhr ich von einer hübschen Bauernmaid, dass bis dahin immer noch 20 Kilometer zurückzulegen seien. Da war ich stundenlang im Walde herumgeirrt und keinen einzigen Kilometer vorangekommen.

Erst viel später, als ich anhand einer Wanderkarte meine damalige Wanderroute verfolgte, konnte ich feststellen, wie sehr ich den Weg verfehlt und die Himmelsrichtungen verwechselt hatte. Statt nach Westen zu gehen, war ich mitten durch das Gesenke an Römerstadt vorbei nach Süden marschiert und hatte dann rein zufällig die Straße erreicht, die von Littau über Mährisch-Neustadt in nördlicher Richtung nach Römerstadt führte.

Die herbe Enttäuschung, immer noch so eine weite Strecke zurücklegen zu müssen, hatte ich schnell verdaut. Sollte ich mich darüber auch noch ärgern? Was nicht zu ändern war, das war eben nicht zu ändern. Immerhin wusste ich jetzt, wo ich mich befand und konnte die letzte Etappe meiner Reise in Angriff nehmen. Irgendwelche Vorsichtsmaßnahmen zu treffen, hielt ich nunmehr für überflüssig. Die Straße war leer, keine Menschenseele war zu sehen. Was sollte mir jetzt noch passieren. Wer verirrte sich schon in diese abgelegene Einöde.

Meine Laune war zusehends besser geworden. Bald hatte ich es geschafft, bald würde ich meine Eltern in die Arme schließen. Der Gedanke daran machte mich so froh, dass mich auch der Regen wenig störte, der eingesetzt hatte und diesmal in etwas größeren Tropfen vom eintönigen, grauen Himmel plätscherte.

Kopfschüttelnd dachte ich an die vielen Landstreicher und Vagabunden, die ihr ganzes Leben auf Landstraßen verbrachten. Mir hatte diese eine Woche vollauf genügt. Mein Bedarf an Landstraßen, Wald- und Feldwegen und an zugigen Scheunen war gedeckt.

Dann malte ich mir die freudig überraschten Gesichter meiner Eltern aus, wenn sie mich so unerwartet in die Stube treten sahen. Ich nahm mir vor, so einzutreten, als ob ich gerade nur für fünf Minuten draußen gewesen wäre. Die würden staunen!

Die Vorfreude auf das bevorstehende Wiedersehen beflügelte meine Schritte. Ich sah meinen Vater förmlich vor mir, wie er mich mit vor Erstaunen aufgerissenem Mund wie eine Geistererscheinung anstarrte und meine Mutter ein über das andere Mal die Hände über dem Kopf zusammenschlug und rief: „Jesus, Maria und Josef, der Hardi ist da!"

Im Takte zu meinen Schritten begann ich zu singen. „Wozu ist die Straße da", legte ich los, „zum Marschieren, zum ..."

Ich verstummte, denn vor mir auf der Straße bewegte sich etwas. Es war sehr weit entfernt, kam mir aber entgegen. So angestrengt ich auch in die verdächtige Richtung blickte, ich konnte vorerst noch nicht erkennen, um was es sich handelte. Das änderte sich schnell, schneller als mir lieb war, denn bald erkannte ich es deutlich: eine ganze Kolonne uniformierter Gestalten kam da anmarschiert, schön ausgerichtet in Dreierreihen. Soldaten? Arbeitsdienst? Nein, so sahen sie nicht aus. Lange brauchte ich nicht herumzurätseln, dann wusste ich es. Junge Bürschchen kamen da in zackigem

Gleichschritt auf mich zu. Hitlerjungen, zäh wie Leder, hart wie Kruppstahl, schnell wie die Windhunde - na ja, das kannte ich noch aus meiner Jugendzeit.

„Ujegerl", dachte ich, wenn auch nur leicht beunruhigt, „verdufte ich jetzt im Wald oder gehe ich ruhig weiter?"

Ich entschloss mich, auf der Straße zu bleiben. Diese Entscheidung fiel mir nicht schwer, da der Hang zum Wald an dieser Stelle so steil war, dass ich den schützenden Waldrand kaum unentdeckt erreichen konnte. Außerdem hätte mich eine Kletterpartie auf allen Vieren in Richtung Wald äußerst verdächtig gemacht.

Wie bereits erwähnt, ich ging also weiter, und es dauerte nicht mehr lange, bis ich alle Einzelheiten erkennen konnte. Es waren mindestens 60 Mann, besser gesagt, 60 Knaben, die da auf mich zumarschierten. Was ich allerdings dann noch erblickte, verschlug mir die Sprache, obwohl ich eigentlich gar nichts gesagt hatte.

Die Kolonne begleitete ein Offizier. Ein Leutnant, wie ich bald erkennen konnte.

Das musste mir gerade jetzt passieren! Hitlerjungen aus einem Wehrertüchtigungslager mit ihrem Ausbilder. Das letzte Aufgebot sollte schießen lernen.

Inzwischen hatte ich die vordersten Reihen der Gefolgschaft erreicht. Aus den Augenwinkeln heraus sah ich, dass der Leutnant, er mochte in meinem Alter sein, mich prüfend betrachtete. Sollte ich hinsehen? Das könnte Verdacht erwecken. Sollte ich nicht hinsehen? Das war auch in höchstem Maße verdächtig. Also sah ich abwechselnd hin, dann wieder nicht hin, und da war ich schon an ihm vorbei. Mir wollte gerade eine Zentnerlast von der Seele fallen, als ich hinter mir eine helle, schneidende Stimme vernahm:

„He, Sie, bleiben Sie doch mal stehen!"

Die Zentnerlast blieb an meiner Seele hängen. Ich folgte dem Rufe und verharrte. Hinter mir ertönten die eiligen Schrit-

te des eifrigen Leutnants, der mich umrundete und sich vor
mir aufbaute. Mit seiner Pistole fuchtelte er mir vor der Nase
herum. „Ich will doch Moritz heißen, wenn Sie nicht auch einer von der Sorte sind", sagte er. „Los, heben Sie schnell mal
Ihre Flossen hoch, sie Kerl!"

Gehorsam hob ich meine Flossen hoch.

Es verging kaum eine halbe Minute, da hatte er mein
Soldbuch aus der Gesäßtasche hervorgezaubert und meine
Erkennungsmarke ans Tageslicht gezerrt. Er schien tief befriedigt. „Dacht' ich mir's doch! Das ist ja bald nicht mehr feierlich, wieder so ein Deserteur! Und läuft auch noch direkt vor
der Sammelstelle für Deserteure herum."

Mit erhobenen Händen stand ich da, sagte keinen Ton und
dachte mit Bedauern an Kleopatra. Vielleicht hätte sie mir
diese Entdeckung erspart, vielleicht hätte ich in ihrer Begleitung ungeschoren weitergehen können.

Die Hitlerjungen waren auch stehen geblieben und sahen
mich empört an.

„Seht her, Jungens, da steht wieder so ein Verräter! Er hat
unserem geliebten Führer seinen Eid geleistet und diesen
gebrochen. Ich frage euch: Was soll mit solchen Lumpen geschehen, die ihr Vaterland im Stich lassen? Nun, Kurt?"

Kurt stand vorbildlich stramm. „Sie gehören sofort an die
Wand gestellt", erklang seine helle Kinderstimme.

Ringsum ertönte beifälliges Gemurmel.

Ich hatte bisher überhaupt nichts gesagt und zog es auch
jetzt vor, mich weiterhin in Schweigen zu hüllen. In meinem
Magen begann sich ein mulmiges Gefühl breitzumachen. So
weit war es also schon gekommen. Jetzt gucken diese Kinder
dich an wie einen Aussätzigen. Wenn du tötest, wirst du als
Held gefeiert. Wenn du aber nicht töten willst, wirst du als
verachtenswerter Feigling an die Wand gestellt.

Der Leutnant übergab dem strammen Kurt das Kommando, dann wandte er sich wieder an mich: „Kommen Sie mit!"

Wieder diese schneidende Stimme.

„Erst gestern sind zwölf Mann von Ihrer Sorte standrechtlich erschossen worden. Ja, so ist das eben. Wie man sich bettet, so schläft man!"

Knappe fünf Minuten gingen wir nebeneinander her, dann hatten wir unser Ziel erreicht: die Eulenburg, Wehrertüchtigungslager und Auffangstelle für Deserteure.

Ich hatte mir einen todsicheren Weg kerzengerade in die Höhle des Löwen ausgesucht. Wie der dümmste Anfänger war ich genau in die Falle gelaufen. Recht geschah mir's! So viel Dummheit musste bestraft werden.

Der Leutnant lieferte mich bei einem Unteroffizier ab. Dieser war bedeutend älter als ich. Sein leicht gewelltes Haar und die buschigen Augenbrauen waren grau. Seine auffallend großen, dunkelbraunen Augen wurden von dunklen Ringen umschattet. Die Wangen waren eingefallen und von zwei tiefen Furchen durchzogen. Sein Mund war schmal, die Mundwinkel waren weit nach unten gebogen und verstärkten den ernsten, beinahe melancholischen Ausdruck seines schmalen, krankhaft blassen Gesichts.

Der schneidige Leutnant überreichte ihm mein Soldbuch und fragte: „Der wievielte von dieser Sorte ist das heute?"

„Das hier ist der Erste, Herr Leutnant."

„Aber bestimmt nicht der Letzte, den wir heute erwischen." Er hatte es eilig, zu seinen Hitlerjungen zurückzukehren. Vielleicht hoffte er, unterwegs noch einige Verräter aufgreifen zu können.

Der Unteroffizier sah dem Davoneilenden mit einer wahren Leichenbittermiene nach. Er holte einen Aktendeckel hervor, schrieb fein säuberlich meinen Namen darauf und legte mein Soldbuch hinein. Dann blickte er auf. „Mann, da laufen sie auch noch direkt an der Höhle des Löwen vorbei! Wussten Sie denn das nicht?"

Ich versicherte ihm, dass ich keine Ahnung gehabt hatte.

„Wo wollen Sie denn überhaupt hin? Hier kommt kein Mensch mehr durch, überall stehen Feldgendarmen, die warten doch nur darauf, dass ihnen einer in die Quere kommt."

„Eigentlich wollte ich nur zu meinen Eltern nach Römerstadt, mehr nicht."

„So, mehr nicht. Sie haben aber Nerven! Wie lange treiben Sie sich denn schon in Zivil herum?"   .

Ich zählte die Nächte an den Fingern ab. „Erste Nacht im Wald, zweite in der Scheune, dritte bei Lida, vierte auf der Bühne, fünfte beim Bauern", murmelte ich vor mich hin. „Sechs Tage genau", gab ich wahrheitsgemäß Auskunft.

Der Unteroffizier, er hieß übrigens Kirsch, gab keine Antwort. Er warf mir einen Blick voll tiefsten Bedauerns und Mitgefühls zu und pfiff durch die Zähne. Dann gab er mir durch ein Zeichen zu verstehen, ihm zu folgen.

Wir betraten den geräumigen Innenhof, der mit runden Steinen gepflastert war.

Die Burg, bereits im 13. Jahrhundert gegründet, machte einen gut erhaltenen Eindruck. Die Mauern waren kaum beschädigt, alle Fenster verglast und zum Teil mit Vorhängen versehen, ein deutliches Zeichen dafür, dass die meisten Gebäude bewohnt waren. Das allerdings konnte man auch auf dem Hof sehen. Überall herrschte geschäftiges Treiben. Hitlerjungen, vor Diensteifer platzend, liefen hin und her und schleppten alle möglichen Gegenstände von einem Gebäude in das andere: Tische, Stühle, Bänke, Stöße von Akten, Kisten und sonstiges Mobiliar. In der Mitte des Hofes loderte ein mächtiges Feuer, dem ebenfalls ganze Berge von Akten zum Fraße vorgeworfen wurden. Es schien, als wäre der Russe nicht mehr gar zu weit entfernt.

„Hier wird alles umgeräumt", erklärte Kirsch, „die Front rückt immer näher."

Wir betraten ein lang gestrecktes Gebäude auf der linken Seite. Über eine uralte, abgetretene Steintreppe erreichten wir das erste Stockwerk und folgten dem geräumigen Gang.

Vor einer dicken Eichentür blieb mein Begleiter stehen. Er holte einen vorsintflutlichen Schlüssel hervor, schloss auf und öffnete die Tür, die mit lautem, unmutigem Knarren zur Seite schwenkte.

Der Raum, den wir betraten, war mindestens 10 Meter lang und fast ebenso breit. Aber sonst bot er keinen erhebenden Anblick. Er war nämlich leer, absolut leer. Leerer ging es gar nicht mehr. Sogar die Wände, von keinem einzigen Bild geziert, boten sich in ödem Grau dar. Ein paar Sprünge und einige dunkle Flecken waren die einzige Abwechslung. Der Steinfußboden war ebenso grau und hatte auch einige Risse aufzuweisen. Die drei schmalen Fenster an der Längsseite waren vergittert und spendeten nur ein kümmerliches Licht.

„Was geschieht denn jetzt mit mir?" fragte ich und warf meinen Rucksack in die Ecke.

„Heute nicht mehr viel. Erst werden Ihre Personalien aufgenommen, dann werden Sie von Hauptmann Wieden verhört. Und passen Sie gut auf, was Sie aussagen, sonst sind Sie rettungslos geliefert! - Aber ich muss jetzt gehen. Ruhen Sie sich inzwischen ein wenig aus, Sie werden es brauchen!"

Er ging, und ich hörte, wie er von außen die Tür abschloss.

Verdrossen legte ich mich auf den Steinfußboden und verschränkte die Hände hinter dem Kopf. Nun hatten sie mich doch erwischt. Zehn Minuten vor zwölf. Aber es war nur meine Schuld. Ich hatte mich wie ein blutiger Anfänger einfangen lassen! Mit Soldbuch und Erkennungsmarke bewaffnet, war ich der Spinne ins Netz gegangen.

Während ich das Für und Wider meiner Lage erwog und mir recht schlaue Antworten für Hauptmann Wieden zurechtlegte, muss ich eingeschlafen sein. Ich wurde aber recht unsanft geweckt.

Ein grober, genagelter Soldatenstiefel stieß mich heftig in die Seite, und sein Besitzer brüllte: „Stehen Sie auf, Mann, aber schnell, sonst helfe ich Ihnen!"

.Auf seine Hilfe wollte ich gerne verzichten. Während ich mich hochrappelte, musste ich ihm wohl einen vorwurfsvollen Blick zugeworfen haben, denn er brüllte sogleich wieder los: „Glotzen Sie mich nicht so dämlich an, Sie Mondkalb!"

Da der große Raum völlig leer war, schallte seine Stimme besonders laut in meine Ohren.

Ich zog es vor, und das ist in solchen Situationen stets das beste Rezept, mich in tiefstes Schweigen zu hüllen.

In diesem Moment traten ein paar Hitlerjungen ein und brachten einen Tisch, zwei Stühle und eine uralte Schreibmaschine.

Unteroffizier Kirsch war ebenfalls eingetreten, nahm mit todtraurigem Gesichtsausdruck an dem Schreibmaschinenvehikel Platz und spannte einen Bogen ein.

Der Brüller vom Dienst wippte inzwischen ungeduldig am Fenster hin und her. Er war Feldwebel, recht klein gewachsen und trug ein schmales, dennoch aber grobknochiges Gesicht zur Schau. Seine schwarzen Augenbrauen waren über der Nase zusammengewachsen, was den Blick seiner grauen Augen noch stechender erscheinen ließ. Das Riechorgan war schmal, stark gekrümmt und anscheinend von einem nervösen Zucken befallen. Seine Lippen waren wütend zusammengekniffen, seine behaarten Hände auf dem Rücken verschränkt.

Mir ging diese Wipperei allmählich auf die Nerven, obwohl ich für diese seine Art von Bewegung vollstes Verständnis aufbrachte.

Kleingewachsene Leute, die ihre Überlegenheit demonstrieren wollen, tun das gerne, sie werden ja dabei immer etwas größer, wenn auch nur für kurze Zeit. Außerdem störte mich, dass er mich dauernd so hasserfüllt ansah, als ob ich allein am ganzen Rückzug Schuld war.

„Ich bin Feldwebel Zeisberger. Ich sage Ihnen das, falls Sie sich über mich beschweren wollen!" Er lachte höhnisch und setzte sich an den Tisch. Aus der neu angelegten Aktenmappe holte er mein Soldbuch hervor und diktierte Kirsch meine Personalien.

Anschließend musste ich meine Taschen ausleeren und sämtliche Gegenstände auf den Tisch legen.

Mit pedantischer Genauigkeit ließ Zeisberger alle Sachen notieren. Er zählte sogar die Anzahl meiner selbst gedrehten Zigaretten im Zigarettenetui und ließ die Zahl aufschreiben. Mein Rucksack wurde ebenfalls ausgeleert, sämtliche Büchsen, das schöne Stück Speck und der Kanten Brot fein säuberlich registriert. Es fand sich sogar noch ein gekochtes Ei, reichlich zerdrückt zwar, aber als Ei erkenntlich, das ich bei meinem letzten Frühstück übersehen hatte. Am Schluss wurde mein gesamter Besitz fein säuberlich in eine Papiertüte eingepackt.

Damit waren alle Formalitäten anscheinend erledigt, denn die beiden entfernten sich unter Mitnahme aller meiner Habseligkeiten. Der Tisch, die Stühle und die Schreibmaschine wurden ebenfalls wieder abgeholt.

Der Feldwebel, der alle meine schönen Sachen in der Papiertüte unter den Arm geklemmt hatte, wandte sich an der Tür noch einmal um: „Sie bleiben stehen, merken Sie sich das! Sie sind nicht zur Erholung hier." Er wippte ein paar Mal, und da ich nichts sagte, schrie er los: „Haben Sie mich verstanden?"

Ich ließ verlauten, alles gut verstanden zu haben.

Die Tür knallte ins Schloss, wurde von draußen zweimal abgeschlossen, dann entfernten sich die Schritte. Ich war wieder allein in meinem grauen Salon.

Zuerst suchte ich mir einen Platz, der von der Tür aus nicht eingesehen werden konnte, setzte mich auf den Fußboden und lehnte mich mit dem Rücken an die Wand. Meine Lage hatte sich wieder um einiges verschlechtert. Ich war meine Zigaretten los, meinen Tabak, die Reste meines Reiseproviants; nichts hatte man mir gelassen, nicht einmal die Zigarettenkippen in meiner Jackentasche. Auch mein weiteres Schicksal war ungewiss und berechtigte kaum zu irgendwelchen Hoffnungen. Mit einem Wort: Meine Lage war ernst und hoffnungslos.

So blieb mir nichts anderes übrig, als trübsinnig an die Decke zu starren und über mein künftiges Geschick vage Überlegungen anzustellen. Sobald sich auf dem Gang das Geräusch von Schritten näherte, erhob ich mich sicherheitshalber wie ein Stehaufmännchen, wenn der Schall der Schritte wieder verklang, ließ ich mich wieder zu Boden sinken.

Die Zeit kleckerte trübe und langsam dahin. Ich streckte mich aus, stierte unverwandt auf die fleckenübersäte Decke und versuchte, in den Rissen und vielfältigen Flecken irgendwelche Gestalten, Gesichter, Tiere oder andere Formen zu entdecken.

Ein Gesicht mit wallendem Bart und unglaublich weit abstehenden Ohren fiel mir zuerst auf. Rechts davon drohte mir eine dürre Hand mit vier Fingern. Der Fleck darunter konnte einen Hund darstellen, allerdings einen sechsfüßigen mit zwei Schwänzen, oder einen sechsschwänzigen Tatzelwurm mit nur zwei Beinen.

So lag ich bewegungslos da, Stunde um Stunde verstrich, und nichts ereignete sich. Allmählich begann ich zu hoffen, dass man mich hier vielleicht vergessen haben konnte.

Aber auch diese Hoffnung platzte wie eine Seifenblase, denn am späten Nachmittag brachte Kirsch mich doch noch zum Verhör. Es war nicht weit, nur wenige Schritte den Gang entlang, und ich durfte eintreten.

Hauptmann Wieden saß an einem uralten, mit Schnitzerei-en verzierten Schreibtisch und blätterte in einem Stoß Akten herum. Er blickte auch nicht auf, als ich eintrat und Unteroffi-zier Kirsch seine Meldung machte. Während er auf ein winzi-ges Blatt Papier irgendeine Notiz kritzelte, sagte er mit ganz leiser Stimme: „Danke, Sie können gehen. Lassen Sie den Mann da!"

Kirsch knallte, wie es Sitte und Gebrauch war, seine Ha-cken zusammen, was ihm allerdings nicht besonders gut ge-lang, und entfernte sich.

Ich stand ziemlich verloren ein paar Meter vor dem Schreibtisch. Der Hauptmann würdigte mich immer noch kei-nes Blickes; dafür hatte ich genügend Zeit, ihn eingehend zu betrachten. Sein über die Akten gebeugtes Haupt war fast aller Haare entblößt, lediglich ein schütterer Haarkranz von rötlicher Farbe war verblieben, der in sanftem Halbrund die kahle Mitte umrankte. Über der goldgeränderten Brille fehlten die Augenbrauen, die Wangen waren bleich und von makel-loser Glätte. Dann hob er plötzlich den Kopf und sah mich starr an. Seine Augen waren von jener Tönung, die man mit wässerigem Blau bezeichnet. In ihnen war weder ein Gefühl noch eine Regung zu erkennen, und ich kam mir vor wie eine Maus, die unter dem hypnotisierenden Blick der Schlange förmlich erstarrt.

Der Hauptmann stützte sich mit dem linken Ellenbogen auf die Schreibtischplatte und legte den ausgestreckten Zeigefin-ger auf den Rücken seiner schmalen, mit Sommersprossen bedeckten Nase. Seine Hände machten einen gepflegten Eindruck, die Finger waren schmal und lang wie die eines Pianisten. Mit der freien Hand blätterte er in meinem Sold-buch.

„Sie sind also der Gefreite Erhard Habel, geboren am 22.5.1924 in Mährisch Ostrau", begann er mit völlig aus-drucksloser Stimme die Befragung.

Ich pflichtete ihm bei.

Er blätterte weiter. „So, so, sie waren Unteroffizier und Offiziersanwärter. Hm, warum degradiert?"

„Wegen Befehlsverweigerung."

Er machte eine Geste, dass ich Genaueres berichten sollte.

„Ich bekam den Befehl, einen Hilfswilligen zu erschießen, der wieder zu den Russen zurückwollte und erwischt worden war. Da habe ich gesagt, dass ich ihn nicht erschießen kann und wurde degradiert."

„Da haben Sie aber Glück gehabt. Und wofür erhielten Sie das EK I?"

„Ich habe einen russischen Panzer außer Gefecht gesetzt."

„Wo und wie?"

„Auf der Krim. Mit der Panzerfaust."

„Und die Besatzung?"

„Ergab sich."

„Sie waren fünfmal verwundet?"

„Vier Mal", berichtigte ich, „dann hatte ich eine Erfrierung. Dabei verlor ich leider ein Glied, und das zählt als fünfte Verwundung."

„Welches?"

„Die linke große Zehe, Herr Hauptmann."

So etwas wie ein Lächeln stahl sich in seine sonst so unbeweglichen Züge. „Ja, so ist das. Die einen opfern ihrem Vaterland ihren Kopf, die anderen die große Zehe. Und manche beides."

Ich war eigentlich ganz zuversichtlich. Das waren ja bisher ausgezeichnete Pluspunkte für mich.

Nun aber ging es los. „Sie erzählen mir jetzt haargenau, was Sie von dem Tage an getan haben, als Sie unerlaubt Ihre Kompanie verließen, besser gesagt, als Sie desertierten!"

Ich erzählte ihm alles. Haargenau. Schließlich hatte ich nicht einmal ein schlechtes Gewissen. Meine Heimatstadt war vom Feind besetzt, und ich befand mich auf der Suche nach meinen Eltern. Viel hatte ich also nicht verbrochen. Es gab Schlimmeres. Dachte ich.

Hauptmann Wieden saß mir gegenüber. Er bewegte sich nicht. Seine wasserblauen Augen waren unverwandt auf mich gerichtet. Nur die schmalen Finger seiner rechten Hand trommelten ununterbrochen auf die Schreibtischplatte. Und das mit unglaublicher Geschwindigkeit.

Dann war ich mit meiner Erzählung fertig. Es herrschte friedliches Schweigen. Nur das Getrommel ging weiter.

„Also doch ein Klavierspieler", dachte ich. Ich zählte die Schläge je Sekunde, „Zwanzig, - das macht pro Minute 1.200 Anschläge, das wären in der Stunde…" Ich wurde in meinen Berechnungen jäh unterbrochen.

„Ich habe Sie etwas gefragt!" erklang die Stimme meines Gegenübers, zum ersten Mal etwas lauter.

Ich gab mit aufrichtigem Bedauern in der Stimme zu, seine Frage nicht verstanden zu haben.

„Ich fragte Sie, ob Ihnen der neue Führerbefehl bekannt ist."

„Nein, der ist mir nicht bekannt, glaube ich."

„Laut Befehl unseres Führers sind alle Soldaten, die ihre Truppe länger als drei Tage unerlaubt verlassen haben, sofort zu erschießen."

Wieden beugte sich über seinen Notizblock und machte eine kurze Notiz. Das war alles, was er während der ganzen Vernehmung geschrieben hatte. Er blickte auch nicht mehr auf, als er mich mit seiner leisen, monotonen Stimme aufforderte zu gehen.

Gehorsam begab ich mich zur Tür. Dort verharrte ich noch einen Augenblick. „Und was wird nun?"

Der schmale Kopf mit der goldgeränderten Brille hob sich nicht. „Das hören Sie morgen."

Draußen auf dem Gang stand Kirsch. „Nun, hast Du's überstanden? War doch halb so schlimm, oder?" versuchte er, mich zu trösten.

„Hoffentlich bleibt's auch halb so schlimm", erwiderte ich. Im Stillen aber war ich immer noch überzeugt davon, dass man mich wieder laufen ließ. Schließlich ging es ja überall drunter und drüber, und ein Ende des Krieges war greifbar näher gerückt.

In meiner "Gefängniszelle" hatte sich inzwischen einiges geändert. In der Ecke lag ein Strohsack, darauf zwei Decken.

„Ich habe das inzwischen veranlasst", sagte mein Begleiter, „leg dich hin und mach dir keine Gedanken!" Und wieder streifte mich sein todtrauriger Blick. Vielleicht kam es ihm gar nicht zu Bewusstsein, dass er mich vor Mitleid bereits duzte.

Da konnte ich ihn beruhigen. Ich würde mich auf den Strohsack werfen und die ganze Nacht tief schlafen. Fast schien es mir, als ob er sich über mein Schicksal mehr Gedanken machte als ich. Mir aber knurrte der Magen, das machte mir mehr Sorgen. „Kriege ich denn auch etwas zu essen?" wollte ich daher wissen.

Kirsch versprach, sich darum zu kümmern. Dann ließ er mich wieder allein.

Ich trat zu einem der vergitterten Fensterchen und blickte hinaus. Viel war nicht zu sehen. Unter mir verlief die mit Zinnen versehene Burgmauer, davor begann hinter einer schmalen Lichtung der Wald. Rechts erhob sich ein runder Turm mit mehreren winzigen Fensteröffnungen. Oben hinter den Zinnen standen zwei Hitlerjungen und hielten Wache, damit niemand die Burg klaute.

So verging eine langweilige Stunde um die andere, und kein Mensch ließ sich blicken. Wütend warf ich mich auf den Strohsack und begann, laut vor mich hinzuschimpfen. Ich kramte sämtliche Flüche hervor, die mir geläufig waren. Als mein diesbezüglicher Wortschatz erschöpft war, betrachte ich erneut die Decke und entdeckte völlig neue, diesmal unglaublich wütende Gesichter.

Allmählich begann es zu dämmern, der Zapfenstreich ertönte, ein paar Mal hörte ich noch eilige Schritte auf dem Gang, dann wurde es still. Da ich weder Kerze noch Streichholz besaß, hüllte mich bald undurchdringliche Dunkelheit ein. Außer dem lebhaften, unwilligen Knurren meines Magens und dem Rascheln des Strohsackes war kein Geräusch zu hören.

„Jetzt müssten so ein paar Burggespenster aufkreuzen und durch sämtliche Zimmer geistern", dachte ich. Und während ich mir ausmalte, wie schreckliche, weiße Gestalten, den Kopf unter dem Arm, vor dem Bett des Hauptmanns Wieden herumtanzten, dass er vor Schreck kopfüber in den Schlossgraben sprang, muss ich eingeschlafen sein.

Als ich aufwachte, war die Nacht vorbei. Einige Sonnenstrahlen hatten es sogar gewagt, in meine Zelle einzudringen und sich auf dem Fußboden breitzumachen.

Am Vormittag bekam ich endlich ein Stück Brot, ein Kleckserchen Rübenkraut und ein verbeultes Kochgeschirr mit lauwarmem, schwarzem Kaffee. Na ja, wenigstens etwas. Da es mir gelang, bei Kirsch noch ein paar Zigaretten zu schnorren, begannen meine Lebensgeister wieder zu erwachen.

Nachmittags allerdings bekam ich dann den Rest. Und das kam so: Ich wurde zu Hauptmann Wieden geführt, der mir verkündete, dass mein Todesurteil ausgesprochen und bestätigt sei. Das Urteil werde morgen früh vollstreckt. Durch Erschießen, sickerte es noch in mein Bewusstsein.

Bis auf ein unerträglich leeres Gefühl in meinem Magen erzielte dieses Urteil in mir keinerlei Wirkung. Hatte ich es doch erwartet? Oder war mir die schreckliche Tragweite dieser Mitteilung überhaupt noch nicht bewusst geworden?

Ich fragte noch, ob ich meinen Eltern nach Römerstadt schreiben dürfe. Nicht einmal das wurde mir erlaubt. Hauptmann Wieden versprach mir aber großzügig, er wolle dafür sorgen, dass meine Eltern Nachricht erhielten.

Dann lag ich wieder in meinem kahlen Asyl auf dem Strohsack und rauchte mit zitternden Händen eine Zigarette. Die waren wohl wahnsinnig geworden, so wegen mir nichts dir nichts das Todesurteil auszusprechen! So ein Mist, so ein Mist! Die sind tatsächlich übergeschnappt. Knallen einen einfach und ohne viel Federlesens über den Haufen, bloß weil man seine Eltern sucht. Wo noch dazu der Krieg längst verloren ist.

Jetzt war also alles vorbei. Endgültig. Welcher Teufel hatte mich auch geritten, das Gewehr wegzuschmeißen und abzuhauen. Da hatte ich mir eine dicke Suppe eingebrockt, und die musste ich jetzt auslöffeln, bis zum bitteren Ende. Ich ganz allein.

Ich kann nicht beschreiben, welche Gefühle mich damals bewegten. Es war alles: würgende Angst, ohnmächtige Wut, abgrundtiefe Verzweiflung, tödlicher Hass, trostlose Hilflosigkeit, nutzlose Reue, völlige Hoffnungslosigkeit. Nein, es gab keine Rettung mehr, keine Hilfe, nicht einmal einen Strohhalm, an dem ich mich in dem Strudel, der mich zu verschlingen drohte, festklammern konnte.

Dann hörte ich jemand kommen. Es war Feldwebel Zeisberger. „Wälzt sich der Kerl schon wieder herum", belferte er los. „Los, Mann, stehen Sie auf!" Wie beim ersten Male, unterstrich er seinen Befehl mit einem kräftigen Tritt in meine Seite.

Ich biss die Zähne zusammen und drehte mich zur Wand. „Ach, leck mich doch am Arsch, du fiese Ratte", murmelte ich dabei und versuchte mir vorzustellen, wie er jetzt neben meinem Lager stand und vor Wut nach Luft schnappte.

„W-was haben Sie da gesagt? Sagen Sie das noch einmal, Sie Untermensch!"

„Was man gerne hört, hört man zweimal! Und jetzt hau ab, du Übermensch!"

Ich hörte sein Zähneknirschen. „Mit solchen Leuten, wie Sie einer sind, müsste man noch kürzeren Prozess machen. Warten Sie nur bis morgen, da wird alles anders aussehen. Ich werde dabei sein und zusehen, wie deine Muffe vor Angst flattert, ehe sie dich umlegen!" Vor Wut duzte er mich.

Ich drehte mich um. „Das freut mich. Es wird mir das Sterben erleichtern, wenn ich weiß, dass ich dann deine miese, dreckige Visage nie wieder zu sehen kriege!"

Meine ganze ohnmächtige Wut entlud sich in diesen Worten. Es bereitete mir teuflische Freude, den Mann bis aufs Blut zu reizen, ihn zu treffen und zu verletzen.

In diesem Moment erschien Kirsch. „Der Mann kommt diese Nacht in den Raum neben der Wache", sagte er.

„Nichts da! Der Kerl kommt die Nacht in den Keller, ohne Decken und ohne Fressen, verstanden?" schrie Zeisberger, und seine Stimme überschlug sich.

„Aber im Keller ist doch kein verschließbarer Raum", warf mein trauriger Beschützer leicht verdattert ein.

„Er kommt ins Rattenloch! Ich werde diesem ... diesem Kerl seine Unverschämtheiten schon austreiben!"

Kirsch sah mich fragend an.

„Ich habe deinen Feldwebel zu einer intimen Goethefeier eingeladen", grinste ich, „aber leider steckt er mich dafür nicht drei Tage in den Bau."

„Halten Sie Ihre Schnauze, sonst.., sonst..., na ja, mit solchen Existenzen muss man radikal aufräumen!"

Die beiden brachten mich hinunter in den Keller. Es war schon eher eine Katakombe. Ein düsterer Gang mit gewölbter niedriger Decke und feuchtem Boden, das hohle Hallen der Schritte, hin und wieder an der Decke eine trübe Funzel.

Dann Endstation. Vor mir im Schein einer verstaubten Glühbirne, die lose an einem Draht baumelte, ein rostiges Gitter, das Zeisberger hochzog. „Los, rein da", grinste er höhnisch, und eine Welle von Hass flutete mir entgegen, „rein in die gute Stube!"

Es war wirklich ein erbärmliches Loch. Nach innen schoben sich Decke und Fußboden immer näher zusammen. Am Ende blieb nur noch Platz für ein schmales, Schießscharten ähnliches Fenster, das zu allem Überfluss auch noch vergittert war.

Gebückt kroch ich hinein, das Gitter rasselte quietschend nach unten und rastete ein.

Zeisberger schob das schwere Schloss vor den Riegel und verschloss es. Dann leuchtete er mir mit der Taschenlampe ins Gesicht! „Schlafen Sie wohl und grüßen sie mir die Ratten! Und morgen früh unternehmen wir zusammen einen kleinen Ausflug."

„Gute Nacht, Herr Feldwebel! Ich werde für Sie beten."

Zeisberger schraubte die Glühbirne lose, so dass ihr schwacher Schein erlosch, dann gingen die beiden, und das hallende Geräusch ihrer Schritte war noch lange Zeit zu hören.

Jetzt war ich endgültig allein. Verschlimmern konnte sich meine Lage nun wirklich nicht mehr. Ich lag auf dem mit Steinen und Unrat bedeckten Fußboden. An der Fensterwand sickerte Wasser aus den Fugen, bildete schmale Rinnsale und floss quer durch meine Zelle hinaus auf den Gang. Die Luft war feucht und kalt, ein Ekel erregender, muffiger Fäulnisgeruch würgte in der Kehle und erschwerte das Atmen. Da es draußen bereits dämmerte, drang durch das schmale Fensterloch nur ein dürftiger Lichtschimmer. Vorsichtig versuchte ich, mich aufzusetzen. Es ging nicht. Die Decke war zu niedrig. Ich stieß mit dem. Kopf an den roh behauenen

Stein und streifte mit dem Gesicht ein paar Spinnweben, die auf der Haut kleben blieben.

„Na, prost Mahlzeit", sagte ich laut zu mir, „da hast du dir ein lausiges Süppchen eingebrockt, pfui Teufel noch einmal!"

Um mir die Zeit zu vertreiben, begann ich, es mir "gemütlich" zu machen. Zuerst räumte ich die Steine und Holzstücke beiseite und ertastete mir eine Stelle, die halbwegs trocken war. An der linken Seite errichtete ich aus Steinen eine Rückenstütze und setzte mich quer zum Fenster. Dann holte ich aus der Tasche eine der Zigaretten hervor, die Kirsch mir zugesteckt hatte. Im Scheine des brennenden Streichholzes sah ich dicht über meinem Kopf die gewölbte, schwarze und nur grob behauene Steindecke, unzählige, dichte Spinnweben, auf der Erde Steine, morsche Holzstücke und vor mir das rostige Gitter. Sonst nichts. Die Eisenstäbe gaben einen Blick frei auf den langen Gang, an dessen Ende der trübe Schein einer Lampe ein Stück der grauen Wände beleuchtete.

„Ist ja alles egal", sagte ich laut, „völlig egal!" Erschöpft lehnte ich mich an den Steinhaufen und begann, vor mich hinzudösen. Dabei versuchte ich, an angenehme Dinge zu denken. Aber das gelang mir immer nur kurze Zeit; der Gedanke an das Morgen ließ sich einfach nicht verdrängen, im Gegenteil, er verdrängte alles andere und ergriff Besitz von mir. Es hämmerte in meinem Hirn: „Morgen lebst du nicht mehr, dein Herz wird stillstehen, dein Blut in den Adern erstarren."

Draußen war es dunkel und still geworden. Kein Geräusch drang zu mir herein. Irgendwo fiel mit monotoner Eintönigkeit ein Tropfen, dann raschelte etwas. Diese Stille unterbrach erst kaum hörbar, dann immer lauter werdend, das Klappern genagelter Stiefel. Aus der Dunkelheit schälten sich die schwarzen Umrisse einer breiten Gestalt. Dann leises Flüstern: „Ich bringe dir eine Decke und etwas zu essen!"

Es war Kirsch, der mich noch einmal besuchte. Er schob mir die Decke und ein Stückchen Brot zwischen den Gitterstäben durch.

„Hier hast du noch ein paar Zigaretten", flüsterte er mir zu, „mehr konnte ich nicht auftreiben."

Er wollte schnell wieder gehen.

„Ich möchte dich noch etwas fragen", rief ich ihm nach.

Kirsch blieb stehen.

„Weißt du, was Zeisberger von Beruf war?"

Wie verächtlich das klang. „Der war Friseur. Soviel ich weiß, besaß er einen Friseursalon."

Zeisberger, ein Friseur! Ein unvorstellbarer Gedanke! Ich sehe den Laden vor mir: „Zeisberger - Herren- und Damensalon".

Ich trete ein. Zeisberger steht da in weißem Kittel, aus der Brusttasche ragen zwei Kämme und ein Rasiermesser. Er verneigt sich höflich vor mir. „Der Herr wünschen?" fragt er devot.

„Haare schneiden und rasieren!"

Er rückt mir den Stuhl zurecht. „Rundschnitt oder Fasson, mein Herr?"

„Fasson, bitte!"

Er legt mir ein schneeweißes Handtuch um die Schulter und beginnt meine Haare zu schneiden. „Die Koteletten schräg oder gerade, mein Herr?"

„Schräg", wünsche ich, und mein Wunsch ist ihm Befehl. Dann seift er mich ein und führt das Rasiermesser so zart und vorsichtig, denn er will mir nicht wehtun oder mich gar schneiden. Am Schluss bürstet er meine Jacke sorgfältig ab, um sämtliche Haarreste zu entfernen.

Ich zahle und lasse den Rest als Trinkgeld da. Vor dem Ausgang warte ich, bis er mir die Tür öffnet und mir noch einen schönen Tag wünscht.

Wirklich, ein unvorstellbarer Gedanke. Zwar hatte ich ihm persönlich nichts getan, aber ich glaube, jetzt würde er mir mit dem Rasiermesser die Kehle durchschneiden, ohne mit der Wimper zu zucken. Während ich dalag und meinen Gedanken nachhing, war es draußen völlig dunkel geworden. Durch die Stäbe des Gitters sah ich den Schein der trüben Funzel am Gangende. Mein Blick saugte sich förmlich fest an diesem bisschen Licht. „Wenn es nur nicht ausgeht! Nur das nicht!" dachte ich und starrte auf den schwachen Schein, als ob meine ganze Seligkeit davon abhing.

Erneut versuchte ich, mich abzulenken, den einzigen Gedanken, der mich beherrschte, zu verdrängen. Ich dachte an lustige Erlebnisse in meiner Kindheit, an die Streiche die Mikosch und ich verbrochen hatten, ich dachte an Irene, meine erste Liebe, und an Stella, meine zweite, heimliche. Aber diese Gedanken waren nur winzige Fünkchen, die sofort erloschen, wenn der eine, der einzige Gedanke kam, der in meiner Seele brannte: Morgen bringen sie dich um! Morgen ist alles vorbei, alles. Und was kommt dann? Was kommt nachher? Wenn die Kugeln deinen Körper durchbohrt haben, wenn die Schüsse verhallt sind und du daliegst, ausgelöscht, tot, dem Zerfall und der Fäulnis preisgegeben. Wird dann so etwas wie eine Seele aus deinem zerstörten Körper aufsteigen? Oder verlöscht das Fünkchen Leben für immer im Dunkel der Unendlichkeit?

Bald wirst du es wissen. Oder bald wirst du es nicht mehr wissen.

Ich wickelte mich in die Decke, so gut ich konnte, und zermarterte mein Gehirn mit Fragen, die ein Mensch nie zu lösen vermochte. Schließlich döste ich doch ein, warf mich unruhig hin und her, vernahm im Unterbewusstsein leise Geräusche, ein leichtes Scharren und feines Kratzen, etwas lief über meinen Körper hinweg. Ich fuhr schaudernd hoch und stieß mit dem Kopf mit voller Wucht an die raue Decke. Der jähe

Schmerz machte mich hellwach. Ich fühlte, wie mir das warme Blut an der Stirne hinunterlief. Nach ganz benommen, zündete ich eines meiner letzten Streichhölzer an. Irgendetwas huschte davon. Da, noch etwas. Jetzt sah ich es genauer: den kahlen Schwanz, das graue, struppige Fell. Ich schüttelte mich. Diese widerlichen Rattenbiester! Auf ihre Gesellschaft wollte ich gerne verzichten.

Wie spät mochte es wohl sein? Ein Uhr vielleicht? Wie viele Stunden noch? Ich wusste es nicht, wollte es auch gar nicht wissen. Dann begann ich zu singen. Vielleicht, um diese dunkle, trostlose Einsamkeit zu vergessen, vielleicht, um die Ratten fernzuhalten. Ich sang, so laut ich konnte, und die Töne verloren sich in der Dunkelheit des Kellergewölbes, brachen sich an den Wänden und hallten schauerlich wieder. Die Arie des Malers Mario Cavaradossi aus der Oper "Tosca" fiel mir ein, und ich begann: „Und es blitzten die Sterne." Als ich am Schluss der Arie die Stelle sang: „…ich liebte niemals noch so sehr das Leben, die Stunde enteilt, nun sterb' ich in Verzweiflung", geriet ich in einen wahren Rausch von abgrundtiefer Selbstbemitleidung. Nachdem ich mich genügend bemitleidet hatte, ergriff mich völlige Gleichgültigkeit. „Wenn ich tot bin, ist es ohnehin ganz egal, wie lange ich gelebt habe. Ob 20, 50 oder 100 Jahre, nach dem Tod ist das ganz egal. Unser Pfarrer hat uns Konfirmanden öfter gesagt: „Was sind schon 100 Jahre in Gottes Kalender? Nur ein winziger Funke in der Unendlichkeit. Und der Tod? Ist er nicht die Wiederherstellung des Zustandes vor der Geburt?"

Diese Gedanken beschäftigten mich, als ich noch einmal für kurze Zeit einnickte.

Dann plötzlich, ganz unvermittelt, das Klirren der Schlüssel, das quietschende Rasseln des Gitters, heisere Kommandos, donnernder Widerhall mit Nägeln beschlagener Stiefelsohlen. Dann das düstere Kellergewölbe. Links und rechts huschen die grauen Wände vorbei. Du siehst deinen Schatten, ins Riesenhafte vergrößert, an dir vorbeigleiten, dann hinter dir zurückbleiben. Treppen.. .Eintöniges Grau des erwachenden Tages... Vor dem Tor ein offener Lastwagen, davor, grinsend, die Maschinenpistole in den Händen, ein Kerl in Uniform... Jetzt kommst du allmählich zu dir, begreifst, was geschieht, nimmst auf, was du siehst. Da steht er, der Friseur, der Feldwebel Zeisberger... Er starrt dich an, voller Triumph und bemüht sich gar nicht, seine tiefe innere Freude zu verbergen.

Neben ihm, den Blick zu Boden gesenkt, steht Unteroffizier Kirsch. Ich fühle, wie ihm zumute ist.…Wieder ein Kommando... Ich gehorche mechanisch und verschränke die Hände hinter dem Rücken... Handschellen schnappen zu... Ich fühle den kalten Stahl an meinen Handgelenken. Neben mir schreit jemand, strampelt wie wild mit den Füßen, wehrt sich verzweifelt. „Lasst mich los! Lasst mich in Ruhe, ihr Schweine! Aaaah!" Dann schnappen auch bei ihm die Handschellen zu, und mit einem Male schweigt er. Ihm wird bewusst, dass jeder Widerstand zwecklos ist und seine Schreie ungehört verhallen. Er ist verloren, unrettbar verloren. Den Kopf gesenkt, weint er still und haltlos vor sich hin. Dicke Tränen treten aus seinen Augen, fließen über die bleichen Wangen und benetzen die schmutzige Jacke seiner Uniform.

„Los, rauf auf den Kasten ihr zwei, wir fahren los!" ertönte eine eiskalte, schneidende Stimme.

Diese Stimme brachte mich endgültig wieder in die Wirklichkeit dieses grauen Morgens zurück. Sie fegte den nebligen Schleier, der mich bis dahin umgab, mit einem Schlag beiseite. Die schrecklichen Wachträume in dem engen, schmutzigen Loch waren weggewischt wie ein Spuk, die würgende Angst war gewichen. Zurück blieben unbändiger Trotz und Hass, gepaart mit ohnmächtiger Wut.

Uns gegenüber stand Zeisberger und weidete sich immer noch an unserem Anblick. „Hinsetzen!" befahl er, „unsere

Fahrt ins Blaue dauert ein Weilchen." Er nahm mir gegenüber auf dem Boden Platz und legte seine Maschinenpistole schussbereit auf die Knie.

Kirsch hatte sich in die äußerste Ecke der Ladefläche verkrochen. Er hatte bis jetzt noch kein Wort gesagt und vermied es offensichtlich, uns anzusehen.

Das Fahrzeug ruckte an und setzte sich in Bewegung.

Zwei Todeskandidaten

Unsere letzte Fahrt hatte begonnen. Ich war also heute doch nicht das einzige Opfer. Neben mir saß das zweite, bleich, schon jetzt halbtot, zitternd wie Espenlaub. Der Lauf der Tränen war versiegt, nur die Nase lief noch. Ein junger Bursche, höchstens siebzehn Jahre alt, mit eckigen Schultern und schmalen, knochigen Händen. Die Haare hingen wirr in die Stirne, die abstehenden Ohren waren schneeweiß. Jetzt faltete er seine Hände und begann zu beten. „Heilige Mutter Gottes, hilf mir! Heilige Mutter Gottes, hilf mir!" Immer wieder stieß er dieselben Worte hervor; es schien das einzige Gebet zu sein, dessen Anfang er beherrschte. Er betete, bis es unserem Aufpasser zu bunt wurde. „Halt endlich deinen Rand, Mann, dein jämmerliches Gewinsel geht einem ja an die Nerven!"

Der fromme Beter verstummte und wischte sich seine Nase mit dem Ärmel der Uniformjacke.

Dann wandte sich Zeisberger an mich: „Na, so still heute? Ja, ja, so ist das Leben. Heute rot, morgen tot."

Ich blickte ihn an. „Halte dein ungewaschenes Maul, du blutrünstiges Ungeheuer! Früher den Leuten die Haare abgeschnitten, heute die Köpfe!" Ich sah, wie er bleich wurde, wie er vor Zorn und Hass zu kochen begann. Mehr hatte ich gar nicht beabsichtigt. Zufrieden legte ich mich auf die Seite und schloss die Augen.

Die Straße wurde schlechter, das Rütteln des Fahrzeuges beinahe unerträglich. Hinzu kam ein unangenehm kalter Fahrtwind, dem wir ungeschützt ausgeliefert waren. Meine hinter dem Rücken gefesselten Hände waren klamm, die Arme schmerzten. Dennoch sehnte ich das Ziel unserer Reise nicht herbei, bedeutete doch das Ende dieser schrecklichen Fahrt auch unser endgültiges Ende.

Dann, abrupt, mit einem harten Ruck, hielt der Wagen. Das Motorengeräusch, das Rattern und Scharren verstummte, das Schaukeln und Schütteln hörte auf. Lähmende, tödliche Stille breitete sich aus. Aber diese Ruhe war trügerisch, sie währte nicht lange, und wie gerne hätte ich sie noch stundenlang ertragen. Aber es vergingen nur Sekunden, dann ertönte das Kommando des Henkers: "Los, runter vom Wagen, geschlafen wird später!"

Der Fahrer des schrottreifen Vehikels stieg aus dem Fahrerhaus und klappte die hintere Bordwand hinunter.

Es war das erste Mal, dass ich ihn zu Gesicht bekam. Er schien sich auch nicht besonders wohl in seiner Haut zu fühlen, denn er blickte nicht hoch und verschwand sogleich wieder hinter seinem Lenkrad.

Ich sprang als erster hinunter, aber mit den am Rücken gefesselten Händen verlor ich das Gleichgewicht. Unwillkürlich wollte ich mich mit den Händen aufstützen. Da dies aber unmöglich war, stürzte ich hilflos zu Boden und schlug mit dem Kinn recht unsanft auf.

„Jetzt doch noch nicht! Das wirst du später noch viel besser können, pass mal auf! - Los jetzt kommt mit!" Zeisberger ging voran, ihm folgten wir beiden Opfer, am Schluss ging Kirsch, der immer noch kein Wort gesagt hatte.

Ein schmaler, kaum begangener Weg führte entlang eines vom Unkraut überwucherten Bahndammes. Rechts von uns erstreckte sich ein unbebautes Feld. Es roch nach feuchtem Gras und nasser Erde, und ringsum in der noch unberührten Natur herrschte friedliche, wohltuende Stille. Die Sonne war eben aufgegangen und schickte ihre ersten Strahlen direkt auf den schmalen Feldweg, der uns zum Ende führte. Einige Vogelstimmen begrüßten jubilierend den erwachenden Tag. Gierig nahm ich alles auf, was Leben war, atmete den Geruch der Erde, lauschte dem Gesang der Vögel und badete im Leben spendenden Licht der aufgehenden Sonne. Noch nie war mir die Welt so schön erschienen, noch nie das Leben so begehrenswert. Aber der Weg ging zu Ende. Er war zu kurz, viel zu kurz!

Hinter einigen niedrigen Hecken tauchte ein verwahrloster Fußballplatz auf. Die Pfosten des Fußballtores waren abgebrochen und lagen unter einem Busch. Die Latte lag zerbrochen auf der Böschung des Bahndammes. Anstelle des Fußballtores waren ein paar mannshohe Pflöcke in den Boden gerammt.

Hier mussten wir stehen bleiben.

Auf der anderen Seite des Platzes ragten hinter einer Reihe von Pappeln Teile eines Gebäudes hervor, das sich unschwer als Schule erkennen ließ. Leider war sie völlig zweckentfremdet und diente einem SS-Kommando als Unterkunft.

Zeisberger wandte sich an seinen Untergebenen: „Ich hole jetzt das Erschießungskommando." Dabei blickte er mich unverwandt an. „Und dann geht alles ganz schnell. Ihr stellt euch jeder an einen der Pfosten, steckt die Hände hier durch die Ringe und bekommt die Augen verbunden. Vor euch stehen 8-10 Mann. Es tut einen Knall, und eure Lungen spritzen hinten raus!"

Ich kann die Wut nicht beschreiben, die mich damals ergriff. Bis heute bleibt mir unbegreiflich, warum ich diesem Mann nicht trotz der am Rücken gefesselten Hände an die Gurgel sprang. Krampfhaft nach Worten suchend, die ihn zutiefst verletzen könnten, stand ich da. Ich wollte ihn beleidigen, ihm schreckliche Flüche und Schimpfworte an den Kopf werfen, die ihn sein ganzes Leben lang verfolgen sollten. Aber mir fiel nichts ein, was böse und verletzend genug war. Ich spuckte nur aus und wandte mich zur Seite.

Zeisberger erwiderte für Sekunden meinen Blick. Ohne eine sichtbare Regung zu zeigen, drehte er sich um und ging in Richtung Schule.

Als er hinter den Pappeln verschwunden war, steckte uns Kirsch jedem eine Zigarette in den Mund und reichte uns Feuer. „Mann, o Mann", sagte er, „ist das alles eine Scheiße! Ich würde am liebsten auch alles hinschmeißen und abhauen. Aber ihr seht ja, was dann kommt. Ihr hättet die paar Wochen noch aushalten müssen, lange kann dieses Schlamassel doch nicht mehr dauern. Vielleicht…" Er unterbrach seine Worte und horchte. Aus der Ferne drang das dumpfe Dröhnen detonierender Artilleriegeschosse. „Hört ihr? Das ist der Iwan! Weit ist der nicht mehr weg. In zwei bis drei Tagen könnte der Russe hier sein."

Wir setzten uns auf die Torlatte, die schräg auf dem Bahndamm lag und rauchten. Mir war hundeelend zumute. Ich hatte ein Gefühl im Bauch, als ob man meinen Magen luftleer gepumpt und dann mit Eisstückchen gefüllt hätte.

Kirsch hatte seine Maschinenpistole achtlos ins Gras geworfen und versuchte, den jungen Burschen zu trösten, der erneut angefangen hatte zu weinen. „Lass doch sein, Junge, eines Tages muss jeder dran glauben, der eine früher, der andere später."

"Aber ich will noch nicht krepieren, ich hab' nix Böses gemacht!"

Er tat mir leid. Beinahe hätte ich vergessen, dass mir ja dasselbe Schicksal blühte. Sein Gesicht war totenblass, die Augen lagen tief in den Höhlen und waren vom vielen Heulen gerötet. Die eingefallenen Wangen waren nass von Tränen, und auch seine Nase hatte wieder ihre Schleusen geöffnet.

Wie gerne hätte ich auch geheult, aber es ging einfach nicht. Mich heulen zu sehen, diesen Triumph gönnte ich Zeisberger nicht. Vor ihm wollte ich meine Todesangst bis zur allerletzten Sekunde meines Lebens verbergen, diese entsetzliche, würgende Angst.

Mir schmerzten die Arme und Schultern, meine Zunge blutete nach dem Sturz ein bisschen. Jede Bewegung war eine

Qual. Ich stieß Kirsch mit dem Ellenbogen an. „He, Kapo, mach` uns doch endlich diese Handschellen ab, ich halte das bald nicht mehr aus!"

„Ist ja auch wahr! Da hätte ich längst dran denken müssen! Der Zeisberger beißt sich zwar ein Monogramm in den Hintern, wenn er das sieht, aber egal."

Er holte den Schlüssel hervor und befreite uns von dem stählernen Griff der Fesseln.

Nun fühlten wir uns doch ein wenig wohler, wenn in dieser Situation überhaupt von einem Wohlfühlen die Rede sein kann. Wir rieben unsere schmerzenden Handgelenke und bewegten die steif gewordenen Finger, bis die Gelenke knackten.

Ich blickte zur Seite. Neben mir lag die Maschinenpistole unseres Bewachers. Ich brauchte sie nur aufzuheben und abzuhauen. Und Kirsch? Würde er mitgehen?

Er schien meine Gedanken erraten zu haben. „Wenn ihr abhauen wollt, ich werde euch nicht halten. Aber ihr kommt nicht weit. Die warten doch nur darauf, dass einer abhaut! Die jagen euch wie die Hasen. Mit Bluthunden werden sie hinter euch her sein. Das macht denen Spaß, ihr könnt mir's glauben." Dann blickte er auf die Uhr und schüttelte den Kopf. „Da stimmt doch etwas nicht. Der Zeisberger müsste schon längst wieder hier sein."

Er hatte die letzten Worte kaum ausgesprochen, da sahen wir den Kerl auch schon hinter den Büschen auftauchen.

Kirsch kniff die Augen zusammen. „Da stimmt wirklich etwas nicht! Er kommt ganz allein."

Mein Herz vollführte einen wahren Luftsprung. Wie elektrisiert sprang ich auf und rüttelte Kirsch an den Schultern. „Was stimmt da nicht? Wie ist es denn sonst? Kommt er sonst nicht allein?"

Meine Worte sprudelten förmlich hervor. Ich ergriff den winzigen Strohhalm, der da auf uns zu geschwommen kam und klammerte mich daran fest.

Auch mein Leidensgenosse war aufgesprungen und starrte mit weit aufgerissenen Äugen und offenem Mund dem Feldwebel entgegen.

„Vielleicht sie kommen nicht! Vielleicht sie sind gar nicht mehr da", murmelte er und bekreuzigte sich. "Heilige Mutter Gottes, hilf mir!"

Als Zeisberger ungefähr zwanzig Meter von uns entfernt war, blieb er stehen und winkte Kirsch zu sich herbei. Dann begann er auf diesen einzureden, wobei er seinen Worten mit lebhaften Gesten mehr Ausdruck zu verleihen suchte. Aus Kirschs abwehrenden Gesten war deutlich zu erkennen, dass er den Worten seines Vorgesetzten die Zustimmung verweigerte. Die Stimmen der beiden wurden immer lauter.

„Nein, Herr Feldwebel", hörten wir Kirsch rufen, „da mache ich nicht mit, auf gar keinen Fall!"

Dann sagte Zeisberger wieder etwas mit unterdrückter Stimme, wir sollten anscheinend nicht hören, was er wollte.

Wieder drang Kirschs Antwort deutlich zu uns herüber. „Das können Sie mir nicht befehlen. Ich mache Sie darauf aufmerksam, dass ich Herrn Hauptmann Wieden davon in Kenntnis setzen werde!"

Zeisberger machte eine wütende Geste und kam auf uns zu. Wir konnten ihm schon von weitem ansehen, wie enttäuscht und wild er war. Breitbeinig stellte er sich vor uns hin und begann zu wippen. „Die SS ist nach Mährisch-Schönberg abgerückt. Aber das ändert an eurer Lage nichts, aber auch gar nichts. Glaubt ja nicht, dass ihr um eure Erschießung herumkommt. Da sorge ich schon dafür. Also freut euch nicht zu früh!"

Natürlich freute ich mich, und das war mir ganz bestimmt deutlich anzusehen, denn Zeisberger begann wieder zu wippen. „Ihnen wird das Grinsen schon noch vergehen. Wenn es nach mir gegangen wäre, hätten wir euch schon längst umgelegt. Ohne jegliche Formalitäten und so. Bedankt euch bei Kirsch, wenn ihr jetzt noch ein paar Stunden länger leben dürft!"

Der Feldwebel wandte sich an Kirsch: „Wir bringen die beiden Kerle zum Gendarmerieposten. Dann werden wir weiter sehen."

Im Gänsemarsch kehrten wir zum LKW zurück. Wie sah die Welt jetzt mit einem Male anders aus. Alles war wie verwandelt. Die Sonne war schon ein Stückchen am Himmel empor geklettert und lachte freundlich auf uns herab. Die Vögel sangen so wunderbar, das Gras duftete so herrlich, und ein linder Wind streichelte unsere Wangen. Die Welt war wieder schön, denn wir lebten, wir atmeten, unser Herz schlug noch, wir konnten sehen, hören, fühlen, riechen, unsere Hände bewegen und gehen. Weit, weit weggehen von diesem schrecklichen Ort, an dem alles aufhören sollte.

Wir erreichten den LKW, dessen Fahrer sich überhaupt nicht sehen ließ. Er schien auch nicht wissen zu wollen, aus welchem Grunde wir alle vier zurückkehrten.

Als wir wieder auf der Ladefläche saßen, zwinkerte mir Kirsch zu, als ob er sagen wollte: „Wartet mal ab, ihr zwei schafft es doch noch!" Und zum ersten Mal sah ich so etwas wie ein Lächeln um seine Mundwinkel huschen.

Die Henkersmahlzeit

Die Rückfahrt verlief sehr still. Jeder hing seinen Gedanken nach, nur muss ich zugeben, dass meine Gedanken nunmehr viel optimistischer und zuversichtlicher waren als auf dem Hinweg. Meinem Nachbarn erging es ähnlich. Er betete nicht mehr, der Strom seiner Tränen war endgültig versiegt, und wenn ich ihn von der Seite betrachtete, sah er mich mit seinen geröteten Äugelein pfiffig an und grinste verstohlen. Wir beide lebten noch, und jede Stunde Aufschub konnte für uns die Rettung bedeuten.

Als das Auto in einer kleinen Ortschaft vor dem Rathausgebäude stehen blieb, hatte sich meine Stimmung schon soweit gebessert, dass ich leise zu pfeifen begann. Sehr zum Missfallen meines grimmigen Widersachers.

„Ja, ja, pfeifen Sie nur", zischte er, „Ihrer gerechten Strafe werden Sie nicht entgehen. Aufgeschoben ist nicht aufgehoben!"

Er siezte mich wieder, und auch das hielt ich für ein gutes Zeichen.

Heil und unversehrt wurden wir beim Gendarmerieposten abgeliefert. Alles ging so schnell, dass Kirsch uns nur noch kurz zuwinken konnte.

Der Feldwebel sprach noch einmal eindringlich auf den Boss der Feldgendarmen ein und übergab ihm die Mappe mit unseren Papieren.

Ich konnte ihm nachfühlen, wie ihm zumute war. Seine Rachegelüste waren nicht befriedigt worden, im Gegenteil, es blieb ihm die quälende Ungewissheit, ob wir ihm nunmehr nicht doch durch die Lappen gegangen waren.

Wir betraten das Rathausgebäude und wurden in das erste Stockwerk geführt. Im geräumigen Haus lief eine ganze Menge Grünuniformierter herum, die uns wenig Beachtung schenkten.

Am Ende des Ganges betraten wir einen größeren Raum, den ehemaligen Sitzungssaal, in dem schätzungsweise 15 Gendarmen gerade damit beschäftigt waren, ihr Mittagsbrot zu verzehren. Es duftete so überwältigend nach heißer Fleischsuppe, dass mir das Wasser im Munde zusammenlief.

Am Kopfende des Saales befand sich eine schmale Tür, die unser Begleiter aufschloss. Er stieß uns in einen fensterlosen, kleinen Raum. Wie sich bald herausstellte, war es eher ein Kämmerchen, äußerst sparsam und ausgesprochen zweckmäßig mit Mobiliar ausgestattet. In der Ecke stand ein wurmstichiger Tisch mit Stehlampe und Schreibmaschine, davor zwei Stühle. Auf dem Fußboden lag ein verschlissener Teppich. Im Übrigen war der Raum leer, seinen Verwendungszweck aber, arme Teufel auszuquetschen, erfüllte er in jedem Falle.

An der linken Wandseite des Kämmerchens war noch eine Tür eingelassen, die unser Begleiter wiederum für uns persönlich aufschloss. „So, hier rein mit euch!" befahl er knapp.

Wir betraten einen Raum, der sich unmittelbar an das geräumige Esszimmer anschloss. Die breite Glasschiebetür an der linken Seite war zugezogen, gewährte aber einen freien Blick in den Speisesaal, in dem, wie bereits gesagt, einige der Grünen ihre Suppe löffelten. Der Duft der Speisen drang sogar durch die Glastür aufreizend in unsere Nasen.

Auch mein Schicksalsgefährte schnupperte hörbar und flüsterte „Mmm, das riecht aber gut! Jetzt möcht' ich so ein paar Teller leer machen!"

Seine Worte erinnerten mich dringlich daran, welch einen gewaltigen Hunger ich mit mir herumschleppte.

Unbeweglich standen wir an der Glastür und verfolgten mit gierigen Blicken die gefüllten Löffel, die in die aufgesperrten Münder der Essenden eintauchten und geleert wieder ihren Weg zu den dampfenden Tellern einschlugen.

„Jekus, hab' ich einen Hunger", begann mein Leidensge-
nosse wieder zu stöhnen, „mein Bauch ist so leer wie eine
Trommel und tut mir so knurren wie so ein ganz ein böser
Hund."

Und in der Tat drangen aus seiner Richtung Geräusche zu
mir herüber, die dem Knurren eines ausgewachsenen Bern-
hardiners zur Ehre gereicht hätten. Wie ich sehen konnte, war
er sichtlich aufgetaut. Aus einem zitternden Bündelchen
Angst war ein junges, hungriges Wölflein geworden, das mit
starren, gierigen Augen die Mahlzeit im Nebenzimmer verfolgte und sich verlangend die Lippen leckte.

Wie sich aus seiner Sprache unschwer erkennen ließ,
stammte er irgendwo aus Oberschlesien. Ich fragte ihn danach. „Na, Antek", flüsterte ich ihm zu, „wo kommst du gewesen her?"

Er wandte keinen Blick von den Tellern. „Hör auf und ble-
del nicht! Ich bin aus Gleiwitz und heiß ich wirklich Antek."
Dann kniff er mich aufgeregt in den Oberarm. „Guck mal, jetzt
kommt auch noch Nachspeise, schener Pudding mit Himbeersoße, jekus, jekus!" In seiner Stimme zitterte das sehn-
süchtige, unstillbare Verlangen eines Hungernden nach Nah-
rung, die so verlockend und doch so unerreichbar durch ihren
süßen Anblick allein unsere Seelenqual vergrößerte.

.Antek presste sein Gesicht an die Scheiben und drückte
dabei seine große Nase platt.

Da standen auf einem Tablett, fast in greifbarer Nähe, 15
Portionen herrlichen, gelben Puddings, umgeben von einem
roten See aus Himbeersaft, in große Würfel geschnitten, noch
ein wenig schwabbelnd vom Transport, und warteten geduldig auf das verzehrt werden.

In diesem Moment ereignete sich etwas völlig Unerwartetes. Die Tür zum Speisesaal wurde ruckartig aufgerissen, und
ein Feldgendarm stürzte in den Raum. Sein Stahlhelm saß
schief auf dem Kopf, sein Gesicht war hochrot angelaufen. Er

brüllte, dass seine Stimme sich überschlug: „Alaaarm! Sofort antreten! Alaaaarm" Und dann pfiff er zu allem Überfluss noch auf seiner Trillerpfeife, vielleicht für die, die den Kopf bis an die Ohren voll Suppe hatten.

Von unserem Logenplatz aus verfolgten wir gespannt die Entwicklung des hektischen Geschehens. Eine unbeschreibliche Aufregung machte sich breit, die in einen wahren Tumult überging. „Der Iwan ist da", schrie einer. „Los, raus! Und holt eure Gewehre und Handgranaten!" brüllte ein anderer. „Raus hier, schneller, verdammt noch mal, raus!" ertönten aufgeregte Rufe von allen Seiten. Alles war aufgesprungen. Eine volle Suppenschüssel zerschellte auf dem Fußboden und verbreitete ihren Inhalt. Jeder strebte der Tür zu, rücksichtslos beiseite schiebend, was ihm im Weg stand.

Und plötzlich war der Raum leer, die Tür knallte ins Schloss, über die Treppe polterten die letzten, eiligen Schritte. Dann trat Ruhe ein; der Spuk war vorüber. Ganz in der Ferne ertönte noch das Trillern einer Pfeife, das Scharren eiliger Schritte, danach hörten wir gar nichts mehr.

Aber was sich da unten vor dem Rathaus abspielte, interessierte uns nur am Rande. Unsere volle Aufmerksamkeit galt einem Tablett, das so verlockend und in greifbarer Nähe vor uns stand. Ein Tablett mit 15 Portionen Pudding. 15 appetitliche, gelbe Himbeersaftburgen, die nur darauf warteten, erobert zu werden. Hatten sie eben noch in dem Durcheinander geschwabbelt und gezittert, so lagen die Würfel jetzt völlig unbeweglich und einladend da. Wie die Brote in Frau Holles Backofen, so schienen sie uns zuzurufen: „Kommt, holt uns! Esst uns auf, wir bitten euch!"

Antek sprach mir aus der Seele: „Ob man die Tür da machen kann auf?" fragte er mit vor Aufregung heiserer Stimme. Und schon hatte er den runden Türknauf ergriffen und probiert. Das Unerwartete geschah. Die Tür wich fast lautlos zur

Seite und gab uns willig den Weg frei. Die letzten Grenzen waren gefallen.

Nur wenige Sekunden standen wir unentschlossen, noch ein wenig verwirrt und überrascht vor dem vollen Tablett, dann griffen wir ohne Zögern zu, und jeder schob sich einen der duftenden Würfel in den Mund.

Ich habe schon als Kind immer leidenschaftlich gerne Pudding gegessen, aber so gut wie dieser hatte mir noch keiner geschmeckt. Im Nu war die erste Portion verschwunden. Es war wie ein Tropfen auf den heißen Stein; der Hunger blieb.

.Antek hatte seine erste Portion auch schon verschlungen. Er starrte mich mit großen Augen an. „Jekus, was ich hab' für Angst! Wenn die wieder kommen rauf!" Dann aber verleibte er sich den zweiten Würfel ein, wobei er eine Technik entwickelte, die meine vollste Bewunderung entfachte. Zuerst wälzte er den Würfel mit spitzen Fingern so lange im Himbeersirup herum, bis sämtliche Flächen mit dem Saft in Berührung gekommen waren. Dann hob er den Teller hoch, spitzte die Lippen, öffnete den Mund, setzte ihn an der Ecke des Würfels an und schloss genüsslich die Augen. Dann ertönte ein lang gezogenes, nach innen gezischtes „Schschsch", darauf ein kurzes "Lupp", und der Würfel war wie von Geisterhand weggewischt, vom Teller verschwunden. Nur von Anteks Mundwinkeln floss an beiden Seiten ein schmales Bächlein roten Himbeersaftes bis zum spitzen Kinn herunter, wo sich die beiden süßen Rinnsale zu einem Tropfen vereinten, der wie ein Rubin funkelte.

Fasziniert hatte ich den akrobatischen Esskünsten meines Gegenübers zugesehen und vergaß beinahe, meine Portionen aufzuessen.

Natürlich probierte ich, Anteks Schluckmethode zu übernehmen, meine diesbezüglichen Versuche aber scheiterten kläglich.

Jedes Mal, wenn Antek sein unüberhörbares "Schsch--lupp" ertönen ließ, richtete er sich auf, holte mit seiner langen Zunge noch so viel Himbeersaft herein, wie er erreichen konnte. Dann erst riss er seine Äugelein auf und begann zu jammern: „Jekus, jekus, was ich hab' für Angst. Wenn die wiederkommen, die schlagen uns gleich die Schädel ein!"

„Das werden sie schon nicht machen", tröstete ich ihn, obgleich ich mir da auch nicht so ganz sicher war, „aber wer weiß, ob wir überhaupt noch etwas zu essen kriegen. Der Pudding da ist vielleicht unsere Henkersmahlzeit. Und dann, mehr als totschlagen können sie uns sowieso nicht." Damit war dieses Thema für mich erledigt, und ich sagte nichts mehr, oder besser, ich konnte dazu nichts mehr sagen. Denn das soll mal einer probieren, mit so einem großen Würfel im Mund auch nur einen Ton heraus zu bringen.

Antek beeilte sich. „Wir müssen schneller schlucken. Bum, bum, und sie sind wieder da!" Und schon verschwand mit einem satten "Schsch--lupp" die nächste Portion in seinem Rachen. „Jekus, was ich hab` für eine Angst! Sehr große Angst. Aber Recht hast du. Jetzt ist eh alles egal! Ich ess' schnell noch ein paar..."

Ich gab ihm keine Antwort. Schließlich wollte ich nicht in Verzug geraten, wo doch mein neuer Freund so einen unglaublichen Appetit entwickelte. Hinzusehen brauchte ich nicht, um zu wissen, wann er den nächsten Würfel verschlungen hatte. Dann nach seinem "Schlupp" pflegte er mir immer wieder zu versichern, wie furchtbar groß seine Angst sei. Dabei legte er seine niedrige Stirne in sorgenvolle Falten und wackelte mit seinen Abstehenden Ohren, die inzwischen annähernd die Farbe des Himbeersaftes angenommen hatten.

Nachdem jeder von uns fünf Würfel gegessen hatte, ging uns erst einmal die Luft aus.

„Ooooh, ich kann nicht mehr weiter", stöhnte ich und

betastete meinen prall gefüllten Bauch, der sichtlich ange-
schwollen war.

Antek maß mich mit erstauntem, sogar leicht entrüstetem
Blick.

„Wie, du kannst nicht mehr? Willst du das hier stehen lassen? Den schenen Pudding? Wer soll den essen? Ein paar
von den Grinen? Und die andern Grinen kriegen nix? Das
wär' aber ungerecht! Gleichheit für alle! Also kriegen alle nix!"
Und "schlupp" war der nächste Teller leer.

Wenn man die Sache von der Seite betrachtete, hatte er
zweifellos Recht.

Nach zähem und bedingungslosem Einsatz gelang es mir,
noch zwei Himbeerburgen zu vernichten, während der Glei-
witzer die restlichen drei Portionen hinunter schluppte und
anschließend sämtliche Teller ableckte. „Jetzt ich bin satt,
glaub' ich", ließ Antek mit bedauerndem Unterton vernehmen,
„aber wenn ich denke, dass die rauf kommen, mach ich vor
Angst die Hosen voll." Seine spitze Zunge vollzog die letzten
Aufräumungsarbeiten. „Aber der Pudding war gut, sehr gut!
Vielleicht ist noch ein bissel Suppe da für .Antek?" Er trat in
der Tat an den Tisch und hob den Deckel der Terrine hoch.
Den ließ er aber schnell wieder fallen.

. Denn sie kamen wieder, das war nicht zu überhören. Sie
kamen die Treppen hoch gepoltert und schienen es eilig zu
haben, das unterbrochene Mahl fortzusetzen.

Wir aber hatten es noch eiliger und waren wie die Wiesel
in unserem Kämmerchen verschwunden. Kaum hatten wir die
Schiebetür wieder zugezogen, da kamen sie auch schon
schimpfend herein. „Wollen einen noch verrückt machen,
Alarm, Russen, - und was ist los? Gar nichts! Und kein
Mensch weiß etwas!"

Während im Speisesaal noch immer in allen Tonarten auf
den blinden Alarm geschimpft wurde, hörte ich neben mir das

heisere Wispern Anteks. „Gleich werden sie's merken, jekus, jekus! Gleich sie holen uns raus und kriegen uns dran!"

Gespannt verfolgten wir das Geschehen im Saale. Inzwischen hatten alle wieder am Tisch Platz genommen, eine allgemeine Beruhigung trat ein, das Geschimpfe verebbte.

Ich musste plötzlich an die sieben Zwerge hinter den sieben Bergen denken, die damals auch etwas gemerkt hatten und fragten: „Wer hat von meinem Tellerchen gegessen?" Diese Frage musste jetzt auch bald kommen, und ich stellte mir die langen Gesichter der Männer so anschaulich vor, dass ich unterdrückt zu lachen begann.

„Jekus, ich mach' vor Angst gleich in die Hosen, und der Kerl tut noch bled lachen. Ich glaub', du bist verrickt worden!"

Ich kam nicht mehr dazu, ihn an Schneewittchen zu erinnern, denn nebenan spitzte sich das Drama zu. Fragen schwirrten durch den Raum, die sich um die Nachspeise drehten. Der Pudding, die köstliche Nachspeise, die Krönung des Mahles, war weg, mitsamt der Himbeersoße spurlos verschwunden, da gab es keine Zweifel. Verdammt, wohin waren sie geraten, alle 15 Portionen? Die muss doch jemand gefressen haben! Aber wer? Ratlose, prüfende, abschätzende Blicke ringsum. Etwa einer oder einige von uns? Unmöglich! Vorhin waren alle unten, alle ohne Ausnahme. Aber wenn nicht wir, wer dann, zum Kuckuck!

Plötzlich erinnerte man sich an uns. Einer zeigte anklagend mit seinem ausgestreckten Arm in unsere Richtung, und sofort wandten sich alle Blicke uns beiden zu.

Und wir standen da, schutzlos, nackt und entblößt. Uns bot sich keine Gelegenheit, irgendwo unterzukriechen. Kein Tisch war da, unter dem wir uns hätten verbergen können, kein Schrank, der uns Deckung gewährte. Nichts war da, nur der leere Raum und eine dünne, durchsichtige Glastür, die nicht einmal verschlossen war.

Auf der einen Seite standen 15 vor Wut schäumende Männer und starrten uns erbost und entgeistert zugleich an, so, als ob sie nicht fassen konnten, dass wir es gewagt hatten, einen derartig schändlichen Frevel auf unser Gewissen zu laden.

Auf der anderen Seite standen wir, die Ausgestoßenen, die sündigen Frevler. Unsere Angst war verschwunden. Ihr könnt uns zwar totschlagen, um den Pudding aber könnt ihr uns nicht mehr bringen!

Inzwischen nahmen die Feldgendarmen im Saal eine drohende Haltung ein. Sie traten näher an die Glastür und starrten uns so wütend und hasserfüllt an, als hätten wir alle ihre Frauen und sämtliche Kinder meuchlings abgemurkst. Erst als sie empört am Türknauf rüttelten, kamen sie dahinter, dass die Schiebetür gar nicht verschlossen war, und da hatten sie uns beide schon am Schlafittchen und zerrten uns in den Essraum.

Antek bekam gleich einen Tritt in den Hintern, dass ihm Hören und Sehen verging. Mir verpasste einer einen so heftigen Boxhieb in die Magengegend, dass ich ernsthaft befürchtete, meinen Pudding zu verlieren. Ich schluckte krampfhaft und bekämpfte den würgenden Brechreiz.

„Ihr miesen Dreckschweine, ihr verkommenen Lumpen! Fressen uns einfach den Pudding auf! Alle 15 Portionen. Wisst ihr, was das ist? Das ist Kameradendiebstahl!", schrie einer.

„Früher hätte man so etwas gelyncht oder zumindest geteert und gefedert!"

„Lasst doch sein, die werden sowieso erschossen, diese Vaterlandsverräter!"

„Man müsste euch verkehrt aufhängen und so lange in den Bauch treten, bis ihr alles wieder auskotzt", brüllte mich einer an.

168

Also, ich muss schon sagen, was da an Schimpfkanonaden auf unsere Häupter hernieder prasselte, war nicht mehr zu überbieten. Mikosch, der auf dem Gebiete der Fluchtechnik ein wahrer Experte war, hätte hier seinen Wortschatz erheblich erweitern können.

Allmählich aber beruhigten sich die Gemüter. Der Dienstälteste griff ein. „Gerber und Nadolski, sie bringen die beiden auf der Stelle nach Mährisch-Schönberg in die Kaserne! Und sorgen Sie dafür, dass die Hinrichtung noch heute vollzogen wird!"

Die beiden Angesprochenen knallten ihre Hacken zusammen, salutierten und bohrten uns anschließend ihre Gewehrmündungen nachdrücklich und unmissverständlich zwischen die Rippen. Man konnte an ihren verkniffenen Gesichtern deutlich sehen, dass auch sie zu den Puddingopfern zählten und was sie darüber dachten. „Los, ihr Schweinehunde, kommt mit, oder wir machen euch zur Schnecke!" Die beiden trieben uns die Treppen hinunter, während die anderen Geschädigten uns von oben noch so manchen frommen Wunsch nachschickten.

Zwischenstation

Auf dem Rathausplatz angekommen, stießen uns die beiden in einen Kombiwagen. Wir durften uns nicht hinsetzen, nur hinhocken, und blickten die ganze Fahrt über in die drohende Mündung ihrer Gewehre.

Mir wurde bald von dem wüsten Schaukeln übel, und auch bei Antek stellte sich die Wirkung schneller als erwartet ein. Er wurde ganz grau im Gesicht und begann zu jammern: „Ich muss kotzen, mir ist so schlecht", stotterte er. Da er wirklich Anstalten machte, seine Prophezeiungen in die Tat umzusetzen, musste der Wagen stehen bleiben. Der Arme wurde an den Straßengraben geführt, wo ihm der wunderschöne Pudding wieder aus dem Gesicht fiel.

Die Schadenfreude unserer beiden Begleiter ist kaum zu beschreiben. Nun sahen sie mich mit lauernden Blicken abwartend an. Ich muss gestehen, dass es auch mich mit beinahe unwiderstehlicher Gewalt überkam, aber ich bekämpfte sie verzweifelt, bezwang den übermächtigen Drang, und es gelang mir, alles bei mir zu behalten.

Als Antek dann erleichtert wieder neben mir hockte, sah er mich so tieftraurig an, als hätte er soeben seine ganze Familie zu Grabe getragen. „Jekus", flüsterte er kaum hörbar, „der schene Pudding! Alles ist wieder draußen."

Ich versuchte, ihm Trost zu spenden: „Ach wo, höchstens die Hälfte ist raus gekommen, mehr bestimmt nicht."

„Haltet eure verdammten Schnauzen, ihr Dreckskerle", fiel mir der eine ins Wort, den ich für Gerber hielt, „sonst schlag ich euch den Gewehrkolben über den Schädel!"

Nach dieser unmissverständlichen Drohung zogen wir es vor, unsere verdammten Schnauzen zu halten. Schweigend hockte ich da, hielt mich mit der einen Hand krampfhaft fest und bekam einen Wadenkrampf nach dem anderen. Jeder meiner Versuche, mich auf den Boden zu setzen, wurde bereits im Ansatz mit einem Kolbenhieb verhindert.

Kein Wunder, dass wir beide das Ende dieser strapaziösen Fahrt herbeisehnten. Zum Glück war es nach Mährisch-Schönberg gar nicht so weit. Dennoch waren wir heilfroh, als nach ungefähr einer Stunde Fahrt der Wagen hielt und wir aussteigen durften. Man ist ja kein Japaner oder Inder, dass einem eine derartige Hockerei großes Vergnügen bereitet. Mein Schicksalsgefährte allerdings schien ein solcher Hocker zu sein, denn er sprang leichtfüßig wie eine Gazelle auf die Straße, während ich mit schmerzenden Beinen nur mühsam den festen Boden erreichte.

Wir standen vor einem der Seitentore einer Kaserne größeren Ausmaßes. Unsere beiden Begleiter brachten uns in größter Eile zur Wache. Hier übergaben sie dem Wachhabenden alle unsere Papiere und verschwanden nach Erledigung der notwendigen Formalitäten, ohne uns auch nur im Geringsten zu beachten.

Wir mussten einem Unteroffizier folgen, der uns quer über den rückwärtigen Teil des Kasernenhofes zu einem grauen, dreistöckigen Gebäude führte. Da uns ohnehin keine andere Wahl blieb, folgten wir ihm widerstandslos.

Nach wenigen Minuten erreichten wir eine der typischen Kasernenbauten, von deren Sorte eine so aussieht wie die andere, und stiegen mit gemischten Gefühlen die Treppen zum ersten Stockwerk hinauf. So ziemlich am Ende des Ganges stand wieder ein Posten mit umgehängtem Gewehr und bewachte eine Tür mit der nichts sagenden Nummer 26. Die Tür war mit einem schweren eisernen Riegel verschlossen.

„Hier bringe ich wieder zwei", sagte unser Begleiter, „wenn das so weitergeht, wird die Bude heute noch voll."

„Na, denn man rein in die gute Stube", grinste der Posten, schob mit geübtem Griff den Riegel zurück und schloss die Tür auf.

Ich hatte ja alles Mögliche erwartet, der Anblick aber, der sich mir bot, als wir eintraten, übertraf alle meine Erwartungen. Zuerst sah ich die Umgebung nur schemenhaft, denn dichter Tabaksqualm vernebelte den Raum derart, dass der Blick kaum bis zur gegenüberliegenden Wand reichte. Dafür hörte ich umso mehr. Als wir eintraten, erhob sich von allen Seiten ein gewaltiges Hallo, man warf die Arme hoch und feierte unseren Eintritt wie das Siegtor der eigenen Mannschaft bei einem Fußballspiel.

Allmählich gewöhnten sich meine Augen an das Dämmerlicht, das hier herrschte. Ich sah schätzungsweise 50 Gestalten an den Wänden entlang herumsitzen oder liegen. In der Ecke hockten ein paar Männer und spielten Karten, einige schliefen, der Rest saß an der Wand. Der größte Teil der Anwesenden trug Uniform, manche von ihnen hatten ihre Uniformjacke abgelegt und lungerten in Hemdsärmeln herum. Einige Männer trugen eine abenteuerliche Zivilkleidung.

„Habt ihr zwei auch die Nase voll?" rief uns ein lang gewachsener Kerl zu. Er trug eine ausgebeulte, fleckige Hose, ein kariertes Hemd und auf dem linken Auge eine schwarze Binde, so dass er eher einem Seeräuber glich als einem Soldaten. Grinsend hieb er mir auf die Schulter, dass ich in die Knie ging.

„Was, sind das hier alles Deserteure?" fragte ich.

„Was heißt hier Deserteure, Kamerad! Sehe ich wie ein Deserteur aus? Wir sind keine Verräter, wir haben nur mit dem Scheißkrieg Schluss gemacht. Du doch auch, oder?"

Ich nickte zustimmend. „Freilich hab' ich Schluss gemacht. Es wird ohnehin nicht mehr lange dauern, bis alles vorbei ist."

Aus der Ecke ertönte ein heiseres Kichern. „Er glaubt auch nicht mehr an die Wunderwaffe und den Endsieg", krächzte ein Landser, und sein Lachen ging allmählich in einen rasselnden Husten über.

„Komm, setz dich her, hier ist noch Platz!" forderte er mich auf.

Vorsichtig stieg ich über die herumlungernden Gestalten, über Arme, Beine, Körper, über herumliegende Uniformteile und Schuhe, und zwängte mich in eine Lücke neben den immer noch Hustenden. Er sah aus wie ein Schwindsüchtiger, schmal, knochig, das kleine, graue Gesicht hager und von tiefen Furchen durchzogen. Sein magerer Körper steckte in einer reichlich verschlissenen Uniform. Schulterklappen und Litzen waren gewaltsam abgetrennt worden, dennoch konnte man deutlich erkennen, dass der Besitzer es nicht viel weiter gebracht hatte als ich. Auf seinem Ärmel waren noch deutlich die Spuren der beiden Winkel zu erkennen, die ihn als ehemaligen Obergefreiten auszeichneten.

Er rauchte. Wenn er an seiner Zigarette zog, bildeten sich in seinen hohlen Wangen zwei tiefe Löcher. „Hier, rauch eine mit", sagte er mit heiserer Stimme und reichte mir eine Zigarette, die ich dankbar entgegennahm. „Deine Zivilklamotten hier hättest du dir sparen können", warf er mit einem Seitenblick auf mich ein, „man sieht dir den Landser auf 100 Meter an." Er grinste und begann wieder zu husten, als er sich vorbeugte und mir seine glühende Kippe zum Anstecken meiner Zigarette hinhielt. „Wie haben sie dich denn erwischt?" wollte er wissen.

Ich erzählte ihm meine Geschichte.

Er hörte geduldig zu und steckte sich eine Zigarette an der anderen an. „Da hast du aber mehr als Schwein gehabt", kicherte er, als ich mit meinem Bericht fertig war. Sein Kichern trug ihm einen erneuten Hustenanfall ein.

„Weißt du, was mit uns jetzt geschehen soll", warf ich schnell ein, als er zwischen zwei Hustenanfällen kurz nach Luft schnappte. Es dauerte ein Weilchen, ehe er sprechen konnte. „So wie ich die Sache sehe, kommen wir mit heiler Haut davon. Es muss ja jeden Augenblick Schluss sein. Die

Front ist nahe. Die kommen gar nicht mehr dazu, uns alle umzulegen. Morgen will man uns, so hab' ich gehört, nach Glatz transportieren."

Nach Glatz. „Beim zwölfköpfigen Tatzelwurm", hätte Mikosch da gerufen. Von diesem schönen Städtchen im Glatzer Bergland an der Neiße hatte ich gar nichts Gutes gehört. Hier sollten Massenhinrichtungen an der Tagesordnung sein, nach Dienstrang und Alter wurde da nicht gefragt.

Ich hielt mit meiner Meinung über diesen Transport nicht hinterm Berg, aber mein Nachbar lächelte nur geringschätzig und steckte sich die nächste Zigarette an. Er beugte sich wieder zu mir herüber und fragte laut, so dass es auch die anderen hören konnten: „Ja glaubst du denn wirklich, dass die noch dazu kommen, uns um die Ecke zu bringen?"

Rundum ertönte allgemeines, ungläubiges Gelächter.

Auch Antek, der in unserer Nähe einen Landsmann gefunden hatte, schloss sich der sorglosen Heiterkeit an. „Nix kann uns mehr passieren, gar nix! Horcht mal, wie der Iwan schießt!"

Einen Augenblick lang trat Stille ein, in der das dumpfe Dröhnen der Einschläge deutlich zu hören war. Es klang wirklich schon bedenklich nahe, nur wenige Kilometer schienen uns von der vordersten Front zu trennen.

Nach der kurzen Pause brach wieder Gelächter und Lärm aus. Meine Bedenken waren von allen in den Wind geschlagen worden. Als ich schließlich merkte, dass ich mit meinen Befürchtungen ganz allein dastand, hüllte ich mich in Schweigen. Im Stillen aber beschloss ich, den Transport nach Glatz auf keinen Fall mitzumachen. Die erste sich bietende Gelegenheit wollte ich nutzen und auf Nimmerwiedersehen verschwinden. Wer weiß, ob die Leute hier im Saal ihre Lage nicht doch zu optimistisch sahen und der Wunsch der Vater ihrer Gedanken war. Hatte man uns erst einmal bis Glatz gebracht, dann konnte uns nichts mehr retten, davon war ich fest überzeugt.

Inzwischen war es draußen dunkel geworden. Zu essen gab es wieder einmal nichts, aber daran hatte ich mich allmählich gewöhnt. Es machte mir auch diesmal nicht viel aus, denn der zu Mittag genossene Pudding hielt noch ganz gut an. Ich lehnte mich an die Wand und schloss die Augen. Das war ja heute wieder ein ganz vertrackter Tag gewesen, es wurde wirklich Zeit, zur Ruhe zu kommen.

Mein hustender Nachbar war derselben Meinung. Wir streckten uns der Länge nach auf den Fußboden, er reichte mir noch eine seiner verheerend starken Lungentorpedos, die er in reichen Mengen bei einem Elsässer gegen Brot umgetauscht hatte, danach versuchten wir zu schlafen. Das aber war gar nicht so einfach, denn im Raum herrschte ein ununterbrochenes Stimmengewirr. Dichte Rauchschwaden hüllten uns ein, dass die Augen tränten. Eine wahre Euphorie machte sich unter den. Leuten breit. Das sehnlich erhoffte Ende des Krieges schien hier bereits Wirklichkeit geworden zu sein. Es schien aber nur. Und für wie lange? Sie wussten es nicht oder wollten es gar nicht wissen.

Nur ganz allmählich wurde es ruhiger, und da die Aufregungen und Ängste des überstandenen Tages mir doch gehörig zu schaffen gemacht hatten, schlief ich ein, ehe ich es überhaupt merkte.

Aber es wurde dennoch eine unruhige Nacht. Die Männer kamen einfach nicht zur Ruhe. Immer wieder stand einer auf, stieg über die anderen hinweg, trat einem auf den Fuß oder die Hand, stolperte, fluchte. Aus der Dunkelheit ertönten Schrecken erregende Schnarchtöne, Stimmengewirr, Pfeifen und Singen, von allen Seiten leuchteten die glühenden, sich auf und ab bewegenden Pünktchen glimmender Zigaretten.

Mein Nachbar wälzte sich ruhelos hin und her, er hustete und krächzte auch im Schlaf weiter.

Kaum drang morgens der erste Lichtstrahl durch die trüben Fensterscheiben, da ging der Radau gleich wieder richtig los.

Da ich bei dem Lärm ohnehin nicht mehr schlafen konnte, fasste ich den Entschluss, aufzustehen und das Gelände zu sondieren. Vorsichtig begann ich über die kreuz und quer herumliegenden Gestalten zu steigen. Ehe ich die Türe erreichte, war ich einigen auf die Füße getreten, was mir mehrere saftige Flüche einbrachte.

Zaghaft klopfte ich. Als sich nichts rührte, donnerte ich mit der Faust gegen das Holz. Diesmal hatte ich Erfolg. Der Posten sah mich müde und gelangweilt an. „Was ist los?", war seine unwillige Frage.

„Ich bitte dringend, austreten zu dürfen!"

Mit einer mürrischen Kopfbewegung deutete der Türwächter sein Einverständnis und die Richtung an.

Ich beeilte mich, an ihm vorbeizukommen, und strebte dem Ende des langen Ganges zu, wo sich das bewusste Örtchen befinden musste. Der Gang machte noch einen rechtwinkligen Knick, dann hatte ich mein Ziel erreicht. Ich hatte Glück und fand eine Toilette, die mit einem schmalen Fenster versehen war. Schnell schlüpfte ich hinein und schob den Riegel vor. Ohne lange zu überlegen, stieg ich auf den Klosettrand, öffnete das Fenster, zwängte den Kopf durch die Öffnung und blickte hinaus. Was ich sah, erfüllte mich mit tiefer Befriedigung. Ich befand mich an der Hinterseite des Gebäudes, und das war schon ein großer Vorteil. Unten war ein Teil der Kasernenmauer zu sehen, die in ungefähr drei Metern Entfernung parallel zum Gebäude verlief.

Und was nun? Aus dem Fenster kam ich ohne weiteres. War erst einmal der Kopf durch, passte der Körper ganz bestimmt. Aber da hinunter springen? Das hatte wenig Sinn.

Ich beugte mich noch weiter hinaus und blickte zur Seite. Da sah ich in der Ecke das Regenrohr. Es war gar nicht weit

von meinem Standort entfernt, eigentlich musste ich es erreichen können.

Egal. Ich durfte keine Zeit mehr verlieren. Wenn man mich
erst vermisste, war es zu spät. Keuchend begann ich, die
Schultern durch die schmale Öffnung zu schieben. Das gelang mir. Es gelang mir auch, den Oberkörper weit aus dem
Fenster hinauszubeugen. Dann aber schwebte ich hilflos zwischen Himmel und Erde. Weder Füße noch Hände fanden
einen Halt. Einige Male pendelte ich hin und her und drohte
das Gleichgewicht zu verlieren. Endlich erfasste ich mit den
Fingerspitzen die obere Kante des Fensterrahmens. Ich kraltl-
te mich fest und begann, mich langsam emporzuziehen. Da
das Fenster sehr niedrig war, befanden sich mein Kopf und
die Schultern bereits über der Oberkante des Fensters. Mit
größter Kraftanstrengung gelang es mir, den linken Fuß auf
das Fensterbrett zu stellen. Jetzt hatte ich zwar einen besseren Halt, dafür verlegte sich der Schwerpunkt immer weiter
nach draußen. Während ich Kopf und Oberkörper möglichst
dicht an die Wand presste, hielt ich mich innen mit der rechten Hand krampfhaft fest und zog das rechte Bein nach. Nun
hatte ich es bald geschafft, denn das Rohr führte knapp einen
Meter von mir entfernt nach unten. Etwa in gleicher Höhe mit
der unteren Fensterkante war das rettende Rohr mit einem
Flansch an der Wand befestigt. Diesen kleinen Vorsprung
versuchte ich, mit dem linken Fuß zu erreichen. Da ich dabei
nicht hinsehen konnte, musste ich mit dem Fuß den Vorsprung ertasten. Lange konnte ich in dieser Lage nicht mehr
verharren. Meine Arme schmerzten unerträglich, die Finger,
die sich im Holz festgekrallt hatten, begannen nachzugeben.
Ich biss die Zähne zusammen und machte einen erneuten
Versuch. Nur jetzt nicht loslassen, nur das nicht! Da, endlich
fühlte ich mit dem Fuß den schmalen Grat und verlagerte
mein Gewicht. Mit der linken Hand umklammerte ich das
Rohr. Und was nun? Nun hing ich mit gespreizten Beinen an

der Wand, die linke Hand am Regenrohr, die rechte an der inneren Fensterkante. Ich brauchte etwas Schwung. Vorsichtig schob ich den rechten Fuß weiter nach draußen, bis ich nur noch auf den Zehenspitzen stand. Dann stieß ich mich ab. Einen Augenblick schien es, als ob ich den Halt verlieren und in die Tiefe stürzen müsste. Aber die Angst abzustürzen verlieh mir doppelte Kräfte. Ich schwang mich hinüber und ergriff mit beiden Händen das rettende Rohr. Nunmehr war es nicht mehr schwer, den rechten Fuß nachzuziehen.

Während ich so hilflos da hing, während meine Arme und Beine vor Schmerz zitterten und der Schweiß in Strömen an mir herunter floss, musste ich an die vielen Kriminalfilme und Romane denken, in denen die Einbrecher auf Regenrohren und Dachrinnen mehrere Etagen hoch- und hinunterklettern. Na Dankeschön, mein Bedarf an derartigen Klettertouren war für mein ganzes Leben gedeckt. Wer also noch nie an so einem Rohr herumgeklettert ist, der sollte es auch lieber bleibenlassen.

Ich mobilisierte meine letzten Kraftreserven und begann mit dem Abstieg. Meine Fingerspitzen schmerzten so unerträglich, dass ich mich kaum noch festhalten konnte. Die Füße, ihrer Stütze beraubt, pendelten haltlos hin und her. So war es mehr ein Hinunterrutschen als ein Hinunterklettern. Dann verließen mich endgültig die Kräfte. Zwar hielt ich mich mit den Händen noch krampfhaft fest, das war aber auch alles. So stürzte ich das letzte Stück am Rohr hinunter, riss mir die linke Handfläche auf, rutschte mit dem Ellenbogen, der Schulter und dem Kopf an der Wand entlang, landete unten recht unsanft und fiel der Länge nach hin. Ein höllischer Schmerz ließ mich aufschreien.

Dann erst nahm ich bewusst war, worauf ich lag. Ich war auf einem Berg von Leichen gelandet, von Gefallenen, die man hier in der Ecke gestapelt hatte. Als ich mich auf die Seite legte, blickte ich direkt auf das wächserne, starre Antlitz eines gefallenen Unteroffiziers, dessen gebrochene Augen wie anklagend zum Himmel gerichtet waren. Er war jung, blutjung sogar. Seine Uniformjacke war an der Seite aufgerissen und blutverschmiert. Hinter seinem Kopf ragte eine im Todeskampf erstarrte Hand empor, merkwürdig verdreht und mit schwarzem, verkrustetem Blut bedeckt.

Ich hatte genug. Gerade wollte ich mich aufrichten, als ich das unverkennbare Geräusch sich nähernder Schritte vernahm. Blitzschnell rollte ich mich hinter die Leichen und blieb bewegungslos liegen.

Die Schritte kamen näher, begleitet von einem schleifenden Geräusch, dann Stimmen. „Das ist der Letzte! Gestern waren es acht, heute schon vierzehn!" sagte jemand.

Ich wagte nicht einmal zu atmen und lag mit dem Gesicht nach unten hinter den Gefallenen. Dann ertönte das dumpfe Aufschlagen eines Körpers, eine leblose Hand klatschte auf meinen Kopf und blieb da liegen. Es war grauenhaft. Ich wollte aufspringen und davonlaufen, nur weg von diesem schrecklichen Ort, aber ich zwang mich, es nicht zu tun. Der Puls hämmerte in meinen Schläfen, und im Rhythmus des wie wild schlagenden Herzens durchfluteten Wellen des Schmerzes meinen Körper. Unwillkürlich schloss ich die Augen, ballte die Fäuste, biss die Zähne zusammen und rührte mich nicht.

Die Schritte entfernten sich wieder und verklangen. Dennoch blieb ich noch einige bange Minuten liegen. Da erst fiel mir ein, dass ich immer noch den Zivilrock anhatte und unbedingt zumindest eine Uniformjacke brauchte. Die Hose konnte ich zur Not anbehalten, sie war zwar grau gesprenkelt, aber wer achtete jetzt noch darauf.

Vorsichtig kroch ich unter der Hand des Toten hervor und blickte mich nach allen Seiten um. Niemand war zu sehen. „Du wirst mir doch nicht böse sein, Kamerad, wenn ich mir deine Jacke ausleihe", sagte ich leise zu dem gefallenen Un-

179

teroffizier. Lange konnte er noch nicht tot sein, seine Arme ließen sich bewegen. Behutsam und mit beinahe ehrfürchtiger Scheu knöpfte ich seine Jacke auf, drehte den leblosen Körper auf die Seite und begann, den Arm aus dem Ärmel zu ziehen. Es gelang. Jetzt kam der andere Arm an die Reihe.

Da ertönte zum zweiten Mal das Geräusch genagelter Stiefel. Erneut ließ ich mich hinter die Leichen fallen und verbarg mein Gesicht unter den Armen. Mehrere Soldaten gingen vorüber, dann war es wieder ruhig. Ungestört konnte ich mein Werk fortsetzen. Ich schaffte es, den Gefallenen auf den Bauch zu legen. Willig überließ er mir seine Jacke; er brauchte sie bestimmt nicht mehr.

Der Rest war eine Kleinigkeit. Im Nu hatte ich meine graue Jacke abgestreift und mir die Uniformjacke angezogen. Eine zerknüllte, völlig verdreckte Feldmütze lag auch da. Ihr Aussehen störte mich wenig. Mit der heilen Hand klopfte ich den gröbsten Dreck heraus, stülpte die Mütze auf den Kopf, erhob mich von den Toten und beeilte mich, möglichst schnell von diesem Ort wegzukommen. Im Gehen knöpfte ich die blutverschmierte und an der Seite durchlöcherte Jacke zu.

Mein Zustand war nicht der beste. Die linke Hand blutete, Schläfe und Wange waren aufgeschürft und brannten wie Feuer, in meinem Kopf brummten mehrere Grizzlybären.

Als ich um die Ecke des Kasernengebäudes bog, blieb ich wie angewurzelt stehen. Hatte ich erwartet, einen Kasernenhof voll gähnender Leere anzutreffen, so sah ich mich jetzt eines Besseren belehrt, denn genau das Gegenteil war der Fall.

Auf dem weiten Hof wimmelte es von Menschen. Soldaten aller nur erdenklichen Waffengattungen waren im Karree angetreten. Alles war vertreten: Infanteristen ohne Gewehre, Artilleristen ohne Geschütze, Panzergrenadiere ohne Panzer, Flieger ohne Flugzeuge, Pioniere ohne Werkzeuge, alle standen sie herum und harrten geduldig der Dinge, die da kommen sollten.

Da mir aus verständlichen Gründen der Boden unter den Füßen brannte, hatte ich nichts Eiligeres zu tun, als mich unter das wartende Volk zu mischen.

Hier wurden also die so genannten Versprengten gesammelt, eilig zu so genannten Kampftruppen zusammengestellt und dem Iwan zum Fraß vorgeworfen.

Da ich mir im Moment nichts Schöneres vorstellen konnte, drängte ich mich möglichst weit nach vorn. Schließlich hatte ich nicht die Absicht, auch nur eine Sekunde länger als nötig auf dem Kasernenhof zu verbleiben. Ganz bestimmt würde man schon längst nach mir suchen, ich hingegen wollte dafür sorgen, dass man mich bestimmt nicht finden würde.

Das Panzerjagdkommando

Als ich die vordersten Reihen erreicht hatte, war der Blick in das Innere des Karrees frei. Ein Major mit hochrotem Kopf und mehreren Auszeichnungen versehen, stand in der Mitte, an seiner Seite mehrere Offiziere. Die Landser ringsum betrachteten mit lebhaftem Desinteresse die verzweifelten Bemühungen des Majors, noch einmal eine schlagkräftige Truppe zusammenzustellen. Sie standen müde herum, drehten sich Zigaretten und schienen von allen möglichen Gefühlen, nur nicht von unbesiegbarem und unbeugsamem Kampfeswillen beseelt zu sein.

Dann drang die allgewaltige Stimme des Majors an meine Ohren. „Wer meldet sich freiwillig zum Panzerjagdkommando?", überschrie er das Raunen der ihn umgebenden Menge, „wer meldet sich freiwillig?" Er ließ seinen hoffnungsschwangeren Blick in die Runde schweifen, aber nichts geschah, kein Mensch rührte sich. Der Major hob enttäuscht seine Augenbrauen und verlor ein wenig von seiner gesunden Gesichtsfarbe. Sichtlich hatte er erwartet, dass die versammelten Helden wie ein Mann vortraten und sich geschlossen dem Panzerjagdkommando zur Verfügung stellten.

Ich zögerte keinen Augenblick länger. „Hier!", rief ich und zwängte mich durch die vorderste Reihe, verfolgt von den erstaunten und befremdeten Blicken der Umstehenden. Eilig ging ich auf den Major zu und blieb vor ihm stehen. Er musterte mich mit seinen großen Augen und schien ebenfalls sehr verwundert zu sein. „Sind Sie verwundet?", fragte er dann und wies auf meine blutbefleckte Uniformjacke.

„Nur eine Schramme, Herr Major, nicht der Rede wert", winkte ich ab.

Er klopfte mir anerkennend auf die Schulter und drehte mich mit dem Gesicht zur Menge. „Hier, Männer, seht euch diesen Mann an", schrie er, und sein Gesicht nahm wieder eine gesundere Färbung an, „seht euch diesen Mann genau an! Der kommt verletzt von der Front und meldet sich trotz allem freiwillig!"

Ich widersprach ihm nicht. „Wenn du wüsstest, wie mir der Boden unter den Füßen brennt', dachte ich und sah zu meiner Freude, dass sich doch noch ein paar Gestalten zögernd nach vorne schoben.

Der Major kam mit einem Offizier auf uns zu. „Das ist der Stadtkommandant von Mährisch-Schönberg", stellte er uns den Herrn vor, der uns mit ausdruckslosem Gesicht musterte, „von ihm erhalten Sie nähere Anweisungen." Damit war diese Angelegenheit für ihn erledigt. Er wandte uns den Rücken zu und begab sich auf die Suche nach neuen Freiwilligen.

Der Stadtkommandant von Mährisch-Schönberg blickte uns immer noch ausdruckslos an. „Ich bin der Stadtkommandant von Mährisch-Schönberg", wiederholte er überflüssigerweise. „Sie werden zuerst neu eingekleidet, erhalten Marschverpflegung, dann bringen wir Sie in Richtung Römerstadt, wo Sie eingesetzt werden."

„Schon wieder Römerstadt!" dachte ich, „ob meine Eltern.."

„Das ist aber bestimmt das erste Mal in deinem Leben, dass du dich freiwillig meldest", hörte ich hinter mir plötzlich und unerwartet eine Stimme, eine mir mehr als wohlbekannte Stimme, und ich erstarrte zum Eiszapfen. Diese Stimme, diese Sprache, dieses glucksende Lachen! Das kann doch nicht... , das ist doch..., das muss doch ... Ich drehte mich, und da lagen wir uns auch schon in den Armen und führten einen Tanz auf, der sogar einen Teil der Versprengten aus ihrer Lethargie riss. Einige glaubten, wir hätten erfahren, dass die Wunderwaffe mit Erfolg eingesetzt worden war, ja, es gab sogar Optimisten, die aus unserer Freude den Schluss zogen, dass wir den Krieg doch noch gewonnen hatten.

„Mikosch", rief ich immer wieder.

„Mensch, Hardi", brüllte mir Mikosch andauernd ins Ohr.

Mehr fiel uns im ersten Moment nicht ein. Endlich blieben wir außer Atem stehen und sahen uns an. „Wie kommst du denn hierher?", wollte jeder vom anderen wissen, und wir hieben uns auf die Schultern, dass es nur so staubte.

Erst vor vier Tagen hatten wir uns getrennt, und dennoch schien es mir, als wären seit der letzten Trennung Jahre verstrichen.

„Mannometer, Hardi, als ich dich da vorhin vortreten sah, dachte ich, mich frisst der Tatzelwurm! Und dann auch noch als Unteroffizier! Gratuliere übrigens zur Beförderung. Die haben dich wohl wegen deiner großen Erfolge im Ausreißen befördert!"

„Keine Spur! Es war aufgrund meiner ausgereiften schauspielerischen Leistung als Genoveva."

„Da hätten sie dich eher degradieren müssen! Übrigens, Hardi, wie siehst du denn aus? Wolltest du wieder einmal mit dem Kopf durch die Wand oder ist dir ein Panzer über die Birne gerollt?"

„Typisch Mikosch! Ein Gemüt wie ein Telegrafenmast! Unsereiner ist schwer verletzt und erträgt höllische Schmerzen, und du machst dich darüber lustig. Sag mir lieber, wie du zur Artillerie geraten bist! Gerade du, wo du schon beim Karabiner nicht genau weißt, wo die Kugel rauskommt."

„Das war so: Als ich …"

„Los, ihr sollt endlich einsteigen!", störte einer unsere Wiedersehensfreude.

Ich erinnerte mich wieder, warum ich mich freiwillig gemeldet hatte und entwickelte eine für Mikosch ungewohnte Eile das bereitstehende Fahrzeug zu besteigen.

Mein wieder gewonnener Freund hüpfte neben mir her und rief ein über das andere Mal: „Ujegerl, ist das eine Tschiurbel! Ist das ein Tschiurbel!"

In der Tat, das war ein unerwartetes und daher umso erfreulicheres Wiedersehen. Damals konnte ich nicht ahnen, dass später unter ganz anderen, noch viel widrigeren Umständen ein drittes Wiedersehen erfolgen würde. Und es ist wirklich wunderbar gefügt, dass der Mensch nicht in die Zukunft schauen kann, denn das würde ihm bestimmt den ganzen Spaß am Leben verderben.

In Mährisch-Schönberg hielten wir uns nicht lange auf. Zuerst ging es in die Entlausungsanstalt, die wir alle bitter nötig hatten. Wir brachten die übliche Prozedur geduldig hinter uns.

Anschließend erhielten wir funkelnagelneue Infanterie-Uniformen, die noch in reicher Auswahl zur Verfügung standen. Es wäre ja zu schade gewesen, wenn der Krieg zu Ende ging, ohne dass sie benutzt worden wären.

Glänzend vor Sauberkeit, aller Läuse und Flöhe ledig, fuhren wir zu einem leider fast vollständig ausgeräumten Verpflegungsdepot. Hier durften wir alles aufladen, was noch vorrätig war: 15 große Eimer Marmelade. Da sich zu unserem tapferen Kommando zehn Mann zusammengefunden hatten, kamen auf jeden eineinhalb Eimer. Etwas anderes fanden wir trotz eifrigen Suchens nicht. Die Regale waren ausgeräumt, die Kisten leer. Es stand uns also für die nächsten Tage eine abwechslungsreiche Verköstigung bevor.

Unser Stadtkommandant hatte es plötzlich sehr eilig. „Los, beeilen Sie sich bitte! Ich bringe Sie jetzt zu Ihrem neuen Einsatzort. Um ihre weitere Verpflegung und vor allem um Ihre Bewaffnung kümmere ich mich schon noch. Also steigen Sie bitte ein!"

Wir ergriffen die letzten Marmeladeneimer, kletterten auf das Fahrzeug, und schon ging die Reise los.

Jetzt hatten wir Gelegenheit, uns gegenseitig unsere letzten Erlebnisse zu erzählen. Mikosch hatte wohlbehalten seine Tante in Sternberg gefunden. Sie befand sich allerdings bei Mikoschs Ankunft in einem völlig entnervten Zustand. Schuld daran trug ihr Bruder, der ein paar Tage zuvor bei ihr seine

Uniform gegen Zivilsachen umgetauscht hatte und wenige Stunden später am Bahnhof geschnappt worden war. Sie jammerte und wehklagte und verging in Selbstanklagen und Selbstvorwürfen. Mein Freund hatte mit der ihm anhaftenden Geduld einen halben Tag lang ihr Gezeter ertragen, dann legte er wortlos seinen schönen Anzug ab und schlüpfte, wenn auch mit Widerwillen, in die Artillerie-Uniform seines Onkels. Das aber genügte seiner Tante immer noch nicht. Sie gab nicht eher Ruhe, bis Mikosch nachgab und sich als Versprengter meldete. Von Sternberg aus wurde er zur Hauptsammelstelle aller Versprengten nach Mährisch-Schönberg gebracht.

Während wir uns unsere letzten Abenteuer erzählten, wobei ich diesmal weit mehr zu bieten hatte, schienen wir an unserem Ziel angelangt zu sein.

Das Fahrzeug hielt in einem winzigen Dörfchen wenige Kilometer von Römerstadt entfernt. Der Name des Örtchens fällt mir leider nicht mehr ein. Es war eigentlich mehr eine Ansammlung von kleineren Häusern ohne die übliche Kirche, ohne Wirtshaus und sogar ohne Schule Es bestand also durchaus die Möglichkeit, dass die russischen Panzer das Dorf völlig übersahen.

Wir mussten auf dem Dorfplatz absteigen. Ich nenne diese freie Stelle so, weil sich in der Mitte ein Brunnen befand, an den sich zu gewissen Tageszeiten bestimmt ein turbulenter Verkehr abspielen musste.

Der Stadtkommandant richtete noch einmal ein paar zündende Worte an uns. „Hört mal zu, Männer", sagte er, während wir die Marmeladeneimer abluden, „ich fahre noch einmal nach Mährisch-Schönberg zurück und hole Verpflegung und Panzerfäuste. Bis dahin sucht euch vernünftige Quartiere. In den nächsten Tagen ist ohnehin noch nicht mit russischen Panzern zu rechnen."

Er holte hinter dem Fahrersitz einen Karabiner hervor. „Hier, ein Gewehr lasse ich gleich da. Es ist geladen und gesichert. Ist einer von euch Feldwebel oder Unteroffizier?"

„Hier, Herr Stadtkommandant", sagte ein groß gewachsener Kerl und trat vor. „Ich bin Feldwebel. Hier ist mein Soldbuch."

Der Stadtkommandant winkte ab. „Schön, schön. Hier, nehmen Sie den Karabiner. Sie übernehmen das Kommando!", beeilte er sich noch zu sagen, ehe er sich auf den Sitz neben dem Fahrer schwang und das Zeichen zur Abfahrt gab. Er salutierte noch einmal lässig, dann fuhr der Wagen mit einem rasanten Satz los und hüllte unser ganzes Panzerjagdkommando in eine dichte Staubwolke.

Nachdem sich der Staub gelegt hatte und wir halbwegs wieder sehen konnten, ergriffen wir unsere Marmelade, gingen an den Dorfbrunnen und setzten uns ins Gras.

Die Frühlingssonne meinte es heute sehr gut mit uns. Sie strahlte hell und freundlich vom Himmel und versah uns mit angenehmer Wärme. Wenn, hin und wieder das Grollen und Donnern der Geschütze verstummte, herrschte eine so himmlische Ruhe, dass man den Krieg beinahe vergessen konnte.

Allmählich wurden wir müde. Das einschläfernde Summen der Insekten, das milde Rascheln der Blätter und das leise, eintönige Rauschen des Windes trugen das Ihrige dazu bei, dass das tapfere Panzerjagdkommando in kürzester Zeit lang ausgestreckt im Grase lag und friedlich schlummerte. Bald schliefen wir so fest, dass ein ganzes russisches Panzerbataillon zwischen uns hätte hindurch fahren können, ohne dass ein einziger wach geworden wäre.

Erst am späten Nachmittag begannen sich unsere Lebensgeister wieder zu regen. Wir rekelten und reckten uns, und mein Freund Mikosch versäumte nicht, sehr zum Missfallen unseres neuen Vorgesetzten sein herzhaftes Gähngebrüll auszustoßen, das auch den letzten Schläfer aus dem Schlafe riss.

Unser Führer musste schon früher erwacht sein. Er stand mit umgehängtem Gewehr am Brunnen, beschattete mit der Hand seine Augen und schaute offensichtlich nach den Panzerfäusten und der Verpflegung aus.

Wir erhoben uns und blickten ebenfalls angestrengt nach Westen. Aber es war nichts zu sehen. Keine Staubwolke kündete an, dass das lang ersehnte Fahrzeug sich näherte.

„Nun warten wir schon geschlagene fünf Stunden und der Stadtkommandant kommt und kommt nicht. Das ist doch wirklich eine Schweinerei!", schimpfte der Feldwebel.

Mikosch pflichtete ihm bei: „Das ist wirklich eine ungeheuerliche Sauerei! Sollen wir denn die Marmelade so fressen!"

Unser Anführer blickte meinen Freund strafend an. „Wir sollen hier russische Panzer aufhalten, und da denkt der Kerl ans Fressen! Ihr glaubt wohl, wir könnten die russischen Panzer mit Marmelade bewerfen, was!"

„Wir könnten schon", warf einer dazwischen, „aber es wäre doch zu schade um die schöne Marmelade."

Wir grinsten.

Das brachte ihn erst recht in Harnisch. Er wurde laut, obwohl er eigentlich von der absoluten Erfolglosigkeit eines derartigen Beginnens überzeugt sein musste. „Mit solchen Kerlen wie ihr soll man den Krieg gewinnen!", rief er und stampfte mit dem Fuß auf wie ein kleines Kind, das seine Schokolade nicht bekommt, „und solche Leute melden sich auch noch freiwillig!"

Unsere Heiterkeit verstärkte sich. Mikosch konnte das besonders gut. Sein Gesicht war ein einziges, unverschämtes Grinsen. Das war dem Mann zu viel. Er drehte sich wortlos um und stapfte in Richtung Dorfausgang davon. Von dort hatte er eine bessere Aussicht und konnte das von uns allen, wenn auch aus grundlegend verschiedenen Aspekten ersehnte Fahrzeug früher zu Gesicht bekommen.

Wir begaben uns inzwischen an den Stein des Anstoßes, an die Marmeladeneimer.

Mikosch hob den Deckel hoch und schnupperte. „Herrschaften, herbeispaziert, hier gibt es die feinste aller feinen Marmeladen! Wer hat noch nicht, wer möchte noch?", rief er. In Ermangelung eines Besteckes bohrte er seine Finger tief in die Marmelade und holte sich einen gehörigen Klumpen heraus. Er biss ein Stück ab und begann laut zu schmatzen. „Die schmeckt herrlich, hmmrn, besser als zehn Panzerfäuste! Na los, kostet mal!"

Wir ließen uns das nicht zweimal sagen und machten uns gemeinsam über den Eimer her, wobei wir uns alle Mikoschs bewährter Methode bedienten. Wir schafften trotz bester Vorsätze nur einen halben Eimer, dann hing uns die Marmelade im wahrsten Sinne des Wortes zum Halse heraus.

„Bäh", machte Mikosch und schüttelte sich, „das klebrige Zeug hat mir den ganzen Magen verkleistert."

Ich besah meinen Freund genauer und begann zu lachen. „Nicht nur den Magen, Mikoschek, nicht nur den Magen! Du müsstest dich bloß einmal im Spiegel besehen. Ich jedenfalls habe noch nie im Leben einen derart mit Marmelade voll gekleckerten Kerl gesehen!", rief ich, spreizte meine klebrigen Finger auseinander und kratzte mich an der Stirn. „Kannst du mir erklären, wie du es fertig gebracht hast, die Marmelade so dick unter dein Auge zu schmieren?"

Mikosch lachte ebenfalls. „Das musst du mir gerade erzählen! Von der Marmelade, die in deinem Gesicht klebt, könnten zehn Mann satt werden! Die brauchten dich bloß abzulecken. Und wenn dich die Russen so sähen, würden sie dich für eine wandelnde, total zerschossene Leiche halten!"

Nachdem wir uns lange genug gegenseitig versichert hatten, wie voll gekleckert wir waren, gingen wir zum nahe gelegenen Bächlein und entfernten den klebrigen Belag so gründlich wie möglich.

„Weißt du was, Mikosch", sagte ich, als wir wieder halbwegs menschlich aussahen, „wir müssen versuchen, in ein Tauschgeschäft zu kommen. Ganz einfach: Marmelade gegen Brot. Häuser sind ja genug da, und bestimmt haben die Leute hier mehr Brot als Marmelade."

„Verdammt gute Idee. Man möchte gar nicht glauben, dass sie von dir stammt."

Ich zog es vor, mich einer Antwort zu enthalten. Schließlich war ich an seine Seitenhiebe gewöhnt. Dafür machte ich ihn darauf aufmerksam, dass an seinem rechten Ohr noch ein ansehnlicher Klumpen Marmelade hängen geblieben war.

Wir marschierten los, ergriffen im Vorbeigehen einen vollen Eimer und schritten auf das nächste Haus zu.

Mikosch klopfte derart energisch an die Tür, dass sich alle in der Nähe einquartierten Holzwürmer einen Herzinfarkt holen mussten.

Unsere Geduld wurde auf keine allzu harte Probe gestellt, denn die alte Eichentür öffnete sich wenige Sekunden später zu einem schmalen Spalt. In der handbreiten Türöffnung erschien das runzelige Antlitz eines uralten Mütterchens. „Was wollt's?" fragte sie mit brüchiger, hoher Stimme, wie sie alten Damen eigen ist.

Mikosch hielt ihr den Blecheimer vor die spitze Nase. „Wie wär's mit einem Eimer voll Marmelade, Mütterchen?"

„Allerfeinste, edle Kirschmarmelade", fügte ich hinzu.

Die Tür ging etwas weiter auf, und die ganze Gestalt erschien.

„Ist der Eimer denn auch voll?" Die Stimme klang schon um eine Spur freundlicher.

„Aber selbstverfreilich", eiferte sich mein Freund, „voller geht's gar nicht mehr, meine liebe Frau."

„Und was wollt's dafür?"

190

Unter der mit Runzeln und Furchen durchzogenen Stirn sahen uns ein paar lebhafte, graublaue Augen neugierig und prüfend zugleich an.

„Ach, weiter nichts. Vielleicht etwas Brot oder Speck oder ein Stück Schinken oder Geräuchertes."

Mikosch verdrehte wieder einmal seine Augen und ließ die Deckel verdächtig oft auf und nieder klappen. Ich konnte förmlich sehen, wie dem gefräßigen Kerl das Wasser im Munde zusammenlief. Kein Wunder, dass es mir ähnlich erging.

„So, das nennst du 'weiter nix'!" Das Mütterchen verzog ihren zahnlosen Mund zu einem verschmitzten Lächeln. „Ja, dann kommt's mal rein", kicherte sie und öffnete vollends die Tür.

Das ließen wir uns natürlich nicht zweimal sagen und gingen hinter dem Mütterchen her, das uns über einen steingefliesten Gang in die gute Stube führte.

Ein weit ausladender, grüner Kachelofen, entlang des Wärmespenders eine schmale Holzbank, ein schwerer Eichentisch, ein paar Schemel, an der Wand ein Heiligenbild, das war die ganze Einrichtung.

Die Alte blieb vor mir stehen und sah mich an. „Du siehst meinem Enkel so ähnlich! Als ich euch draußen sah, dacht' ich schon, er wär's. Aber Gott weiß, wo der jetzt steckt!"

Ich versicherte ihr, dass es mir unendlich leid täte, nicht ihr leibhaftiger Enkel zu sein. „Aber der kommt bestimmt wieder, schließlich ist der Krieg ja bald vorbei."

In diesem Augenblick öffnete sich die Tür, die ins Nebenzimmer führte, und zwei kleine Mädchen, eines blond, das andere schwarzhaarig, lugten neugierig wie die Eichhörnchen in die Stube. „Das sind seine beiden Töchter, meine Urenkelinnen", sagte das greise Mütterchen, und wir konnten deutlich hören, wie stolz sie war. „Ihre Mutter ist in der Küche."

Und nach einer kurzen Pause fügte sie hinzu: „Ja, ja, wir sind lauter Frauen in diesem Haus hier."

„Dann wird es Zeit, dass wir beiden Männer euren Schutz übernehmen", warf ich großsprecherisch ein und nahm neben Mikosch auf der Ofenbank Platz, die Beine wie er weit in den Raum ausstreckend.

„Ja, ja", kicherte die Alte, „das wird schon so was sein."

Unterdessen standen die beiden Mädchen mitten im Zimmer und schämten sich. Während die Schwarzhaarige mich mit ihren dunklen Rehäuglein unverwandt anstarrte, blickte die Blonde nur auf meinen Freund.

Mikosch stieß mich an. „Sieh mal, Hardi, wie verliebt mich die Kleine dauernd anschaut. Da hab' ich wieder einmal eine Eroberung gemacht."

Ich wollte ihn darauf aufmerksam machen, dass das andere Mädchen dafür umso öfter auf mich blickte, als Mikoschs angebliche Verehrerin zwei Schrittchen näher herantrippelte. „Onkel", fragte sie, „haben sie dir ins Bein geschossen?"

Mikosch blickte überrascht nach unten, und ich folgte seinen Blicken. Da hatten wir's wieder! Mein teurer Freund hatte auch hier ganze Klumpen Marmelade über seine Beinkleider verteilt. Er bedeckte die blutigsten Stellen mit seinen Händen, „Es ist weiter nichts, nur ein paar Fleckchen."

Ich grinste schadenfroh. „Du brauchst nicht zu erschrecken. Dem Onkel da hat niemand ins Bein geschossen. Das ist nur ein halber Eimer Marmelade."

„Marmeladeee? Auf der Hoseee?"

„Gewiss doch! Der Onkel hat sich nur ein bisschen bekleckert, weißt du."

Die Kleine blickte vorwurfsvoll zu ihrer Uroma. „Siehst du, Oma, der darf das, ich nicht!"

Inzwischen hatte der in der Mitte der Stube stehende Eimer das Interesse der kleinen Schwarzhaarigen geweckt. Sie schien die Ältere der beiden zu sein, so zehn Jahre alt,

192

schätzte ich. Sie umrundete mit großen Augen das Gefäß. „Oma, was ist denn in dem Kübel da?"

„Steht ja drauf. Brauchst es bloß zu lesen, dann weißt du's. Wenn du's lesen kannst."

„Freilich kann ich's lesen, Oma", rief die Kleine. Und um ihr Können unter Beweis zu stellen, hockte sie sich vor dem Eimer auf den Boden, streckte ihre Hand aus und fuhr mit den Fingerchen die schwarz gedruckten Buchstaben entlang. „Ki - Kirsch - mmar - mme - la - de." Und dann wurde ihr der Sinn erst bewusst. „Kirschmarmelade? Der ganze Kübel voll? Und der gehört jetzt uns?" Sie hüpfte vor Freude um den Eimer herum und klatschte in die Hände.

Das blonde Mädchen, es mochte ein Jahr jünger sein, zeigte auf Mikosch und fragte ihn: „Onkel, ist das die Marmelade, mit der du dich so voll gekleckert hast?"

„Nein, nein, das war andere", gab mein edler Freund widerwillig Auskunft. Dabei wischte er seine klebrigen Hände an der Uniformjacke ab, die auch hier unvergängliche Spuren hinterließen.

„Mikosch", flüsterte ich, „jetzt bist du ein wandelnder Fliegenfänger! Du wirst bestimmt Erfolg haben."

Mikosch wollte mir eine böse Antwort geben, dann aber überlegte er es sich anders, beugte den Kopf in den Nacken und begann glucksend zu lachen. Ich ließ mich von seinem Heiterkeitsausbruch anstecken, während die beiden Mädchen um den Eimer herumtanzten und laut sangen: „Kirschenmarmelade, Kirschenmarmelade!"

Die liebe Uroma hielt sich beide Ohren zu und jammerte: „Du lieber Himmel, macht's doch nicht so einen Krawall!"

Da erschien auch schon das vierte weibliche Wesen an der Tür, ein schlankes blondes Mädchen, kaum älter als wir.

„Was ist denn hier für ein Spektakel?" fragte sie und wischte sich eine Haarlocke aus der Stirn. Sie warf ihrer Großmutter einen vorwurfsvollen Blick zu. „Wen hast du denn da schon wieder hereingelassen? Ich hab' dir doch gesagt, du sollst die Tür gar nicht erst auf…"

Sie blieb mitten im Wort stecken, als ihr Blick auf mich fiel, starrte mich mit runden Augen an und wurde rot bis unter die Haarwurzel.

„Großer Gott, Oma, ich dachte jetzt, es wäre der Günter!"

„Ja, ja", kicherte die Alte, „ich hab's zuerst auch gedacht. So eine Ähnlichkeit, gelt? Aber gib den beiden was zu essen, sie haben uns Marmelade dafür gegeben!"

Somit war unser Geschäft perfekt, und ich muss zugeben, dass wir einen fabelhaften Tausch gemacht hatten. Wir wurden so zuvorkommend bewirtet, dass es uns nicht im Traume einfiel, nach einem anderen Quartier Ausschau zu halten. Wir blieben in dem Haus der vier Frauen, hackten Holz, gruben im Garten herum und versuchten, uns auf jegliche Weise nützlich zu machen. Sogar Mikosch hantierte mit dem Spaten, und das war wirklich ein denkwürdiges Ereignis, so denkwürdig, dass ich es bis heute nicht vergessen habe.

Nachmittags ließen wir uns wieder auf dem Dorfplatz sehen, um die beiden uns noch zustehenden Eimer zu holen. Die anderen Mitglieder des heldenhaften Jagdkommandos hatten in der Zwischenzeit auch mit Marmelade-Tauschgeschäften begonnen, waren aber ihre Ware bei weitem nicht so vorteilhaft losgeworden.

Unser Gruppenführer und alleiniger Gewehrträger trommelte uns jede Weile zusammen und hielt einen Appell ab. Mehrere Male täglich begab er sich an das Ortsende und spähte hoffnungsvoll und sehnsüchtig nach Westen, ob sich nicht vielleicht doch noch in der Ferne ein Staubwölkchen erhob, das die Annäherung des Stadtkommandanten ankündigte. Aber Robinson, so nannten wir unseren nimmermüden, einsamen Krieger, wartete vergeblich auf das Eintreffen der ersehnten Panzerfäuste, Ofenrohre oder Minen aller Art, mit deren Hilfe er die russische Panzeroffensive aufzuhalten hoffte.

So vergingen zwei friedliche Tage. Mikosch und ich lebten wie die Fürsten und gehörten fast schon zur Familie. In Hemdsärmeln liefen wir im Haus herum, spielten mit den Mädchen im Garten Verstecken oder lagen im Gras und erholten uns von den vielen Strapazen der letzten Woche.

Das ging so lange gut, bis uns wieder einmal Robinsons Trillerpfeife aus dem Mittagsschlaf riss. Mikosch sah mich an, ich sah Mikosch an, und wir waren uns einig. Der Stadtkommandant musste doch sein Versprechen gehalten haben, und der Ernst des Lebens klopfte an unsere Tür.

Neugierig traten wir vor das Haus, nicht gerade erpicht darauf, einige dieser mörderischen Waffen in Empfang zu nehmen. Aber der Stadtkommandant war nicht erschienen, dafür einige Pioniere, die von den Mitgliedern unserer Gruppe neugierig umringt wurden. Wir traten hinzu und hörten gerade, wie einer der Pioniere sagte: „Na klar, beide Brücken haben wir gesprengt."

Ich tippte ihm leicht auf die Schulter. „Wie weit ist denn die Front jetzt entfernt?", wollte ich Ahnungsloser wissen.

„Was für eine Front?"

„Was für eine Front!", wiederholte ich ungehalten, „nun, die Front eben zwischen dem Iwan und uns, klar?"

Der Pionier grinste. „Da gibt es keine Front, Kamerad! Wir sind die Letzten. Vielleicht steckt der Iwan schon da drüben im Wald."

„Und wo ist die Infanterie?"

„Die ist schon vorgestern abgehauen." Und dann fragte der Brückensprenger uns etwas: „Mich geht's ja nichts an, aber was macht ihr denn eigentlich noch hier?"

Robinson fühlte sich berechtigt, in unser aller Namen Auskunft zu erteilen: „Wir sollen hier die russischen Panzer abfangen."

„Sag das noch mal, Webel!"

„War das so schwer zu verstehen? Die russischen Panzer abfangen!"

„Und was habt ihr für Panzerabwehrwaffen?"

Wir grinsten und kamen uns furchtbar dämlich vor. „Keine. Vorläufig keine einzige."

Der Pionier sah uns der Reihe nach zweifelnd an, winkte seine Leute herbei und sagte nur noch: „Los Leute, wir hauen ab, hier haben wir nichts mehr verloren!"

Die Pioniere entfernten sich, ohne uns eines weiteren Blickes zu würdigen.

Wir blieben stehen und sahen uns betreten an. Was sollten wir tun? Abhauen? Bleiben? Kein Mensch gab uns einen vernünftigen Rat. Morgen konnte der Russen bereits hier sein, vielleicht sogar noch heute.

„Los, packt euren Krempel zusammen, wir verschwinden noch heute von hier!", sagte einer.

„Und wohin?" wollte ein anderer wissen.

„Ich würde sagen, wir gehen zuerst nach Mährisch-Schönberg, da werden wir schon weitersehen", bekam er zur Antwort.

Robinson, der Einsame, wollte auch etwas sagen. Als er aber unsere Blicke sah, zog er es vor, zu schweigen.

Eine Stunde später saßen Mikosch und ich abmarschbereit vor dem Frauenhaus auf der Birkenbank. Wir hatten den Abschied hinter uns und auch hier die feste Absicht bekundet, nach dem Krieg vorzusprechen.

Neben uns auf der Bank lag ein Bündel mit Proviant, das uns für die nächsten Tage über Wasser halten sollte.

Es war unnatürlich still. Wir dösten vor uns hin und warteten auf Robinsons Trillerpfiff. Stattdessen hörten wir plötzlich das Rattern eines Motorades. Sollte der Stadtkommandant doch noch erscheinen? Aber auf einem Motorrad? Wie sollte der dann die Panzerfäuste und Ofenrohre…?

Ich musste grinsen, denn ich stellte mir vor, wie er mit dem Motorrad angerattert kam, auf dem Rücken, in einem grünen Rucksack verschnürt, die Panzerfäuste schleppend. Und hinten, an einem langen Strick, hing noch eine Unzahl dieser Waffen, die er in einer langen Reihe hinter sich herzog.

„Mensch, Hardi, grins' nicht so blöd, auf dem Motorrad sitzt ein Russe! Schnell, duck dich!" unterbrach Mikosch meine fröhlichen Gedanken.

„Wo?", fragte ich unterdrückt, „wo steckt er denn, der Russe?"

Vor Schreck ließ ich mich der Länge nach hinter einen Holzstoß plumpsen.

Vorsichtig lugten wir hinter den Scheiten hervor. Tatsächlich, da kam ein Iwan seelenruhig auf einem Motorrad angefahren. Auf dem Platz blieb er stehen, lehnte das Fahrzeug an den Brunnen, schob seine Mütze aus der Stirne und guckte sich um.

Plötzlich, unvermittelt und völlig unerwartet, peitschte ein Schuss. Der Mann griff sich an die Brust, taumelte, wollte sich am Brunnenrand festhalten. Vergeblich. Seine Hände griffen ins Leere, er verlor den Halt und stürzte neben dem Brunnen ins Gras.

Wir sprangen auf. Mikosch begann wie ein Wilder zu schreien: „Das war dieser hirnverbrannte Robinson! Dieses belämmerte Riesenross hat den Iwan umgelegt!"

Es dauerte keine Minute, da hatten wir uns alle zehn um den im Gras liegenden Rotarmisten versammelt. Er war tot, die Kugel musste ihm mitten durch das Herz gedrungen sein.

Robinson stand auch da. Er war blass und registrierte mit offensichtlichem Unbehagen unsere wütenden Blicke. „Es musste doch sein", stammelte er, „es musste sein!"

„Ein Scheißdreck musste sein! Du kannst dir ja denken, was jetzt kommt. Gleich haben wir eine ganze Kompanie

Russen auf dem Hals!", schrie der von vorhin. „Los, nichts wie weg hier, aber dalli!"

Das taten wir, ohne auch nur eine unnütze Sekunde verstreichen zu lassen. Wir rannten los, ließen sogar unser pralles Bündel auf der Bank liegen, so eilig hatten wir es, diesem Unglücksort den Rücken zu kehren.

Wir liefen querfeldein, um den großen Bogen, den die Straße beschrieb, abzukürzen. Wir sprangen über Steinhaufen, rissen uns die Hände an Brombeerhecken blutig, stolperten über frisch gepflügte Äcker, wir fielen hin, standen wieder auf, stürzten wieder. Wir keuchten, rangen nach Luft und schwitzten, wir rannten, als ob der Gottseibeiuns höchstpersönlich hinter uns her war. An der Spitze rannte Robinson, dessen Angst anscheinend so groß war, dass sie seine letzten Körperkräfte mobilisierte.

Als wir im Tal die Straße wieder erreichten, warfen wir uns, völlig verausgabt und zu Tode erschöpft, in den Straßengraben.

„Ujegerl!", Mikosch rang verzweifelt nach Luft, „das war höchste Zeit! Ich habe schon die Bäume wackeln sehen."

„Wie, was heißt das?" fragte unser Heckenschütze und blickte scheu nach oben, während er sich den Angstschweiß mit dem Handrücken von der Stirn wischte.

„Die Russen wackeln doch immer mit den Bäumen, wenn sie kommen, damit wir sehen, dass sie im Anmarsch sind!", erklärte ihm mein Freund grinsend die Situation und weidete sich offensichtlich an dem heillosen Schrecken, der Robinson ergriff.

Dieser wurde wieder bleich. „Eigentlich wollte ich ihn gar nicht erschießen. Ich bin auch immer ein miserabler Schütze gewesen, habe eine Fahrkarte nach der anderen geschossen. Und hier, noch dazu ohne Brille! Ich weiß auch nicht ...", versuchte er sich stotternd zu entschuldigen. Dann rappelte er sich hoch. „Los, wir müssen weiter, der Iwan.... die Rotarmisten können jeden Augenblick hier sein!" Und schon eilte er mit Riesenschritten davon, ohne sich um das Gewehr zu kümmern, das unbeachtet im Straßengraben liegen blieb.

Die Fahrt ins Blaue

Wir brachen wieder auf und marschierten immer die Straße entlang, die schnurgerade nach Westen führte. Auch als es dunkel wurde, legten wir keine Pause ein und gingen noch die halbe Nacht. Dann schliefen wir ein paar Stunden in einem Heuschober, waren aber in den frühen Morgenstunden wieder unterwegs.

Am Morgen, die Sonne war soeben aufgegangen, erreichten wir Mährisch-Schönberg. Die Stadt bot einen trostlosen Anblick. Die Straßen waren menschenleer, auch die Häuser schienen zum Großteil geräumt zu sein.

Unsere vage Hoffnung, irgendwo ein Fahrzeug aufzutreiben, um damit schneller und vor allem bequemer vorwärts zu kommen, erwies sich bald als trügerisch. Fahrzeuge standen ja genug herum, aber keines war fahrbereit. Entweder waren die Reifen zerschnitten oder die Räder fehlten überhaupt. Waren aber die Räder vorhanden und auch die Reifen nicht zerschnitten, dann hatte sein Besitzer unter die Motorhaube eine abgezogene Handgranate gelegt, und das kann bekanntlich auch der robusteste Automotor schlecht vertragen. Kurz und gut, wir fanden nichts, was Räder hatte und gleichzeitig auch fahrbereit war.

Es wurde beschlossen, zu Fuß weiterzugehen. Damit waren alle einverstanden, nur Mikosch und ich waren anderer Meinung.

„Wir sehen uns hier noch ein wenig um", erklärte ich, „vielleicht finden wir doch noch etwas Fahrbares."

Mikosch nickte natürlich beifällig, während alle anderen die Meinung vertraten, dass jeder auch noch so kurze Aufenthalt in dieser Stadt völlig sinnlos und außerdem gefährlich sei, da mit dem Einzug sowjetischer Truppen jederzeit zu rechnen war.

Somit löste sich das Panzerjagdkommando auf, ohne auch nur einen einzigen Panzer vernichtet zu haben. Die acht Fußgänger zogen kopfschüttelnd weiter und vergaßen nicht, uns zum Abschied noch ein paar mitleidige Blicke zuzuwerfen.

Mikosch blickte ihnen ebenfalls kopfschüttelnd nach. „Da ziehen sie dahin, die armen Pülcher! Wir zwei aber, das verkündige ich hiermit, werden keinen Schritt zu Fuß gehen. Dafür werde ich sorgen!"

„Du hast zwar wieder einmal eine große Klappe, aber ich schließe mich deiner Meinung an. Wir sind bisher genug gelaufen, ab jetzt wird nur noch gefahren."

Wir setzten uns wieder in Bewegung und schlenderten gemächlich durch die wie leergefegten Straßen. Nur hin und wieder sahen wir ein paar Leute mit ihrem Gepäck an der Straße stehen und auf irgendetwas warten. Auf Befehl der SS, die von Feldwebel Zeisberger so dringend vermisst worden war, hatten sie ihre Häuser räumen müssen. Nun warteten sie auf das Fahrzeug, das sie holen sollte. Einige voll bepackte Pferdewagen ratterten langsam durch die Stadt in Richtung Westen, sonst sahen wir niemanden. Keinen Soldaten, keinen Stadtkommandanten, nicht einmal einen Uniformknopf.

Über einige Nebenstraßen streunten wir durch die verödete Stadt und wussten bald selbst nicht mehr, was wir eigentlich noch suchten. Schließlich kamen wir an einer Fabrik vorbei, in der früher anscheinend irgendwelche Konserven hergestellt worden waren. Das Fabriktor stand sperrangelweit offen, der Fabrikhof war leer, nirgends war auch nur eine einzige Menschenseele zu sehen. Der ganze Hof war mit leeren Blechdosen übersät, dazwischen häuften sich leere Kisten und platt gedrückte Pappschachteln. Das alles vermittelte uns den Anschein, als ob der Betrieb Hals über Kopf geräumt worden war.

Wir beschlossen einstimmig, hier eine kleine Verschnaufpause einzulegen und gingen auf eine niedrige Mauer zu. Dabei bekam Mikosch wieder einmal einen seiner kleinen Anfälle. „Und jetzt", begann er unvermittelt, „jetzt wird Bican von Slavia Prag dem Planitschka einen unhaltbaren, betonharten Schuss ins Netz knallen. Da vorne die Mauer ist das Tor."

Mikosch lief auf eine der vielen Büchsen zu und setzte seinen betonharten Schuss an. Wenn ich erwartete, dass die wuchtig getretene Büchse in hohem Bogen geflogen kam, an die Mauer prallte und mit Geklapper zu Boden fiel, so sah ich mich getäuscht.

Wenn der tretende Stiefel eine Büchse erreicht, von der er erwartet, dass sie leer ist und ihm daher auch keinen nennenswerten Widerstand entgegensetzt, dann ist er seines Erfolges sicher und glaubt, sie ohne größere Belastung hinwegzufegen. Dann aber tritt etwas völlig Unerwartetes ein. Die Büchse erweist sich nicht als leere und nutzlose Blechhülle, sondern verbirgt hinter ihrer silbernen Fassade einen essbaren Inhalt. Sie setzt also dem Stiefel einen unerwarteten Widerstand entgegen, besonders, da sie der Länge nach daliegt und zum Teil im weichen Boden steckt. Wenn sich noch dazu hinter der Stiefelspitze eine Zehe verbirgt, die ohnehin bereits blau angelaufen ist, dann führt die Verformung der Stiefelspitze auch zu einer entsprechenden Deformierung der Zehe selbst. Das wiederum hat einen Schmerz zur Folge, der sich in lauten Schreien äußert.

So auch in unserem Fall. Die Büchse rollte nach einem dumpfen Schlag kaum einen Meter weit, während der große Bican, Slavias Torschützenkönig, auf einem Bein hüpfend, einen neuartigen, bis dahin völlig unbekannten Solotanz aufführte. Eine Weltpremiere sozusagen. Begleitet wurde dieses Gehopse mit verzückten Schreien, die sich bei genauerem Zuhören als wehleidiges Gezeter entpuppten. „Ujegerl, ojekus, meine Zehe! Auweia, du mein lieber, guter Onkel! Womit hab' ich mir das denn wieder verdient!"

Ich saß auf der Mauer und sah mir Mikoschs akrobatische Verrenkungen an. „Armer Bican; das war aber auch ein böses Foul."

Mikosch hüpfte noch ein Weilchen auf einem Bein herum. „Wer konnte auch damit rechnen, dass diese blöden Büchsen voll sind", schimpfte er. Doch dann, mit einem Male, verklärte sich sein schmerzverzerrtes Gesicht und er wiederholte jubelnd: „Die Büchsen sind voll!" Der Schmerz war vergessen. Zwar noch ein wenig humpelnd, begann Mikosch die überall herumliegenden Büchsen aufzulesen. Ich half ihm nach besten Kräften dabei. Wir nahmen, soviel wir tragen konnten und beschlossen, vor allem ihren rätselhaften Inhalt zu erforschen.

Das aber war leichter gesagt als getan. Wir bauten auf der Mauerkante unsere Beute zu einer Pyramide auf und begaben uns auf die Suche nach einem Gegenstand, mit dessen Hilfe wir an die Eingeweide der Büchsen heran kamen. Wir suchten und suchten, fanden aber nichts Büchsenöffner ähnliches. Lediglich an einem Hang, der sich zu einem Bächlein senkte, entdeckten wir einen Holzklotz, in dem ein total verrostetes Beil steckte.

„Sieh mal, Hardi, ein blitzblankes Hackebeilchen. Damit kriegen wir die Büchsen schön auseinander!" Und schon hatte Mikosch das Beil herausgezogen und eine Büchse auf den Holzklotz gestellt. „Gleich wird gegessen", verkündete er, „und hoffentlich sind keine Bohnen drin oder irgendein Kraut." Er nahm mit einem Auge Maß, holte mächtig aus und schlug zu. Das Beil bohrte sich tief in den Klotz, während die Büchse unversehrt liegen blieb. Mikosch schien dennoch zufrieden zu sein. „Das war ein Schlag, was?" strahlte er und sah mich auch noch Beifall heischend an.

Ich schob ihn zur Seite. „Geh, lass mich das mal machen! Du musst mit Gefühl vorgehen, nicht mit brachialer Gewalt!" Vorsichtig stellte ich die Büchse hochkant mitten auf den Klotz, zog mit Mühe das Beil aus dem Holz und setzte die Schneide genau an die Stelle, an der sie einschlagen sollte. Natürlich holte ich nicht so mächtig aus wie mein Freund, nur ein kleines bisschen, um zielgenau zu bleiben. Dann schlug ich zu. Ich traf die Büchse auch genau an der vorgesehenen Stelle, aber sie eröffnete uns ihr Inneres nicht, sondern veränderte lediglich ihre Form. Sie wurde breiter, dafür aber auch ein wenig flacher.

Ich drehte mich gar nicht um, als hinter mir das erwartete glucksende Gekicher ertönte. „Oh, das war wirklich mit Gefühl. Jetzt ist das keine Fleischbüchse mehr sondern eher eine Ziehharmonika!"

Diese Worte ärgerten mich und rührten an meine Ehre. Also holte ich noch einmal aus, schlug zu und traf wieder. Der Erfolg blieb diesmal nicht aus. Der fleischige Inhalt spritzte nach allen Seiten, die beiden verbeulten Büchsenhälften fielen vom Klotz, kollerten den Hang hinab und platschten ins Wasser. Während ich mir ein Stück Fleisch aus dem Auge fischte, musste ich mir wieder Mikoschs blödes Gelächter anhören. Ich drehte mich um.

Mikosch wälzte sich auf der Erde herum, strampelte mit den Beinen und wieherte, dass ihm die Tränen die Wangen herunter liefen.

„Ja, ja, lieg nur da und wiehere wie ein Ziegenbock", schimpfte ich und warf das Beil auf die Erde.

Mikosch lachte weiter, lallte etwas von „Fische füttern und meckern wie ein Pferd".

Was blieb mir anderes übrig! Ich legte mich ebenfalls ins Gras. Und als ich Mikosch so lachen hörte und sah, dass ich ihn mit kalter Soße bestens bedient hatte, konnte ich mir's

nicht verkneifen, ebenfalls in ein höllisches Gelächter auszu-
brechen.

„Du, Mikosch, das ist wie damals, als wir die Flasche mit
dem Karbid in den 'Stinker' geworfen haben", erinnerte ich
mich an einen unserer Jugendstreiche, als wir, von Kopf bis
Fuß mit schwarzem Schlamm bedeckt, auch im Gras lagen
und lachten.

Mikosch erinnerte sich gut. „Ja, ich weiß, das war damals
ein Spaß erster Klasse!"

Als wir uns halbwegs beruhigt hatten, setzten wir unsere
Suche fort. Endlich fand Mikosch unter einem riesigen Autobus ein halbverrostetes Seitengewehr. Nach einer mehr als
oberflächlichen Reinigung konnten wir endlich beginnen, die
Büchsen zu öffnen und uns ihren Inhalt einzuverleiben.

Wir hatten Glück. Die Büchsen waren zwar mit keiner Aufschrift versehen, wir stellten aber sogleich fest, dass ein Teil
derselben mit Schweinefleisch, der andere mit Rindfleisch
gefüllt war. Wir waren uns nur darüber nicht einig, wann es
sich um Schweine-, wann um Rindfleisch handelte. Natürlich
war es wieder Mikosch, der echtes Schweinefleisch zum
Rindfleisch stempelte. Sein Glück, dass er kein Mohamme-
daner war. Er wiederum behauptete, ich könne Rindfleisch
nicht von Schweinefleisch unterscheiden und beglück-
wünschte mich, dass ich kein Hindu war. Trotz dieser gegen-
teiligen Auffassungen schmeckte uns der Inhalt ausgezeichnet.

Ich hatte gerade die dritte Büchse ausgehöhlt, es war
diesmal eine Büchse mit Schweinefleisch, Mikosch würde
sagen Rindfleisch, als mir der letzte Bissen förmlich im Halse
stecken blieb. Wie elektrisiert sprang ich auf und stieß einen
markerschütternden Schrei aus.

Mikosch blickte mich zweifelnd an. „Soll dein irres Geschrei etwa verkünden, dass du schon satt bist?"

Ich winkte ungeduldig ab. „Sag doch mal, wo hast du den Dolch gefunden?"

Mein Freund deutete mit dem Daumen über seine Schulter. „Da hinten unter dem Autobus", gab er bereitwillig Auskunft und schob sich ein Stück Fleisch in den Rachen. Doch dann blieb ihm dieser Bissen ebenfalls im Halse stecken, und sein Mund blieb aufgeklappt. Auch er sprang wie elektrisiert auf. Wir sahen uns an.

„Hardi, Mensch, da hinten steht ein Autobus", brüllte er los, „ein riesiger, großer, mächtiger, unübersehbarer, blauer Autobus! Und ich habe ihn entdeckt", behauptete er dann, woraus wiederum deutlich zu ersehen ist, was mein Freund für ein Aufschneider war.

„Einen großen Schmarren hast du entdeckt! Du bist zwar unter dem Bus herumgekrochen, hast das kleine Messerchen hier gefunden", rief ich und hielt ihm den Dolch unter die Nase, „aber den Bus, den riesigen, mächtigen, unübersehbaren, blauen Bus, den hast du nicht gesehen!"

Natürlich ging nun das Gestreite los, wer den ruhmreichen Anspruch darauf besaß, der Autobusentdecker zu sein.

„Na gut", gab ich wie immer nach, „du hast das Messer unter dem Bus gefunden. Wenn ich aber jetzt nicht an den Bus gedacht hätte, dann hättest du bis jetzt nicht gewusst, dass sich über dem Dolch ein Bus befand."

Mikosch starrte mich mit offenem Mund fassungslos an.

„Außerdem hilft uns der Bus keinen Deut weiter. Erstens können wir ihn gar nicht fahren, zweitens wird er überhaupt nicht fahren, weil er bestimmt kaputt ist."

Mein Freund stemmte seine Hände in die Hüften, neigte den Kopf zur Seite und sah mich überlegen lächelnd an. „Punkt eins fällt schon mal weg. Es tut mir unsäglich leid, dass dir diese Tatsache nicht bekannt ist. Aber ich habe ein halbes Jahr einen Laster gefahren. Genügt dir diese Auskunft?"

Sie genügte mir.

„Und nun zu Punkt zwei. Das wollen wir erst einmal feststellen!"

Wir ließen Büchsen Büchsen sein und begaben uns auf dem schnellsten Wege zum Autobus, der an der Seite unter einer Abdachung stand.

„Und wenn keine Schlüssel da sind?"

Mikosch sah mich von oben herab an. Das tat er auch zu gerne, wenn er mir in irgendeinem Punkt seine Überlegenheit aufs Butterbrot schmieren konnte. „Das lass nur meine Sorge sein, lieber Freund", meinte er herablassend.

Inzwischen hatten wir den Bus erreicht, ein riesiges Monstrum, in dem bestimmt mindestens 40 Personen bequem Platz fanden. Ich steckte voller Zweifel. „Mikosch, überleg doch mal! Die werden doch nicht so einen riesigen Bus hier stehen lassen und zu Fuß latschen. Das ist doch ein Ding der Unmöglichkeit!"

Mikosch gab keine Antwort. Er rüttelte am Türgriff, und die Tür ließ sich ohne Widerstand öffnen. Er steckte seinen Kopf hinein. Dann hörte ich ihn pfeifen und überrascht sagen: „Der Schlüssel steckt!"

Er setzte sich ans Steuer und begann zu orgeln. Er orgelte und orgelte, aber der Motor tat keinen einzigen Mucks.

„Siehst du, der Brummer fährt nicht. Die haben bestimmt auch versucht den Karren in Gang zu bringen. Und als er nicht lief, haben sie ihn eben stehen gelassen."

Mikosch gab zum zweiten Male keine Antwort. So etwas hatte ich bei ihm noch nie erlebt. Sprachlos verfolgte ich seine weiteren Taten.

Er stieg aus dem Bus, begab sich nach vorne, faltete die Motorhaube auseinander und starrte angestrengt in dessen Eingeweide. Ich trat hinzu und blickte verständnislos auf das Gewirre von Motorteilen. „Der Motor ist also noch da", stellte ich beruhigt fest.

Ich kann daher auch nicht sagen, was Mikosch tat. Auf jeden Fall fingerte er am Motor herum, mal da, mal dort, murmelte geheimnisvolle Worte vor sich, hantierte mit Schraubenzieher und Zange, kratzte sich mal da an der Stirne, mal dort an der Wange. Endlich blickte er mit total verschmiertem Gesicht hoch und sagte, sich die verdreckten Hände am Hosenboden abwischend: „So, fertig. Eigentlich müsste er jetzt anspringen. Los, Hardi, steig' ein und dreh` mal an dem Schlüssel!"

Seine Größe anerkennend, gehorchte ich wortlos. Ich setzte mich ans Steuer und fand auch den Schlüssel. „Nach welcher Seite soll ich denn drehen?" schrie ich.

„Nach rechts, du Arsch!", schrie er zurück. Mikosch verleiht einem manchmal Titel, die zwar kurz, dafür aber umso deutlicher sind.

Ich schluckte das mir an den Kopf geworfene Gesäß hinunter und drehte nach rechts. Nichts rührte sich. Noch Mal. Wieder nichts. Aber dann, als ich zum dritten Mal drehte, rührte sich etwas.

Stotternd begann der Motor zu laufen, das ganze Fahrzeug begann zu zittern und zu vibrieren. Es hatte geklappt!

Freudestrahlend sprang ich aus dem Bus, lief auf Mikosch zu und umarmte ihn. „Mann, Mikoschek, du bist ja ein Weltwunder, ein Genie, ein wahrer Genius der Menschheit!", rief ich überschwänglich, während er seine verschmierte Wange an der meinen rieb.

Er warf sich in die Brust. „Ph, das war eine Kleinigkeit für unsereinen." Dann setzte er sich ans Steuer und rief: „Ich fahre jetzt den Bus raus, dann kann es auch schon losgehen."

„Wir nehmen aber unsere Büchsen mit. Jetzt können wir auch jede Menge einladen. Am besten, wir sammeln alle ein!"

Der Bus rollte mit Gestank und Geknatter auf den Hof. Dann klaubten wir mit seltenem Arbeitseifer die Büchsen auf und warfen sie in das geräumige Fahrzeug. Die Fahrt ins Blaue konnte beginnen.

Unser Bus setzte sich mit Gebrumme und Gefauche in Bewegung, langsam und vorsichtig zuerst, allmählich aber immer schneller und zügiger.

Wir hatten kaum die ersten Straßen passiert, als wir merkten, dass unsere Reise doch nicht so reibungslos vonstattengehen konnte, wie wir es uns vorgestellt hatten. Überall an der Hauptstraße standen Flüchtlinge mit ihrem Gepäck herum und winkten schon von weitem, wenn sie den großen Bus ankommen sahen. Mikosch stoppte jedes Mal das Fahrzeug, während ich die Tür öffnete. „Einsteigen, meine Herrschaften, einsteigen zur Fahrt ins Blaue!" rief ich und half den Leuten, ihr Gepäck in dem Bus zu verstauen.

„Wo fahrt's denn hin?" war meist die erste Frage.

Aber wer von uns wusste das schon. Es gab daher nur eine Antwort: „Nach Westen Leute, immer nach Westen. Mal sehen, wie weit wir kommen."

Unsere Fahrt ging weiter. Unterwegs luden wir alles ein, was mit uns wollte: Frauen, Männer, Kinder, Kinderwagen, Hunde, Kanarienvögel, Meerschweinchen, Wellensittiche, Koffer, Schachteln, Körbe, Bündel, eben alles, was den Flüchtlingen so ans Herz gewachsen war, dass sie es mit sich herumschleppten.

Schließlich überholten wir auch unsere acht Panzerjäger, die doch schon ein beachtliches Stück Straße hinter sich gelassen hatten. Müde und mit Straßenstaub bedeckt, standen sie am Straßenrand, blickten dem Bus hoffnungsvoll entgegen und winkten.

Mikosch hielt sogleich an, und sie hatten es sehr eilig, einzusteigen. Vielleicht befürchteten sie, wir könnten es uns im letzten Augenblick überlegen und ohne sie weiterfahren. Als sie uns erkannten, wären sie vor Überraschung beinahe wieder aus dem Fahrzeug gefallen.

Alles in allem wurde es eine fröhliche Fahrt. Wir sangen, erzählten Witze und versuchten mit allen möglichen Mitteln, unsere Passagiere, die recht bedrückt und traurig auf ihren Plätzen saßen, ein wenig aufzuheitern.

Wir fuhren gerade durch Mährisch-Rotwasser, als unsere Reise ein unerwartetes Ende fand.

Mikosch sang soeben zum dritten Mal "Hoch auf dem blauen Wagen", als der Motor anfing zu stottern. Schließlich hörte er auch zu stottern auf und sagte von nun an gar nichts mehr.

Alles blickte beunruhigt nach vorn.

Mikosch drehte sich um und sagte laut in das betretene, ahnungsvolle Schweigen: „Meine lieben Leute, das Benzin ist alle. Weiter geht's nicht mehr. Endstation!"

Allgemein bedrückende Ratlosigkeit machte sich breit. Dann ging alles drunter und drüber. Einige hatten es plötzlich sehr eilig, den Bus zu verlassen und irgendwo anders ihr Heil zu versuchen. Gepäckstücke wurden mühsam wieder hervorgeholt, Hunde bellten, Katzen miauten, Kinder plärrten, einer stand dem anderen im Weg. Schließlich hatte der größte Teil der Insassen den nutzlosen Autobus wieder verlassen. Nur wenige waren resigniert und ratlos auf ihren Plätzen sitzen geblieben und warteten anscheinend auf ein Wunder.

Mikosch und ich waren schon längst ausgestiegen. Was sollten wir auch sonst schon machen. Benzin aufzutreiben, war ein Ding der Unmöglichkeit, ein Versuch, den Bus wieder in Gang zu bringen, daher völlig aussichtslos.

Wir entfernten uns immer weiter vom Fahrzeug und schlenderten ziellos durch den Ort, durchstreiften Straßen und Gässchen, aber nirgends fanden wir das, was wir suchten: ein Fahrzeug, und wenn es nur ein Fahrrad gewesen wäre.

„Sag mal, Hardi, wo wollen wir jetzt eigentlich noch hin?"

Mikosch war stehen geblieben und blickte mich Antwort heischend an. „Zu Fuß kommen wir nicht weit, und ein Auto kriegen wir bestimmt nicht wieder." Ich war einigermaßen erstaunt. So einen hoffnungslosen Mikosch hatte ich noch nie erlebt. „Es wird sich schon noch etwas Fahrbares finden, du wirst sehen. Und wenn wir erst einmal ein Fahrzeug haben, dann fahren wir in Richtung Königgrätz weiter und von dort nach Süden in Richtung Linz zum Ami. So war das doch ausgemacht, oder?"

Mein Freund nickte ergeben, dann aber entgegnete er zu meiner Überraschung: „Nach Linz fahr' ich nicht mehr mit. Weißt du, ich habe da bei Königgrätz eine Tante. Sie wohnt in Trebechovice. Bei der bleib' ich die paar Tage bis alles vorüber ist."

Trebechovice! Woher der Kerl immer seine vielen Tanten hernahm. Sie schienen im ganzen Lande verstreut zu wohnen und nur darauf zu warten, vom lieben Mikosch besucht zu werden.

Inzwischen waren wir in eine Kastanienallee eingebogen und näherten uns langsam aber sicher dem Ortsausgang. Und je näher das Ortsende rückte, desto geringer wurden unsere Hoffnungen.

Dann aber sahen wir es beide gleichzeitig. Das Auto nämlich, das förmlich auf uns zu warten schien.

Ich erwischte Mikosch am Ärmel, und wir blieben regungslos hinter einem Baum stehen. Jetzt sahen wir es genauer. Ein schwarzer Volkswagen stand einladend da, ohne Verdeck, leer.

Ich drehte mich zu Mikosch um, der mit offenem Mund und geblähten Nüstern auf das Auto stierte. „Na, Mikoschek, wäre das nicht etwas für uns?"

Er strahlte endlich wieder. „Klar, Mensch, genau das Richtige! Los, wir ..."

Er konnte seinen Satz nicht beenden, denn aus dem Haus traten zwei Uniformierte. Die beiden, in khakifarbene, schmucke Uniformen gekleideten Männer erschienen uns denkbar unerwünscht auf der Bildfläche. Es waren zwei Herren aus der Verwaltung, die wegen ihrer farbenprächtigen Uniformen in der Landsersprache auch als Goldfasane bezeichnet wurden.

Mikosch knirschte enttäuscht und ärgerlich mit den Zähnen. „Die Zwei haben uns gerade noch gefehlt! Wären wir doch nur eine Minute früher gekommen! Hoffentlich ha..., Mann, die steigen ja schon ein!"

Mit einem Schlag waren alle unsere neu erwachten Hoffnungen wieder zunichte. Die beiden warfen ein paar Gepäckstücke auf den Rücksitz, wir hörten, wie der Motor ansprang und warteten nur noch auf das Geräusch des auf Nimmerwiedersehen startenden Autos. Unsere Gesichter müssen in diesem Moment von einer Länge gewesen sein, für die es keinen passenden Vergleich gab.

„Da hauen sie ab, und wir sitzen da", schimpfte ich und hämmerte mit der Faust auf dem Stamm der unschuldigen Kastanie herum. „Aber vielleicht nehmen die beiden uns mit!"

Das war ein neuer Hoffnungsschimmer. Wir traten hinter dem Baum hervor und gingen auf das Auto zu.

Der Mann am Steuer sah uns zwar kommen, nahm aber weiter keine Notiz von uns.

„Könnten Sie uns zwei denn nicht ein Stück mitnehmen?", fragte ich artig und deutete bescheiden auf die Rücksitze, die bis auf ein paar Gepäckstücke frei waren.

Der Bursche hinter dem Steuer hielt es unter seiner Würde uns eine Antwort zu geben und blickte stur nach vorne. Der andere sagte verdrossen: „Einen Platz müssen wir noch freihalten, und auf den anderen kommt ein Korb mit wichtigen Papieren. Also, es geht nicht."

Ich wollte noch etwas sagen, aber Mikosch kam mir zuvor. „Da kann man halt nichts machen, schade", sagte er mit beinahe außergewöhnlicher Freundlichkeit, ergriff mich am Arm und zog mich um die Ecke.

Ich war wütend. Ließ sich dieser Mensch so mir nichts dir nichts abwimmeln. „Vielleicht hätte ich sie doch noch überredet und sie hätten uns mitgenommen. Wenn wir ..."

Er blieb stehen und hielt mir mit der Hand den Mund zu. „Sei doch still! Hast du denn nicht gehört! Die müssen doch erst den schweren Korb mit den wichtigen Papieren holen."

„Weißt du denn, ob sie ihn hier holen? Und ob er schwer ist?"

„Das weiß ich freilich nicht. Ich hoffe es aber."

„Und wenn schon! Was soll uns das noch nützen!"

„Mann, Hardi, kapierst du denn nicht? Wenn der Korb schwer ist, müssen sie ihn beide holen. Den kann einer allein nicht zum Auto schleppen!"

Ich gab mich geschlagen. „Und du meinst, dass die zwei Fasanen…?"

Wir standen wieder hinter der Kastanie und spähten um die Ecke. Und da sahen wir die beiden in der Tat noch einmal auf das Haus zugehen. Wir verstanden nur zum Teil, was sie sagten, ein paar Wortfetzen trug der Wind zu uns herüber: „ .. um gar nichts. Wenn ich nicht an alles denke, wären wir jetzt ohne ...."

Der Rest war nicht mehr zu hören, da sie im prunkvollen Portal des villenähnlichen Hauses verschwanden.

Was jetzt geschah, vollzog sich mit Windeseile und in Sekundenbruchteilen. Wie auf ein Kommando schossen wir hinter der Kastanie hervor und rannten auf das Auto zu. Mikosch sprang über die Tür in das Wageninnere, ich warf mich mit einem Hechtsprung auf die hinteren Sitze und schleuderte die Gepäckstücke über Bord. Mikosch hatte den Zündschlüssel schon längst gedreht und gab so kräftig Gas, dass das Auto mit einem wahren Panthersprung losfuhr, und ich Mühe hatte, nicht wieder auf dem Straßenpflaster zu landen. Dann hatten wir auch schon das Ortsende hinter uns gelassen und fuhren mit größtmöglicher Geschwindigkeit westwärts.

Ich kletterte nach vorn und nahm neben Mikosch Platz, der soeben wieder sein Lieblingslied anstimmte, wobei er im Text jeweils die passenden Farben einsetzte. „Hoch auf dem schwarzen Wagen", brüllte er laut, um das Geräusch des Motors zu übertönen. Ich stimmte nicht weniger laut in seinen Gesang mit ein, und da der Text so gut passte, sangen wir das Ganze noch einmal von vorn.

Wir waren eben wieder einmal wunschlos glücklich. Sorgen hatten wir keine und machten uns auch keine. Wenn uns auch der Wind um die Ohren pfiff, es war herrlich, die Bäume an den Seiten vorbeihuschen zu sehen und immer weiter zu fahren, irgendeinem fernen, unbekannten Ziel entgegen.

„Weißt du, was ich gerne gesehen hätte?", schrie mir Mikosch zu, „die Gesichter der beiden Paradiesvögel, als sie mit dem Korb auf die Straße kamen!"

„Na, die werden vielleicht eine Wut haben! Das kommt davon. Hätten sie uns mitgenommen, wäre ihnen dieser Ärger erspart geblieben. Übrigens, Mikosch, ist das wirklich dein Ernst, dass du nur bis Dreckeckowitz oder wie das Nest heißt fahren willst, um dort wieder einer deiner Tanten auf den Wecker zu fallen?"

„Ja, das ist mein voller Ernst! Ich habe keine Lust mehr, dauernd in der Weltgeschichte herumzukutschieren. Übrigens wohnt dort meine Lieblingstante. Du kannst bestimmt auch bei ihr in Trebechovice bleiben, hoffe ich wenigstens."

Ich winkte entschieden ab: „Nein, nein, besten Dank für die Blumen. Ich fahre weiter runter nach Linz, das steht fest."

Mikosch begann so dreckig zu lachen, dass er beinahe an den nächsten Baum gefahren wäre. „Sag mal, wie willst du denn fahren?"

Ich fiel aus allen Wolken. Daran hatte ich überhaupt nicht gedacht, dass ich mit dem vertrackten Auto rein gar nichts anfangen konnte. Oder? Warum eigentlich nicht? Natürlich! Es gab einen Ausweg: Ich musste es eben lernen. Bei Mikosch. Der musste mich in die Anfangsgründe des Autolenkens einführen.

Sogleich teilte ich ihm meinen Entschluss mit.

Mikosch war einverstanden. Er deutete aber mit einer Geste nach vorn. „Aber nicht auf dieser Straße, das wirst du doch hoffentlich einsehen!"

Das sah ich durchaus ein. Es herrschte nämlich wieder reger Betrieb. Pferdewagen, Laster, Militärfahrzeuge, alles strebte wie immer in ein und dieselbe Richtung, westwärts. Alles hoffte, der russischen Gefangenschaft noch rechtzeitig zu entrinnen und versprach sich bei den Amerikanern einen angenehmeren Aufenthalt.

An der nächsten Seitenstraße bog Mikosch ab, blieb stehen und schaltete den Motor aus. „So", sagte er, „dein Wunsch sei mein Befehl. Also ich zeig' dir erst einmal die Gänge."

Ich blickte ihn verständnislos an.

„Na, die Gänge brauchst du eben. Wenn du losfährst, nimmst du den ersten, siehst du, so, dann nimmst du den zweiten, mit Zwischengas natürlich, hier, so, und dann den dritten."

Ich nickte verstehend und verstand kein Wort. „Und wenn ich stehen bleiben will?"

„Dann trittst du hier auf die Bremse. Ach so! Ehe du den Gang schaltest, musst du erst auskuppeln und dann einkuppeln. Hier, guck mal, das ist die Kupplung."

Ich sah nach unten, sah hinter Mikoschs Elbkähnen ein paar Pedale hervorlugen und wurde immer konfuser. „Warum denn ein- und auskuppeln?"

Mikosch griff sich an die Stirn. „Ujegerl", stöhnte er, „das wird wieder einmal ein Spaß, dir das Fahren beizubringen!"

Mein Fahrlehrer stieg aus und bedeutete mir, am Steuer Platz zu nehmen. Dann begann er mit wahrer Engelsgeduld mich in die Anfangsgründe der Fahrkunst einzuführen. Er redete mit Engelszungen und hämmerte mir die allerwichtigsten Griffe ein.

Nach zwei Stunden hatte ich das Nötigste soweit begriffen, und es gelang mir, wenn auch mit vielen Unsicherheiten, das Auto zum Fahren und zum Halten zu bringen.

„Es ist ja nicht schlimm, wenn du beim stehen bleiben den Motor immer abwürgst, Hauptsache, du stehst."

„Wie, ich kann den Motor auch würgen?"

Mein Lehrer winkte ab. "Komm, es ist gut!" Er schien mit meinen Fahrkünsten halbwegs zufrieden zu sein, denn er atmete tief auf, wischte sich den sauren Schweiß von der Stirn und sagte: „No, ich denke, das genügt. Den Rest lernst du noch während der Fahrt."

Ich räumte seinen Platz, wischte mir ebenfalls den nicht minder sauren Schweiß vom Angesicht und nahm wieder meinen Beifahrersitz ein.

Unsere Reise ging weiter. Diesmal gelang es nur mit Mühe, uns wieder in den Verkehr auf der Hauptstraße einzufädeln, denn ein Fahrzeug folgte dem anderen in einer endlosen Kolonne. Es war ein wahres Glück, das alles nur in einer Richtung fuhr, sonst wäre das Chaos noch größer gewesen. Aber anscheinend hegte keiner den Wunsch, mit der Ostseite nähere Kontakte aufzunehmen. Dennoch gab es immer wieder die bereits zur Gewohnheit gewordenen Stockungen. Stehen gebliebene Fahrzeuge blockierten den Verkehr und wurden einfach in den Straßengraben geschoben oder aufs Feld gefahren und ihrem Schicksal überlassen. Außerdem sorgten feindliche Tieffliegerangriffe dafür, dass das Durcheinander noch größer wurde. So war die Straße links wie auch rechts flankiert mit zerstörten, fahruntauglichen oder brennenden Fahrzeugen aller Waffengattungen. Einige waren umgekippt, die Räder ragten in die Luft, und die Ladung lag weit verstreut im Unkraut brachliegender Felder.

Gegen Abend bogen wir noch einmal in einen Seitenweg ein und fanden in einer Scheune Unterschlupf. Unser kostbares Auto versteckten wir, so gut wir konnten. Mikosch machte es auch noch fahruntauglich, indem er den Innereien des Motors einen Teil entnahm, ohne den anscheinend niemand das Fahrzeug in Bewegung setzen konnte.

Bereits am frühen Morgen waren wir wieder unterwegs. Heute ging es zur Abwechslung wieder einmal besonders langsam vorwärts.

Als die Kolonne ins Stocken geriet, weil einem LKW die Luft ausging, entdeckte ich auf einem im Straßengraben stecken gebliebenen Lastwagen einige Kanister. Ich sprang hinüber und erkannte zu meiner Freude, dass die Behälter in der Tat das erhoffte Benzin enthielten. Es gelang mir, zwei Behälter herunterzuwuchten, zu unserem Auto zu laufen und die kostbare Fracht auf die Hintersitze zu werfen. Da die Fahrt gerade in diesem Augenblick weiterging, blieb mir nichts anderes übrig, als mich mit einem verzweifelten Satz über das heruntergeklappte Verdeck ins Auto zu schwingen.

Mikosch indessen konzentrierte sich voll und ganz auf die Fahrt. Und wenn er nicht sang, pflegte er seine gewagten Fahrmanöver lautstark zu kommentieren: „Und nun wollen wir mit einem raffinierten Bogen dieser wackligen Blechkiste dem vor uns lahmenden Karren den Rücken kehren!"

Der angekündigte Bogen war so raffiniert, dass wir links einen Baum streiften und beinahe im Straßengraben gelandet wären.

„Und jetzt wollen wir an dieser klapprigen Schindmähre vorbeizischen, dass sie den Schwanz verliert."

Und dann zischte er vorbei, dass dem armen Pferd mitsamt dem in Straßenstaub gehüllten Kutscher Hören und Sehen verging.

„Und nun müssen wir eine kleine Querfeldeinfahrt veranstalten, sintemal und alldieweil es sonst nicht weitergeht. Also halte dich ein bisschen fest, damit du mir nicht über Bord gehst!"

Mein Freund hatte keine andere Wahl. Vor uns stand ein Fahrzeug quer auf der Straße, ein zweites hatte sich mit dem Kühler in seine Flanke gebohrt. Zwar bemühten sich die Leidtragenden, den Kraftwagen aus dem Wege zu schieben, aber das würde noch eine geraume Zeit in Anspruch nehmen.

Wie bereits angekündigt, riss Mikosch das Steuer herum und fuhr ohne viel Federlesens auf den Acker. Während das Auto schnaufte, schlingerte, schaukelte und in allen Federungen quietschte, schrie Mikosch die ganze Zeit beschwörend: „Bleib mir ja nicht stecken, du mein liebes, kleines Autolein, bleib mir ja nicht stecken!"

Sein liebes, kleines Autolein tat ihm den Gefallen. Es blieb nicht stecken, sondern rumpelte treu und brav so lange über das holperige Feld, bis das Hindernis umfahren war.

Es mochte gegen zehn Uhr vormittags gewesen sein, als Mikosch auf ein Schild wies: "Königgrätz 20 km". „Ich steige jetzt bald aus, es sind jetzt höchstens noch acht Kilometer bis zu Tante Mia", rief er mir zu, „kommst du nun mit?"

Ich verneinte, denn ich war von Anfang an fest dazu entschlossen, mich in Richtung Linz durchzuschlagen. Außerdem dürfte die liebe Tante Mia mit Mikosch allein in reichem Maße bedient sein.

„Dann komm wenigstens für ein paar Stunden mit!"

„Kannst du mir verraten, wie ich nachher wieder auf diese mit Fahrzeugen voll gekleckerte Straße komme?"

Das sah mein Chauffeur ein. „Na ja, wie du willst. Ein paar Tage nach dem Krieg sehen wir uns sowieso wieder."

„Klar tun wir das! Am besten, du rufst mich zu Hause an, wenn du wieder in Ostrau bist! Die Nummer kennst du ja."

Mikosch fuhr den Volkswagen so auf einen Feldweg, dass er parallel zur Hauptstraße stehen blieb. „So kannst du dich dann besser einfädeln. Weißt du denn überhaupt noch, wo die Gänge liegen?"

Ich nickte zuversichtlich, obwohl ich im Moment keine blasse Ahnung mehr hatte. Das einzige, woran ich mich erinnern konnte, war die Lage der Bremse, und das schien mir auch das Wichtigste zu sein.

Wir schüttelten uns nochmals die Hände, hieben uns nach alter Sitte auf die Schultern, dass es nur so staubte. Dann trabte mein Freund davon. An einem Wäldchen blieb er noch einmal stehen, drehte sich um und winkte mir zu. „Servus, altes Gebäude", hörte ich ihn rufen, „grüß mir die Amis!"

Ich winkte zurück und wollte ihm auch noch ein paar Abschiedsworte zurufen, aber da war er bereits im Wäldchen verschwunden.

„Da geht er dahin, dieser Ostrauer Dickschädel", brummte ich ärgerlich, „da marschiert er zu seiner Tante Mia! Und mich lässt er hier so hilflos sitzen!"

Nun war ich wieder ganz allein auf mich gestellt, auf meine dilettantischen Fahrkenntnisse angewiesen und erfüllt von der Hoffnung, dass mich Fortuna weiterhin vor größerem Ungemach bewahren möge. Sehr wohl fühlte ich mich im Moment nicht in meiner Haut, denn ich begann jetzt schon zu zweifeln, dass es mir je gelingen werde, die Dächer von Linz wenigstens von weitem zu sehen.

Vera

Zögernd setzte ich mich ins Auto und ergriff das Steuer. Der Motor lief ja noch, und einen Kanister Benzin hatte Mikosch in das Loch gegossen, das dafür vorgesehen war. Wie ich's gelernt hatte, drückte ich mit dem linken Fuß das Kupplungspedal hinunter, schaltete in den ersten Gang und ließ das Pedal los. Dabei gab ich so kräftig Gas, dass das Auto förmlich auf die Straße hüpfte. Vor lauter Kuppeln, Schalten und Gas geben hatte ich ganz vergessen, den Verkehr auf der Fluchtstraße zu beachten. Zu meinem Glück geriet ich genau in eine Lücke zwischen zwei Pferdefuhrwerken, so dass meine ersten 20 Meter Fahrt nicht gleich mit einem Zusammenstoß begannen.

Mein Fahrtziel stand also fest. Ich wollte zuerst bis Königgrätz, von dort in Richtung Süden nach Tschaslau, dann weiter über Tabor nach Linz. Nach dem Weg brauchte ich nicht zu fragen. Immer den vorderen Fahrzeugen nach, das war meine Devise, etwas anderes gab es ja auch nicht.

Da die linke Straßenseite den schnelleren Fahrzeugen vorbehalten blieb, bewegten sich auf der rechten Seite die langsameren Pferdefuhrwerke. Ich hatte es aus verständlichen Gründen nicht besonders eilig und beschloss daher, hinter dem Leiterwagen zu bleiben. Nur vorsichtig und sparsam gab ich Gas und fuhr auf der äußersten rechten Seite. Erst nach ungefähr einer halben Stunde bekam ich Mut und versuchte, einen Gang höher zu schalten. Diesen verwegenen Versuch quittierte mein Auto mit einem lauten Krachen und Knirschen, als seien in seinem Inneren sämtliche Zahnräder aufeinander losgegangen, um sich ein paar Zähne auszubeißen. Ich ließ es also lieber bleiben. So kam ich zwar sehr langsam vorwärts, dafür aber umso sicherer. Außerdem wäre ein Überholen auf der linken Seite einem Selbstmord gleichgekommen.

Inzwischen hatten sich meine Nerven etwas beruhigt, die erste Aufregung hatte sich gelegt, die Hände zitterten nicht mehr, der Angstschweiß war vom Fahrtwind getrocknet, meine Unruhe war verflogen. Langsam begann mir das Fahren Spaß zu bereiten, und ich begann ebenfalls das Lied vom "Schwarzen Wagen" zu singen, wenn er auch sehr langsam rollte.

Die endlose Fahrzeugschlange geriet immer häufiger ins Stocken. Das hatte den Vorteil, dass ich durch ständige Übung meine Auto-Anhaltetechnik ausfeilen und verfeinern konnte. Ich trat jedes Mal kräftig auf die Bremse, wobei ich meist vergaß, das Kupplungspedal zu bedienen. Das Auto bockte daher ein wenig, blieb aber dann doch nach dem Willen seines Herren brav stehen. Das war auch kein Wunder, denn dabei würgte ich, wie mein gestrenger Fahrlehrer gesagt hätte, den Motor ab.

Als ich wieder einmal stand, nutzte ich die kurze Fahrpause, um mir eine Zigarette anzustecken. Das hatte ich gerade erledigt, als ich neben mir plötzlich und unerwartet eine helle Stimme vernahm: „Hallo, nimmst du mich mit?"

Ich fuhr herum. An die Seitentür des Wagens gelehnt, stand ein Mädchen. 17 Lenze mochte sie zählen, die Haare kastanienbraun, die Augen noch dunkler, die freche Stupsnase mit Sommersprossen übersät. Sie lächelte mich freundlich an und zeigte eine Reihe blendend weißer Zähne und ein Paar Grübchen in den Wangen.

„Mittelmäßig", dachte ich, „nicht gerade schön, dafür aber lieb!"

Ich beugte mich zu ihr hinüber. „Wohin möchtest du denn gerne, Schönste aller Schönen?"

„Egal, nur weg von hier."

„Das kannst du haben, ich muss dich aber vorsorglich darauf aufmerksam machen, dass ich noch recht unsicher fahre, da ich erst eine Fahrstunde hinter mir habe,"

Sie stieg bereits ein. „Das macht rein gar nichts", zwitscherte sie und ließ sich auf den Sitz plumpsen. „Ich habe doch so eine Angst vor den Russen, das glaubst du ja gar nicht!"
Ich versicherte ihr, dass ich ihren Worten ohne weiteres Glauben schenkte.
„Übrigens, ich heiße Vera und bin aus Teschen."
Ich stellte mich ihr ebenfalls vor und machte sie der Richtigkeit halber darauf aufmerksam, dass Teschen genau in entgegengesetzter Richtung läge.
Sie betonte, dass ihr diese Tatsache bekannt sei, sie aber, wie gesagt, gewisse Bedenken hege, den Russen in die Hände oder gar Arme zu fallen. Sie wollte eben lieber zum Amerikaner.
„Da liegst du bei mir richtig, Verotschka. Wenn der Motor mich nicht im Stich lässt und uns keine Bäume im Wege stehen, werden wir es schon schaffen."
Als die Fahrt endlich weiterging, bekam Vera die ersten Kostproben meiner Fahrkünste zu verspüren. Ich hatte wohl gar zu schnell die Kupplung losgelassen oder auch zu kräftig Gas gegeben, jedenfalls schoss mein Auto mit einem derartigen Panthersatz nach vorn, dass wir beide mit den Köpfen beinahe auf den Rücksitzen landeten. Der Kühler hätte sich nach diesem Sprung unweigerlich in die Deichsel des vor uns fahrenden Leiterwagens gebohrt, hätte ich nicht geistesgegenwärtig und mit voller Kraft die Bremse bedient. Dieser Ruck bewirkte, dass unsere sich nach hinten bewegenden Köpfe die Richtung wechselten und beinahe an die Windschutzscheibe prallten.
Dennoch hatte ich es geschaffte Erleichtert atmete ich auf und hielt das Steuer immer noch so krampfhaft fest, dass es beinahe abgebrochen wäre.
Vera sah zu mir herüber. „Was willst du denn? Du fährst doch wirklich schon ganz gut", stellte sie fest und blickte mich bewundernd an.

Ich riss Augen und Mund auf und traute meinen Ohren nicht. Noch einmal warf ich ihr einen prüfenden Blick zu, aber sie meinte es tatsächlich ernst. „Wenn sie dir das sagt, muss es ja stimmen", dachte ich befriedigt und fuhr mit vor Stolz geschwellter Brust weiter.

Es wurde eine gemütliche und abwechslungsreiche Fahrt. Gemächlich zuckelten wir am Straßenrand immer hinter dem Leiterwagen einher. Die schöne Stadt Königgrätz, am Zusammenfluss von Eibe und Adler gelegen, hatten wir hinter uns gelassen und bewegten uns irgendwohin in südlicher Richtung.

Die Zahl der links und rechts der Straße liegen gebliebenen Fahrzeuge nahm immer mehr zu. Überhaupt wurde die ganze Fahrerei von Stunde zu Stunde chaotischer, nervöser. Alles schimpfte herum, jeder stand jedem im Weg, eine hektische Unruhe machte sich breit, und alle möglichen und unmöglichen Gerüchte machten die Runde. Da hieß es, Hitler hätte sich erschossen oder vergiftet, die Amerikaner wollten sich mit den Deutschen verbünden und gegen die Russen kämpfen, die Fronten seien zusammengebrochen, die Wunderwaffe hätte London dem Erdboden gleichgemacht. Schließlich hieß es, dass nach Linz zu den Amerikanern bald kein Durchkommen mehr möglich sei, da die Russen die Straßen bereits besetzt hätten

Dessen ungeachtet bewegte sich die Lawine aus Blech und Holz immer weiter nach Süden. Während einer der Haltepausen stieß Vera mich an. „Sieh mal, da vorne rechts, ist das nicht ein Verpflegungswagen? Da könnten wir vielleicht etwas für uns holen."

Das ließ ich mir nicht zweimal sagen. Wir sprangen aus dem Auto, setzten mit ein paar Sprüngen über den Acker auf den Verpflegungswagen zu. Der hintere Reifen des Fahrzeuges war platt, es stand schräg auf dem Feld, einige Kisten seiner

Ladung lagen verstreut auf dem brachen Acker und ergossen ihren Inhalt in das überall wuchernde Unkraut.

Was ich aber vor mir liegen sah, ließ mich meinen Augen nicht trauen. Es waren die bekannten, runden Schachteln, gefüllt mit wohlschmeckender Schokolade. Mit lautem Triumphgeschrei begann ich, einige der Schachteln aufzulesen. Auch meine Begleiterin war eifrig damit beschäftigt, die Schachteln auf ihren Armen zu stapeln. Mitten in dieser einträglichen Beschäftigung sah ich, dass sich die Fahrzeuge auf der Straße wieder in Bewegung setzten. Manchmal waren es nur ein paar Meter, und man stand wieder, manchmal aber ging es oft mehrere Kilometer weiter, ohne dass ein einziges Mal eine Stauung eintrat.

Ich hatte vielleicht 15 Schachteln aufgelesen, und das schien mir viel zu wenig für unsere Bedürfnisse zu sein. Eile war geboten. Da fiel mir in der Not die bessere und näher liegende Lösung ein. Ich warf die Schachteln auf die Erde, ergriff eine volle Kiste, stemmte sie mit aller Kraft hoch und schleppte sie zum Auto. Dort half mir Vera, das wertvolle Strandgut auf den Rücksitz zu legen.

Das sollte nicht unsere letzte Beute sein. Angespannt hielten wir Ausschau nach weiteren Gütern, die wir gebrauchen konnten. Bei jedem Stocken der Kolonne unternahmen wir ausgedehnte Beutezüge zu den stecken gebliebenen Fahrzeugen und unterzogen ihren Inhalt einer genaueren Untersuchung. Mit der Zeit entwickelten wir eine derartige Routine, dass uns nur wenige Minuten Aufenthalt vollauf genügten, um alles nur annähernd Brauchbare auf den Hintersitzen und im Gepäckraum unterzubringen.

Unser Beispiel machte Schule. Sobald die Fahrzeugschlange zum Stehen kam, stürzte sich das Volk auf die Autowracks und holte heraus, was heraus zu holen war.

Wir hingegen konnten unsere Beutezüge beruhigt einstellen. Einmal, weil wir einfach keinen Platz mehr hatten, zum anderen, da wir für viele Wochen mit allem versorgt waren, was das Herz begehrte. Was sich da alles auf und hinter den Rücksitzen häufte, hätte ausgereicht, einen mittleren Koloni-alwarenladen einzurichten: Schokolade, Plätzchen, Lebku-chen, Dropse, Fleischbüchsen aller Sorten, Zwieback, Käse, Wurst in Konserven, Margarine, ein kleines Fass mit Butter, Mehl, Limonade, Wein, Rübenkraut, Kunsthonig, Barrasbrot, ganze Pakete mit Zigaretten und Tabak, Wäsche, Seife, Stie-fel, Streichhölzer und sonstige Marketenderware. Und oben-auf thronte trotz meines energischen Protestes ein großer Eimer mit Kirschmarmelade.

Das dauernde Hin- und Hergelaufe hatte uns viel Kraft gekos-tet. Beim nächsten Halt riss ich mir daher meine Jacke und das verschmutzte, vom Schweiß durchnässte Hemd vom Leib und holte mir ein sauberes aus unserem Lagerbestand. Das dreckige Hemd warf ich einfach über Bord, eine äußerst be-queme Methode, Schmutzwäsche loszuwerden.

Langsam kam ich wieder zu Atem und wollte mich gerade mit einer Frage an Vera wenden, als diese das Schweigen als erste unterbrach: „Du, sag mal, fällt dir denn nichts auf?"

Ich sah meine Beifahrerin fragend an, guckte mich um, sah an mir herunter, fand aber beim besten Willen nichts, was mir auffiel. „Nee", antwortete ich daher wahrheitsgemäß, „was soll mir denn auffallen? Oder meinst du den Eimer mit Mar-melade? Der läuft nämlich aus."

Nun war Vera an der Reihe, mich erstaunt anzusehen. „Ja Hardi, Mann Gottes, guck doch mal vorn auf die Straße!"

„Da glotz ich doch die ganze Zeit hin."

„Und du merkst nichts?"

Zum Teufel noch Mal, was hatte sie denn eigentlich? Was sollte mir denn auffallen? Ich guckte mir die Augen aus dem Kopf, merkte aber nichts, rein gar nichts.

Vera schlug die Hände über dem Kopf zusammen. „Ja, siehst du denn nicht, dass wir zum ersten Mal wieder Gegenverkehr haben? Dass uns Autos entgegenkommen?", rief sie und wies auf den Laster, der uns eben knatternd entgegenkam und haarscharf an uns vorbeifuhr.

„Ei der Daus!" Ich schlug mir auf die Stirn. „Deshalb kam mir irgendetwas so ungewohnt vor. Und was soll das denn wieder bedeuten?"

Eine Antwort erhielten wir sogleich. Als der Gegenverkehr auch stockte, blieb ein Motorrad mit Beiwagen, besetzt mit drei Mann, direkt neben uns stehen.

„Was ist denn da vorne los?" schrie ich, um das Geknatter des Motorrades zu übertönen.

Der Beifahrer deutete zurück. „Da hinten ist Sense. Da kommt kein Aas mehr durch. Der Iwan hat die Straße besetzt. In ein paar …"

Mehr konnten wir nicht verstehen, denn das Gefährt rollte in Richtung Osten davon.

„Vera, hast du verstanden, was er zuletzt gesagt hat? In ein paar ... was? Minuten? Stunden? Tagen? Oder Wochen?"

Aber meine Beifahrerin wusste auch nicht mehr, so dass unsere Ungewissheit bestehen blieb.

Die Schreckenskunde, dass die Russen die Straße, die uns zum Amerikaner führen sollte, besetzt hatten, verbreitete sich mit Windeseile. Alles war wie gelähmt, rat- und hilflos. Was sollte man jetzt noch tun? Weiterfahren? Dann lief man den Rotarmisten in die Arme. Stehen bleiben und warten? Dann erwartete einen gewiss dasselbe Schicksal. Umdrehen und einen anderen, vielleicht noch freien Weg suchen? Das war wohl die einzige, nicht völlig aussichtslose Möglichkeit.

Während wir so dastanden und überlegten, hatte sich die Kolonne allmählich aufgelöst. Mit zum Teil sehr riskanten Wendemanövern drehte alles die Nasen um 180 Grad und schlug die entgegengesetzte Richtung ein.

Nur ich nicht. Ich fuhr langsam weiter. Auf einer Straße, die sich inzwischen völlig frei von Fahrzeugen präsentierte. Denn auch die Pferdefuhrwerke waren auf das Feld gefahren und in weitem Bogen auf die Straße zurückgekehrt, um in altbekannte Gefilde zurückzukehren. Vera boxte mich beunruhigt in die Seite. „Was ist denn? Willst du denn nicht bald umdrehen?"

„Gewiss will ich das! Oder meinst du, ich fahre den Russen direkt in die Arme?"

„Dann dreh doch auch endlich um! Fahr doch hier den Feldweg ein Stück hinein!"

Vera hatte gut reden. Ich suchte eine breitere Stelle, an der ich einen größeren Bogen schlagen konnte. Vor allem eine Stelle, an der der Straßengraben nicht gar so tief war, so dass ich nicht befürchten musste, im Graben stecken zu bleiben. Wenn der Mikosch, dieses Rhinozeros, mir wenigstens gesagt hätte, wo dieser vermaledeite Rückwärtsgang zu finden war! Aber daran hatte der werte Herr Fahrlehrer natürlich nicht gedacht. Als ob der Rückwärtsgang für die Katz' wäre. Nun hatte ich den Salat. Ich fuhr und fuhr und blickte angestrengt nach vorn. Bis zu dem weißen Haus da an der Straße wollte ich, vielleicht fand sich dort eine Gelegenheit, ein gekonntes, einwandfreies Wendemanöver durchzuführen.

Vera wurde immer unruhiger. „Haben dich denn alle guten Geister verlassen? Wenn du nicht bald wendest, spring ich während der Fahrt raus!"

„Ich fahre doch nur bis zu dem Haus da vorn, dann drehe ich um. Mir ist nämlich nicht bekannt, wo der Rückwärtsgang liegt."

Nun war's heraus. Meine Begleiterin lehnte sich zurück und begann erleichtert zu lachen. „Das ist es also! Und ich dachte schon, du hättest deine Meinung geändert und wolltest zu den Russen überlaufen!"

Sie lachte noch, als ich das Haus erreicht hatte und lachte noch mehr, als sie meine ratlose Miene sah. Das Haus stand nämlich unmittelbar an der Straße, die Hofeinfahrt war verschlossen, und nirgends war auch nur eine Menschenseele zu sehen.

„Bleib mal im Auto sitzen und warte", wollte ich Vera beruhigen, „ich hole Hilfe. Irgendwie drehen wir den Kasten schon herum."

Aber Vera sah nicht so aus, als ob sie beruhigt werden müsste. Im Gegenteil! Sie hatte sich der Länge nach auf die Vordersitze gelegt und lachte immer noch. Von mir aus sollte sie kichern, bis ihr die Luft ausging. Mädchen haben manchmal solche Anfälle, und in diesem Fall ist es das Beste, wenn man sie gewähren lässt. Sagt man nämlich etwas, und wenn es noch so ernst und traurig ist, dann lachen sie noch mehr, fangen an zu kreischen und mit den Beinen zu strampeln.

Ich entfernte mich daher, ohne ein weiteres Wort zu verlieren, denn das hätte auch bei Vera garantiert einen neuen Lachanfall zur Folge gehabt, und schritt auf das Haus zu.

Die Tür war natürlich verschlossen, und nichts rührte sich im Innern des Gebäudes.

Ich schlich um das Haus herum und versuchte, über den Hof die Hintertür zu erreichen. Der wacklige Zaun war schnell überstiegen, die einzige Gefahr lag darin, dass er jeden Augenblick einstürzen konnte.

Ich hatte Glück. Die Hoftür erwies sich als unverschlossen. Leise betrat ich den langen Flur und näherte mich einer Tür, hinter der ich Männerstimmen vernahm. Vorsichtig trat ich näher heran und lauschte.

„Sakrament, krucinál (verdammt)", hörte ich jemand in tschechischer Sprache fluchen, „keine einzige Zigarette im Haus, kein einziger Tschik, kein Krümelchen Tabak, verdammt! Hast du auch nichts mehr, Otuschek?"

„Hör mir auf, von Zigaretten zu reden! Gib du mir eine, und ich schenk dir mein Erbteil und die Kuh dazu", entgegnete der Angesprochene mit einer Stimme wie Rübezahl.

Um Gottes Willen, hört's doch endlich auf von Zigaretten zu reden! Meine Pfeife ist ja auch leer, und ich sag' nix und jammre nicht. Was hilft das auch. Da wart' ich lieber auf ein Wunder."

Mir fiel Vera ein, die mutterseelenallein im Auto saß und bestimmt ungeduldig wartete. Entschlossen klopfte ich an die Tür und trat sofort ein. Meinen Augen bot sich ein seltenes Bild. Drei Kerle mit Schultern wie Möbelpacker saßen mit todtraurigen Gesichtern auf der Ofenbank, ihre langen Beine, die in wahren Elbkähnen steckten, weit von sich gestreckt.

Als ich eintrat, rührten sie sich nicht. Sie betrachten mich stumm, und ihre Mienen wurden womöglich noch trauriger.

„Hallo, chlapci (Jungs)", begrüßte ich die Drei, „ich höre, ihr habt alle zusammen nichts zu rauchen!" Wieder erwies es sich als ein gewaltiger Vorteil, dass mir die tschechische Sprache so geläufig war.

Das Trio starrte mich immer noch an wie ein leibhaftiges Gespenst und rührte sich nicht. Die Männer kamen erst in Bewegung, als ich ihnen eine volle Schachtel Zigaretten zuwarf. Sie hatten das Päckchen kaum aufgefangen, da steckte der Stängel auch schon zwischen den Lippen, wie hingezaubert flammte ein Streichholz auf, und die ersten Rauchwolken kräuselten zur Decke. Einer von ihnen stopfte sich die Zigarette mitsamt dem Papier in seine Pfeife und begann ebenfalls, den Rauch mit verklärtem Gesicht in tiefen Zügen in die Lunge zu ziehen. Gesagt hatten sie bisher immer noch nichts, schließlich hatten sie jetzt Wichtigeres zu tun.

Ehe sie anfingen, nachdem ihre Lebensgeister Zug um Zug zu erwachen begannen, mich auszufragen, trat ich ein paar Schritte näher und wandte mich an sie: „Könntet ihr mir einen kleinen Gefallen tun?"

Sie nickten eifrig. „Das ist doch selbstverständlich, dass wir dir helfen."

„Auf der Straße steht mein Auto. Der Rückwärtsgang ist kaputt, und ich möchte gerne umdrehen, wisst ihr. Ihr könntet mit anfassen und ein bisschen schieben."

„Das machen wir gern! Du weißt ja gar nicht, was du uns mit den Zigaretten für eine Freude gemacht hast", sagte der Pfeifenraucher und erhob sich zu seiner vollen Größe. Auch seine beiden Brüder standen auf und blickten auf mich herab, und das im wahrsten Sinne des Wortes, denn ich reichte dem Größten von ihnen kaum bis an die Schultern.

Wenn die dir jetzt die Rübe einschlagen, kräht kein Hahn nach dir, dachte ich mit Schaudern.

Die Drei schienen eine derartig böse Absicht aber nicht zu hegen, denn sie schickten sich an, mit mir hinauszugehen.

„Wenn das klappt, schenke ich euch tausend Zigaretten."

Die Männer blieben stehen wie die bekannten Salzsäulen. Der große Pfeifenraucher drehte sich noch einmal um. Hahastst du t-tausend gesagt?", vergewisserte er sich.

„Ja, ich sagte tausend."

„Dann bist du ja ein wahrer Engel!", begann er begeistert zu schreien, erwischte mich, hob mich hoch wie der Vater sein Baby und drückte mir einen schmatzenden, recht feuchten Kuss auf die Wange. Von mir aus drehen wir dein Auto zehn Mal rum!"

Mit drei gewaltigen Schritten überquerten die Brüder die Straße, stellten sich hinter das Auto, hoben es hoch und drehten es einfach um 180 Grad herum wie ein Spielzeug. Vera war während dieses Kraftaktes nicht einmal ausgestiegen und blickte stumm, und das sollte bei ihr etwas heißen, auf die drei Riesen, die sie ihrerseits recht freundlich angrinsten.

Nachdem sie ihre Arbeit prompt und schnell erledigt hatten, wandten sie sich wie auf ein Kommando an mich und sahen mich erwartungsvoll an. Ich hatte natürlich schon längst eines

der großen Pakete mit den Zigaretten hervorgeholt und überreichte es feierlich ihrem Wortführer.

Der Pfeifenraucher übernahm es ebenso feierlich und so vorsichtig und bedächtig, als ob sein Inhalt aus rohen Eiern oder
aus Nitroglyzerin bestand. „Die Sonne geht auf", strahlte er,
„ich hab' doch gewusst, irgendein Wunder wird für uns schon
noch kommen! Aber gleich so ein großes Wunder!"

Auch seine beiden Brüder traten hinzu und betasteten das
Paket mit einer so liebevollen Hingabe, dass ihre Ehefrauen,
sollten sie welche besitzen, vor Eifersucht geplatzt wären.

Ich hatte mich inzwischen wieder ans Steuer gesetzt, denn
allmählich begann mir doch der Boden unter den Füßen zu
heiß zu werden. Es gelang mir, den Motor wieder in Gang zu
setzen; langsam und vorsichtig ließ ich die Kupplung los, gab
noch vorsichtiger Gas und fuhr dennoch mit einem gewaltigen Ruck los.

„Nochmals vielen Dank! Und kommt gut weiter!" ertönte eine
Stimme lautstark hinter uns.

„Wir haben zu danken", rief ich zurück, während ich mit äu-
ßerstem Zartgefühl den zweiten Gang hineinwuchtete. Die
dabei entstehenden Nebengeräusche störten mich wenig.
Im Rückspiegel sah ich die drei Goliaths immer kleiner werden.

„Wenn die uns eins über den Dez gegeben hätten", sagte ich
zu Vera, „da hätten sie vielleicht eine Beute gemacht! Nicht
nur ein paar lumpige Zigaretten."

Vera erschrak nachträglich und wurde bleich. Ängstlich drehte sie sich um. „Sie wedeln hinter uns her, die drei Lulat-
schen. Ich glaube, die stehen in einer Stunde immer noch auf
der Straße und winken."

Diesen Anblick wollte ich mir auch nicht entgehen lassen. Ich
drehte mich also um und winkte lässig nach hinten. Das allerdings hätte ich lieber nicht tun sollen, denn unser schönes
Auto kam ein wenig vom Kurs ab, streifte mit einem lauten

Aufschrei zwei Bäume und schoss darauf empört auf die andere Straßenseite zu, wahrscheinlich, in der Absicht, auch dort einen Baum zu rammen. Dank meiner inzwischen fast zur Vollkommenheit herangereiften Fahrtüchtigkeit schaffte ich es, das Steuer energisch herumzureißen und eine weitere Bekanntschaft der Chausseebäume zu verhindern. Nach einigen Schlenkern kamen wir wieder so richtig in Fahrt. Es gelang mir sogar nach mehreren vergeblichen Versuchen, auf die das Getriebe wie immer mit unwilligem Geknirsche und Gekrache reagierte, zum ersten Male den dritten Gang einzulegen. Das konnte ich mir leisten, denn die Straße vor und hinter uns war völlig leer. Nirgends war ein Mensch zu sehen, ein sicheres Zeichen dafür, dass der Russe uns unmittelbar auf den Fersen war. So gab ich kräftig Gas und fuhr drauflos, um den erlittenen Rückstand so schnell wie möglich aufzuholen.

Es dauerte auch gar nicht lange, bis wir die ersten Fahrzeuge sichteten, die ich in gekonnter Fahrweise überholte. Bald waren wir wieder mitten drin im Gewühl, und außer der Fahrtrichtung hatte sich eigentlich nichts geändert.

Endstation

Am Nachmittag gerieten wir in eine Gewitterfront. Es begann wie aus Kannen zu gießen und donnerte und blitzte ohne Unterbrechung. Mit viel Mühe war es uns im letzten Augenblick gelungen, das Dach des Autos hochzuklappen. Es erwies sich zwar an einigen Stellen als undicht, hielt aber die Nässe weitgehend von uns ab.

Dann kam es leider doch so, wie es unweigerlich kommen musste. Immer öfter geriet die Kolonne ins Stocken, bis sie schließlich endgültig stehen blieb. Im strömenden Regen begann das zermürbende Warten, bis nach einiger Zeit von vorne die Hiobsbotschaft eintraf, dass die Russen auch dort irgendwo auf der Straße saßen.

Nun brach das endgültige Chaos aus. Die Pferdefuhrwerke scherten einfach zur Seite und jagten querfeldein über den aufgeweichten Acker auf den nahe gelegenen Wald zu. Die Autos setzten sich auf der Suche nach einem befahrbaren Feldweg ebenfalls in Bewegung.

Vor uns fuhr ein größerer, kastenförmiger Wagen, ein Fahrzeug des Bodenpersonals der Luftwaffe, wie sich später herausstellte. Dem Herdentrieb folgend, setzte ich auch unser Fahrzeug wieder in Bewegung und fuhr hinter dem grauen Kasten her. Auch als das Auto rechts auf einen schmalen Seitenweg einbog, tat ich dasselbe. Unwillig ächzend, quälte sich unser armes Vehikel über unzählige Schlammlöcher und durch tiefe Wasserpfützen.

Vera hielt sich mit beiden Händen an der Tür fest, um nicht über Bord zu fallen oder mit dem Kopf an die Windschutzscheibe zu stoßen.

Auch mir gelang es nur mit größter Mühe, das Lenkrad festzuhalten und eine weitere Bekanntschaft meiner Denkerstirne mit der Scheibe zu verhindern. Einmal war ich schon mit solcher Wucht dagegen geprallt, dass ich eine ganze Schar funkelnder Sterne zu Gesicht bekam.

„Uppala", lachte Vera, „du willst aber immer gleich mit dem Kopf durch die Wand!"

Es gelang mir nicht, ihr einen verweisenden und zugleich strafenden Blick zuzuwerfen, das Risiko eines erneuten Kopfstoßes erschien mir zu groß. Außerdem nahm mich diese Schaukelei wirklich voll und ganz in Anspruch. Mit beiden Händen das Steuerrad so fest umklammernd, dass meine Fingerknöchel weiß wurden, stierte ich angestrengt nach vorne auf den mit Schlaglöchern übersäten Weg und versuchte vergeblich, den tiefen, mit Wasser gefüllten Löchern auszuweichen. Zum Glück hatte sich das Gewitter mitsamt seinen dicken Regenwolken verzogen, es wurde zusehends heller, und die Sicht war so gut, dass die Wasserpfützen schon von weitem zu sehen waren.

Inzwischen hatten wir den schützenden Wald erreicht und folgten dem Weg, der schnurgerade nach Norden verlief. Er war, was ich mir vorher gar nicht vorstellen konnte, noch schlechter geworden. Es handelte sich eher um eine Anhäufung von bis an den Rand gefüllten Schlaglöchern, zwischen denen nur hin und wieder ein Stückchen Weg hervorguckte. Das Vertrackte daran war, dass man den gefüllten Löchern nicht ansehen konnte, wie tief sie waren. Anhand ihres Durchmessers auf die Tiefe zu schließen, erwies sich allzu oft als trügerisch. Hinzu kam noch, dass auf dem Weg allerlei Hindernisse in Form von Knüppeln, Laub und Ästen herumlagen. Zum Glück nahmen uns die Mitfahrer des Kastenwagens die schlimmste Arbeit ab, denn sie stiegen öfter aus und räumten die größten Sperren aus dem Weg, sonst wären wir schon längst unweigerlich stecken geblieben.

Dennoch konnte ich es nicht verhindern, dass meinen Lippen nach jedem Schlag oder Stoß ein grässlicher Fluch entglitt.

Vera saß daneben, klammerte sich verzweifelt fest und hörte mir andächtig zu. Als ich eine kurze Pause einlegte, weil ich mir in die Zunge gebissen hatte, ermahnte sie mich sanft: „'Blöde Scheiße' sagst du nun schon zum fünften Mal, 'elender Bockmist' und 'Kruzifix noch mal' hast du auch schon viermal gesagt, fällt dir denn nichts Neues ein? Diese dauernden Wiederholungen machen mich ganz nervös!"

Da hörte sich doch wirklich alles auf! Jetzt sollte ich mir auch noch neue Flüche ausdenken, damit mein Fräulein Beifahrerin ihre Nerven nicht strapazierte. Nun, ich tat ihr den Gefallen und dachte mir Flüche aus, die ich noch nie im Leben gehört oder ausgestoßen hatte.

Vera nickte jedes Mal beifällig, wenn mir eine Schimpfkanonade besonders gut gelang.

Eine Zeitlang ging das ganz gut, dann erwies sich die dauernde Schimpferei als zu anstrengend, außerdem ging mir die Munition aus. Also klammerte ich mich stumm und verbissen ans Steuer, scherte mich weder um Schlaglöcher noch um Holzknüppel und fuhr stur hinter dem graugrünen Kastenwagen her, der auch so stark schwankte, dass er manchmal dem Umkippen nahe war.

„Und jetzt, mein lieber Hardi? Was machen wir jetzt?", unterbrach Vera das ungewohnte Schweigen.

„Das siehst du doch! Wir fahren, wenn man dieses blöde Gehopse mit Fahren bezeichnen kann, immer hinter den Fliegern her", entgegnete ich, während unser treues Auto mit beiden Vorderrädern gleichzeitig so rasant in zwei tiefe Löcher hineinsackte, dass wahre Schlamm- und Wasserfontänen nach beiden Seiten davon spritzten.

„Ja, ja", rief Vera ungeduldig, „dass wir fahren, habe ich in der Zwischenzeit wohl auch gemerkt. Aber ich möchte wirklich wissen, wie lange noch und vor allem wohin."

Wohin! Wenn ich das nur wüsste!

Der Weg hatte inzwischen einige Kurven beschrieben, so dass ich die Orientierung verloren hatte. Dennoch schien es mir, als ob wir parallel zur Straße dahinholperten. Um meiner Begleiterin irgendetwas zu sagen, antwortete ich geduldig: „Wir fahren noch ein Weilchen hinter dem Kasten her, dann - werden wir schon sehen."

Während wir diese nichts sagenden Gespräche führten, hatten wir eine breite Lichtung erreicht und durchfuhren ein Dorf, wenn man die Ansammlung dieser paar ärmlichen Hütten so bezeichnen will. Alles schien wie ausgestorben, aber hinter den Gardinen der kleinen, grün gestrichenen Fensterchen regte sich überall etwas. Unsichtbare Hände schoben die Vorhänge ein wenig zur Seite, neugierige Blicke folgten uns. Wir fuhren vorbei und achteten nicht darauf.

Ein paar Kühe mit prall gefüllten Eutern standen am Wege und glotzten uns an. Einige beachtlich fette Schweine wühlten grunzend im Morast und würdigten uns keines Blickes. Aber wir hatten keine Zeit, uns an diesem friedlichen Anblick zu erquicken. Unsere Fahrt ging unaufhaltsam weiter, wieder in den Wald hinein, um eine Kurve zur nächsten Lichtung. Hier schien es keinen Tropfen geregnet zu haben. Die Schlaglöcher waren zur Abwechslung mit feinem Staub gefüllt, der sich, als wir hindurch fuhren, in dichten Wolken zum Himmel erhob.

Der vor uns fahrende Wagen verschwand völlig in einer undurchdringlichen Wolkenwand, die seine Räder aufwirbelten. Um nicht zu viel Staub zu schlucken, war ich gezwungen, den Abstand zum Vorderwagen zu vergrößern. Sehen konnte ich kaum etwas, ich fuhr einfach in die Wolken hinein, bis ich mit einem Male sah, dass das Auto vor uns stehen geblieben war. Es blieb mir gerade noch Zeit, den Motor mit einer gelungenen Vollbremsung abzuwürgen und dicht vor dem plötzlich auftauchenden Hindernis zu halten.

Als der Staub sich verzog, sahen wir mehrere Gestalten, die sich behände aus dem Kastenwagen geschwungen hatten und flink wie die Wiesel im Wald verschwanden.

„Die haben es aber eilig", brummte ich, und der überstandene Schrecken erzeugte in meinem Magen ein flaues Gefühl.

Vera war aus dem Wagen gesprungen und machte Anstalten, hinter den Männern herzulaufen.

„He, Veruschka, wo willst du denn hin?" rief ich ihr nach.

Sie blieb stehen. „Na, hinter den Kerlen renn' ich her."

„Musst du denn hinter jedem Kerl herlaufen, der dir in den Weg läuft? Und dann? Willst du stundenlang im Wald herumirren und Verstecken spielen? Ich nicht. Ich bleibe hier und rühre mich keinen Meter mehr von der Stelle."

Vera kehrte um. „Warum sagst du das denn nicht gleich? Lässt mich erst wie eine Verrückte hinter diesen Angsthasen herrennen. Wenn du bleibst, dann bleibe ich natürlich auch hier. - Und wie soll ich deine freche Bemerkung mit dem Kerl verstehen?" Sie stemmte die Hände in die Hüften und sah mich angriffslustig an.

Ich zog es vor, einer Antwort auszuweichen, schwang mich aus dem Wagen, zog die Uniformjacke aus und warf sie achtlos ins Gras.

„Ich glaube, nun ist der Krieg für uns wirklich und endgültig aus."

Dann ging ich auf das Fahrzeug zu, dass wir so lange Zeit verfolgt hatten.

„Mal sehen, was in dem Kasten Brauchbares drin ist", sagte ich, öffnete die Klappe und ließ sie nach unten fallen.

Vera, neugierig geworden, trat hinzu, und gemeinsam blickten wir gespannt in das Innere des Autos.

Was wir da zu sehen bekamen, übertraf dann doch bei weitem unsere Erwartungen. An der rechten Wand waren übereinander zwei Betten angebracht, links stand ein Tisch, dahinter eine Sitzbank, davor zwei Stühle. Im Hintergrund lagen ein paar Kisten, mehrere Säcke und einige aufeinander gestapelte Kartons herum, deren Inhalt wir sogleich einer eingehenden Untersuchung unterziehen wollten.

Ich zog die kurze Trittleiter herunter und kletterte hinauf. Vera hatte es denkbar eilig, mir zu folgen. Dann öffnete ich die erste Schachtel: Zigaretten. Die zweite: wieder Zigaretten. Die Kiste: Schokolade. Wieder eine Schachtel: Barrasbrot. Dahinter mehrere Schachteln mit Fleischbüchsen. Daneben Kisten mit allerlei Getränken. Einige Säcke mit Trockenmilch. In der Ecke mehrere Säcke mit Lebkuchen, mit weißem Zuckerguss überzogene Herzchen. Einige Kisten enthielten eingemachtes Obst: Pflaumen, Kirschen, Birnen.

An der Rückwand des Wagens stand ein Gaskocher, darüber hing ein Regal, vollgestopft mit allen möglichen Päckchen und Tüten: Mehl, Zucker, Puddingpulver, Salz und andere Gewürze.

Wir standen einige Zeit sprachlos da und bestaunten mit vor Freude hüpfenden Herzen die angehäuften Reichtümer. Erst allmählich begannen unsere Lebensgeister wieder zu erwachen.

„Und so etwas lassen die Kerle hier und rennen in den Wald! Die müssen wirklich von allen guten Geistern verlassen sein", rief ich aus und fiel Vera um den Hals. Wir begannen einen Freudentanz aufzuführen und hüpften so lange singend und kreischend im Auto herum, bis uns schwindlig wurde und uns die Luft ausging. Außer Atem sprangen wir aus dem Fahrzeug und ließen uns ins Gras fallen.

Schade, dass Mikosch jetzt nicht hier war. Er hätte bestimmt einige seiner misstönenden Jodler ausgestoßen, die jedem Alpenländler das Blut aus den Wangen trieben, dann hätte er gerufen: „Ujegerl, Leutchen, ist das ein Tschiurbel!" Und dann hätte er noch einen Jodler ausgestoßen, der dem todbleichen Alpenländler völlig den Rest gegeben hätte.

Ohne ihn blieb es still. Wir lagen im Gras, blickten glücklich und zufrieden zum aufgelockerten Himmel empor und beobachteten die Wölkchen, die unbeschwert und frei dahin zogen. Es herrschte eine wunderbare, wohltuende Stille hier, ein leichter Wind bewegte die Äste der Tannen und spielte mit dem Gras, in dem wir lang ausgestreckt vor uns hindösten. Das leise Rauschen wirkte so einschläfernd, dass mir allmählich die Augen zufielen.

„Wir räumen erst einmal alles in unser neues Hotel um, ehe es dunkel wird", schreckte mich Vera, dieses rücksichtslose Frauenzimmer, aus meinen süßen Träumen. „Und danach essen wir auch etwas besonders Gutes."

„Und als Nachspeise kochst du uns einen wunderschönen Schokoladenpudding mit Vanillesoße."

„Etwa mit Trockenmilch?"

Ich warf mich in die Brust. „Ach was, ich hole natürlich Milch. Frischeste Kuhmilch. Da vorn im Dorf, durch das wir eben gefahren sind."

Durch diese angenehmen Aussichten völlig munter geworden, erhob ich mich und blickte nach Süden. In dieser Richtung verlief eine schnurgerade Schneise und gewährte einen freien Blick bis zum Horizont. Und gerade dort war ein kleiner Teil der Straße zu sehen, die wir vorhin so fluchtartig verlassen hatten. Immer noch bewegten sich auf ihr Fahrzeuge nach rechts in Richtung Westen, ein nicht enden wollender Strom Flüchtender. Ein Teil der Fahrzeuge bewegte sich in Richtung Osten, anscheinend gab es in beiden Richtungen keinen Ausweg mehr. Nur kurze Zeit ließen wir uns von diesem Anblick ablenken und erinnerten uns flüchtig an die raue Wirklichkeit. Schnell schüttelten wir alle lästigen, unangenehmen Gedanken ab und begannen, unsere Schätze in das Hotel zu tragen. Jetzt erst merkten wir, was wir da so alles im Straßengraben aufgelesen hatten, und es war eine echte Plackerei, das kleine Auto völlig auszuräumen. Dann aber hatten wir es geschafft und blickten voller Besitzerstolz auf unseren sagenhaften Reichtum.

Vera stemmte die Hände in die Hüften. „Ich schätze, das reicht für mindestens drei Monate, und dabei brauchen wir gar nicht zu sparen."

„Das soll auch lange reichen, meine Liebe, denn ich habe die Absicht, hier den Sommer zu verbringen."

Daran glaubte ich damals auch allen Ernstes, und auch Vera war anscheinend überzeugt, dass niemand unser unge-trübtes Glück stören würde.

Ich krempelte die Hemdsärmel hoch. „So, jetzt hole ich schnell die Milch. Mach inzwischen ein paar belegte Brote oder so was."

Mit zwei leeren Kochgeschirren bewaffnet, marschierte ich los. Weit hatte ich es ohnehin nicht, denn bereits hinter der nächsten Wegbiegung tauchten die kauenden Rindviecher auf, die mich regungslos anstarrten. Fröhlich winkte ich den lieben Tierchen zu, statt mich unter sie zu mischen. Erst viel später musste ich einsehen, dass ich unter all den Rindvie-chern, die auf der Wiese herum standen, das größte war. Ich ging ins Dorf Milch holen! Etwas Blöderes hätte mir damals wirklich nicht einfallen können.

Gleich an der ersten Hütte klopfte ich an und begrüßte das alte, zahnlose Weiblein mit ausgesuchter Höflichkeit. Da ich in tschechischer Sprache um Milch bat und mit einem Geld-schein winkte, begann sie zu kichern, sagte: „Dobře, dobře (gut, gut)" und füllte meine beiden Kochgeschirre bis an den Rand mit Milch. Sie brachte mir auch noch ein paar Eier und schnappte nach dem Geld wie ein Adler nach seiner Beute.

Sie fragte mich zwar nicht, dennoch erzählte ich ihr, dass wir in der Nähe im Wald säßen und uns einen Pudding ko-chen wollten.

Die Alte kicherte wieder und fistelte ihr „Dobře, dobře". .Auch als ich mich für die Eier bedankte, lispelte sie: „Dobře,

dobře", woraus sich mühelos schließen ließ, dass ihr Wortschatz nicht gerade sehr umfangreich sein dürfte.

Bei meiner Rückkehr in unser fahrbares Hotel erwartete mich bereits ein festlich gedeckter Tisch. Es gab Brote mit Wurst, Ölsardinen, dazu Kompott, und als Nachtisch servierte Vera den Schokoladenpudding, der ihr wider Erwarten gut geraten war. Nach dem Essen steckte ich mir eine wohlverdiente Zigarette an und legte mich der Länge nach auf die Bank.

Was wollten wir noch mehr! Wir waren satt, zufrieden und glücklich. Endlich hatten wir es geschafft, endlich war die ganze Plackerei und Ungewissheit zu Ende!

Leider war es uns nicht vergönnt, dieses herrliche Gefühl ungetrübter Lebensfreude lange zu genießen. Die friedliche Stille des heranrückenden Abends wurde durch das Tapsen einiger nackter Füße und ehrfurchtsvollem Geflüster unterbrochen. Vor unserem Auto hatte sich mit einem Mal eine ganze Schar Kinder versammelt. Mit großen Telleraugen und offenen Mündern starrten sie uns neugierig an und vergaßen dabei nicht, angelegentlich in ihren leicht angestaubten Nasenlöchern zu bohren oder an den Fingern zu lutschen.

Ich stand auf und trat an den Rand der Ladefläche. „Was wollt ihr denn?", fragte ich leutselig und beugte mich zu den Kindern hinunter.

Sie wichen einige Schritte zurück, beschleunigten und intensivierten das Nasenbohren und Fingerlutschen, wobei sie mich schweigend und erwartungsvoll betrachteten.

„Wollt ihr Plätzchen?" fragte ich weiter.

Sie begannen eifrig zu nicken und traten zwei Schritte vor.

„Nun, dann los, haltet mal eure Hemden auf!"

Das hatte ich kaum ausgesprochen, da hatten sie auch schon ihre Finger aus Nase und Mund und die Hemdzipfel aus der Hose geholt und hielten diese möglichst weit vom Körper, um sich eine größere Auffangfläche zu verschaffen.

Die Mädchen hatten es da einfacher. Sie hielten ihre Schürzen auf oder hoben ihre Röcke hoch und warteten geduldig.

„Wie habt ihr uns denn hier gefunden?" wollte ich noch wissen, während ich zu einem der Säcke ging, um die versprochenen Plätzchen zu holen.

„Meine Oma hat's uns erzählt. Sie hat gesagt: Geht mal hin, da kriegt ihr bestimmt was", sagte ein Junge mit einem leuchtendroten Haarschopf, der auf seinem Angesicht sämtliche Sommersprossen des Dorfes eingesammelt zu haben schien.

„So, so, deine Oma", nickte ich und verstand.

„Es ist auch meine Oma", rief fast die Hälfte der anwesenden Kinder aus, woraus sich der logische Schluss ziehen ließ, dass es im Dorf höchstens zwei Großmütter gab.

Während ich den Kindern ein paar Handvoll Plätzchen und Lebkuchen in die mehr oder minder verschmutzten Hemden schüttete, wuchs in mir die Erkenntnis, dass der Wortschatz der zahnlosen Oma doch ein wenig größer gewesen sein musste, als sie vorgegeben hatte.

Als die Kinder ausreichend mit Süßigkeiten versorgt waren, pressten sie ihre Beute liebevoll an sich, machten schweigend kehrt und preschten davon, als ob Ali Baba und sämtliche vierzig Räuber hinter ihnen her wären. Im Nu waren sie um die Wegbiegung hinter den Tannen verschwunden. Nur eine dichte Staubwolke schwebte noch eine Zeitlang über der stillen Lichtung.

„So, die Nasenpopler und Fingerlutscher wären wir los", atmete ich auf und kletterte zur Probe auf das obere Bett.

Vera protestierte: „Nichts da, mein Lieber! Oben schlafe ich, das siehst du doch hoffentlich ein!"

Ich brachte gerade zum Ausdruck, dass ich dies selbstverständlich einsähe, als erneut die unverkennbaren Geräusche sich nähernder Schritte in unsere Ohren drangen.

Ich blickte nach draußen und bekam weiche Knie. „Mich trifft wahrhaftig sofort der Schlag! Guck mal raus, da kommt das ganze Dorf anmarschiert!", stöhnte ich.

Wir traten an den Rand der Ladefläche und harrten der Dinge, die da auf uns zukamen. Und was da auf uns zukam, war wohl in der Tat die gesamte Einwohnerschaft des Dorfes. Ich zählte einschließlich der Kinder 43 Personen: Frauen aller Altersgruppen, ein paar alte Männer und die Kinder. Ich vermisste lediglich die Oma, der wir wohl auch dieses Aufgebot zu verdanken hatten.

Auch die Erwachsenen blieben schweigend stehen und musterten uns neugierig und mit wachem Interesse.

Wir sagten auch nichts, und so schwiegen wir uns erst einmal gehörig aus.

Dann war es schließlich der mir bereits wohlbekannte Sommersprössling, der als erster das abwartende Schweigen brach. „Hast du noch Plätzchen?", fragte er. Dass er seine mitsamt der Schokolade schon längst vertilgt hatte, konnte man deutlich sehen, denn um seinen Mund herum klebten unübersehbar die Überreste von weicher Schokolade, weißem Zuckerguss und Lebkuchenkrumen!

Ich nickte ihm freundlich zu. „Ja freilich haben wir noch Plätzchen! Kommt her, Leute, nehmt euch was mit!"

Wir fingen wieder an, Plätzchen und andere Süßigkeiten zu verteilen. Mit einem Mal hielten die Leute Schüsseln, Töpfe, ja sogar Holzeimer in den Händen und hielten uns ihre Gefäße zum Füllen hin.

Es machte uns wenig aus, sie mit einem Teil unseres so reichhaltigen Angebots zu versorgen, wir hatten ja genügend Säcke voll davon da und versprachen uns nach der Verteilung endgültige Ruhe.

„Habt ihr auch Tabak oder Zigaretten da oder Zigarren?", kam eine schüchterne Frage von hinten.

Ich nickte, holte ein Paket mit Zigaretten und warf die Zigarettenschachteln unter die Menge.

Was sich nun abspielte, war sehenswert. Hatten sich die paar Männer bisher zurückgehalten und den Frauen den Vortritt gelassen, so schoben sie nunmehr sämtlich Rücksichten und die keifenden Frauen beiseite und erbeuteten erbarmungslos eine Schachtel nach der anderen.

Meine Begleiterin riss inzwischen ein großes Paket auf, das Tabakpäckchen enthielt. Auch sie flogen in die Menge, und ich muss sagen, dass Vera den Tabak absichtlich immer den Frauen vor die Füße warf. So sorgte sie dafür, dass die Tabakschlacht noch heftigere Formen annahm. Eine dichte Staubwolke begann die Streitenden einzuhüllen. Hände, Arme, Köpfe mit aufgerissenen Mündern und hervorquellenden Augen tauchten auf und verschwanden, gellende Schreie und saftige Schimpfworte ertönten irgendwoher aus dem wallenden Staub, überall klatschte, fauchte, schepperte und klapperte es. Hin und wieder drangen aus dem Geschrei und Stimmengewirr ein paar verständliche Wortfetzen bis zu uns herüber.

„Lass los, du alter Blödian, das Päckchen hab ich zuerst in der Hand gehabt!", „Was brauchst du noch Zigaretten, du klappriger Tatterich, setz dich lieber hinter den Ofen!", „He, du dürre Hexe, das ist meine Schüssel! Das wäre ja noch ..."

Miroslav Tschulinsky

Der Kampf währte so lange, bis plötzlich hinter der Staubwolke eine donnernde Männerstimme ertönte: „Aber Genossen, seid ihr denn alle miteinander verrückt geworden? Los, auseinander, Leute, aber schnell! Los, los, geht schon!"

Da stand doch tatsächlich ein Kerl, bewaffnet mit einem deutschen Karabiner, und bedeutete den Leuten mit unmissverständlichen Gesten, das Schlachtfeld zu räumen. Am rechten Ärmel trug er eine leuchtendrote Binde, um die zu weite Jacke hatte er einen breiten Gürtel geschnallt, an dem eine Patronentasche hing. Seine krummen Füße steckten in verstaubten Gummistiefeln. Soweit ich erkennen konnte, war sein Kopf mit semmelblonden Haaren überwuchert, die ihm widerspenstig von allen Seiten in Gesicht und Nacken herunterhingen.

Das Volk gehorchte ohne Widerspruch und verzog sich, mit einem Teil unserer Schätze reich beladen. Es wurde schlagartig still. Die Schlacht war geschlagen, jeder hatte redlich gekämpft und außer Plätzchen und Tabak ein paar Kratzer und blaue Flecken abgekriegt, und die von den wackeren Streitern hoch gewirbelte Staubwolke verzog sich schnell.

Nun erst tauchte die Gestalt des wackeren Soldaten deutlicher auf. Er stand breitbeinig da, hatte das Gewehr geschultert und starrte uns böse an, so böse, als hätten wir den Leuten soeben Gift und Handgranaten vor die Füße geschleudert. Sein Gesicht war schmal und mit einigen größeren Pickeln verziert, sein breiter Mund war zusammengekniffen.

Ich sprang vom Wagen und ging auf ihn zu. Blitzschnell trat er ein paar Schritte zurück, riss das Gewehr herunter und schrie: „Bleib stehen, oder ich schieße!" Dabei richtete er den Lauf des Karabiners auf mich, vergaß aber, den Finger auf den Abzugshebel zu legen. „Und ich schieße gut", fügte er noch hinzu, und der Lauf seiner Waffe deutete auf eine friedliche Wolke, die hoch über unseren Köpfen dahinschwebte.

Ich blieb dennoch stehen. „Sag mal, du großer Soldat, was machst du denn eigentlich hier?"

„Damit du's weißt, ich bin von der Volksmiliz. Ich bin Partisan und Untergrundkämpfer. Ich werde euch bewachen. Ihr seid ab sofort unsere Gefangenen!"

„Ist denn der Krieg schon aus?"

„Noch nicht, Nazi, aber bald werden unsere sowjetischen Freunde da sein, und dann ist für alle der Krieg aus!"

Unser Bewacher schulterte seine Flinte wieder und begann auf- und abzugehen. „Und versucht mir ja nicht davonzulaufen, sonst muss ich schießen!"

„Ja, ich weiß schon, und du schießt so gut." Dann beruhigte ich ihn und versicherte, dass wir an eine Flucht gar nicht dächten. Es gefiele uns hier ausgezeichnet, alles wäre so schön hier.

Der Partisan kniff seine Lippen wieder böse zusammen. „Ich werde schon dafür sorgen, dass es hier nicht lange schön bleiben wird. Da sorg' ich dafür, verlasst euch drauf!"

Während er uns die Hölle auf Erden versprach, löste ich die beiden Stühle und den Tisch aus der Verankerung und reichte die Sachen Vera hinunter. Sie stellte den Tisch sorgfältig auf eine ebene Rasenfläche neben dem Weg und begann, beinahe liebevoll den Tisch zu decken. Erst warf ich ihr das bunt gemusterte Tischtuch zu, dann reichte ich ihr Gläser, Kekse, Zigaretten und ein paar Flaschen Wein. Feierlich nahmen wir beide am festlich gedeckten Tisch Platz. Ich entkorkte die erste Flasche und füllte unsere Gläser bis an den Rand mit dem köstlichen Rebensaft. Wir erhoben die mit Wein gefüllten Gläser und stießen an.

Indessen marschierte der Posten mit abgehackten, kurzen Schritten hin und her und würdigte uns keines Blickes.

Wir aber saßen gemütlich am Tisch, steckten uns Zigaretten an, knabberten an den Keksen und prosteten uns zu.

Die Schritte unseres Wächters wurden langsamer. Immer öfter schielte er verstohlen zu uns herüber.

Ich drehte mich um. „He, großer Soldat, willst du auch eine mit uns rauchen?"

Er wandte sich brüsk ab. „Von Nazis nehme ich nichts."

„Und wenn ich dir versichere, dass ich kein Nazi bin? Nimmst du dann eine?"

„Von deutschen Kriegsverbrechern nehme ich nichts."

„Auch nichts von Deutschen, die so gut tschechisch sprechen?"

„Von denen erst recht nicht! Das sind meist gefährliche Spione!"

„Na, da kann man nichts machen." Ich zündete mir die zweite Zigarette an und blies den Rauch in seine Richtung. „Aaah", reckte ich mich und stöhnte wohlig, „was geht es uns doch gut! Wein, Zigaretten, Plätzchen, Schokolade! Und dazu noch einen Wächter, der auf uns aufpasst und dafür sorgt, dass uns nichts Böses geschieht." Wieder erhob ich das Glas. „Also prost, Vera, auf dass der Krieg bald zu Ende gehen möge!"

Unser Genosse Wächter drehte sich plötzlich um, und sein verkniffenes Gesicht klärte sich zusehends auf. Mit festen Schritten trat er an unseren Tisch heran, legte sein Gewehr vorsichtig ins taunasse Gras ergriff das auf dem Tisch liegende Päckchen Zigaretten und eine Flasche Wein und rief mit erhabener Stimme: „Hiermit erkläre ich die Zigaretten und den Wein im Namen des werktätigen Volkes für beschlagnahmt!" Und schon hatte er sich eine Zigarette zwischen seine breiten Lippen geklemmt.

Ich reichte ihm eine Schachtel Streichhölzer. „Hier, Genosse Posten, die Streichhölzer musst du auch beschlagnah-

men, sonst helfen dem werktätigen Volk die Zigaretten bestimmt nicht viel."

Er nahm sie und erklärte auch diese für konfisziert. Im Verlaufe des Abends requirierte er noch zwei Büchsen Fleisch,
vier Schachteln Schokolade, Lebkuchen, einen Eimer Marmelade, ein paar Büchsen Ölsardinen und mehrere Gläser Eingemachtes. Die beschlagnahmten Gegenstände versteckte
er unter einem Haufen Reisig. Dann blieb er an unserem
Volkswagen stehen und betrachtete Ihn eingehend mit fach-
männischen Blicken. „Ein schönes Auto habt ihr da!" Er trat
dichter heran und klopfte anerkennend auf das Blech.

„Hat uns ja auch gute Dienste geleistet, unser liebes
Schnauferl. Aber wir können ihn jetzt nicht mehr gebrauchen.
Ich schenk ihn dir."

„Geh, hör auf, mach keine so blöden Faxen! Mir das Auto
schenken! Du vergisst, Kerl, dass ich Genosse bin!"

„Na und? Gerade ein Genosse muss ein Auto haben. Versteck es unter dem Reisighaufen, dann ist es deins!"

Der arme Kerl geriet in einen wahren Gewissenskonflikt.
Die folgenden Stunden war er nur damit beschäftigt das Auto
mit sehnsüchtigen Blicken zu umrunden. An uns beiden hatte
er jegliches Interesse verloren. Er kroch unter dem Wagen
herum, ließ den Motor anlaufen und lauschte verzückt dem
knatternden Geräusch der laufenden Maschine. Er fummelte
mal da und mal dort herum, setzte sich ans Steuer und bewegte das Lenkrad.

Inzwischen war es längst dunkel geworden. Wir wünschten
unserem Bewacher, von dem nur die verstaubten Stiefel zu
sehen waren, die unter dem Auto hervorguckten, eine recht
gute Nacht.

Unter dem Wagen hervor verlieh er mit dumpfer Stimme
seiner Hoffnung Ausdruck, dass uns das schlechte Gewissen
nicht eine einzige Stunde ruhen lassen möge.

Wir stiegen ein, zündeten die Gaslampe an, holten Tisch und Stühle wieder in unseren Wigwam und verriegelten die Tür. Ehe wir schlafen gingen, spielten wir noch einige Partien "Mensch ärgere dich nicht" und leerten zu zweit die angebrochene Flasche Wein. Nach dem Spiel stellten wir unsere Gaslampe auf Sparlicht, krochen in unsere Kojen und schliefen sorglos ein. Was konnte uns auch schon passieren. Draußen stand unbeirrbar unser zuverlässiger Wächter und passte auf wie ein Schießhund, dass niemand es wagte, unseren Schlaf zu stören.

Gegen Mitternacht wurden wir durch ein donnerndes Klopfen jäh aus dem Reich der Träume in die reale Wirklichkeit gerissen.

„Was zum Teufel ist da draußen denn los?", brummte ich schlaftrunken und wütend zugleich, „wer will denn da unseren Schlafwagen kaputtschlagen?"

„Ich bin es", rief jemand von draußen, „ich!"

Mühelos erkannte ich die Stimme des wackeren Milizsoldaten, rappelte mich hoch und öffnete die Türklappe. Ein kalter Luftzug drang in die mollige Wärme unseres Schlafabteils. Vor der Tür sah ich die dunkle Silhouette unseres Bewachers. Er fror jämmerlich und klapperte vor Kälte. „Kruzifixhalleluja, ist das kalt, geworden! Das hält ja kein Mensch aus! Das wär' ja noch schöner, die Nazis sitzen schön im Warmen, und ich, der Genosse und Partisan, ich steh' draußen und frier!"

„Hast du deshalb geklopft?"

„Nein, nicht deshalb. Ich wollte eine Schachtel Zigaretten beschlagnahmen, mehr nicht."

„Löst dich denn keiner ab? Du kannst doch nicht die ganze Nacht allein da draußen herum stehen", bemerkte ich teilnahmsvoll und half ihm hoch.

„Hast du eine Ahnung, was ein Genosse und Untergrundkämpfer alles kann! Wir sind doch nicht so degeneriert wie ihr."

Ich deutete auf unsere Bank. „Komm, leg dich ein Wenig hin und ruh dich aus. Hier hast du eine Stange Zigaretten zum Beschlagnahmen und hier noch ein Päckchen zum Rauchen."

Er ergriff das Dargebotene. „Für beschlagnahmte Sachen brauch' ich mich ja nicht zu bedanken", brummte er, zündete sich einen Glimmstängel an und streckte sich der Länge nach auf der Bank aus. „Mich wird die ganze Nacht niemand ablösen. Erst morgen früh kommt jemand. Bis dahin muss ich eben allein auf euch aufpassen." Dann sagte er nichts mehr, er ließ nur bald darauf ein sanftes Schnarchen ertönen, ein schlagender Beweis dafür, dass seine Wachsamkeit nicht die allerbeste war.

Vorsichtig zog ich ihm die glimmende Zigarette zwischen den Fingern hervor, drehte das Licht wieder auf Sparflamme und kletterte in mein Bett.

Als ich am nächsten Morgen wach wurde, schien bereits die Sonne durch die schmalen Seitenfenster.

Vera war schon aufgestanden und kramte im Geschirr herum. Anscheinend hatte sie den begrüßenswerten Entschluss gefasst, uns einen Kaffee zu kochen.

Unser Partisan lag immer noch auf der Bank und schnarchte wie ein Berserker. Sein Gewehr hatte er anscheinend draußen liegengelassen, ein deutlicher Beweis seiner inneren Friedfertigkeit. Wir ließen ihn schlafen, öffneten beide Türflügel und die frische Morgenluft strömte herein.

Der Kaffee, wollen wir die schwarze Brühe, die uns Vera da zubereitete, so nennen, der Kaffee war also fertig, die Frühstücksbrote zurechtgemacht, es galt lediglich noch, den Wächter zu wecken. Das erledigte Vera mit besonderer Sorgfalt, dennoch dauerte es eine ganze Weile, ehe der Untergrundkämpfer sich aufrichtete, schlaftrunken seine himmelblauen Augen aufschlug und uns erstaunt musterte.

Vera schob ihm eine Tasse Kaffee und ein paar belegte Brote hin.

„Hier hast du ein Frühstück zum Beschlagnahmen!"

Der Bursche grinste, ergriff ein Wurstbrot, schmierte sich zu unserem Entsetzen noch einen Klecks Marmelade darauf und begann ohne Zögern mit der Beschlagnahme.

„Wenn ich merken sollte", mampfte er mit vollem Mund, „dass der Kaffee, das Brot oder die Wurst vergiftet sind, schieße ich euch beide sofort über den Haufen. Ist das klar?"

Ich dachte an sein Gewehr, das irgendwo im Grase Rost ansetzte und beeilte mich, wenigstens einen Teil des Frühstücks vor der Beschlagnahme zu retten.

Nach dem Essen forderte ich unseren Gast auf, mit uns einige Partien "Mensch ärgere dich nicht" zu spielen.

Er überlegte kurz, dann ergriff er die roten Figuren und sagte: „Gut, ich spiele. Aber ich werde nicht mit sondern gegen euch spielen, damit das klar ist. Und ich nehme die roten Figuren, rot wie die Fahne und das Blut des Volkes der Arbeiter und Bauern."

Das war uns auch recht, und im Verlaufe der folgenden Spiele erwies es sich ohnehin, dass jeder gegen jeden spielte.

Unser Gast war mit Feuer und Flamme bei der Sache. Seine flachsblonden Haare hingen ihm wirr ins Gesicht, und während des Spieles sparte er nicht mit saftigen Kommentaren und Bemerkungen. Wenn es ihm gelang, mir oder Vera eine Figur kurz vor dem Stall zu schlagen, rief er: „Und wieder haben die Kommunisten einen grandiosen Sieg errungen und den Feind wie lästige Insekten hinweggefegt" oder – „Weg mit diesem verkommenen Nazi da!" oder auch: „Zack, da fliegt der deutsche Ausbeuter!"

Wir blieben natürlich auch nicht ruhig. „Ab mit dem Genossen Schlitzohr", hieß es oder: „Da steht mir doch schon wieder so ein kommunistischer Korinthenkacker im Weg", oder

„Rot scheißen die Gänse in Sibirien, Genosse Schmudd-
linsky!"

Vera war auch nicht auf den Mund gefallen. „Was will denn
dieser krummbeinige Straßenköter auf meinem Feld? Los,
hinweg mit dir, ab in deinen stinkenden Stall!"

„Ich sag zum letzten Mal, dass ich Tschulinsky heiße, verstanden! Och, und das hast du nicht umsonst gemacht, du
monopolistischer Wechselbalg! Zum Teufel mit dir, du brau-
ner Ganove!"

Kein Wunder, dass die Kämpfe immer hitziger wurden. Es
erwies sich, dass das Kriegsglück der Kommunisten wie der
deutschen Kapitalisten ungefähr gleich verteilt war.

Dennoch, wenn unser Aufpasser verlor, riss er sich fast die
Haare aus vor Ärger und Verzweiflung. „Sakra, sakra, wie ist
das möglich, wie kann unsere so ruhmreiche Partei gegen
diese Nazikapitalisten verlieren! Das darf doch nicht sein!"

Aber während er seine rote Truppe zum nächsten Gefecht
aufstellte, hatte er sich bereits beruhigt und sagte: „Aber der
Endsieg wird unser sein, und alle Kapitalisten werden zer-
malmt im Staube liegen!"

Hatte er gewonnen, so triumphierte er: „Da, das Gespenst,
das in Europa umgeht, die vereinte Arbeiterklasse, das sieg-
reiche Proletariat, hat die Kapitalisten auf den Kopf geschlagen!"

So spielten wir voller Eifer und mit hochroten Köpfen. Ich
hatte gerade wieder einen roten Proletarier kurz vor dem Stall
hinaus geworfen und rief lauthals: „Hinweg mit diesem kümmerlichen roten Sandfloh!", als Vera hastig ausstieß: „Seid
doch mal ruhig, da hinten kommen welche!"

Der Partisan blickte hinaus. „Sakra, unser Bürgermeister!"
stieß er hervor, sprang mit Windeseile vom Wagen und ergriff
sein Gewehr, das die Nacht im taunassen Grase verbracht
hatte.

Unserem Zufluchtsort näherten sich drei Gestalten. Eine von ihnen zog einen großen Handwagen hinter sich her, was den Schluss zuließ, dass man es wieder einmal auf unsere Schätze abgesehen hatte.

Mit geschultertem Gewehr eilte unser wachsamer Partisan seinen Leuten entgegen, versuchte, seine Hacken zusammenzuschlagen und eine stramme Haltung einzunehmen. „Posten Tschulinsky meldet - keine besonderen Vorkommnisse", schrie er unnötig laut.

Der dickste der drei Männer hob die Hand lässig an seine blaue Schildmütze und sagte: „In Ordnung, Miroslav, lass dein Gewehr hier und geh jetzt schlafen!" Und seinen Begleitern zugewandt, fügte er hinzu: „Der wird ganz schön müde sein, der arme Genosse. Hat die ganze Nacht durchgewacht." Er zwinkerte dem wackeren Posten anerkennend zu. „Na, Genosse, sehr müde?"

Und Tschulinsky, dieser Heuchler, nickte und sagte mit denkbar müder Stimme: „Ein bisschen schon, Genosse Bürgermeister, so eine Nacht kann lange dauern!" Er sagte das, ohne rot zu werden, sah mich noch einmal an, kniff pfiffig ein Auge zu, machte den kläglichen Versuch einer zackigen Kehrtwendung und marschierte los, um sich nach dieser anstrengenden Nacht gebührend auszuruhen.

Der Bürgermeister sah mich missbilligend an. „Die beiden Autos sind hiermit beschlagnahmt und nunmehr Eigentum des Volkes. Auch der gesamte Inhalt des Autos ist beschlagnahmt und Eigentum des Volkes." Und nach einer kurzen Pause und einem bedeutungsvollen Blick auf seine Begleiter: „Wir sind gekommen, um die Sachen abzuholen."

Ich stellte mich abwehrend vor unsere Schätze: „Die Sachen hier sind Eigentum der Deutschen Wehrmacht, und solange der Krieg nicht aus ist, habt ihr kein Recht, auch nur eine einzige Büchse zu beschlagnahmen!"

Der Bürgermeister grinste breit. „Eine deutsche Wehrmacht gibt es hier nicht mehr. Heute oder spätestens morgen werden unsere sowjetischen Verbündeten hier sein. Also ist jeder Protest und Widerstand sinnlos."

Da war nichts zu machen. Tief betrübt sahen wir zu, wie alle unseren schönen Sachen ausgeladen und auf dem Handwagen verfrachtet wurden. Es war eine gehörige Menge, davon konnten wir uns jetzt noch einmal überzeugen.

Als wir aller unserer leiblichen Genüsse beraubt waren, ließ sich der Bürgermeister noch einmal herab, ein Wort an uns zu richten: „Ihr könnt noch hier im Wagen bleiben. Sobald unser Gebiet von der Roten Armee besetzt wird, holen wir euch ab. Bis dahin lasse ich euch bewachen."

Sie zogen los. Aber nicht alle drei. Einer ergriff Tschulinskys Gewehr und baute sich in drohender Haltung vor uns auf.

Ich betrachtete ihn genauer. Seine roten Haare leuchteten in der Sonne und sein Gesicht war mit derart vielen Sommersprossen übersät, dass eine in die andere überging. Somit besaß er eigentlich nur eine einzige, besonders große Sommersprosse. Seine mageren, ebenfalls mit braunen Flecken übersäten Hände hielten das Gewehr krampfhaft fest, als ob er befürchtete, es würde ihm im nächsten Moment wegfliegen. Es erschien mir auch äußerst zweifelhaft, ob er mit dem Schießding überhaupt umgehen konnte. Einen Rothaarigen hast du doch gestern schon gesehen, also wenn das hier nicht der Vater ist, dann...

Der Mann unterbrach meine Gedanken. Er blickte mich zornentbrannt an und begann zu schimpfen. „Glotz mich nicht so unverschämt an, du Nazischwein!"

Das waren aber Töne! So ein kleiner dürrer Kerl, und diese riesige Wut. „Aber, aber, wer wird denn so schimpfen, Genosse! Dein lieber Sohn war viel netter zu mir", sagte ich beschwichtigend.

254

Das Gesicht des Mannes lief zwischen den Sommerspros-sen rot an. „Ich bin nicht dein Genosse, Nazischwein und mein Sohn geht dich einen Tinnef an!"

Da der Bursche so schäumte, hielt ich es für überflüssig, ihm eine Antwort zu geben.

Vera holte uns zwei Decken aus dem Auto, bereitete sie auf der Wiese aus brachte aus dem Regal die Spielkarten, Bleistift und Papier, und wir vertrieben uns die Zeit mit einer Runde Rommé.

Gegen Mittag begann in unseren Eingeweiden der Hunger zu wühlen. Ich stand auf und trat an den Rothaarigen heran, der fast unbeweglich dastand und mich immer noch giftig be-trachtete. „Wir haben Hunger, Herr Posten", begann ich so sanft wie möglich.

Das war vergebliche Liebesmühe, denn er begann sofort wieder seine Stimme zu erheben: „Es ist mir scheißegal, ob ihr Hunger habt. Ihr habt doch den ganzen Krieg über Sar-dinky (Sardinen) und Pomerantschen gefressen, jetzt könnt ihr von mir aus verrecken!"

Ich trat noch näher an ihn heran. „Hör mal, Herr Posten, kannst du ... "

Er wich zurück. „Ich bin kein Herr, merk dir das! Herren sind Arschlöcher", unterbrach er mich grob.

Langsam reichte es mir. „Mensch, Kerl, dir haben sie wohl etwas ins Wasser getan! Oder hast du ein buckliges Ei ge-frühstückt? Kennst du denn nicht die internationale Vereinba-rung über die Behandlung von Kriegsgefangenen?"

„Kenn' ich nicht", entfuhr es ihm.

„Dann will ich dir daraus etwas zitieren: Jeder Kriegsge-fangene muss in ausreichendem Maße verpflegt werden, ver-standen? Führ uns deshalb zum Bürgermeister, oder du ver-stößt gröblich gegen die internationalen Vereinbarungen."

Keiner war überraschter als ich, als der Posten kleinlaut erklärte: „Also gut, von mir aus! Ich bring euch zum Bürgermeister. Der soll das entscheiden. Ich weiß da keinen Bescheid." Er wies in Richtung Dorf. „Los, geht voraus, aber versucht mir keine Sperenzchen!"

Das ließen wir uns nicht zweimal sagen. Wir schlugen sogleich die Richtung Dorf ein und blinzelten uns verstohlen zu. Vorbei ging es an den Schweinen und Rindviechern, an einigen kleinen, armseligen Häuschen, vorbei an den Kindern, die in ihrem Spiel innehielten und uns nicht unfreundlich anstarrten. Schließlich mussten wir an einem etwas größeren Gebäude, dem einzigen in dieser Größenklasse, stehen bleiben.

Über der Tür prangte, jeder Buchstabe in einer anderen Farbe gemalt, die Überschrift "Restaurace", daneben hing ein grauweißes Schild, beschrieben mit schlichten, schwarzen Buchstaben: "Radnice", auf Deutsch "Rathaus".

Diese Kombination zwischen Gasthaus und Rathaus barg ganz gewiss viele Vorteile. So konnte man nach Erledigung seiner Bürgerpflichten gleich im selben Haus eine Stärkung in flüssiger Form zu sich nehmen oder sich vor dem Besuch des Dorfobersten ein paar Doppelstöckige genehmigen, gewissermaßen, um sich ein wenig Mut anzutrinken.

Wir erhielten den Vortritt. Offensichtlich befürchtete unser Begleiter immer noch, dass wir einen Fluchtversuch unternehmen könnten. Dann klopfte er rechts an einer Tür mit der Aufschrift "Starosta" (Bürgermeister). Von innen ertönte ein Laut, den genauso gut ein Löwe mittleren Ausmaßes oder ein ausgedienter Presslufthammer erzeugt haben könnte.

Wir traten dennoch ein und blieben vor dem bescheidenen Schreibtisch des Bürgermeisters stehen. Außer zwei verstaubten Aktenschränken, einigen Stühlen und einer winzigen Reiseschreibmaschine enthielt der Raum kein weiteres Mobiliar.

Der Bürgermeister selbst saß hinter seinem Schreibtisch. Was er da soeben getan hatte, war nicht zu ersehen, zumal die Platte völlig leer war. Nichts lag darauf, keine Akten, kein Blättchen Papier, kein Bleistift oder ein anderes Schreibgerät. Dennoch blickte uns der Dorfgewaltige recht ungehalten an, als ob wir ihn mitten in der anstrengendsten Arbeit gestört hätten.

Unser Sommersprössling, stolzer Vater eines kleinen Sommersprösslings, ergriff das Wort: „Genosse Bürgermeister, die Zwei da wollen was."

Der Starosta musterte uns indigniert. „Was wollen Sie denn?"

Ich erlaubte mir, einen Schritt vorzutreten. „Ich möchte mich beschweren, Bürgermeister", begann ich.

Weiter kam ich vorerst nicht, denn der Angesprochene fiel mir barsch ins Wort. „Für Sie immer noch 'Herr Bürgermeister'!"

Ich warf einen Seitenblick auf meinen Begleiter und musste mein Grinsen mit Gewalt unterdrücken. Dieser aber zog wieder sein verkniffenes Gesicht und blickte stur nach vorn.

Also begann ich von neuem: „Ich möchte mich beschweren, Herr Bürgermeister." Den "Herrn" betonte ich mit Nachdruck. "Ich bin Angehöriger der Deutschen Wehrmacht, und Sie haben mir alles weggenommen, was ich zum Weiterleben benötige. Kriegsgefangene sind wir doch erst dann, wenn die Russen da sind, oder?"

Ich sah es deutlich: Der Mann hinter dem Schreibtisch dachte angestrengt nach. „Es kann", fuhr ich daher schnell fort, „ja jederzeit passieren, dass hier noch einmal deutsche Truppen auftauchen. Und was dann?"

Der Rothaarige stieß ein zorniges, unwilliges Knurren aus, während es hinter der Stirn des Bürgermeisters immer noch heftig arbeitete. Schließlich stützte er sich mit beiden Händen auf die kahle Schreibtischplatte, stemmte seinen beleibten Körper empor und brummte: „Dann kommen Sie mit!"

Er ging voran, trat durch eine Seitentür in den Gemeindesaal, der gleichzeitig auch der Vorführung von Theaterstücken diente, denn auch dieser Saal hatte eine Bühne aufzuweisen. Als ich aber das Bühnenbild sah, traute ich meinen Augen nicht. Da stand es wieder, das alte, vertraute Försterhaus. Davor eine Bank, aus Birkenstämmchen gezimmert, rundherum wuchsen kerzengerade Tannen in den azurblauen Himmel, der mit weißen Wolkenfetzen bekleckert war. Im Hintergrund äugten ein paar Rehe und ein kapitaler Hirsch neugierig zu uns herüber. Ich konnte mich beim Anblick dieses Bühnenbildes des Eindrucks nicht erwehren, dass in der ganzen Umgebung immer nur ein und dasselbe Theaterstück aufgeführt wurde.

Leider ließ mir der Bürgermeister keine Zeit, noch nähere Überlegungen über das geheimnisvolle Försterhaus im Silberwald anzustellen. Er wies auf einen unübersehbaren Haufen von Gegenständen, der sich in der Mitte des Saales wie ein Vulkankegel erhob. Da lagen sie, unsere so mühsam zusammengerafften Schätze, schön sorgfältig aufeinander geschichtet.

„Hier, nehmen Sie sich, was Sie brauchen", sagte der Bürgermeister und machte eine bezeichnende Geste. Man konnte dem Mann ansehen, wie schwer ihm dieser Entschluss fiel, aber er wollte offensichtlich kein Risiko mehr eingehen. Er wandte sich ab und begann mit seinem Genossen leise aber lebhaft zu diskutieren. Ich konnte mir gut vorstellen, was er dem Sommersprossigen so ins Ohr zischte, aber es interessierte mich wenig.

Wir nutzten die Gunst der Stunde, stürzten uns auf unsere Sachen und begannen herauszusuchen, was wir unbedingt benötigten. Mit vereinten Kräften kramten wir so viel hervor, dass wir sicher sein konnten, für die nächsten Tage ausreichend versorgt zu sein.

Inzwischen schien der Bürgermeister den Posten von der Richtigkeit seines Entschlusses überzeugt zu haben. Er wandte sich wieder an uns und sagte „Sie können die Sachen draußen auf dem Hof aufladen. Der Handwagen steht noch da." Ohne eine Miene zu verziehen, machte er kehrt und strebte seinem leeren Schreibtisch zu.

Wir zauderten keine Sekunde, die ausgesuchten Habseligkeiten so schnell wie möglich auf den Handwagen zu laden. Wer konnte wissen, ob ihn sein Entschluss nicht plötzlich wieder reute und er sein Versprechen zurücknahm. Aber nichts dergleichen geschah. Ohne die geringste Störung konnten wir wenigstens einen Teil der Sachen retten und in unseren Wohnwagen zurückbringen.

Die giftigen Blicke des sommersprossigen Rotschopfes störten uns wenig, auch seine zwischen den Zähnen hervor gepressten Flüche konnten uns die gute Laune nicht verderben.

Ansonsten verlief der Tag weiterhin ruhig, Es brach zwar gegen Mittag ein heftiges Gewitter aus, das uns zwang, unser Mittagessen im Auto einzunehmen. Unsere höfliche Einladung, bei uns vor dem Unwetter Schutz zu suchen, lehnte der Posten barsch ab und zog es stolz vor, am Fahrersitz Zuflucht zu nehmen.

Nachdem sich das Gewitter ein wenig verzogen hatte, erschien sein Sohn und brachte einen Henkeltopf mit Essen. Ich hatte mich nicht getäuscht, es war wirklich der Junge mit den Sommersprossen.

Gegen Abend wurde es wieder ein wenig gemütlicher, denn unser allzu gestrenger Zerberus wurde von Tschulinsky abgelöst, der nur so darauf brannte, gegen uns "Mensch ärgere dich nicht" zu spielen. Er hatte sich anscheinend den ganzen Tag damit beschäftigt, neue Titel für uns zu ersinnen, und so bedachten wir uns an diesem Abend während des ganzen Spieles mit den saftigsten Kraftausdrücken, die wir zu bieten hatten.

Dennoch gelang es der roten Savannenratte und sibirischen Beutelmaus trotz aller Anstrengungen und Fudeleien nicht, sich gegen die kriegsverbrecherischen Hitlerwanzen und braunen Erzhalunken entscheidend durchzusetzen.

„Die Übermacht war zu groß", verkündete er, "aber morgen, morgen da wird sich das Kommunistische Manifest erfüllen! Morgen werde ich euch vom Tisch fegen wie lästiges Ungeziefer!"

Während des Spieles beschlagnahmte Tschulinsky einige Teller mit Lebkuchen, zwei Packungen Kekse, eine halbe Flasche Wein und ein paar Schachteln Zigaretten, ehe er sich auf die Bank legte. „Ein paar Minütchen muss ich mich nach diesem Kampf noch ausruhen. Draußen regnet es immer noch." Kurz bevor ihn der Schlaf übermannte, brammelte er noch: „Versucht mir in der Nacht ja keinen Fluchtversuch! Ich schieße in diesem Falle ohne Warnung."

Meine Sprüche hörte er wohl nicht mehr, die ich ausstieß, als ich mich mit Wonne auf mein Bett plumpsen ließ. Ich fuhr mit derselben Geschwindigkeit und einem lauten Aufschrei des Schmerzes wieder hoch, hatte ich mich doch auf etwas unnachgiebig Hartes und Spitziges gelegt, das sich mir tief in die Rippen bohrte. Es war Tschulinskys Gewehr, das er achtlos und ohne jeglichen Skrupel auf mein Bett geworfen hatte. Von dem Slogan, dass das Gewehr die Braut eines jeden Soldaten sei, hatte ich bisher nicht viel gehalten. Nun aber wurde mir klar, dass ihn nur ein Mensch ausgeheckt haben konnte, der sich noch nie ahnungslos auf seine "Braut" gelegt hatte. Mir jedenfalls, waren ein paar blaue Flecken sicher. Aus allen Rohren schimpfend, warf ich daher den hinterlistigen Schießprügel über Bord.

Das laute Gepolter musste unseren Bewacher doch noch ein wenig aus seinem Schlummer gerissen haben, denn aus der Ecke ertönte seine knarrende Stimme: „Ruhe da drüben, sonst muss ich entsprechende strenge Maßnahmen einleiten!"

Als ich am Morgen erwachte, drang ein ungewohnter, angenehmer Duft in mein Riechwerkzeug. Vera buk Eierkuchen, und sie widmete sich dieser Tätigkeit mit einem besessenen Eifer. Ein recht ansehnlicher Stoß türmte sich bereits auf einem Teller, und immer noch schien der Teig für einen zweiten Turm gleicher Höhe auszureichen. Ich setzte mich auf, betastete stöhnend meinen lädierten Rücken, gähnte herzhaft, wenn auch nicht nach Mikosch-Manier, und fragte überflüssigerweise: „Wie, du bist schon auf?"

„Wie du siehst", musste ich die genauso überflüssige Antwort einstecken. „Wie soll ich auch bei eurem fürchterlichen Geschnarche schlafen können. Hör dir doch den Struppinsky da drüben mal an!"

Vera wies mit dem großen Brotmesser, das ihr zum Wenden der Eierkuchen diente, auf den schlafenden Genossen. „Wenn der nicht bald aufhört, schmeiß ich ihn raus!"

Ich erhob mich ächzend, stieg über das Gewehr und beugte mich über den Genossen Schläfer. Er lag flach ausgestreckt auf der Bank, die rechte Hand auf die Lehne gelegt, während seine linke haltlos im Takte der Schnarchtöne hin- und herpendelte. Seine semmelblonden Haare hingen ihm wirr ins Gesicht, so dass von seinen geschlossenen Augen nicht mehr viel zu sehen war. Der Mund war leicht geöffnet, das Kinn lag auf der Brust, und die Nasenflügel flatterten wie ein Segel im Wind.

Mit Daumen und Zeigefinger hielt ich dem Untergrundschnarcher die Nase zu. Schlagartig wurde er ruhig, dann riss er den Mund auf wie ein Karpfen im Trockenen und begann mit rasselndem Gurgeln, Luft in sich hinein zu saugen, die er dann schnaubend wieder von sich stieß.

„Du hast Recht, Vera. Er schnaubt ja wirklich fürchterlich!", stellte ich fest.

Vera blickte mich viel sagend an: „Gegen dich, lieber Hardi, ist er ein winziges Würstchen, ein wahres Vaserl", lachte sie und klatschte ein Riesenstück Kirschmarmelade auf den Pfannkuchen. „Du entwickelst nämlich beim Schnarchen einen Lärm wie ein Dutzend Motorsägen. Was denkst du, wie leid es mir in der Nacht tat, dass ich nicht im unteren Bett gelegen habe!"

Ich ließ die Nase des Genossen los, was er mit einem Laut zur Kenntnis nahm, der uns erschauern ließ. „Ich habe gelesen, dass viele glauben, andere schnarchen, dabei hören sie ihr eigenes Gekrächze!"

„Hör auf, hör auf! Weck lieber unseren Aufpasser, das Frühstück ist fertig!"

Nichts tat ich lieber. Ich ergriff den sägenden Schläfer an den Schultern und begann kräftig zu rütteln. Dabei rief ich so laut ich konnte: „Genosse Tschuprinsky, aufwachen!"

Er wurde wach, öffnete seine Augen zu einem schmalen Spalt und brummte mürrisch: „Willst du mich ermorden? Du reißt mir noch die Schultern aus! Das käme dir teuer zu stehen, einen von der Volksmiliz abzumurksen."

Ich ließ ihn los und setzte mich an den Kaffeetisch.

Vera stellte einen der beiden Türme mit ihren verlockend duftenden Eierkuchen auf den Tisch. „Guten Morgen, Genosse Schrullinsky", sagte sie lachend.

„Ich heiße Tschulinsky, und 'Guten Morgen' sage ich nur meinen Genossen. Solchen kapitalistischen, braunen Nazikackern wünsche ich höchstens einen denkbar schlechten Morgen." Er ergriff seine Kaffeetasse und tat einen kräftigen Schluck. Dann verzog er das Gesicht. „Der Kaffee könnte auch besser gezuckert sein, der ist ja bitter wie eure gestrige Niederlage."

Ich reichte ihm die Tüte. „Hier, Genosse Spulinsky, bediene dich!"

Da unser Gast gerade einen halben Palatschinken in den Mund geschoben hatte, presste er nur ein „Tschul ..." hervor, wobei ein großer Pfannkuchenbrocken seinem Mund entfloh und in seinen Kaffee fiel.

„Ich muss ja sagen, schöne Tischsitten haben die Genossen", wandte sich Vera an mich, spucken ihre Eierkuchen in den Kaffee!"

Ich sah zu, wie der Partisan das Teigstück aus dem Kaffee fischte und grinste so höhnisch wie möglich. „Na ja, wen wundert das? Er heißt ja nicht umsonst Spuckinsky."

Unser Miroslaw hatte das Stück eben in den Mund geschoben, als er prustend und schnaubend zu lachen begann, wobei das gerettete Stück in hohem Bogen genau dort landete, wo er es herausgefischt hatte.

Ich hatte keine Mühe, mich dem allgemeinen Gelächter anzuschließen.

„Sieh mal an", warf ich ein, „da lacht er, unser Genosse Sturinskiy! Wie würde er erst lachen, wenn sein Eierkuchen in unseren Kaffee gefallen wäre!"

Tschulinsky brauchte noch eine Weile, dann brach er abrupt sein Lachen ab, blickte todernst im Kreise und sagte im Brustton der Überzeugung: „Ja, natürlich lache ich! Aber ich lache ein edles, herzliches, kommunistisches Lachen. Ihr zwei aber lasst ein dreckiges, hinterlistiges, kapitalistisches Geblöke ertönen!"

Er wollte erneut sein edles Kommunistenlächeln aufsetzen, jedoch sein Antlitz erstarrte mit einem Schlag. Er wurde bleich, sein Blick war starr nach draußen gerichtet. Aufgeregt streckte er seinen Arm aus und zeigte nach Süden in Richtung Hauptstraße. Seine Hand zitterte ein wenig, als er mit gepresster Stimme ausstieß: „Da, auf der Straße - russische Panzer!"

Ich sprang auf und lugte um die Ecke. In der Tat, was sich da in der Ferne auf der Straße bewegte, waren unverkennbar russische Panzer. Leise pfiff ich durch die Zähne: „Damit, schätze ich, ist der Krieg endgültig für uns vorbei." Ich sprang von der Plattform und half Vera herunter.

Tschulinsky stand immer noch unbeweglich da und starrte nach Süden.

Ich zupfte ihn an den Hosenbeinen. „Was stehst du da so bleich, Genosse Tschulinsky? Ich warte immer noch auf dein herzliches, ich möchte sagen, infernalisches Jubelgeschrei. Jetzt, wo du deine über alles geliebten Befreier aufkreuzen siehst, da muss doch eine Freude in deinem Herzen aufziehen, dass ..."

„Schweig, du Naziwurm! Dir werden sie schon deine Hammelbeine lang ziehen, Bürschchen!" Tschulinsky setzte sich auf die Plattform und stieg vorsichtig herunter.

Nun standen wir alle drei auf dem idyllischen Waldweg und blickten mit gemischten Gefühlen auf das kleine Stückchen Landstraße, auf der sich in langer Kolonne ein endloser Zug russischer Militärfahrzeuge nach Westen bewegte. Keiner von uns sagte ein Wort, die fröhliche Stimmung war verflogen, ein dumpfer, beklemmender Druck lastete mit einem Male auf uns. Vielleicht war es die Furcht vor dem Ungewissen, vielleicht die unterbewusste Ahnung drohenden Unheils; wer vermag das heute noch zu sagen.

Jedenfalls standen wir lange Zeit schweigend nebeneinander und blickten immer in dieselbe Richtung. Bis wir hinter uns Schritte vernahmen. Zwei Tschechen kamen an, beide mit der roten Armbinde versehen, beide mit einem Karabiner bewaffnet.

Tschulinsky ging ihnen entgegen, und die Drei sprachen aufgeregt miteinander.

Wir konnten kein Wort verstehen, es war aber nicht schwer zu erraten, um was sich ihr Gespräch drehte. Ich nutzte die sich bietende Gelegenheit, zog meine Uniformjacke an, wie es sich für einen zünftigen Kriegsgefangenen gehört, und versorgte mich ausgiebig mit vollen Zigarettenschachteln, die ich mir unter das Hemd und unter die Jacke stopfte. Mein Körperumfang nahm dadurch zwar erheblich zu, das war aber nur von zweitrangiger Bedeutung.

Schließlich winkte uns der eine Milizmann herbei. Es war der schon rein äußerlich als Roter erkennbare Sommersprössling. „Los, kommt beide mit", kommandierte er.

Ich wollte wissen, wohin wir gebracht werden sollten.

„Wir bringen euch dahin, wo ihr hingehört. Ins Gefangenenlager.

„Und die da", er zeigte auf Vera, „die kommt ins Lager für Zivilisten."

Ich warf einen Blick auf unser schönes Auto. „Und unsere Sachen?" fragte ich, obwohl ich mir die Antwort selbst geben konnte.

„Die bleiben hier. Also los, dawaj, dawaj!"

Jetzt fingen sie auch schon an, mit Russischbrocken herumzuwerfen. Sie verschlossen den Kastenwagen, nahmen uns in die Mitte und gaben uns zu verstehen, dass wir mitzugehen hätten.

Was blieb uns anderes übrig! Mit einem wehmütigen Blick auf die Stätte unseres leider so kurzen Glücks, schlossen wir uns unseren Begleitern an.

Bis der Wortführer plötzlich stehen blieb und Tschulinsky mit einem strengen Blick musterte. „Genosse Miroslav, wo hast du denn dein Gewehr?"

Dieser blickte, sich schnell vergewissernd, auf seine gewehrlose Schulter und wurde rot bis an die Haarwurzeln. „Ach ja, das Gewehr…, das hab' ich …, das liegt…, ich hol es schnell." Mit Riesenschritten preschte er los, sah mich im Vorbeieilen schamlos grinsen und kniff seine Lippen zusammen.

Sein Vorgesetzter sah kopfschüttelnd zu, wie der Widerstandskämpfer und Partisan sein Gewehr aus dem Fahrzeug angelte, es sich über die Schulter warf und eilig angekeucht kam. Er sagte aber weiter nichts, und wir setzten unseren Marsch fort.

Vera und ich schwiegen uns ebenfalls aus, aber wir grinsten immer noch so schamlos wie möglich. „Aber Genosse Schmutzinski", raunte ich ihm zu, „wie kann denn ein Genosse Widerstandskämpfer sein Gewehr liegenlassen! Tss, tss, tss!"

Er murmelte wieder etwas von lang gezogenen Hammelbeinen und verbrecherischen Kriegsverbrechern, er wollte auch noch mehr sagen, aber der Oberpartisan drehte sich um und rief verweisend: „Genosse Miroslaw, sprich nicht mit den Gefangenen!"

„Mirotzlaff", grinste ich, „Mirotzlaff Schurkinsky fällt schon wieder auf."

Er kochte vor Ärger, und ich sah, wie er einen Schritt hinter uns zurück blieb. Seine Absicht, mir einen hinterlistigen Tritt zu versetzen, war leicht zu durchschauen. Diesen heimtückischen Plan machte ich ihm zunichte, indem ich mich nach vorne schob und mich an die Seite des Partisanenbosses drängte.

Wir hatten das Dorf links liegengelassen und waren einem schmalen Pfad gefolgt, der leicht bergab führte.

Ich suchte einen Vorwand. „Wo befindet sich denn das Lager für die Zivilisten?" fragte ich schließlich und deutete auf meine Begleiterin.

Der Angesprochene gab mir mürrisch Auskunft: „Das ist gleich daneben", brummte er widerwillig und wandte sich ab.

Ich indessen musste erfahren, dass meine Flucht nach vorn vergeblich gewesen war, denn soeben erreichte Tschulinskys Stiefelspitze doch noch ihr Ziel.

Als wir den Wald verließen, sahen wir ungefähr 500 Meter unter uns das "Gefangenenlager". Eine Wiese, eine ehemalige Pferdekoppel, nur mit ein paar Pfosten ringsum abgegrenzt.

Links waren die Zivilisten untergebracht, das sah man schon von weitem. Pferde, voll beladene Wagen, Frauen und Kinder auf der einen Seite, uniformierte Gestalten auf der anderen, dazwischen ein primitiver Zaun, ein paar in den Boden gerammte Pfosten, jeweils mit zwei Stangen verbunden.

Vor dem Lager standen ein paar russische Militärfahrzeuge. Zwei davon bildeten einen provisorischen Eingang, vor dem zwei Russen Wache schoben. Neben dem Auto stand ein Sowjetoffizier und blickte uns teilnahmslos entgegen.

Unsere drei Begleiter traten auf ihn zu und nahmen so etwas wie eine stramme Haltung ein. Sie meldeten ihm anscheinend, was sie ihm da für eine kostbare Beute mitgebracht hatten.

Der Kommissar nickte lässig und gab mir mit einer matten Geste das Zeichen, zwischen den Fahrzeugen durchzugehen. Für Vera beschrieb er mit einer kreisenden Bewegung seines Armes, das Lager zu umrunden und sich unter das Zivilvolk zu mischen.

Ich winkte meiner Schicksalsgefährtin noch einmal zu und schritt den beiden Posten entgegen.

Tschulinsky ging noch ein paar Schritte neben mir her. „Lass dich wieder einmal in unserem Dorf sehen, wenn du deine 20 Jahre wegen deiner Kriegsverbrechen abgebrummt hast", sagte er und blieb stehen.

„Ich komme bestimmt, und viel früher, denn den Tritt in meinen Hintern, den bekommst du wieder, Genosse Schuftinsky!"

Er blieb zurück und winkte verstohlen, während ich mit gemischten Gefühlen auf die beiden Posten zuging. „Wenn sie dich nur nicht filzen", dachte ich besorgt, „dann bist du deine schönen Zigaretten los."

Aber die Russen sprachen miteinander und beachteten mich kaum. Ich hingegen betrachtete sie mir etwas genauer, schließlich hatte ich bisher noch nicht die Gelegenheit, einen Soldaten der Roten Armee von der Nähe zu besehen.

Dem einen schien das nicht zu gefallen, denn er winkte energisch und brüllte: „Dawaj", ein Wort, das ich noch zur Genüge kennen lernen sollte.

Nichts tat ich lieber als das und beeilte mich, seinem Dawaj nachzukommen. Unbehelligt betrat ich das Lager. Was ich vor mir sah, ist schnell beschrieben: Eine große Wiese, auf dem Rasen ein paar herumlungernde uniformierte oder annähernd uniformierte Gestalten, dahinter der Zaun und das Zivilistenlager. Es mochten meiner Schätzung nach ungefähr 300 Landser aller möglichen Waffengattungen sein.

Ich trat an den Zaun, der uns von den Zivilisten trennte, und schritt an ihm entlang. Dabei versuchte ich, in dem Durcheinander, das auf der anderen Seite herrschte, Vera zu entdecken. Es dauerte aber eine ganze Weile, ehe ich sie erblickte.

Sie tat dasselbe wie ich, ging am Zaun entlang und hielt nach mir Ausschau. Wir stellten uns jeder auf seiner Seite an den Zaun.

„Ich bin gespannt, wie das hier weitergeht", sagte ich. „Wir zwei jedenfalls dürfen uns nicht aus den Augen verlieren."

„Auf keinen Fall", antwortete Vera zuversichtlich, „ich komme jede Stunde einmal an den Zaun, vielleicht erfahre ich, was mit uns geschehen soll."

Ein Landser, der nicht weit von unserem Standort im Grase hockte, rief uns an: „He, du da, das Sprechen mit den Zivilisten ist verboten! Du kriegst Ärger, wenn sie dich da sehen!"

In diesem Moment pfiff jemand auf einer Trillerpfeife und rief: „Alles im Karree angetreten!"

„Wann hört das wohl endlich auf, dieses ewige Antreten", dachte ich, während ich mich der Menge anschloss, die sich langsam zur Mitte des Platzes begab, um dort das geforderte Karree zu bilden. So dauerte es eine geraume Zeit, ehe sich der müde, traurige Haufen zu einer Formation aufgestellt hatte, die nur andeutungsweise an ein Viereck erinnerte.

Es war Mittagszeit, das Wetter war trübe und nur mäßig warm. Wir standen also da und warteten geduldig auf das, was sich jetzt ereignen sollte. Das Warten hatten wir ja lange genug gelernt. Unsere Geduld aber wurde dennoch auf eine recht harte Probe gestellt. Über eine Stunde verging, und es ereignete sich nicht das Geringste. Erst als wir uns allmählich wieder zu zerstreuen begannen, kam ein Jeep durch die provisorische Einfahrt geschaukelt und blieb vor uns stehen.

Ein russischer Offizier, der neben dem Fahrer saß, erhob sich und bedeutete uns mit einem Handzeichen, dass wir ruhig sein sollten.

Es trat auch augenblicklich Ruhe ein, schließlich war jeder von uns gespannt wie ein Regenschirm, was nunmehr mit uns geschehen sollte. Lange brauchten wir darüber nicht im Unklaren zu bleiben, denn die Ansprache, die wir vernahmen, war nicht lange, dafür aber umso inhaltsreicher.

„Doitschjä Soldatjän", begann der Sowjetoffizier in dem den Russen eigenen Deutsch, „där Chitlerfaschismus ist zärschlagän, die doitschje Wehrmacht gäschlagän, die doitschjen Städte zärstjort, abär auch viel in unserär Cheimat zärstjort." Sinngemäß stellte er weiter fest, dass wir das russische Land zerstört, hätten, es also unsere Pflicht und Schuldigkeit sei, es auch wieder aufzubauen. Also würden wir ein paar Jahre in die Sowjetunion kommen, um mitzuhelfen, alles wieder aufzubauen. Wenn wir dann zurückkämen, wäre unsere Heimat inzwischen auch wieder aufgebaut und alle könnten in Frieden und „gljucklich ljebän zum Wohle eines sozialistischen doitschjen Vollkäs."

Das war der ganze Vollkäs. Mehr wollte ich auch nicht wissen. Für ein paar Jährchen also. Für wie viele Jahre, das war offen geblieben. Zwei, drei oder gar fünf? Wer vermochte das schon im Voraus zu sagen. Das hätte mir gerade noch gefehlt, jetzt, wo der Krieg zu Ende war, noch für eine völlig unbestimmte Zeit in die Gefangenschaft zu wandern. „Ohne mich", dachte ich fest entschlossen, „ohne mich!"

Überall in der Runde herrschte Betroffenheit, Verwirrung, Mutlosigkeit, Ungewissheit und Hoffnungslosigkeit. Fliehen? Wohin? Sich irgendwo im Wald verstecken, um doch wieder eingefangen zu werden?

Als der Jeep wieder abgefahren war, setzten sich die Männer wieder ins Gras und stierten vor sich hin. Viele hatten die Tragweite des Geschehens noch nicht erfasst oder gar geistig verarbeitet.

Der Abmarsch aus dem Lager sollte bereits morgen früh erfolgen, vorher erhielt jeder sogar Marschverpflegung. Das jedenfalls wurde uns auch noch verkündet.

Ich begab mich wieder an den Zaun, der uns von den Trecks trennte, und setzte mich mit dem Rücken zur Absperrung. Vera auf der anderen Seite tat dasselbe. „Ich habe alles mit angehört", flüsterte sie, „was wirst du jetzt machen?"

„Auf keinen Fall gehe ich mit. Keine zehn paar Pferde bringen mich dahin.- Pass mal auf: In der Nacht komm ich zu euch hinüber. Du musst inzwischen einen Wagen ausfindig machen, der in Richtung Ostrau fährt. Das andere mache ich dann schon."

Vera versprach, ihr Möglichstes zu unternehmen. Dann trennten wir uns, und ich verzog mich vom Zaun, denn ein paar Russen marschierten zwischen uns herum und fragten nach noch vorhandenen Waffen.

Zu essen gab es natürlich nichts, und ich konnte froh sein, heute Morgen so ausgiebig gefrühstückt zu haben.

Der Nachmittag verlief in öder Eintönigkeit und Langeweile, nirgends kam so etwas wie Stimmung auf. Wir saßen im Gras herum, dösten vor uns hin, und unsere Gespräche drehten sich nur um ein Thema. Wohin wollte man uns verfrachten. Ab und zu kamen neue Gefangene ins Lager. Sie wurden bereits am Eingang einer genauen Leibesvisitation unterzogen, was man zum Glück bei uns noch versäumt hatte.

Da für mich feststand, dass ich auf die paar Jährchen in der Sowjetunion verzichten wollte, hatte ich mich längst wieder beruhigt und wartete mit Ungeduld auf den Einbruch der Dunkelheit.

Stellungswechsel

Gegen Abend schürten unsere Bewacher in der Mitte der Wiese ein mächtiges Feuer an und verstärkten die Posten. Wir lagerten rund um die wärmenden Flammen, umrundet von zwei russischen Doppelposten.

Es wurde unvermittelt dunkel. Ein leichter Nieselregen setzte ein, gleichzeitig wurde es erheblich kälter. Das alles trug keinesfalls dazu bei, die gedrückte Stimmung zu heben.

Ich beschloss, den geplanten Stellungswechsel möglichst schnell vorzunehmen. Das bereitete mir keinerlei Schwierigkeiten. Während sich alle an das wärmende Feuer drängten, hatte ich mich in der hintersten Reihe in größtmöglicher Nähe des Zaunes in das nasse Gras gesetzt. Jetzt brauchte ich nur den Moment abzupassen, in dem sich die Posten auf der gegenüberliegenden Seite der Wiese befanden, und schnell hinüber zu kriechen. Die Flammen flackerten inzwischen längst nicht mehr so hoch, und ihr rötlicher Schein reichte bei weitem nicht aus, den ganzen Platz zu erleuchten.

Als die beiden wackeren Sowjetsoldaten hinter mir vorbeimarschiert waren und im Dunkeln verschwanden, robbte ich wie Old Shatterhand zum Zaun und kroch unter dem Querpfosten hindurch. Das ganze Manöver dauerte wenige Sekunden, und es gehörte weder Heldenmut noch besondere Geschicklichkeit dazu. Hinter dem Zaun angekommen, krabbelte ich zur Sicherheit unter einem Wagen hindurch, ehe ich mich wieder auf die Beine erhob. Dann schlich ich zu der Stelle, an der ich mit Vera gesprochen hatte. Aber sie war nicht dort. Ich wollte mich gerade wieder etwas vom Zaun zurückziehen, da tauchte sie aus der Dunkelheit auf.

„Da bist du ja endlich", flüsterte sie, und in ihrer Stimme schwang deutlich Erleichterung. „Ich war schon ein paar Mal hier und dachte schon, du kämst überhaupt nicht mehr."

Dann umarmten wir uns stürmisch, so sehr freuten wir uns, dass wir wieder beisammen sein konnten.

„Hast du denn etwas Passendes für uns gefunden?", wollte ich als erstes wissen.

„Aber natürlich! Wir haben Glück. Da ist eine Frau Sykora mit ihrem Wagen. Sie will nach Schönbrunn. Sie nimmt uns beide mit, das hat sie mir versprochen. Frau Sykora ist sogar heilfroh, wenn wir mitkommen, denn sie ist mit ihrem Pferd und dem voll beladenen Wagen allein. Komm, ich führ' dich gleich hin!"

Vera ergriff meine Hand und zog mich zielsicher durch die schmalen Lücken zwischen beladenen Wagen, schlafenden Menschen, umher liegenden Gepäckstücken und angeschirrten Pferden bis an das gegenüberliegende Ende der Wiese, wo ein einzelner, hoher Leiterwagen stand. Eine kleine, rundliche Frau war gerade damit beschäftigt, irgendetwas an ihrem Fahrzeug festzuschnallen.

Als sie uns kommen hörte, wandte sie sich um. „Du willst mir also behilflich sein, wenn wir weiterfahren?" fragte sie mich und reichte mir die Hand.

„Ja gerne! Ich bin ja heilfroh, von hier wegzukommen!" Ich machte eine bezeichnende Geste nach hinten, wo der Schein des Lagerfeuers den düsteren Nachthimmel erhellte. „Was ich aber als erstes dringend brauche, ist ein Zivilanzug, sonst werde ich morgen früh gleich wieder kassiert."

„Das habe ich mir schon gedacht", flüsterte mir Frau Sykora bedeutungsvoll zu, hab' dir schon einen Mantel von meinem Mann herausgesucht." Während sie sprach, musterte sie mich prüfend von Kopf bis Fuß. „Er wird dir schon passen. Mein Mann ist zwar etwas kleiner als du, dafür etwas fülliger. Aber in der Not frisst der Teufel Fliegen."

Sie reichte mir die Sachen. „Hier hast du auch ein Hemd und Schuhe, Größe 43."

Na, das ging ja weitaus besser als gedacht. Dankbar ergriff ich die Kleidungsstücke, holte mir vom Vordersitz eine Decke und kroch mit den Sachen unter den Leiterwagen. Unter dem Schutz der Decke begann ich zuerst, mich der lästigen Uniform zu entledigen. Diesmal endgültig, so hoffte ich. Nach einigen akrobatischen Verrenkungen und Verdrehungen gelang es mir, Jacke, Hemd und Hose abzustreifen wie eine Schmetterlingsraupe ihre Haut. Dann schlüpfte ich in das blütenweiße Hemd und die Hose, deren Bund sich als reichlich weit erwies. Das wurde aber, wie sich später herausstellte, dadurch ausgeglichen, dass sie mir nur knapp an die Knöchel reichte. Die Schuhe waren eine Nummer zu groß, passten mir also wunderbar. Um beim Vergleich mit dem Schmetterling zu bleiben, schälte ich mich nun unter der Decke hervor wie ein Falter aus der Puppe. Ich erhob mich, zog den Gürtel kräftig an, und siehe da, die Hose passte. Ich probierte auch gleich den Rock an. Natürlich waren die Ärmel ein Stück zu kurz und das ganze Kleidungsstück ein wenig weit. Aber was machte mir das schon aus. Ich war wieder Zivilist, und das war die Hauptsache.

Frau Sykora betrachtete mich wohlgefällig. Sie schien halbwegs zufrieden zu sein. „Na ja, so gefällst du mir gleich viel besser. Mein Mann ist eben ein wenig dicker und kleiner. Der ist jetzt irgendwo in Frankreich." Nach einer kurzen Pause fragte sie: „Du kannst doch mit Pferden umgehen, gelt?"

„Aber selbstverständlich kann ich das", beeilte ich mich zu antworten, und diese faustdicke Lüge floss mir leicht von den Lippen.

In Wirklichkeit hatte ich in meinem ganzen Leben nur einmal etwas mit Pferden zu tun gehabt. In meiner Kindheit verbrachte die ganze Familie die Sommerferien auf einem Bauernhof in den Beskiden. Eines Tages besichtigte ich mit meinem Bruder den Pferdestall. Ein Veterinär war gerade damit beschäftigt, den Pferden Thermometer in den Allerwertesten zu schieben, was wir mit großem Interesse zur Kenntnis nahmen. Wir erhielten sogar die Erlaubnis, nach fünf Minuten den Pferden die Thermometer wieder herauszuziehen, während der Tierarzt sich in den Schweinestall begab. Wir spielten in der Zwischenzeit mit den beiden Fohlen, fütterten sie und dachten an alles Mögliche, nur nicht an die Fiebermesser. Als wir uns dann doch an unseren Auftrag erinnerten, waren die Thermometer spurlos in der besagten Öffnung verschwunden. Nicht einmal die Schnüre, die am Ende herunterhingen, waren zu sehen. Uns blieb nichts anderes übrig, als die Ärmel hochzukrempeln und die Dinger herauszuholen, ehe der Veterinär erschien. Beim Ziehen hielt sich mein Bruder aus unerfindlichen Gründen am Schwanz des Pferdes fest. Den Tritt mit dem Hinterhuf bekam dafür ich ab, und mein Schienbein war wochenlang blau angelaufen.

Mehr Erfahrung hatte ich im Umgang mit Pferden nicht erworben. Ich wusste nur noch, dass man so ein Tier mit Hilfe von "Hüh und Hott" in Bewegung setzen und mit einem kräftigen "Prrr" zum Stehen bringen konnte. Schließlich war mir noch bekannt, dass sich Pferde unter anderem noch von Hafer ernähren. Das war alles, und langsam begann ich zu bereuen, dass ich mich so voreilig als Pferdeexperte ausgegeben hatte.

Dennoch sah die Welt jetzt wieder entschieden erträglicher aus. Wir legten die Decken unter den Wagen, wickelten uns hinein, und während ein unangenehmer Nieselregen alles in triefende Nässe hüllte, schliefen wir sorglos und zufrieden ein, glaubten wir doch, nunmehr das Schlimmste überstanden zu haben.

Lange schliefen wir allerdings nicht, denn es hörte die ganze Nacht nicht auf zu regnen. Wir lagen zwar ein wenig geschützt unter dem Wagen, aber das half auf die Dauer wenig. Von oben begann es auch zu tropfen, und der feine Regen durchdrang mühelos unsere Decken. So begannen wir bald vor Kälte und Nässe mit den Zähnen zu klappern und waren froh, als endlich der Tag anbrach.

Steif und durchfroren schälte ich mich aus der regennassen Decke, kroch unter dem Wagen hervor und versuchte, mit Hilfe aller möglichen und unmöglichen Verrenkungen, wieder etwas Wärme in meine Glieder zu bekommen.

Vera tauchte auch feucht und zerknittert unter dem Wagen auf und bewunderte wortlos meine Morgengymnastik. Natürlich strengte ich mich nun noch ein bisschen mehr an und ließ mich zu Boden fallen, um einige Liegestütze auszuführen.

Vera aber machte alle meine Anstrengungen zunichte, indem sie sagte: „Und ich dachte zuerst dich hätte eine Biene oder Hornisse gestochen. So ungefähr bist du hier herumgehüpft."

Ohne meinen ersten Liegestütz zu beenden, erhob ich mich. „Ich turne hier mit größter Eleganz die schwierigsten Bodenübungen, und du denkst, mich hätte irgend so ein Biest gestochen. Da kann man sehen, was ihr Frauen schon von Sport versteht."

Frau Sykora hatte schon längst ihre beiden Pferdchen versorgt und kam gerade mit einem Eimer Wasser an. Sie lächelte gewinnend. „Habt ihr beiden auch Hunger?"

Das war aber auch eine Frage! Ich befühlte meinen leeren Magen. „Der Hunger wühlt nur so in meinen Eingeweiden", stöhnte ich.

„Und in meinen auch", bekräftigte Vera.

„Na, dem kann abgeholfen werden", lachte Frau Sykora, „ich hab` schon was für euch vorbereitet."

Und in der Tat, vorn auf dem Sitzbrett lagen sauber auf einem Stück Papier ein paar Scheiben Brot und für jeden ein großes Ende Wurst.

„Das ist noch selbst Gemachtes von der letzten Schlachtung!" Sie kniff listig ein Auge zu. „Schwarzschlachtung natürlich."

Wenn uns bei dem Hunger, den wir verspürten, das Brot auch ohne Wurst genauso gut geschmeckt hätte, so lobten wir ihre hauseigene Wurst in den höchsten Tönen, sahen wir doch, wie sehr sich die gute Frau darüber freute. Vom Anfang an behandelte sie uns, als ob wir ihre Kinder wären. Mit ihrem stets freundlichen, liebevollen Wesen sorgte sie für uns wie eine Mutter, so dass wir bald zusammen lebten, wie eine kleine Familie.

Frau Sykora deutete auf die andere Seite. „Habt ihr schon gesehen? Die armen Soldaten sind schon längst abmarschiert."

In der Tat, die Wiese neben uns war leer, auch die Fahrzeuge am unteren Ende des Platzes waren verschwunden.

„Wer weiß, wohin man sie bringt. Vielleicht gar bis nach Sibirien."

„Ach was, das glaub' ich nicht. Ich glaube eher, man lässt sie doch noch laufen." Das war damals meine viel zu optimistische Meinung. Schnell verscheuchte ich alle diese trüben Gedanken und wandte mich wieder unserer momentanen Wirklichkeit zu. „Es wird Zeit, dass sich bald etwas tut. Oder sollen wir hier auf dieser klitschnassen Wiese ewig herumsitzen?"

Vera wollte mich trösten. „Es wird sich schon etwas tun. Sie können uns hier nicht zu lange festhalten."

Aber der Vormittag verging, und es tat sich überhaupt nichts. Die beiden Tschechen, die mit Gewehr und roten Armbinden zwischen den Wagen herumstolzierten, wussten auch nichts. Oder sie taten so, als ob sie nichts wüssten.

Zum Glück hatte es aufgehört zu regnen, hin und wieder kam sogar die Sonne zum Vorschein und schenkte uns frierenden Gestalten ein wenig Wärme. Das war aber auch alles, was sich vorerst ereignete.

Gegen Mittag erschien ein Auto, besetzt mit zwei Genossen mit roten Armbinden. Kaum war das Fahrzeug stehen geblieben, erhob sich einer von den beiden und schrie: „Alle Zivilisten melden sich am Bürgermeisteramt. Ausweise sind mitzubringen. Sie erhalten ein Papier, das Sie berechtigt, in Ihre Heimatstadt oder Ihr Heimatdorf zurückzukehren. Zuerst die Anfangsbuchstaben A – D!"

„Schon wieder ein Bürgermeister", dachte ich, obwohl ich mit dem letzten eigentlich gar keine so schlechten Erfahrungen gemacht hatte. Die Anfangsbuchstaben waren mir ohnehin egal, da mein Name noch nicht feststand. Ich beschloss, mich nach den Anfangsbuchstaben unserer Gastgeberin zu richten und erteilte mir den schönen Namen Bedr'ich Suchy.

Vera, und das erfuhr ich erst jetzt, hörte auf den Familiennamen Schwarz. Somit kamen wir alle drei ungefähr zur gleichen Zeit an die Reihe. Aus Gründen der Vorsicht beschlossen wir, so zu tun, als ob wir nicht zusammengehörten.

Es vergingen zwei Stunden, ehe der Buchstabe S aufgerufen wurde. Da ich nach meiner übereilten Flucht aus der Kaserne mein Soldbuch im Stich lassen musste, hatte ich mir eine nette und glaubwürdige Geschichte ausgedacht, um dem Bürgermeister oder seinem Angestellten den Verlust meiner so kostbaren Ausweispapiere schmackhaft zu machen.

Dennoch fühlte ich mich nicht besonders wohl in meiner Haut, als ich mich in das Dorf begab.

Das Bürgermeisteramt sah nicht viel anders aus als im Nachbardorf, zumindest von außen.

An einer verwitterten Tür stand mit riesigen, krummen Lettern "Propuski – Ohne Klopfen eintreten" .Ich trat wunschgemäß ein, ohne zu klopfen, und befand mich in einem kleinen Raum, in dem mehrere Tische zu einer Reihe zusammen geschoben waren. Dahinter saßen zwei Männer, ebenfalls mit den anscheinend unentbehrlichen roten Binden ausgestattet. Der Linke, ein bulliger Kerl mit kurz geschorenen Haaren, hielt mir die Hand vor die Nase, ohne mich anzusehen.

Ich ergriff die dargebotene Flosse und schüttelte sie. Die Hand riss sich los, und der Kerl sah mich erbost an. „Deine Papiere will ich sehen, du Ochse!"

Ochse klingt im Tschechischen viel schöner, und ich war auch gar nicht beleidigt. „Hmmm, meine - Papiere... ", wiederholte ich gedehnt, „meine Papiere..., die ... habe ich nicht mehr."

Der bullige Kerl stieß seinen Nachbarn an, der damit beschäftigt war, einen Stoß Propusk-Formulare mit einigen Stempeln zu versehen. Sein kahler Kopf war tief über die Formulare gebeugt, während er mit wahrer Andacht den Stempel auf die Papiere drückte.

„Du, das Bürschchen da hat keine Papiere."

Das gelangweilte Gesicht des Propusk-Stemplers belebte sich ein wenig. Er warf mir einen Blick zu, in dem so etwas wie Interesse zu lesen war. „Soso, du hast also keinen Ausweis! Hast du keinen Ausweis, kriegst du auch keinen Propusk. Hast du keinen Propusk, kommst du hier nicht weg. Und den kriegst du so lange nicht, bis wir deine wahre Identität festgestellt haben. Du kannst ja ein verkleideter SS-Mann sein oder wer weiß was."

Ich schüttelte energisch den Kopf und antwortete in bestem Ostrauer Tschechisch: „Um Gottes Willen, ich und bei der SS. Ich war zur Zwangsarbeit in Prag in einer Munitionsfabrik."

„Name!"

„Bedrich Suchy, geboren am 22. Mai 1924 in Ostrau."

„Wohnhaft?"

„Bahnhofstraße 39."

„Beruf?"

Ich überlegte fieberhaft. Was konnte man denn in einer Munitionsfabrik sein? Das hätte ich mir früher überlegen müssen. Dann fiel mir ein: Patronen sind rund. Also sagte ich: „Dreher."

Meine Antworten wurden fleißig notiert. Dann hob der Kahlköpfige noch einmal mühsam seine schweren Augenlider. „Und jetzt erzähl mir noch, wie du um deine Papiere gekommen bist. Aber sag mir ja die Wahrheit! Es kommt eh alles raus."

„Das war so: Wie die Russen, ich meine unsere sowjetischen Genossen, Prag besetzt haben, da wollte ich wieder nach Hause. Zuerst hat mich einer mit dem Auto mitgenommen, dann bin ich ein Stück zu Fuß durch den Wald gegangen. Da sind plötzlich zwei deutsche Soldaten gekommen. Der eine hat mir sein Gewehr vor den Bauch gehalten und hat gesagt: „Los, gib schon deinen Ausweis her! No, was sollt' ich machen? Sollte ich mir in den Bauch schießen lassen? Bloß wegen eines Ausweises? Da hab' ich ihm halt meine Papiere gegeben."

Die beiden blickten sich an. Schließlich sagte der Kurzgeschorene: „Deine Geschichte ist so blöd, dass wir nicht glauben, dass du sie erfunden hast. Wenn du aber gelogen hast, dann wird man dir schnell hinter deine Schliche kommen. Und dann ergeht es dir dreckig, mein lieber Suchy, sehr dreckig." Zu seinem kahlen Nachbarn gewandt, murmelte er: „Stell ihm einen Propusk nach Ostrau aus! Und mach ihm einen provisorischen Ausweis, sonst kommt der Kerl nirgends durch!"

Ich atmete tief auf. Das wäre geschafft, das Weitere würde sich bestimmt auch wieder finden.

Als der Glatzköpfige den zweiten Stempel voller Hingabe anhauchte, um ihn dann liebevoll aufs Papier zu drücken, öffnete sich die Tür und jemand sagte: „Hier habt ihr noch ein paar Formulare, Genossen."

Ich fuhr zusammen. Diese Stimme! Die hatte ich doch erst vor kurzem gehört, diese grobe, knarrende Stimme! Von einer düsteren Ahnung ergriffen, drehte ich mich um, und ich hatte mich nicht getäuscht. Da stand er in voller Lebensgröße: dürre Säbelbeine, die semmelblonden Haare wirr bis an die

himmelblauen Augen herunterhängend - Miroslav Tschulinsky!

Ich starrte ihn entgeistert an, er mich ebenfalls. „Jetzt
kriegt er dich an den Hammelbeinen", dachte ich und überlegte krampfhaft, wie ich mich jetzt noch herausreden könnte.

Tschulinsky erholte sich verständlicherweise als erster. Er
kam auf mich zu und klopfte mir auf die Schulter. „Da bist du
ja wieder, Genosse", grinste er hinterhältig, „und noch dazu in
deinem allerbesten Anzug, wie ich sehe! Bist aber schon ein
wenig herausgewachsen, wie?"

Die beiden hinter dem Tisch blickten wachsam. „Du kennst
den Burschen?" fragte der Kahlköpfige gespannt.

„Ja freilich kenn' ich den. Wir haben gestern noch zusammen gesessen und diskutiert. Ein guter Genosse!" Und er
zwinkerte mir fröhlich zu, während mir vor Staunen die Augen
übergingen.

„Da sieh dir doch mal den Genossen Schmuckinsky an.
Verrät dich mit keinem Wort", dachte ich und grinste den sibirischen Sandfloh ebenfalls fröhlich an.

Nunmehr schienen alle Bedenken bezüglich meiner Identität zerstreut zu sein, denn ich erhielt anstandslos meinen
Propusk und einen provisorischen Ausweis mit der Auflage,
mich nach meiner Ankunft in Mährisch-Ostrau unverzüglich
bei der Polizei zu melden.

Ich durfte gehen und Tschulinsky ging gleich mit hinaus.

„Ich danke dir, mein edler Genosse, dass du mich nicht
verraten hast", flüsterte ich ihm zu.

„Keine Ursache. Das habe ich gerne getan. Hier hätten sie
dich vielleicht nur eine Woche eingesperrt, zu Hause aber
kriegst du mindestens zwanzig Jahre!"

Er kicherte höhnisch, winkte mir noch einmal zu und verschwand hinter einer kleinen Bauernkate.

Die Rückkehr

Frau Sykora und Vera hatten ihre Papiere anstandslos erhalten und freuten sich beide mit mir, dass auch ich den begehrten Schein in den Händen hielt. Somit konnte vorerst nichts mehr schief gehen, unsere gemeinsame Rückfahrt war gesichert.

Was waren wir doch immer noch für ahnungslose Optimisten! Fieberhaft bereiteten wir alles für die Rückreise vor. Es sollte also wieder zurück in Richtung Ostrau gehen. Was hatten wir uns erst für Strapazen auferlegt, diese lange Strecke in Richtung Westen zurückzulegen, um nun dieselbe Strecke in entgegengesetzter Richtung zurückzufahren. Diesmal aber nicht mehr mit 40 PS sondern nur mit 2.

Frau Sykora und Vera nahmen, nachdem sie alles festgeschnürt und gut verstaut hatten, auf dem Wagen Platz und blickten mich erwartungsvoll an.

Ich stand vor dem Leiterwagen und wunderte mich. Was guckten die beiden mich denn so unverwandt an? Wollten sie etwas Bestimmtes? Ich blieb ratlos stehen, steckte die Hände in die Hosentaschen, sah erst prüfend an mir herunter, dann wieder auf die beiden Frauen.

Bis Frau Sykora endlich das Schweigen brach: „Ja willst du denn nicht endlich losfahren?"

Ei, der Daus, das war es also! Ich sollte ja den Wagenlenker spielen. Natürlich! Ich war ja auch ein Pferdeexperte, der so gut mit Pferden umzugehen verstand.

Wortlos kletterte ich auf den Vordersitz und setzte mich auf das Brett. Dann ergriff ich die Zügel und blickte ratlos nach vorne. Die beiden Pferde standen brav nebeneinander, wandten mir ihr Hinterteil zu und wedelten erwartungsvoll mit ihren Schwänzen. Vor ihnen standen mehrere Wagen, deren Besitzer anscheinend noch nicht abgefertigt worden waren und bildeten eine unüberwindbare Barriere.

Ich drehte mich um. "Ich komm doch hier nicht vorbei!"
Frau Sykora winkte ab. „Natürlich kommst du vorbei. Du musst den Wagen erst ein paar Meter zurücksetzen, dann kommst du leicht 'raus!"

Da hatten wir's! Zurücksetzen! Schon wieder einmal der Rückwärtsgang, und das auch noch mit Pferden!

Vera saß da, von Kopf bis Fuß triefend vor reinster Schadenfreude. „Das wird dir als Experten doch nicht schwer fallen", lachte sie, „damals mit dem Auto hast du's spielend geschafft mit einem einzigen Lupf sozusagen."

Ich drehte mich nicht mehr um und würdigte sie keiner Antwort. Wieder wandte ich mich den Pferden zu. So ein Mist! Die Tierchen ein paar Meter zurücksetzen. Das war leichter gesagt als getan. Was rief man denn da? "Hüh", oder "Hott"? Oder beides? Oder gab es da noch ein anderes Zauberwort? "Rih" vielleicht? Ach nein, das hat ja Kara ben Nemsi seinem Pferd ins Ohr geflüstert, wenn es schneller laufen sollte.

Zögernd ergriff ich die Zügel und sagte leise: „Hott!"

Die edlen Rosse schienen mich nicht gehört zu haben, oder sie verstanden meinen Befehl nicht, zumindest nahmen sie meinen Wunsch, sich nach rückwärts zu bewegen, nicht zur Kenntnis und blieben schweifwedelnd stehen.

Ich beschloss, es mit dem zweiten Wort aus meinem Pferderepertoire zu versuchen. Diesmal etwas heftiger an den Zügeln zerrend, ließ ich ein deutliches, klar formuliertes "Hüh" erschallen.

Die Pferde da vorne schienen taub oder in höchstem Grade schwerhörig zu sein. Sie standen da wie aus Erz gehauen und zeigten mir ungerührt ihre Kehrseite.

„Die Pferde hören schlecht, oder sie sind tot", rief ich nach hinten. „Außerdem bin ich mit der Technik des Nach-hinten-Setzens nicht mehr so ganz vertraut. Auch müssen sich die Pferdchen erst an mich gewöhnen."

Vera troff immer noch. „Du musst die Hottehotts am Schwanz erwischen und den Rückwärtsgang einschalten!"

Ich strafte sie mit Verachtung. Umso freundlicher sah ich Frau Sykora an, die vom Wagen geklettert war und sich neben mich setzte. Sie ergriff die Zügel. „Hüh", rief sie und schnalzte mit der Zunge. Dabei zog sie kräftig an den Zügeln und siehe da, die Pferde setzten sich nach rückwärts in Bewegung. Als an der Seite genügend Raum vorhanden war, beschrieben wir einen weiten Bogen und verließen den Platz. Nach einer kurzen Strecke über einen schmalen Feldweg erreichten wir die Hauptstraße. Hier ging es wieder nach links in Richtung Osten.

Mit einiger Mühe reihten wir uns in die endlose Schlange der Treckfahrzeuge ein. Nichts hatte sich geändert. Wieder war die Straße zum Bersten voll. Außerdem herrschte lebhafter Gegenverkehr. Diesmal waren es Fahrzeuge mit Sowjetsoldaten, die uns entgegenkamen.

Und wie hingezaubert, tauchten auf einzelnen Treckwagen plötzlich rote Fähnchen auf, und die Leute winkten ihren Befreiern mit freudestrahlenden Gesichtern zu. Das schienen wohl die meisten für das beste Mittel zu halten, um ungeschoren weiterzukommen.

Wir wollten uns da auf keinen Fall ausschließen. Also beschafften wir uns auch eine Reihe roter Papierfähnchen, die überall verteilt wurden, und befestigten sie weithin sichtbar an allen Seiten des Leiterwagens. Und dann ging das freudige Gewinke los. „Ihr habt uns gerade noch gefehlt!" brüllte ich und winkte den entgegenkommenden Russen freudig zu. Und diese winkten grinsend zurück.

So verging unsere Fahrt recht abwechslungsreich. Wir überboten uns darin, unseren Befreiern die saftigsten Bemerkungen zuzurufen. Mit den allerfreundlichsten Gesichtern, versteht sich.

Abends bogen wir in den ersten besten Seitenweg ein, und dank unserer roten Fähnchen und meiner fließenden Beherrschung der Landessprache erhielten wir auch meist die Erlaubnis, in einer Scheune zu übernachten.

Die Rückfahrt brachte uns wenig Erfreuliches. Sobald wir uns einer Ortschaft näherten, konnten wir so gut wie sicher sein, dass uns am Ortseingang eine Gruppe bewaffneter Tschechen erwartete. Leider kontrollierten sie nicht nur unsere Ausweise und Propuski, sondern sie durchwühlten den Inhalt des Wagens angeblich nach Waffen und Bomben. Dabei beschlagnahmten sie so nebenbei mal einen vollen Koffer, mal eine Kiste, dann wieder zeigten sie lebhaftes Interesse für Bettwäsche und requirierten alles.

Vera und mir konnten sie nichts wegnehmen da wir buchstäblich nur das besaßen, was wir am Leibe trugen. Meine Zigaretten, die ich für mich gerettet hatte, steckten im Futtereimer unter dem Hafer. Die gute Frau Sykora aber musste sich während der Reise von allem trennen, was ihr lieb und teuer war. Ob die alte, kostbare Pendeluhr oder ein paar Stühle, ob eine wurmstichige Kommode mit Wäsche oder Emaillegeschirr, alles wurde im Laufe der Fahrt vom Wagen geholt und beschlagnahmt. Da halfen unsere roten Fähnchen gar nichts. Auf dem Ausweis der Frau stand deutlich "Deutsche", denselben Vermerk hatte auch Vera vorzuweisen, und das war entscheidend.

Kein Wunder also, dass im Laufe unserer Fahrt der Wagen immer leerer und Frau Sykora immer verzagter und trauriger wurde. Die einzigen Nutznießer waren die beiden Pferde, die kaum noch etwas zu ziehen hatten.

Am dritten Tag unserer Fahrt näherten wir uns einem größeren Ort. Wie erwartet, wurden wir am Ortseingang wieder einmal zwecks Ausweiskontrolle angehalten. Eine Durchsuchung des Leiterwagens ergab nur noch magere Beute, denn viel war nicht mehr übrig geblieben.

Ich pflegte aus Sicherheitsgründen immer schon einen Kilometer vor den Kontrollen vom Wagen zu springen und so zu tun, als ob ich mutterseelenallein auf Schusters Rappen daher gepilgert kam. So durfte ich jedes Mal ungeschoren passieren. Auf einem Wagen mit zwei deutschen Frauen, noch dazu mit einem provisorischen Ausweis, das hätte mich sehr verdächtig gemacht.

Als ich an die Postensperre kam, war die Untersuchung anscheinend beendet. Es freute mich, dass man der armen Frau nun nichts mehr wegnehmen konnte. Leider aber hatten wir die Rechnung ohne den Wirt gemacht. Einer der Posten stellte fest, dass zwei Pferde für einen so leichten Wagen absolut nicht nötig seien. Er fragte Frau Sykora drohend, ob sie denn das nicht einsähe. Was blieb ihr anderes übrig, als derselben Meinung zu sein.

Einer der Leute begutachtete die Pferde mit Kennerblicken und deutete dann auf den rechten Gaul. „Den da", sagte er nur kurz.

Das Pferd wurde ausgeschirrt und gleich weggebracht. Als der Posten sah, wie Frau Sykora haltlos zu weinen begann, trat er auf sie zu. „Wissen Sie, wie viele Pferde die Nazis dem Mann weggenommen haben? Alle, den ganzen Stall haben sie ihm ausgeräumt, sechs Pferde auf einmal! Und jetzt holen wir uns alles wieder zurück. Das ist unser gutes Recht."

Frau Sykora erhielt wieder einen Stempel in ihren von oben bis unten gestempelten Propusk und eine Bescheinigung über die erfolgte Beschlagnahme ihres Pferdes. Dann durfte unsere Reise weitergehen.

Wir näherten uns jetzt einigen deutschen Dörfern, die zum Großteil völlig leer standen. So blieben zum Glück auch die dauernden Kontrollen aus, die uns allmählich an die Nerven gingen.

In einem der leeren Häuser fand ich einige Büchsen mit eingemachtem Fleisch und sogar noch ein paar geräucherte

Würste. Ich versteckte diese Kostbarkeiten in einem leeren Eimer, legte auch meine Zigaretten dazu und: bedeckte alles mit Hafer. Den Eimer hängte ich hinten an die Stange. Dieser Eimer war der einzige Gegenstand, der sämtliche Kontrollen überstand und auch nicht beschlagnahmt wurde.

In der Zwischenzeit hatte ich längst gelernt, mit unserem Pferd richtig umzugehen. Das bereitete mir auch keine Schwierigkeit, trabte es doch ohnehin unentwegt hinter dem vor uns fahrenden Wagen her. So saß ich oft weit vornübergebeugt auf dem Brett und döste vor mich hin.

Vera lag meist hinten auf dem Wagen und schlief. Ich habe in meinem ganzen Leben nie wieder einen Menschen kennen gelernt, der so lange und so ausdauernd schlafen konnte wie dieses Mädchen. Nicht nur, dass sie die ganze Nacht schlief, auch tagsüber machte sie höchstens während der Mahlzeiten die Augen auf, man konnte ihr aber ansehen, dass sie sich nur mit großer Mühe aufrecht hielt.

So fuhren wir, wenn auch langsam und mit längeren Haltepausen, immer weiter ostwärts und näherte uns, diesmal von der anderen Seite, dem Städtchen Römerstadt. Ich hatte Frau Sykora bereits erzählt, dass ich dort meine Eltern vermutete. Sie war gerne bereit, am Stadtausgang so lange zu warten, bis ich wieder zurückkehrte. Sollten meine Eltern hier sein, wollte ich natürlich auch in Römerstadt bleiben, waren sie aber doch in Ostrau geblieben, dann ging auch meine Reise weiter.

Als wir Römerstadt erreichten, hielt ich den Wagen an einer Abzweigung an, die direkt in das Städtchen führte. Ich sprang vom Kutschbock, winkte den beiden Frauen zu und schlug die Richtung Stadt ein. Mein Herz klopfte bis zum Halse, als ich die Hauptstraße entlanglief.

Unser Haus stand an der Gartenstraße und trug die Nummer 100. Zu viele Straßen gab es in Römerstadt ohnehin nicht. So dauerte es auch gar nicht lange, bis ich meinem Ziel nahe war. Nummer 60, 62…, ich lief und lief..., 80. Jetzt konnte es nicht mehr weit sein. Allmählich ging mir die Luft aus, aber die paar Häuser wollte ich noch schaffen. 92, 94 ..., ein freier Platz, 98..., nun musste das gesuchte Haus kommen.

Keuchend blieb ich stehen und blickte auf die rauchenden Trümmer. Da stand das gesuchte Haus, abgebrannt bis auf die Grundmauern. Ein paar Balken qualmten noch, nur der Schornstein ragte unversehrt in die Höhe.

Der unangenehme Geruch nach verbrannten Lumpen stach mir in die Nase. Ratlos stand ich vor dem Ort der Verwüstung. Das war ja eine schöne Bescherung! Was sollte ich jetzt tun? Vor allen Dingen musste ich erfahren, was hier geschehen war.

Ich klopfte an die Tür des Nachbarhauses. Ein älterer Herr mit schneeweißem Haar, auf der Nase eine Nickelbrille mit kreisrunden Gläsern, öffnete ein Fenster. „Was willst du denn?" fragte er mit heiserer Stimme und musterte mich mit misstrauischen Blicken.

Ich deutete auf die Überreste unseres Hauses. „Ich möchte mich nur nach diesem Haus erkundigen." Dann nannte ich meinen Namen und fragte, ob meine Eltern die letzten Wochen hier gewohnt hätten.

Der Alte schüttelte zu meiner großen Erleichterung verneinend den Kopf. „So, du bist also der Sohn. Nein, deine Eltern waren diese Woche nicht hier. Wart' mal, in ... in der vergangenen Woche, da hab' ich sie gesehen. Sie haben ein paar Sachen hergebracht, sind dann aber wieder nach Ostrau gefahren."

Also doch wieder nach Ostrau. Von dort konnten sich die beiden anscheinend nicht trennen. Schleppten nur ihre Schätze her, damit sie den Bomben nicht zum Opfer fielen.

Na ja, da war ja alles wieder im Lot. Nun wusste ich wenigstens, wohin ich mich wenden musste und ich war richtig froh darüber.

„Wie ist denn das überhaupt passiert, dass das ganze Haus abgebrannt ist?" erkundigte ich mich noch eilig, denn nun wollte ich die beiden Frauen nicht zu lange auf mich warten lassen. Außerdem war ohnehin nichts mehr zu ändern.

Der alte Herr wiegte bedächtig seinen weißhaarigen Kopf. „Tja, genau wissen wir das auch nicht. Wahrscheinlich durch Leuchtspurmunition. Passiert ist es erst diese Nacht. Als wir das Feuer bemerkten, war es längst zu spät. Das ist das einzige Haus in ganz Römerstadt, das abgebrannt ist."

Ein schwacher Trost, der mir wenig half. Dennoch verließ ich erleichtert die rauchenden Trümmer und trabte gutgelaunt zum Wagen zurück.

Dort wurde ich neugierig erwartet. „Nun, sind deine Eltern da?" fragte Vera gespannt. Diesmal war sie hellwach, und ich konnte ihr deutlich ansehen, welche Antwort sie erhoffte.

Ich konnte sie beruhigen. „Nein, sie sind nicht da", sagte ich und schwang mich auf meinen Kutschierbock. „Außerdem ist unser Haus total abgebrannt."

„Gott sei Dank", rief Vera aus, „ich meine natürlich nicht euer abgebranntes Haus, aber ich freue mich, dass du uns weiter begleitest. Was wären wir zwei schwachen Frauen ohne einen starken Mann! Und dann, wo sich die Suse so an deine Fahrkunst gewöhnt hat."

Sie spottete wieder, und ich brauchte mich nicht umzudrehen, um zu erfahren, welche Lage sie nach diesen Worten einnehmen würde.

Ich ergriff die Zügel, sagte lässig: „Hüh", und unser einziges Pferdchen zog munter los. Die längste Strecke hatten wir ohnehin hinter uns, und wir hofften, in zwei bis drei Tagen am Ziel zu sein.

Die letzten Tage unserer Fahrt verliefen ohne nennenswerte Ereignisse. In Troppau verließen wir die Hauptstraße und folgten einem weniger befahrenen Weg südlich des Flüsschens Opava und des Hultschiner Ländchens. Schließlich näherten wir uns unserem Ziel, genauer gesagt, der Endstation der Frau Sykora, dem Ort Schönbrunn, heute Svinov genannt. Von hier bis Ostrau war nur noch ein Katzensprung.

Vera und ich verabschiedeten uns sicherheitshalber schon vor Erreichen des Ortes von der Frau, wussten wir doch aus der gewonnenen Erfahrung, dass wir dann keine Gelegenheit mehr haben würden, ihr unseren Dank auszusprechen.

Ich holte meine Büchsen, die Dauerwurst und die Zigaretten unter dem Hafer hervor und steckte alles in einen vergilbten Rucksack. Das war unser einziges Gepäck.

Kurz vor Schönbrunn sprangen wir vom Wagen und blieben zurück. So konnten wir gut beobachten, was mit der geplagten Frau geschah, nachdem sie mit ihrem Leiterwagen den Ortseingang erreicht hatte. Man nahm ihr einfach die Zügel aus der Hand und führte sie weg. Der Wagen mit dem braven Pferd wurde offensichtlich beschlagnahmt.

Als wir uns dem Posten näherten, war weder von Frau Sykora noch vom Wagen und dem Gaul noch etwas zu sehen. Wir wurden natürlich ebenfalls angehalten. Ein schwarzhaariger Jüngling von höchstens 18 Jahren riss mir meinen "Ausweis" aus der Hand und nahm ihn die Stirne runzelnd unter die Lupe. „Aha", brummte er, „Bedrich Suchy aus Mährisch-Ostrau, Bahnhofstraße 39, Dreher." Er betrachtete mich prüfend und kam sich sehr wichtig vor.

Ich war es inzwischen längst gewohnt, solchen prüfenden Blicken seelenruhig standzuhalten. „Du meldest dich heute noch in Ostrau bei der Polizei! Hast du verstanden?"

Ich gab zur Kenntnis, dass ich alles verstanden hatte und mich selbstverständlich auf dem schnellsten Wege und in allergrößter Eile zur nächsten Polizeistation begeben werde.

Er schien zufrieden zu sein und tippte mit spitzen Fingern auf meinen zerfransten Rucksack. „Und was hast du da drin?"

Ich winkte ab. „Ach, weiter nichts Besonderes, ein paar Konserven."

Der Jüngling mit der schwarzen Schmachtlocke reichte mir meinen Ausweis zurück und bedeutete mir, mich zu entfernen. Danach wandte er sich Vera zu.

„Das ist meine Cousine", warf ich schnell ein, „sie kommt mit mir."

Der Tscheche betrachtete den Ausweis und runzelte erneut die Stirn. „Deine Cousine - eine Deutsche?" rief er aus und bog voller Verachtung seine Mundwinkel nach unten. „Von mir aus, nimm sie mit. Sie kommt ohnehin in ein Lager. Und bei uns ist es voll genug."

Er trat einen Schritt zurück und ließ uns passieren. Die letzte Etappe unserer "Heimkehr" konnte beginnen. Wir hatten bis zur Stadtmitte knappe zehn Kilometer zurückzulegen, das war nach meiner langen Irrfahrt nur noch eine unbedeutende Kleinigkeit.

Da wir ohnehin erst bei Anbruch der Dunkelheit ankommen wollten, ließen wir uns Zeit. Wir überquerten die Oder und schlenderten gemächlich durch die ersten Wohngebiete. Vera war ohnehin sehr müde und erschöpft, da sie schon drei Nächte nicht mehr richtig geschlafen hatte, und das behauptete sie allen Ernstes.

Die Vororte sahen zum Großteil recht trostlos aus. Einige Häuser waren zerstört, die herumliegenden Trümmer nur notdürftig oder noch gar nicht beseitigt. Straßenbahnen verkehrten zwar wieder, wir aber zogen es vor, zu Fuß zu gehen.

Unterwegs überholten wir eine Frau, die irgendwo ein paar Kartoffeln ergattert hatte. Sie trug die Erdäpfel wie rohe Eier vor sich her und blickte mich ängstlich an, als ich mich ihr näherte und sie ansprach. „Guten Tag, liebe Frau, ich möchte Sie gerne etwas fragen."

Sie beschleunigte ihre Gangart. „Fragen Sie, fragen Sie."

„Wissen Sie, ich komme mit meiner Schwester soeben aus Prag. Es interessiert uns daher sehr, was es so Neues in Ostrau gibt."

Sie blieb stehen. „Oje, hier war wirklich allerhand los. Als die Russen am 30. April Ostrau besetzten, wurden alle Deutschen aus ihren Wohnungen hinausgeschmissen." Sie kicherte. „Einige sogar aus dem Fenster."

Ich bekam eine Gänsehaut. „Und wo sind die Deutschen denn jetzt?"

„No, die sind da, wo sie hingehören. In Lagern stecken sie."

Ich wusste genug. In Lagern steckten die Deutschen. Aus den Wohnungen hatte man sie hinausgeschmissen, manche sogar aus dem Fenster!

Das waren erschreckende Neuigkeiten. Wo würde ich jetzt meine Eltern finden? Ob sie auch schon in einem Lager steckten?

Langsam beruhigte ich mich wieder. Schließlich wird nie etwas so heiß gegessen, wie es gekocht wird, tröstete ich mich. Es konnte ja sein, dass man meine Eltern vergessen oder übersehen hatte.

Wir hatten ungefähr zwei Stunden Fußmarsch hinter uns, als wir uns allmählich dem Stadtzentrum näherten. Es war dunkel geworden, und nur hin und wieder brannte eine Straßenlaterne und verbreitete ihr sparsames Licht über einen kleinen Teil des Weges.

Die Bahnhofstraße, die sich annähernd im Zentrum befand, zog sich vom Oderfurter Bahnhof bis zum Cafe "Palace", in dessen unmittelbarer Nähe sich das Deutsche Haus und auch das ehemalige tschechische Theater befanden. Von hier aus hatten wir bis zum Cafehaus "Orient" nur noch eine Viertelstunde zurückzulegen. Im dritten Stockwerk dieses Gebäudes befand sich unsere Wohnung.

Als wir unser Haus erreichten, war es völlig dunkel geworden. Das Cafe des Herrn Janousek war noch hell erleuchtet. Aber dichte Vorhänge hinderten uns daran, einen neugierigen Blick ins Innere zu werfen. Mit Herzklopfen und einem heftigen Kribbeln in der Magengegend näherte ich mich der Haustür. So hatte ich mir meine Rückkehr nach Hause ganz bestimmt nicht vorgestellt. Freuen konnte ich mich nicht, da ich kaum zu hoffen wagte, meine Eltern noch in unserer Wohnung anzutreffen.

Vorsichtig und zögernd drückte ich die Türklinke nieder. Vergeblich. Die Haustür war abgeschlossen. Auch das noch! Was nun? Unten schellen? Auf keinen Fall. Wer konnte wissen, wer dann herunterkam.

Aber es gab noch einen zweiten Weg. Er war mir aus der Zeit, als wir hier noch "Räuber und Gendarm" spielten, sehr genau bekannt. Der Hinterhof war nach Übersteigen eines Zaunes und zweier Mauern leicht zu erreichen. Von hier führte eine Glastür in den Hausflur. Sie wurde zwar abends stets von innen verriegelt, bestand aber zur Hälfte aus kleinen, quadratischen Glasscheiben, von denen immer schon eine fehlte. Man brauchte nur die Hand durch das Loch zu stecken und den Riegel zurückzuschieben. Ich hoffte zuversichtlich, dass sich daran bis heute nichts geändert hatte.

Vera hatte bisher kein Wort gesagt. Sie folgte mir auch schweigend um den ganzen Häuserblock bis an den Bretterzaun, den wir als erstes Hindernis zu überwinden hatten. Erst half ich meiner stummen Begleiterin hinauf, dann schwang ich mich hinterher. Es war zwar stockdunkel, aber mir war der Weg noch so genau bekannt, dass ich keine Sekunde zu zögern brauchte. Hier auf dem Hof standen halbverrostete Fahrzeuge oder ihre Teile herum, die es behutsam zu umgehen galt. Ich ergriff Veras Hand und tastete mich Stückchen für Stückchen vorwärts, das Mädchen hinter mir herziehend. Hinter den Überresten eines demolierten Lastkraftwagens wurde es etwas heller. Eine Straßenlaterne warf einen Teil ihres spärlichen Scheins auch auf den Hof, den wir geduckt überquerten. Nun galt es, eine Mauer zu übersteigen, die früher leicht zu überwinden war. Ein hoher, festgetretener Sandhaufen reichte fast bis zur Mauerkrone. Damals war es so, als wir unsere Spiele veranstalteten. Zum Glück hatte sich nichts verändert. Der Sand lag immer noch da, es bereitete uns daher keine Schwierigkeit, die Mauer zu erklimmen. Ich sprang auf der anderen Seite hinunter und fing Vera auf, die mir mutig gefolgt war.

Der zweite Hof lag wieder in völliger Dunkelheit, nur der schwache Schein mehrerer Fenster erlaubte es, wenigstens die Konturen zu erkennen. Von hier mussten wir die zweite, bedeutend höhere Mauer ersteigen und auf ihr bis zum übernächsten Hof entlang balancieren.

Es gelang mir trotz größter Mühe nicht, Vera hinaufzubugsieren. Da entdeckte ich auf der anderen Seite des Hofes eine halbvolle Mülltonne, schleppte sie herbei und stellte sie an die Mauer. Der Rest war für beide ein Kinderspiel.

Oben angelangt, schritt ich voran. Vera folgte mir dicht auf den Fersen und klammerte sich angstvoll an mir fest.

Zur linken Seite lag die Backstube der Konditorei. Oft hatten wir von der Mauer aus zugesehen, wie die Konditorgesellen den Teig bearbeiteten und sich, wenn der Meister abwesend war, mit Teigstücken bewarfen. Vorne tauchte auch schon das Dach des Fotoateliers auf, an dem die Mauer endete. Wir brauchten nur noch hinunter zu springen, um auf unserem Hinterhof zu landen.

Da die Mauer über zwei Meter hoch war, hatten wir früher beim Runterspringen immer die Teppichstange ergriffen und uns sanft hinab geschwungen, damit uns die verfolgenden Gendarmen nicht hörten. Ich beugte mich zu meiner Begleiterin. Bisher hatten wir während unseres gesamten hindernisreichen Weges noch kein Wort gewechselt. Leise flüsterte ich ihr zu, sich auf die Mauer zu setzen und die Teppichstange zu ergreifen, sobald ich unten angekommen war. Dann machte ich ihr diesen Abgang vor. Kunststück, wo ich früher an die hundert Mal hier hinuntergeklettert war.

„Ich hab' Angst", wisperte ihre Stimme von oben, „ich seh' ja nicht einmal dich."

Dann aber konnte ich erkennen, dass sie sich doch vorbeugte und ihre Finger die Teppichstange umklammerten. „Und was jetzt?" klang es furchtsam von oben.

„Stoß dich langsam von der Mauer ab und halte dich dabei an der Stange fest, ich fang dich schon auf!"

Sie riskierte es, schwang sich herunter und hing an der Stange wie eine reife Pflaume. „Hardiii, wie tief ist es denn noch?" fragte sie, und in ihrer Stimme schwang immer noch Angst.

Ich verbiss ein Lachen, denn ihr fehlten höchstens 5 Zentimeter bis zur Erde. „Noch zwei Meter", flüsterte ich ihr zu.

„Zwei Meter!" schrie sie auf und ließ vor Schreck die Stange los. Da stand sie auch schon unten und holte nach mir aus.

„Musstest du mir so einen Schrecken einjagen? Zwei Meter! Und es war doch höchstens ein halber."

Ich ließ sie bei dem Glauben. Außerdem hatte ich jetzt andere Sorgen. Ob die bunte Scheibe noch fehlte? Ich trat an die Tür und fühlte. Tatsächlich, das Loch war noch da. Jetzt nur noch die Hand hineinstecken, den Riegel ertasten und ihn leise zurückschieben. Geschafft!

Erleichtert atmete ich auf und öffnete langsam die Tür, die noch genauso laut knarrte wie vor fünf Jahren.

Ohne die Treppenbeleuchtung einzuschalten, schlichen wir wie zwei Einbrecher im Dunkeln leise die Treppen hinauf. Vera hatte es heute auf mich abgesehen. Sie klammerte sich an meiner Hand fest und flüsterte mir in jedem Stockwerk zu, dass sie wahnsinnige Angst hätte. Ich gab ihr keine Antwort, sondern zählte die Stufen. Zwölf und noch einmal zwölf - erste Etage. Hier wohnte Herr Janousek, der Haus- und Cafebesitzer. Nochmals vierundzwanzig Stufen - die zweite Etage war erreicht. Nun trennten uns nur noch vierundzwanzig Stiegen von unserem Ziel. Jetzt hatte ich es mit einem Mal sehr eilig und nahm immer zwei Stufen auf einmal, meine Begleiterin hinter mir herzerrend. Dann standen wir vor der Tür. Ich schaltete nun doch die Treppenbeleuchtung an. Das Namensschild hing noch da. Ebenso das Schild "Volksdeutsche Zeitung", bei der mein Vater als Redakteur tätig war.

Das war ein sehr gutes Zeichen und Grund genug, neue Hoffnung zu schöpfen. Wenn man das Schild nicht entfernt hatte, vielleicht wohnten meine Eltern noch in dieser Wohnung.

Ein kurzes Zögern, dann drückte ich auf den Klingelknopf. "Sirrr", ertönte in der Wohnung das Klingelzeichen... Nichts...Kein Laut war zu hören, nur unser unterdrücktes Atmen und das Hämmern des Pulses an der Schläfe.

Was sollte ich tun, wenn plötzlich Fremde öffneten? Schnell legte ich mir eine Ausrede zurecht. Ich wollte nach irgendjemanden fragen. Am besten, ob hier Herr Miroslav Tschulinsky wohnte.

Vera war ein paar Stufen höher gestiegen und lehnte an der Wand. Es war auch besser so, wenn ich zuerst allein vor der Wohnungstür stand.

Inzwischen war die Treppenbeleuchtung ausgegangen. Ich schaltete sie wieder ein und drückte erneut auf den Klingelknopf. Diesmal schellte ich etwas länger und dreimal hintereinander, wie ich es früher immer getan hatte. "Sirrr, sirrr, sirrr", klang es in der Wohnung, und mir schien es, als ob das Schellen im ganzen Haus zu hören sein musste. Dann herrschte wieder absolute Stille.

Ich legte das Ohr an die Tür. Da, war da nicht ein Geräusch? Ich hielt vor Aufregung den Atem an. Da jetzt hörte ich es wieder - ein leichtes, kaum vernehmbares Scharren. In der Wohnung rührte sich etwas. Ich vernahm leises Schlürfen und das hastige Geflüster zweier Stimmen. Das Herz schlug mir bis zum Hals und in meinem Magen krampfte sich etwas zusammen, Und dann ging in der Diele das Licht an, jemand schob den Riegel zurück. Die Tür öffnete sich einen Spalt weit. Von der Gestalt, die sich hinter der Tür verbarg, sah ich nicht viel, aber was ich erspähte, genügte mir. Sie war es! Meine Mutter stand vor mir, und alles war in Ordnung.

„Ja? Was ist denn?", hörte ich sie fragen, und vor Furcht zitterte ihre Stimme.

Ich stieß einfach die Tür auf und fiel ihr um den Hals. „Ich bin es, Mama, ich hin es", rief ich, hob sie empor und wirbelte sie in der Diele herum. Jetzt erwachten ihre Lebensgeister. „Jesusmaria, der Hardi!", schrie sie auf und begann vor Freude zu weinen. „Papa , stell dir vor, der Hardi ist zurückgekommen!"

Behutsam stellte ich meine Mutter wieder auf den Boden und sah ins Zimmer. Da stand mein Vater. Ich sah zwar nur die Silhouette seiner mageren, leicht vorgebeugten Gestalt, dennoch hätte ich ihn unter Tausenden solcher dunklen Gestalten herausgefunden. Mit drei langen Schritten kam er in die Diele geschossen, umarmte mich und klopfte mir voller Freude auf die Schulter. „Hardi, wo kommst du denn her? Nein, wie ist das denn möglich! Kommt hier hereingeschneit, als ob er nur eben mal im Kino gewesen wäre. Nein, so eine Überraschung!"

Vor lauter Wiedersehensfreude hatte ich Vera ganz vergessen, die, wohl immer noch draußen auf der Treppe stand. Jetzt erst fiel sie mir wieder ein. Ich ging hinaus, ergriff sie am Arm und zog sie in die Wohnung. „Das ist Vera, ich habe sie mitgebracht", stellte ich das Mädchen vor.

Mein unverhofftes Erscheinen hatte die beiden derart überrascht, dass sie Vera nunmehr begrüßten, als wäre es eine Selbstverständlichkeit, sie in meiner Begleitung zu sehen.

„Los, macht endlich die Tür zu und kommt herein, wir haben uns bestimmt viel zu erzählen!" Mein Vater zog uns ins Wohnzimmer und schaltete das Licht ein.

Ich blickte mich um. Auch hier hatte sich nichts verändert. Rechts stand die Glasvitrine, in der Mitte der schwere Eichentisch, links der Bücherschrank und vorne in der Fensternische der Flügel.

Wir nahmen am Tisch Platz.

„Ihr habt doch bestimmt großen Hunger", war das erste, was meine Mutter fragte.

Und ob wir Hunger hatten!

„Ich mach' euch schnell etwas zurecht. Viel haben wir ja nicht mehr im Haus, aber für ein paar Tage wird es schon reichen."

Ich schüttete den Inhalt meines Rucksackes auf den Tisch. „Hier, wir kommen auch nicht mit leeren Händen. Eingemachtes Fleisch, Dauerwurst, Zigaretten", zählte ich auf.

Meinem Vater gingen die Augen über. „Ich glaube", verkündete er, „ich bekomme jetzt auch Hunger." Ich sah deutlich, wie ihm beim verlockenden Anblick der bestimmt schon lange vermissten Genüsse das Wasser im Munde zusammenlief.

Nach dem Essen musste ich zuerst von meiner Odyssee berichten, wobei meine Mutter nachträglich von einem Schrecken in den anderen verfiel. „Nein, du armer Junge, dir haben sie aber schön mitgespielt", rief sie öfter aus.

Na ja, so arm kam ich mir im Moment gar nicht vor, und was geschehen war, das war vorbei und vergessen.

Dann aber war mein Vater an der Reihe, und was er erzählte, war bestimmt nicht ermutigend. Nach dem Einmarsch der Sowjetarmee hatten die Tschechen begonnen, alle Deutschen aus ihren Wohnungen zu vertreiben und in Lager zu stecken.

Meine Eltern hatten seit der Besetzung der Stadt durch die sowjetischen Truppen ihre Wohnung nicht mehr verlassen. Sie ernährten sich sparsam und bescheiden von den dürftigen Vorräten, die sich noch in der Speisekammer befanden.

Warum man sie bisher noch nicht in ein Lager geholt hatte, wussten sie nicht zu sagen. Vielleicht, weil mein Vater kein Parteigenosse war, vielleicht hatte der Hausbesitzer nicht darauf gedrängt oder man hatte sie bisher ganz einfach vergessen. So lebten die beiden in der großen Wohnung ein einsames Leben, dauernd in der Angst, in ein Lager geholt zu werden. Das konnte in der Nacht sein, am nächsten Morgen oder erst in einer Woche.

„Was denkst du", sagte meine Mutter, „was wir vorhin für Ängste ausgestanden haben, als es so plötzlich schellte. Papa sagte gleich: jetzt ist es aus! Jetzt holen sie uns! Dann haben wir überlegt, ob wir aufmachen oder nicht. Aber dann hätten die doch die Tür aufgebrochen. Da bin ich lieber zur Tür gegangen. Ich hab' gedacht, wenn ich als Frau aufmache, wird's vielleicht nicht so schlimm."

Noch lange saßen wir beisammen und erzählten, und oft war es so wie in alten Zeiten, als nichts Störendes unser Beisammensein trübte. Aber es schien nur so, denn der bohrende Gedanke an das, was kommen werde, ließ sich nicht verdrängen. Mir persönlich machte das recht wenig aus. Was konnte mir noch viel passieren. Meinen provisorischen Ausweis hatte ich noch am gleichen Abend verbrannt. Der Bedrich Suchy war endgültig verstorben.

Erst weit nach Mitternacht legten wir uns schlafen. Vera wurde im Zimmer meines Bruders einquartiert, der sich, wie mein Vater erzählte, noch in Prag aufhalten musste.

Und ich warf mich in meinem Zimmer mit einem wahren Hechtsprung in mein Bett. Nur wer lange Zeit eine solche Schlafgelegenheit vermisst hat, der kann mir nachfühlen, wie wohl das tat.

Wo und unter welchen Bedingungen hatte man in den letzten Jahren manche Nacht verbracht. Einmal schlief ich in einer ehemaligen Fabrik auf einem Haufen Glasscherben, dann wochenlang in einem feuchten Loch, im Graben im Stehen, einmal, nach einem Gewaltmarsch über mehr als 80 Kilometer, schlief ich sogar im Gehen. Mich am Panjewagen festhaltend, habe ich damals während des Marsches stundenlang geschlafen. Und nun ein richtiges, molliges, warmes Bett!

Ich war müde, sehr müde sogar. Und dennoch konnte ich nicht einschlafen. Die Gedanken und Erinnerungen ließen einen nicht zur Ruhe kommen.

Nun war ich wieder daheim in der häuslichen Geborgenheit. Aber diese Geborgenheit war trügerisch, das wussten wir alle. Mit einem Schlag, jäh und endgültig, würde sie zu Ende sein. Vielleicht noch heute Nacht, Vielleicht morgen, vielleicht erst in ein paar Tagen. Der Gedanke an dieses unabwendbare Ende ließ sich nur schwer verdrängen. Immer war sie gegenwärtig, diese tief im Unterbewusstsein schlummernde Furcht und eine zermürbende Ungewissheit.

So lebten wir wie auf einer kleinen Insel, eingeschlossen von einem unüberbrückbaren Meer der Gewalt, und wir wussten, dass seine Wogen, denen wir wehrlos ausgeliefert waren, uns eines Tages von hier hinwegschwemmen würden, irgendwohin, jeden von uns einem anderen, ungewissen Schicksal entgegen.

Ende des 1. Teils

Zeitfracht Medien GmbH
Ferdinand-Jühlke-Straße 7
99095 Erfurt, Deutschland
produktsicherheit@kolibri360.de